W0201015

Pour Terry,
qui a fait naître et voler le Firefox.

REMERCIEMENTS

Je tiens à remercier T.R. Jones pour l'aide inestimable qu'il m'a apportée, mettant à ma disposition son temps et ses connaissances pour toutes les questions techniques concernant l'avion expérimental qui est le sujet principal de cet ouvrage.

Je dois beaucoup à Mlle Audrey Simmonds et à M. Graham Simms pour leur concours dans le domaine géographique. Mes remerciements vont également à M. Peter Paine dont le scepticisme enthousiaste a entretenu ma vigilance, mais aussi ma confiance, pendant la rédaction du livre.

Enfin, j'ai tiré grand profit de divers ouvrages, en particulier de *K.G.B.*, le livre si précieux et si bien informé de John Barron, et de l'admirable série des publications Jane's – notamment des récentes éditions de *All the World's Aircraft, Fighting Ships* et *Weapons Systems,* où j'ai puisé nombre d'informations techniques extrêmement utiles.

CRAIG THOMAS, Lichfield

Je ne suis pas entré dans la lutte poussé par la loi,
Le devoir, les hommes publics ou les hourras de la foule.
C'est l'ardeur d'une exaltation solitaire
Qui a provoqué ce tumulte dans les nuages;
Mon esprit a tout pesé, tout considéré,
Les années à venir semblaient du temps perdu,
Du temps perdu les années passées
Comparées à cette vie, à cette mort.

W.B. YEATS

L'homme était étendu sur le lit de sa chambre d'hôtel, le corps raidi par la tension, les mains dressées au-dessus de la poitrine comme des serres cherchant à atteindre ses yeux. La sueur faisait briller son front et dessinait aux aisselles des cercles sombres sur sa chemise. Il rêvait, les yeux grands ouverts.

Son cauchemar ne le hantait plus aussi souvent, tels ces accès de malaria qui vont en s'espaçant. C'est à lui seul qu'en revenait le mérite. Pas à Buckholz ni aux psychiatres de Langley. Ceux-là, il les détestait. Il y était arrivé par lui-même. Mais il faut dire qu'à chaque fois que le rêve le reprenait, c'était avec la même force : sa mémoire, sa conscience en étaient pétrifiées. Voilà tout ce qui lui restait du Viêt-nam. Et alors qu'il souffrait, qu'il suait, tourmenté par le rêve, une partie de son esprit en observait froidement les images et les effets, évaluant les ravages du mal.

Dans son cauchemar, il devenait vietnamien — viet-cong ou simple paysan, peu importe — et il était en train de brûler, de mourir lentement, atrocement, par le feu. Le napalm que le Phantom avait déversé dans son vol le dévorait. Puis le vrombissement des avions s'éloignait, se noyait dans le ronflement des flammes. Et lui grésillait, se consumait, se mettait à fondre...

Dans le brasier surgissaient aussi d'autres images, venues d'autres temps. Etincelles fugitives. Tandis que ses muscles se desséchaient, se calcinaient dans l'épouvantable chaleur, il se voyait — comme d'un point tout à l'arrière de son cerveau — en train de piloter le vieux Mig-21, l'image se figeant à l'instant où il repérait le Phantom de l'aviation américaine... et puis la drogue à Saigon, la drogue qui avait amené le moment où ce fut son tour d'être repéré par un Mig... L'effondrement ensuite, les mois passés au Veterans' Hospital, ces êtres gémissant et saignant autour de lui, jusqu'à ce qu'il bascule au bord de la folie, qu'il souhaite sombrer dans une zone de ténèbres où il n'entendrait plus les plaintes des blessés ni les cris de son propre cerveau.

Ce qu'on lui avait fait subir à l'hôpital, l'expiation classique, lui avait laissé un sale goût au fond de la gorge. Et puis le Mig. Apprendre à piloter russe, à penser russe, à être russe... ce Lebedev, le transfuge à l'accent géorgien, auquel on l'avait confié pour qu'il apprenne à parler russe couramment...

L'entraînement enfin, sur le Foxbat, la copie américaine du Mig-25, et l'étude du rapport fourni par Belenko — Belenko qui, quelques années auparavant, avait piloté un Foxbat jusqu'au Japon... Les jours, les semaines dans le simulateur, pilotant un avion qu'il n'avait jamais vu, un avion qui n'existait pas.

Le napalm, et les flammes, et Saigon...

L'odeur de grillé de sa propre chair, épaisse à ses narines, terriblement présente... la flamme bleuâtre de la graisse qui fond... Mitchell Gant, dans sa chambre d'hôtel, vivait l'agonie de sa mort par le feu.

LUNCH WITH SAMMY?
— THURS. 1245

~~Call H.S. 2136 Ext 74.~~

~~ESTIMATES 76/77~~
~~Check with Geoffrey~~

KNOWN FACTS 22 AUG 75

(1) The A/c 10-15 years ahead of M.R.C.A. and USAF's Y16.

(2) It will be flying by 1980 - Operational by ?

(3) Performance - projected Mach 5 plus etc!

(4) Designed around Adv. Tech. Engines and possesses Thought Guided Weapons System.
— Nato does not. — NOR IS IT LIKELY!

(5) Nato codenamed - without euphemism —
"FIREFOX"

(6) We do not have — a) the budget b) technology.
.... so — we must have the Firefox!

SOLUTION ? ⟵ Simple really

STEAL ONE

Talk to Plessey
Ferranti
etc.

CHEF DU SIS AU PM
STRICTEMENT CONFIDENTIEL

Mon cher Premier Ministre,

Vous avez demandé un supplément d'information sur le projet Mikoyan, à Bilyarsk. Je joins donc à cette note le rapport que j'ai reçu l'automne dernier d'Aubrey, le responsable des efforts d'espionnage entrepris là-bas. Vous verrez qu'il suggère une solution plutôt radicale.

Cordialement.

RICHARD CUNNINGHAM

STRICTEMENT CONFIDENTIEL
AU CHEF DU SIS

Mon cher Cunningham,

Vous avez reçu le condensé habituel de mes rapports concernant les efforts d'espionnage dirigés contre le projet secret Mikoyan, à Bilyarsk – projet auquel l'O.T.A.N. a décidé de donner le nom de code de « Firefox ». Lorsque vous me demandez mes suggestions, je ne suis pas sûr que vous soyez prêt à entendre ce que j'ai à proposer.

Il n'est pas besoin de vous rappeler les espoirs que les Soviétiques fondent sur ce nouvel avion. Ils ont mis de côté, pensons-nous, une sorte de fonds spécial destiné à l'éventuelle production en série de cet appareil. Des travaux sont en cours sur les deux modèles du successeur de l'actuel Mig-25, le « Foxbat ». Ce dernier restera la principale force d'intervention de l'aviation soviétique tant qu'elle ne sera pas équipée de neuf avec le Mig-31, le « Firefox ». On est en droit de penser que, pour la seule Russie d'Europe, au moins trois nouveaux complexes industriels sont prévus ou déjà en construction afin d'activer la production du Mig-31.

Quant à l'avion lui-même, je n'ai pas à vous répéter ce dont il sera capable. S'il répond aux espoirs des Soviétiques, nous ne disposerons de rien de comparable avant la fin des années 80 – à supposer que nous y arrivions un jour. La suprématie aérienne reviendra entièrement à l'Union soviétique. Nous connaissons les raisons qui ont motivé les négociations SALT et les réductions des budgets de la Défense; il est trop tard pour récriminer. Disons seulement que la production par les Russes de chasseurs d'interception et d'attaque du modèle Mig-31 aboutirait à un rapport de forces inacceptable.

En ce qui concerne les recherches de nos services de renseignements, nous avons la chance de nous être assuré le concours de Piotr Baranovitch, qui a participé à la conception et à la mise au point du système d'armes lui-même. Comme vous le savez, il a recruté deux autres techniciens hautement qualifiés, et David Edgecliffe nous a fourni l'autre bout du réseau à Moscou avec Pavel Oupenskoï, son meilleur agent russe. Tout cela semble impressionnant – et à juste titre, nous le savons vous et moi – mais ce n'est pas suffisant ! Ce que nous avons appris ou pouvons espérer apprendre ne nous permettra pas de reproduire le Mig-31, ou de neutraliser la menace qu'il représente. Baranovitch et son équipe savent peu de chose sur cet appareil, en dehors de leurs domaines spécialisés, tant la recherche est secrète et cloisonnée.

Donc, nous devons monter, ou nous préparer à monter, une opération contre le projet de Bilyarsk. Ce que je suggère n'est rien moins que de *voler* l'un de ces avions, de préférence un prototype achevé, au moment de ses derniers essais.

Je conçois votre surprise ! Cela me paraît cependant faisable pour peu que nous trouvions un pilote. Et je dirais même un pilote américain, car nos pilotes de la R.A.F. ne s'entraînent plus au combat aérien (vous voyez que j'envisage *toutes* les possibilités). Un Américain ayant eu l'expérience de la guerre au Viêt-nam serait sans doute l'idéal. Notre réseau de Moscou et de Bilyarsk pourrait alors réussir à organiser une rencontre entre pilote et avion.

Vos réflexions sur ce sujet me seront très utiles et j'attends avec impatience de les recevoir,

Bien à vous,

KENNETH AUBREY.

160843 TUESDAY.

Richard,

Have you seen the S.A.C. Radar reports on the initial trials of FIREFOX?

The Americans had everything, including the Breakfast bar in the air, monitoring the performance trials, based on Baranovichs INFO. ref times, flight path etc.

— she flew and — <u>NOTHING.!</u>

(2) <u>IF</u> it's what I think it is -- then the Soviets have developed Anti-Radar for FIREFOX and the DEW. Line can be put away along with the longbow and cutlass!

(3) Advise the P.M. — <u>NOW</u>

In haste

Kenneth

STRICTEMENT CONFIDENTIEL
AU PREMIER MINISTRE

Mon cher Premier Ministre,

Vous avez demandé à Sir Richard Cunningham quelques éclaircissements sur les problèmes techniques soulevés par l'avion que nous sommes convenus d'appeler le « Firefox » (Mikoyan Mig-31).

Nos informations nous viennent principalement d'un nommé Baranovitch, responsable de l'électronique, c'est-à-dire de la branche qui inscrira dans la pratique les recherches théoriques faites par d'autres sur un système d'armes psychoguidé destiné à des avions d'une technologie de pointe. Baranovitch ne peut nous fournir toutes les informations dont nous avons besoin, même dans cet aspect du projet Mikoyan, et il y a bien peu de chances que nous arrivions à le faire sortir de Russie, gardés comme ils le sont tous à Bilyarsk. Voilà pourquoi j'ai proposé que nous volions un prototype en condition opérationnelle, équipé de tout ce que les Russes ont l'intention de mettre dans leurs appareils de combat.

Si nous ne rattrapons pas rapidement l'avance

que les Russes ont prise dans leur programme, nous risquons d'être pour toujours laissés à la traîne, tant leurs progrès vont aller s'accélérant dans la technique des missiles et des canons.

Et voilà pourquoi il faut que ce système soit en notre possession. Il faut, un jour ou l'autre, que nous volions un Mig-31.

Avec mes sincères salutations,

KENNETH AUBREY.

« C /KA

Kenneth,

Le Premier Ministre et Washington vous donnent le feu vert. Vous vous mettrez en rapport avec Buckholz. Votre scénario a été accepté, y compris la partie ayant trait au pilote (un oiseau rare, vous ne trouvez pas ?), le point de ravitaillement en carburant et les moyens d'amener le pilote à Bilyarsk. Il est évident que celui-ci disposera d'une sorte de tête chercheuse qui lui permettra de trouver son point de ravitaillement – dont les Russes n'auront pas connaissance, ce qui rendra toute détection impossible. Le Premier Ministre a conscience de l'urgence du problème, et à Farnborough ils se sont déjà mis au travail. Contactez là-bas un nommé Davies.

Bonne chance. C'est incontestablement à vous de jouer.

RICHARD.

Dans son bureau empestant la peinture fraîche, le colonel Mikhaïl Iourevitch Kontarsky, chef du département « M » du K.G.B. affecté à la sécurité du projet Mikoyan, se sentait de nouveau en proie à des doutes lancinants. Son adjoint, Dimitri Priabine, l'avait laissé seul et, dans la vaste pièce, le réconfort qu'avait apporté leur travail de l'après-midi s'était dissipé.

Assis derrière le grand bureau neuf, il s'efforçait de retrouver son calme. Il se rendait compte que ce besoin de faire du travail un sédatif n'avait que trop duré, qu'il en perdait la faculté de voir les choses sous leur vrai jour alors qu'était si proche la date des ultimes essais sur l'armement du Mig-31. Peut-être n'éprouvait-il que la panique des derniers instants. Il rassemblait les divers éléments de sa tâche comme un voyageur ses bagages éparpillés, craignant sans cesse d'avoir oublié quelque chose.

En ce moment, il avait peur de quitter son bureau car il se sentait incapable de donner à son maintien l'arrogance qui le caractérisait. On verrait tout de suite dans les couloirs du Centre qu'il était un homme anxieux, et donner cette impression s'avérerait une fatale erreur de sa part.

Depuis des années, il savait qu'il y avait des fuites à Bilyarsk. Il connaissait les activités de Baranovitch, de Kréchine et de Sémélovsky, et celles de leur agent de liaison, l'épicier Dherkov. Le contraire eût été inconcevable vu le temps qu'avait duré la construction du Mig.

Mais ni lui ni son département n'avaient pris de mesures contre ces dissidents. Ils avaient simplement renforcé la surveillance pour réduire la fuite des informations à quelques gouttes, empêchant les réunions et contacts extérieurs, par exemple. Pourquoi avait-il pris ce risque ? Il laissa soudain sa tête retomber entre ses mains, pressant des paumes ses paupières fermées. Il avait fait ce pari parce qu'il avait peur. Peur de priver le projet d'éléments humains aussi essentiels. Peur que, même s'il l'avait fait, les Anglais ou la C.I.A. n'aient trouvé à suborner d'autres hommes ou à introduire de nouveaux agents secrets, à organiser d'autres contacts dont il n'aurait rien su. Mieux vaut un diable qu'on connaît, avait-il dit à Priabine avec un sourire forcé lorsqu'il avait pris sa décision. Et le jeune homme s'était montré d'accord avec lui. A présent, sa remarque lui paraissait éminemment stupide.

Le prix d'un échec n'avait jamais fait aucun doute : la disgrâce, voire l'exécution. Il tenta de se réconforter en pensant que, si les Anglais et les Américains savaient quelque chose, ce n'était rien à côté de ce qu'ils auraient pu savoir...

Son visage mince et brun était las et blafard, ses yeux gris emplis de frayeur. Même s'il s'agissait d'espions, on ne pouvait faire autrement que de les laisser en place, à leur travail. Les mots sonnaient creux, comme s'il était déjà en train de les prononcer devant un public incrédule, qui sait, devant Andropov lui-même...

PREMIÈRE PARTIE

LE RENDEZ-VOUS DE BILYARSK

I

LE MEURTRE

Au sortir de l'avion, le British Airways BAC-111, la marche sur l'aire de débarquement de l'aéroport Cheremetievo sembla interminable à l'homme frêle qui se tenait en queue de la file des passagers. Le vent fouettait son feutre mou; pour l'empêcher de s'envoler, il le maintenait bien enfoncé d'une main; de l'autre, il portait un sac de voyage au sigle de la compagnie aérienne. Rien ne distinguait cet individu du reste des voyageurs. Il portait des lunettes à monture épaisse et sa lèvre supérieure s'ornait d'un soupçon de moustache. Le vent glacial rougissait son nez et décolorait ses joues. Il était vêtu d'un pardessus foncé et d'un pantalon foncé, aussi anonymes que ses chaussures. Seule une peur bilieuse, comme barattée dans son estomac, aurait pu le définir, le faire remarquer.

Le K.G.B. avait pour principe de photographier tous les passagers d'avions arrivant de l'étranger à l'aéroport principal de Moscou. L'homme fut donc, lui aussi, photographié à distance au téléobjectif. Il s'en doutait, mais il aurait été incapable de dire à quel point de son trajet la photo avait été prise. Il baissait la tête pour essayer de se protéger la figure et les yeux des tourbillons de poussière.

La chaleur qui l'envahit soudain dans le hall de débarquement le surprit et lui donna envie de rabaisser le col de son manteau, de retirer son chapeau et de passer la main dans sa chevelure brune. Il repoussa les mèches de son front. Ses cheveux, séparés par une raie blanche, n'étaient pas d'un homme soucieux d'avoir une coiffure à la mode. A cet instant, il fut photographié pour la deuxième fois. En fait, on aurait dit qu'il avait posé pour cette photo. Après avoir regardé autour de lui, il se dirigea vers la douane, pris dans le flot humain qu'on rencontre dans tout aéroport international. Son attention fut attirée par le défilé de diverses délégations — les couleurs flamboyantes des costumes nationaux africains, au milieu de groupes d'Orientaux, d'Européens. C'était comme s'il faisait partie d'un vaste congrès, et le cosmopolitisme habituel à ce genre de lieu lui remit l'estomac en place. Tout au plus pouvait-il donner l'impression d'avoir froid, le cœur passablement barbouillé par le vol.

Il se dit que les deux hommes debout derrière les douaniers étaient probablement des policiers du K.G.B. Il posa son sac de voyage entre les écrans du détecteur tandis que ses valises glissaient vers lui sur le tapis roulant circulaire. Il ne fit pas un geste en leur direction. Il savait ce qui allait se passer. L'un des hommes qui jouaient l'indifférence derrière les douaniers s'approcha et souleva les deux valises.

Le voyageur regarda fixement le douanier, feignant d'ignorer le policier qui ouvrait maintenant chaque valise et se livrait à une fouille minutieuse, fourrageant sans ménagement dans les vêtements. L'inspecteur des douanes vérifia ses papiers et les tendit au contrôleur, à l'autre bout de la longue table basse. L'homme du K.G.B.

fouillait les vêtements avec de plus en plus d'insistance. Le sourire qu'il arborait auparavant avait disparu, faisant place à une expression d'extrême incrédulité devant le contenu des valises.

« Monsieur Alexander Thomas Orton, quelle est la raison de votre voyage à Moscou ? » demanda l'inspecteur.

L'homme toussota et répondit :

« Comme vous pouvez le voir à mes papiers, je fais de l'exportation pour le compte de l'Excelsior Plastics Company, de Welwyn Garden City.

– En effet, en effet, dit l'inspecteur en ne cessant d'observer la mimique désappointée de l'homme du K.G.B. Vous... êtes venu en Union soviétique plusieurs fois au cours des deux dernières années, monsieur Orton ?

– Eh bien, oui – et rien de semblable ne m'était encore arrivé ! »

Le ton n'exprimait pas la contrariété, seulement la surprise. L'homme semblait avoir décidé de rester aimable, de jouer le visiteur qui n'en est pas à son premier voyage en Russie, et de ne pas relever la façon insultante dont on traitait ses bagages.

« Excusez-moi », dit l'inspecteur.

L'homme du K.G.B. conversait maintenant à voix basse avec le douanier. Le reste des passagers en avait fini avec le contrôle et s'était dispersé dans le hall d'arrivée. M. Alexander Thomas Orton se sentit plutôt seul.

« Mais enfin, mes papiers sont en règle, dit-il. Signés à Londres par votre attaché commercial à l'ambassade soviétique. »

On décelait une trace de nervosité dans sa voix, comme s'il se sentait victime d'une mauvaise plaisanterie à laquelle il ne comprenait rien.

« Vous l'avez dit, je suis déjà venu ici un certain nombre de fois. On ne m'a encore jamais fait ce genre d'histoires. Et lui, qu'est-ce qu'il cherche ? Il avait vraiment besoin de mettre une telle pagaille dans mes affaires ? »

L'homme du K.G.B. s'approcha. Alexander Thomas Orton passa les doigts dans ses cheveux gominés et essaya de sourire. Le Russe était un grand gaillard au visage plat de Mongol. Il donnait l'impression d'un homme dont les pouvoirs ne sont pas à l'échelle de ses ambitions. Il prit le passeport et les visas des mains de l'inspecteur et se fit un devoir de les examiner en détail.

Apparemment satisfait, il regarda Orton bien en face :

« Pourquoi venez-vous à Moscou, monsieur... Orton ?

– Oui, Orton. Je suis un homme d'affaires, un exportateur plus précisément.

– Et qu'est-ce que vous espérez exporter en Union soviétique, de votre pays ? » demanda le Russe dont une petite moue accompagnait le ton de sarcasme.

L'affaire prenait un tour presque irréel. Orton passa de nouveau la main dans ses cheveux, plus nerveusement, comme si cette farce n'avait que trop duré :

« Des objets en plastique : des jouets, des jeux, ce genre d'articles.

– Où sont vos échantillons – je veux dire la camelote que vous vendez, monsieur Orton ?

– De la camelote ? Dites donc !

– Vous êtes anglais, monsieur Orton ? Pourtant, votre voix... elle ne sonne pas très anglais.

– Je suis canadien d'origine.

– Vous n'avez pas l'air canadien, monsieur Orton.

– Je... j'essaie d'avoir l'air aussi anglais que possible; ça aide, voyez-vous, pour les ventes à l'étranger. Vous comprenez ? »

Tout d'un coup, il se rappela les exercices vocaux qu'on lui avait fait faire. Souvenir aussi cinglant qu'un coup de serviette mouillée. Il avait trouvé cet entraînement absurde, négligeable, comparé à ses autres tâches. Maintenant, il en était reconnaissant.

« Non, je ne comprends pas.

– Pourquoi avez-vous fouillé mes bagages ? »

L'homme du K.G.B. resta un instant interloqué, puis lança :

« Vous n'avez pas à le savoir. Vous êtes un visiteur en Union soviétique, monsieur Orton. Ne l'oubliez pas ! »

Comme pour marquer son irritation, il s'en prit finalement au petit poste à transistors de son interlocuteur. Tout en regardant Orton droit dans les yeux, il ouvrit d'un coup sec le dos de l'appareil. Orton serra les poings dans ses poches et attendit la suite.

Le Russe, visiblement déçu, referma le poste et dit :

« Pourquoi emportez-vous ça avec vous ? Vous ne pouvez pas recevoir vos programmes ridicules ici, à Moscou ! »

Orton fit un mouvement d'épaules. On lui jeta son poste et son passeport. Il les prit en essayant de contrôler le tremblement de ses mains. Puis il se baissa, ramassa son sac de voyage et attendit que l'homme du K.G.B ait fini de refermer ses valises. Quand il les laissa tomber à ses pieds, les serrures de l'une d'elles se rouvrirent. Des chemises et des chaussettes s'échappèrent. L'homme du K.G.B. se mit à rire en voyant Orton, à quatre pattes, se démener pour récupérer deux paires de chaussettes grises qui avaient roulé. Enfin, le couvercle de la valise fut refermé. Les cheveux d'Orton pendaient lamentablement sur son front, obstruant sa vision. Il repoussa les mèches, remit ses lunettes d'aplomb, empoigna ses valises, une de chaque côté, et s'éloigna lentement en essayant de se donner, autant qu'il le pouvait, l'apparence de la dignité offensée. Il traversa le hall et se dirigea vers les hautes portes vitrées qui lui donneraient accès à l'air libre, enfin soulagé. Il n'avait pas besoin de regarder derrière lui pour savoir que l'homme du K.G.B. était déjà en train de consulter son collègue, celui qui à la douane était resté appuyé contre le mur, à la fois nonchalant et sûr de lui et qui, visiblement son supérieur, avait intensément observé Orton pendant tout le temps où il se débattait avec les formalités douanières, le passeport, le K.G.B.

Gant se doutait que les deux hommes appartenaient à la 2e direction générale – probablement à la 1re section, 7e département, chargé des problèmes de sécurité concernant les touristes américains, anglais et canadiens. Et, se dit-il – son estomac se décrispant pour la première fois depuis sa descente d'avion –, M. Orton était un peu tous les trois, en un sens, et ces policiers avaient donc toutes les raisons d'être sur leurs gardes.

Il appela l'un des taxis en stationnement devant les portes principales du hall, posa ses valises et enfonça une fois de plus son chapeau sur sa tête à cause du vent toujours violent malgré la protection du bâtiment. Un taxi noir s'avança.

« Hôtel Moskva, s'il vous plaît », dit-il de sa voix la plus aimable, la plus anodine.

Le chauffeur lui ouvrit la portière, chargea les valises, sauta dans la voiture, mit le moteur en marche – et attendit.

Gant savait ce qu'il attendait : la voiture du K.G.B. qui devait les prendre en filature. Le signal donné par l'homme du K.G.B. qui l'avait houspillé, vague silhouette massive, ne lui avait pas échappé. Il ôta son chapeau et se pencha de côté. Dans le rétroviseur apparut une longue voiture luisante aux chromes étincelants. Le chauffeur du taxi embraya et ils quittèrent l'aéroport vers le sud-est par la route conduisant au centre de Moscou : la large, la prestigieuse avenue de Leningrad. Il se cala sur la banquette, évitant de regarder derrière lui à travers la glace teintée. La longue voiture noire serait là, cela ne faisait aucun doute.

Eh bien, se dit-il, sa tension baissant jusqu'à disparaître, Alexander Thomas Orton a bien passé sa première inspection. Il ne transpirait pas — le chauffage du taxi était défectueux et la température à l'intérieur plutôt basse. Il lui fallait cependant admettre qu'il s'était montré nerveux pendant ce test. Il avait dû jouer un rôle auquel son public était habitué, si habitué qu'il aurait remarqué la moindre fausse note. Il avait dû s'effacer complètement, non seulement derrière le masque de cet Orton aux cheveux gominés et à la mâchoire sans force, mais dans ses gestes, dans sa voix. En même temps, son rôle était d'exhaler, tel le parfum reconnaissable d'une lotion after-shave, un air de suspicion, de malaise. Enfin, partie la plus difficile, il avait dû adopter un accent et un maintien britanniques visiblement appris et mal assimilés.

Considérant son succès, et se félicitant du manque d'imagination et de perspicacité de l'homme qui l'avait interrogé, il salua au passage l'extraordinaire talent d'Aubrey. Ce petit Anglais grassouillet avait passé beaucoup de temps à faire endosser par Gant le personnage d'Orton, couverture uniquement destinée à l'introduire discrètement en Russie. Pendant près de deux ans, un homme ressemblant beaucoup à l'actuel Gant avait passé la douane à Cheremetievo. Un exportateur, proposant avec quelque succès une série de jouets en plastique. Ceux-ci se vendaient d'ailleurs assez bien, paraît-il, au grand magasin de la place Rouge, le Goum – ce qui avait bien amusé Aubrey.

Et naturellement, ce n'était pas tout. Alexander Thomas Orton devait être aussi un trafiquant de drogue. Un peu plus d'un an auparavant, on s'était soigneusement arrangé pour éveiller la suspicion du K.G.B. quant à un possible trafic de stupéfiants. La surveillance s'était resserrée sur Orton, mais on ne l'avait jamais harcelé aussi ouvertement qu'aujourd'hui. Gant se demanda si Aubrey ne lui avait pas joué un tour. Il était certain que ce grand idiot du K.G.B s'attendait à trouver quelque chose dans ses bagages. Et maintenant que ses soupçons avaient été éveillés sans qu'il puisse mettre la main sur rien de satisfaisant, Gant, lui, se trouvait filé jusqu'à son hôtel.

Le taxi longea, à sa droite, le réservoir de Khimsky, sa grande étendue d'eau grise donnant une impression de froid et de fatalité sous le ciel agité de nuages. Bientôt, ils abordèrent l'agglomération urbaine proprement dite. Par la fenêtre, Gant regarda à sa gauche défiler le stade Dynamo.

Il savait fort bien qu'il n'avait pas fait grande impression sur Aubrey. Il s'en moquait. Il avait assumé à fond le rôle qu'on lui faisait jouer, mais sans jamais souhaiter en imposer à quiconque. Il était au début de son voyage et ne ressentait que de l'impatience. Une seule chose comptait pour lui depuis que Buckholz l'avait déniché dans cette pizzeria minable de Los Angeles, à l'heure du déjeuner. Il travaillait alors dans un garage après avoir quitté le groupe Apache, l'escadron « Mig » de l'U.S.A.F. Oui, une seule chose avait désormais compté pour lui : piloter l'avion le plus extraordinaire de tous les temps. Si Gant possédait encore une âme, ce dont il doutait, elle avait dû se réfugier dans cette idée enfouie, comme embaumée, au fond de lui. Buckholz l'avait fait voler de nouveau, sur le Mig-21 puis sur le Foxbat. Ensuite, Gant avait tout plaqué, il avait disparu. Mais Buckholz l'avait retrouvé, et l'idée avait pris corps... le Firefox.

Voir Gant jouer le personnage d'Orton amusait Aubrey. Gant, obsédé par une seule et même pensée, n'y voyait cependant qu'un prélude. L'étape nécessaire pour se rapprocher du Firefox.

Une certitude l'habitait, presque comme une maladie. Et cette certitude ne l'avait jamais quitté. Ni dans ses cauchemars, ni dans la drogue, ni à l'hôpital, ni dans l'effondrement nerveux, ni dans la désintoxication chèrement payée. Il n'avait jamais cessé de se considérer comme un pilote – le meilleur. Buckholz en était conscient, le salaud, se dit Gant, et il s'en était servi comme d'un levier, le seul possible... Il n'était plus question de se dérober. Le travail au garage de Los Angeles n'était qu'un faux-fuyant, une mascarade pas plus vraie que s'il avait mis un déguisement. Et avant ça, l'hôpital et l'uniforme blanc qu'il avait adopté, encore un déguisement. Il avait essayé de se dissimuler cette vérité que même le meilleur n'est pas à l'abri de la peur, qu'il peut présumer de ses forces – qu'il peut échouer.

Là était le véritable cauchemar. Une menace pesait sur l'univers précaire de Gant, sur tout son être : celle de flancher, ses nerfs mis à vif par trop de missions, trop de dangers, trop de tension.

Gant passa la main sur son front, puis posa les yeux sur ses doigts humides. Son visage exprima du dégoût, presque de l'écœurement. Voilà qu'il transpirait maintenant. Non pas à cause du petit jeu stupide qu'il lui fallait jouer avec ce maudit K.G.B. sur son terrain. Non. A cause du souvenir qui lui revenait d'avoir songé à se dérober.

Gant venait d'une famille de gens insignifiants. Dès l'adolescence, il avait méprisé ses parents et son frère, le démarcheur en assurances. Un parfait raté. Il méprisait également, sans pouvoir s'empêcher de l'aimer, sa sœur aînée, une souillon avec un ivrogne de mari et quatre gosses. Le misérable village où il était né, coin perdu dans l'immensité monotone du Midwest, s'appelait Clarkville. Population 2763 hab., lisait-on sur un panneau qui annonçait : « Une petite ville, mais quelle ville ! » Gant avait Clarkville en horreur. Chaque seconde vécue dans ses murs ou dans les champs de blé ondulants qui l'emprisonnaient, il n'avait pas existé, il s'était senti une complète nullité. Clarkville était derrière lui depuis bien longtemps. Il n'y avait jamais plus remis les pieds. Ni pour l'enterrement de sa mère, ni pour faire plaisir à son père vieillissant. Une fois, sa sœur lui avait écrit, mêlant les reproches et les supplications. A cette lettre, parvenue à Saigon, il n'avait pas répondu. Mais Gant ne s'était jamais totalement libéré de Clarkville. Elle restait accrochée à lui partout où il allait. Elle l'avait marqué de son empreinte.

Il essuya la sueur de son front sur la jambe de son pantalon, ferma les yeux et s'efforça de ne plus évoquer le passé. Encore la faute de ce satané rêve, pensa-t-il. C'était lui qui avait déclenché tout ça. Et puis sa vanité avait été piquée de ce qu'Aubrey l'eût regardé de haut, d'un air protecteur et condescendant. Les mains de Gant se crispèrent sur le plastique de la banquette. Tel un enfant, tout ce qu'il voulait maintenant, c'était leur montrer, leur montrer à tous, de quoi il était capable

– comme il avait voulu le montrer à ceux de Clarkville, cette ville morte peuplée de morts. Quant à Aubrey, il n'existait qu'un moyen de lui donner une leçon. Il fallait que Gant lui ramène son avion – le Firefox.

Kontarsky était au téléphone. Une ligne directe le reliait à son officier supérieur à la section de la Sécurité industrielle du 2e secrétariat général – dont le département « M » était une fraction, petite certes, mais vitale. Dimitri Priabine observait son chef; on aurait dit un souffleur qui au théâtre, le texte d'une pièce sur les genoux, surveille le jeu d'un acteur. Kontarsky semblait beaucoup plus à l'aise que durant leur entretien de la veille. L'action des dernières vingt-quatre heures l'avait sans doute calmé.

Pendant ce laps de temps, Kontarsky avait reçu le dernier rapport de l'unité du K.G.B de Bilyarsk. La surveillance de la cellule clandestine s'était accentuée. On n'avait pas noté d'arrivées suspectes à Bilyarsk ces dernières quarante-huit heures. Et quand Dherkov, l'épicier agent de liaison, était revenu de Moscou, son camion de marchandises avait été fouillé de fond en comble. D'ailleurs, sur l'ordre de Kontarsky, on avait procédé à la fouille de tous les véhicules entrant dans la ville et à la vérification minutieuse de l'identité de tout le personnel franchissant l'enceinte de sécurité du complexe industriel. A l'intérieur de cette enceinte, de plus nombreuses patrouilles circulaient avec des chiens policiers, et l'effectif des gardes armés avait triplé dans les hangars.

Cela fait, Kontarsky et Priabine s'étaient déjà sentis plus à l'aise. Priabine devait se rendre lui-même à Bilyarsk durant la nuit, dans un hélicoptère du K.G.B. Il se ferait remettre par l'officier en poste le commandement des forces de sécurité et saurait bien, en quelques heures, faire de Bilyarsk un bastion étanche. Kontarsky, lui, avait décidé de ne pas voyager avec le premier secrétaire et son escorte, mais de se mettre en valeur en se trouvant sur les lieux vingt-quatre heures avant les essais en vol. Les dissidents auraient été arrêtés depuis peu, et quand les officiels arriveraient, on serait déjà en train de les interroger. Le premier secrétaire et Andropov qui devait l'accompagner ne manqueraient pas d'être impressionnés, se disait Kontarsky. Lui et Priabine escomptaient beaucoup plus des interrogatoires. Baranovitch, Kréchine, Sémélovsky, Dherkov et sa femme seraient brutalement arrachés à leur illusion de sécurité par le déploiement spectaculaire de la rude efficacité du K.G.B.

Kontarsky reposa le téléphone. Il adressa un large sourire à son adjoint et à l'autre personnage présent dans le bureau : Victor Laniev, sous-chef du K.G.B. à Bilyarsk. Laniev avait été envoyé à Moscou pour faire à Kontarsky un rapport de vive voix qui, s'ajoutant au rapport écrit de Tsernik, le chef du K.G.B. à Bilyarsk, ne pouvait qu'accroître le sentiment de confiance de Kontarsky. Après avoir écouté la relation détaillée des allées et venues des trois hommes placés sous surveillance, des contacts qu'ils avaient pu avoir, il s'était senti d'abord soulagé, puis lancé sur la voie de l'optimisme au bout de laquelle le succès était à portée de la main.

A Bilyarsk, les dispositifs de sécurité suivaient d'une manière tout orthodoxe et sans imagination la règle classique : en faire trop. Outre les membres de tous grades appartenant officiellement au K.G.B. local, et leur escouade spécialement fournie par la 2e direction générale, on avait appelé en renfort du personnel du G.R.U. – le service de renseignement militaire soviétique – pour patrouiller aussi bien en ville que sur le terrain d'aviation. Tout cela sans compter les membres « officieux » du K.G.B. espions civils et informateurs qui entouraient les équipes de chercheurs et de techniciens. Et ces trois groupes avaient pour mission de surveiller... quatre hommes et une femme. Ils observaient tout, voyaient tout, savaient tout.

Kontarsky s'épanouissait déjà dans les félicitations que ne manqueraient pas de lui adresser ses supérieurs. Il se renfonça dans son fauteuil, joignant le bout de ses doigts, et dit :

« Nous ne laisserons rien au hasard, mes amis. Ce n'est pas le moment de prendre des risques, à un stade si avancé. Aussi, je suggère que nous dépêchions là-bas un détachement spécial de la 5e direction générale, une de leurs super-unités de sécurité. Vous êtes d'accord ? »

Laniev, à qui s'adressait directement ce discours, se sentit quelque peu insulté :

« Je n'en vois pas la nécessité, camarade colonel.

– J'en vois, moi, l'extrême nécessité ! dit Kontarsky, le foudroyant du regard. Je dois avoir l'assurance la plus complète que rien ne tournera mal à Bilyarsk. Seriez-vous prêt à m'assurer – de la façon la plus formelle, la plus définitive – que rien ne peut tourner mal ? »

Kontarsky avait souligné d'un sourire sa dernière phrase. Laniev, homme d'un certain âge qui s'était élevé aussi haut qu'il le pourrait jamais dans la hiérarchie du K.G.B. baissa le nez et secoua la tête :

« Non, camarade colonel, je ne pourrais pas dire ça, murmura-t-il calmement.

– Bien entendu. Et je ne vous demanderai pas de le faire, Victor Alexeïvitch. Non. »

Face à ses deux subordonnés, il rayonnait. Priabine perçut le changement d'humeur de Kontarsky. Plus d'une fois, il avait été frappé de déceler chez son chef des symptômes de cyclothymie. Les doutes de la veille étaient maintenant profondément enterrés. Kontarsky aurait à peine été capable de se reconnaître si on l'avait confronté avec celui qu'il était hier.

« Combien d'hommes vous faut-il, colonel? demanda Priabine.

– Une centaine, peut-être. Amenés discrètement, bien sûr, mais une centaine. Nous courons le risque d'alerter les autres, c'est possible, mais ça vaut mieux que de ne pas tout faire pour déjouer leurs plans.

– Le camarade Tsernik ne pense pas qu'ils aient tramé quoi que ce soit, camarade colonel, intervint Laniev.

– Hum! Peut-être. Mais nous devons agir comme s'ils avaient l'intention de saboter le vol d'essai. Que quelque chose arrive à l'un des missiles, ou au canon... une explosion dans les airs... Vous comprenez. Je n'ai pas besoin de vous faire un dessin. La production du Mig-31 serait retardée, peut-être remise en question. Ou bien nous serions tous, je dis bien tous, jetés dans la plus honteuse disgrâce. »

Kontarsky n'avait pas cessé de sourire. Un instant, ses sourcils s'étaient rapprochés en un léger froncement d'inquiétude, mais il était maintenant capable de tenir tête à sa peur parce qu'il ne voyait pas, qu'il ne pouvait pas imaginer comment il pourrait échouer. Multiplier les chiffres lui donnait confiance. Près de deux cents hommes à Bilyarsk, sans compter les informateurs...

« Je dois prendre contact avec le service de la Sécurité politique pour savoir auxquels des informateurs qui nous ont été... *prêtés* on peut faire le plus confiance, poursuivit alertement Kontarsky. Il se peut que nous n'ayons pas besoin d'eux, mais ils seront au sein du complexe et donc le plus près possible des dissidents. Ils seront armés sous votre direction, Victor Alexeïvitch. (Laniev approuva de la tête.) Ils communiqueront entre eux par talkie-walkie. Et maintenant, dites-moi où seront nos traîtres au cours des heures précédant le vol, pendant qu'on armera l'avion ? »

Laniev consulta ses notes.

« Ils seront tous les trois à l'intérieur même du hangar, camarade colonel — malheureusement !

— Malheureusement en effet. Trois fois plus dangereux qu'ils pourraient l'être autrement. Donnez-moi plus de détails.

— Baranovitch a travaillé sur le système d'armes proprement dit, comme vous le savez, camarade colonel.

— Il travaillera sur l'avion la nuit précédant le vol ?

— Oui, camarade colonel.

— On ne peut pas le remplacer ?

— Cela paraît impossible.

— Bon! Et les autres ?

— Kréchine et Sémélovsky ne sont guère plus que des mécaniciens hautement qualifiés, camarade colonel. Leur tâche sera d'assurer l'approvisionnement en carburant, le chargement des missiles et autres armes. Sans oublier la nacelle arrière de défense électronique. Ce sont eux qui connaissent le mieux les différents systèmes; ils ne sont donc pas faciles à remplacer.

— On pourra surveiller ce qu'ils font ?

– De très près. Nos informateurs seront à leurs côtés toute la nuit.

– A condition que nos chers informateurs soient capables de reconnaître une tentative de sabotage s'ils en voient une !

– Ils en sont capables, camarade colonel.

– Bon. Pour ça, je peux vous faire confiance. Naturellement, Dherkov sera chez lui, au lit avec sa grosse femme. (Kontarsky sourit de nouveau, sa bonne humeur nourrie par ce qu'il venait d'entendre, par la justesse des actions qu'il entreprenait, par l'esprit de décision que révélaient ses manières, sa voix...) Bien. Résumons-nous, messieurs. Nos collègues du G.R.U. vont entourer Bilyarsk d'une ceinture infranchissable ; l'unité de renfort de la Sécurité, que nous empruntons, arrivera demain et prêtera assistance aux gardes sur toute l'enceinte du complexe, dans les hangars, l'usine, et même au pourtour de la ville. Nos trois dissidents seront tenus à l'œil, Baranovitch en particulier. Est-ce que j'ai oublié quelque chose, Dimitri ?

– Tout est noté là », dit Priabine.

Derrière son bureau, Kontarsky s'étira, les bras au-dessus de la tête. Son sourire, toujours plaqué sur son visage mince, commençait à irriter Priabine. Le col de son uniforme était ouvert, découvrant une pomme d'Adam proéminente, un cou maigre d'oiseau, la peau à la fois tendue et flasque, comme chez un dindon... Priabine essaya de contenir son irritation.

« Je pense, dit Kontarsky, que par précaution supplémentaire nous devrions nous occuper de ceux qui forment l'autre bout de la chaîne, ici à Moscou. Pas ce soir, non. Si nous les faisions disparaître alors qu'il nous reste encore quarante-huit heures devant nous, Lansing pourrait découvrir la chose et prévenir nos bons amis de Bilyarsk. Non. Demain ce sera très bien. Cela nous laisse vingt-quatre heures pour découvrir ce qu'ils savent. Tu t'occuperas de ça, Dimitri ?

— Oui, colonel. Dès ce soir, je vais faire surveiller l'entrepôt qui sert de façade à leurs activités. Et nous n'interviendrons que sur vos ordres.

— Bon. Je veux les voir avant... avant de m'envoler demain pour Bilyarsk. Pour la surveillance, c'est d'accord, Dimitri. Mais ce n'est pas la peine de faire perdre leur temps à nos hommes. Demande à la 7e direction générale. C'est leur métier de faire ça. On pourra les remplacer par une équipe à nous quand je donnerai le signal.

— Très bien, colonel.

— Très bien ? Oui, Dimitri, je commence à trouver que tout ça se présente très bien en effet. »

Kontarsky se mit à rire. Priabine observa la pomme d'Adam qui s'agitait de bas en haut du cou de dindon et se prit à détester l'excès de confiance de son supérieur plus encore qu'il ne redoutait ses défaillances nerveuses.

La longue voiture noire avait trouvé une bonne place où se garer : face à l'entrée de l'hôtel Moskva. Lorsque Gant traversa le hall, tâtant ses poches comme pour s'assurer que ses papiers y étaient toujours, il remarqua que les deux hommes assis dans la voiture n'avaient pas esquissé le moindre geste pour le suivre. L'un s'était déjà mis à lire un journal; l'autre, le chauffeur, avait allumé une cigarette. Mis en garde par leur inactivité, Gant inspecta le hall. Du bureau de réception de l'hôtel, il était bien placé pour avoir une vue d'ensemble. Il ne tarda pas à repérer l'homme chargé de l'identifier. Sa photo devait avoir été transmise par bélino de Cheremetievo à la rue Dzerjinsky.

Si Aubrey ne l'avait abondamment averti de ce qui l'attendait, Gant aurait eu le souffle coupé par l'efficacité d'une telle organisation. La poursuite acharnée, insupportable, dont il avait été l'objet – bien que suspecté seulement d'être un « criminel économique » – et l'intensité des précautions de sécurité à son égard ne lui en causèrent pas moins une sensation nauséeuse au creux de l'estomac.

L'homme de faction, le visage masqué par un numéro de la *Pravda,* ne manifesta aucun signe d'intérêt. Assis dans l'un des nombreux renfoncements du grand hall, son manteau jeté sur un fauteuil, il lisait son journal, apparemment à l'aise. Dès que Gant quitterait l'hôtel, cet homme le suivrait. Déjà, probablement, la voiture stationnant à l'extérieur avait été remplacée par une autre, ses occupants tenant leurs consignes de la même direction du K.G.B. que l'homme derrière son journal.

Une fois dans sa chambre, Gant ôta ses lunettes à verres clairs, ébouriffa ses cheveux et défit sa cravate. C'était comme se débarrasser d'une camisole de force. Il ouvrit ses valises, puis enleva ses chaussures. La chambre était en fait une petite suite avec de hautes fenêtres donnant sur la place Rouge battue par le vent. Gant ne s'en approcha pas pour profiter de la vue. Il se dirigea par contre vers une table roulante garnie de bouteilles et de verres, et se servit un scotch. Assis sur un canapé, les pieds en l'air, il essaya de se détendre mais réalisa bientôt qu'il ne parviendrait pas à jouer l'indifférence. Même dans cette chambre d'hôtel luxueuse, avec chauffage central et fenêtres à double vitrage, où il aurait dû se sentir en sécurité. On lui avait recommandé de ne pas chercher à découvrir s'il y avait des micros : quelqu'un était peut-être en train de l'observer à travers un miroir sans tain.

Il jeta pourtant un coup d'œil en direction d'une grande glace apposée sur l'un des murs, puis détourna la tête. Déjà, il éprouvait l'effet hypnotique de la surveillance que le K.G.B. exerçait sur lui. Il lui était facile de s'imaginer comme un insecte épinglé sur un carton, nu et exposé, une lumière blanche crue tombant sur lui. Résister à cette image supposait même un véritable effort. Il frissonna malgré lui et avala une gorgée de scotch. L'alcool, auquel il s'était habitué dans le cadre de l'entraînement destiné à le faire devenir Orton, réchauffa sa gorge et son estomac. Il se sentait vivre dans un monde où il n'y aurait eu que des yeux.

Comment considérer froidement, objectivement, le système de défense soviétique, les heures de vol qui l'attendaient dans le Firefox, se remémorer l'entraînement sur le Foxbat et sur le simulateur construit d'après les photographies et les instructions fournies par leur homme à Bilyarsk – Baranovitch? il s'efforça de remettre à plus tard ce genre de réflexions.

Il laissa son esprit tourner à vide. S'étant levé, il alla vers une fenêtre et, de son douzième étage, contempla la place Rouge. Il ne s'intéressa pas à la rangée de voitures qui stationnaient directement sous ses fenêtres. Ses yeux s'attardèrent sur la vaste place gagnée par l'ombre de cette fin d'après-midi, sur le toit du Musée historique et, plus loin, sur les tours et dômes du Kremlin se détachant sur un ciel bas. Il pouvait à peine distinguer les gardes devant les portes de bronze du mausolée de Lénine, et les petites silhouettes traversant dans les deux sens les portes vitrées d'un bâtiment gris – le Goum. A l'autre bout de la place s'élevait, énorme, invraisemblable, l'église Basile-le-Bienheureux, d'un faste irréligieux. Et puis son regard ne s'attacha à rien de particulier sur l'étendue déserte de la place Rouge.

Il avala une autre gorgée de scotch, mais elle ne le réchauffa point. Sa pensée se tournait déjà vers l'avenir immédiat : cette rencontre avec trois hommes qu'il ne connaissait pas, sur la berge de la Moskova, près du pont Krasnoknolmski. Il avait été convenu qu'il quitterait l'hôtel après dîner et se comporterait comme un touriste, même s'il était filé. Tout ce qu'il avait à faire, c'était d'arriver au rendez-vous à dix heures et demie sans faute. Il ne devait pas oublier de prendre son chapeau et son pardessus – non, de les porter sur lui – et d'emporter son poste à transistors. Cela voulait dire qu'il ne retournerait pas à l'hôtel, que le voyage vers Bilyarsk commencerait.

Ce soir-là, Alexander Thomas Orton quitta le bar de l'hôtel Moskva un peu avant dix heures. Il avait pris son dîner dans la salle à manger de l'établissement et pendant tout le repas il avait été observé par un homme de la direction de surveillance du K.G.B. Ce petit personnage obèse dînait seul à une table bien située pour lui permettre de voir tous les occupants de l'immense salle. Il avait suivi Orton au bar et, assis devant un grand verre de vodka, il avait continué à l'observer sans beaucoup de discrétion. Gant se doutait que sa chambre serait soigneusement fouillée pendant le dîner, c'est pourquoi il avait mis le petit transistor dans la poche de son pardessus. Dans la salle à manger, il avait pris soin d'accrocher le vêtement là où il pourrait ne pas le quitter des yeux – et où chacun pourrait voir qu'il ne le quittait pas des yeux. Les poches n'en avaient pas été fouillées.

Tout en mangeant, il avait étudié ce que le Guide Nagel disait de Moscou, puis confronté le texte avec une grande carte ostensiblement dépliée sur la nappe au moment du dessert. Il avait continué d'examiner texte et carte pendant l'heure qu'il avait passée au bar. Quand il s'en alla, on le suivit.

Il descendit les marches du perron de l'hôtel et se dirigea vers la place Rouge. Le gros homme fit une pause, alluma une cigarette de telle sorte que la flamme du briquet brille dans le noir. Gant ne perçut pas ce signal mais vit une silhouette sombre se détacher d'une voiture garée près de l'endroit où s'était arrêtée celle qui l'avait filé dans l'après-midi. Il n'y a qu'un seul homme, pensa-t-il. Plus le gros qui descendait les marches derrière lui. Deux.

Les phares de la voiture s'allumèrent et clignotèrent dans l'obscurité au rythme du toussotement du moteur, puis ils brillèrent franchement quand l'engin se mit à rugir. Tout avait semblé si calme jusqu'alors que le moteur fit un bruit exagéré. Gant craignit un instant d'être arrêté, empêché de quitter les abords de l'hôtel. Il s'immobilisa, mais personne ne tenta de l'appréhender. Il releva le col de son manteau. Les rafales qui balayaient la place lui soufflaient dans la figure. Il lui fallait retenir sur sa tête l'exaspérant chapeau auquel il n'était pas habitué. Il pencha le buste, contre le vent.

Quand il quitta la place du Manège pour arriver sur la place Rouge proprement dite, il choisit de prendre le trottoir de gauche pour longer la façade du Goum. Les Moscovites étaient nombreux sur la place; ils ne faisaient plus la queue devant le mausolée de Lénine, ils regardaient les vitrines du grand magasin. Leurs visages, dans le froid, reflétaient la lumière blanche des éclairages. Gant ne prit pas la peine de s'assurer qu'il était suivi – à quelle distance, avec quelle persistance. Il savait qu'on lui collait aux talons, et qu'une sorte d'alerte générale serait déclenchée si on venait à le perdre de vue. Ce serait alors la chasse. Précisément ce qu'il ne voulait pas. Il fallait garder les hommes à proximité. Aussi passa-t-il un certain temps à contempler les étalages de mode du Goum. Ce monstre gris, le plus grand magasin du monde, offrait des articles plus ou moins bien inspirés de la mode occidentale. Gant continua à flâner et avant de quitter la place Rouge livrée au vent, il tourna les yeux vers les tours du Kremlin.

Transpercé de froid, son chapeau enfoncé sur la tête, les mains enfouies dans ses poches, il atteignit enfin la Moskova et le pont Moskvoretski. S'il ne paraissait pas forcément aller vers une destination précise, il ne pouvait guère non plus passer pour un simple touriste prenant plaisir à visiter Moscou la nuit. Une bise glaciale venait du fleuve; il s'obligeait pourtant à garder une main à son chapeau pour être plus facilement repérable par ses suiveurs. Il aurait certes préféré enfouir au fond de sa poche sa main blanche de froid. Il s'arrêta un instant, penché sur le parapet, et regarda au-dessous de lui la surface noire et ridée de l'eau, piquetée de la réflexion des lampadaires. Cet arrêt alerta quelqu'un derrière lui, sur le pont, d'autant plus que les autres passants marchaient à vive allure, emportés et poussés par le vent. Gant sourit en lui-même.

Tournant le dos au fleuve et remontant bien son col, il observa ensuite sans en avoir l'air ce qui se passait sur la chaussée à l'autre bout du pont. La voiture était arrêtée, tous phares éteints, loin de la lumière des lampadaires. Vide, semblait-il. Mais, plus en avant, Gant aperçut un autre homme, le dos appuyé au parapet opposé.

Il reprit sa route. En dépit de tout ce qu'on lui avait dit sur les filatures, en dépit de l'entraînement auquel Buckholz l'avait astreint à New York et à Washington, la tension recommença à nouer son estomac. Il ne savait pas ce qui se passerait quand il atteindrait le pont Krasnoknolmski, en aval de la rivière, mais les instructions étaient de continuer à être filé. Aubrey avait été parfaitement clair sur ce point, la veille, dans la chambre d'hôtel emplie de la fumée des cigarettes. Il fallait que le K.G.B. reste à ses trousses.

Il traversa le canal de drainage longeant la Moskova, tourna sur le quai Ozerkovskaïa et descendit les quelques marches de pierre jusqu'à la berge. Il eut envie de s'arrêter, de vomir. Il se rendait compte que le calme artificiel ressenti jusque-là l'abandonnait finalement. Il ne pouvait plus prétendre qu'il s'agissait seulement d'ennuyeux préliminaires par lesquels il fallait passer avant d'affronter ce qui était vraiment son rôle dans l'ensemble de l'opération. *Le présent était réel.* A l'abri du pont, le vent avait quelque peu diminué. Il entendit les hommes qui le filaient descendre les marches jusqu'à la berge — des pas résonnant à peine, sans hâte, avec assurance, à une quarantaine de mètres derrière lui. Il prit peur. Il sortit une main de sa poche et agrippa son manteau à la hauteur de son estomac, pétrissant le tissu.

Il pensa à la voiture et à ses occupants. Ce n'était pas le moment de se retourner et de compter les têtes. Il avait l'écœurante certitude que trois hommes, quatre peut-être, marchaient derrière lui et que la voiture roulait le long du quai Ozerkovskaïa, au-dessus de lui, attendant qu'il revienne sur la chaussée.

Il passa sous le pont Oustinski et jeta un coup d'œil à sa montre. Dix heures vingt. Il ne lui fallait pas plus de dix minutes pour atteindre le prochain pont, le lieu de son rendez-vous avec... avec qui ? Un étrange silence régnait dans l'ombre du pont et le quai Sadovitcheskaïa où il se trouvait maintenant était désert. Seuls quelques couples venaient vers lui, la main dans la main, se promenant le long de la berge comme s'ils étaient à des kilomètres du centre de la ville.

Il respira profondément trois ou quatre fois, comme il le faisait avant de coiffer son casque et de regarder pour la première fois la planche de bord de l'avion qu'il devait piloter. Ce souvenir eut un effet calmant et lui permit de recouvrer un certain contrôle physique de lui-même. Il devait se forcer à penser qu'il faisait quelque chose en quoi il était maître – piloter. S'il y arrivait, alors il ne flancherait pas. Le bruit des pas s'était arrêté derrière lui. Tels de patients gardiens, les hommes attendaient qu'il reprenne ses forces.

Il se remit à marcher, dépassa un couple de jeunes gens si absorbés l'un par l'autre qu'ils ne lui jetèrent même pas un regard. Il contrôla le rythme de sa marche. Derrière lui, il pouvait entendre des pas, bruit léger renvoyé par le mur du quai et bientôt recouvert par d'autres bruits plus forts signalant à ses trousses les hommes du K.G.B. Les pas du jeune couple, plus lents et moins décidés semblait-il, s'évanouirent derrière lui. Il eut envie de s'enfuir en courant. Il ne pouvait pas croire qu'on le laisserait atteindre l'autre pont. Courir... l'important était de réduire la vitesse, de ne pas voler trop vite... il s'imagina en avion, ayant dépassé l'objectif à atteindre, revenant en arrière, attendant patiemment bien qu'ayant perdu de vue le Mig, perdu de vue le

Phantom, alors qu'il pilotait le Foxbat... ce moment terrible avant la reprise de contact. Il essaya de se raisonner. En ce moment précis, sa situation n'avait rien à voir avec l'autre, elle était *moins* dangereuse.

Il avança de nouveau, ayant retrouvé une sorte d'équilibre halluciné. Oui, il était le meilleur... il était en plein vol.

Du quai, il grimpa les marches menant au pont Krasnoknolmski, traversa le canal apparemment sans hâte, puis redescendit sur la berge étroite de la rive sud de la Moskova. L'eau noire s'étendait jusqu'à une ligne de lumières jaunes, sur l'autre rive, le long du quai Kotelnitcheskaïa. Pendant quelques secondes, il n'entendit plus de bruit de pas derrière lui, mais son oreille hypersensible discerna, venant du pont, le son assourdi d'un moteur. La voiture avait rejoint ses poursuivants. Le K.G.B. allait maintenant tâcher de prévoir ses gestes, ses intentions. Il regarda sa montre. Dix heures et demie. Une heure précise, propre à un rendez-vous, ne manqueraient-ils sans doute pas de penser. Il garda les yeux fixés sur la rivière mais entendit des pas descendant avec précaution les marches de pierre. Les pas de deux hommes. Puis d'un seul. L'un des policiers du K.G.B. s'était arrêté au milieu des marches.

Il essaya de fouiller l'obscurité. Aucune silhouette ne se détacha de l'ombre, sous le pont. Il se retourna et se mit à marcher le long de la berge.

Il n'était qu'à quelques centaines de mètres du premier escalier de pierre descendant vers le quai Gorovskaïa quand il vit trois ombres s'avancer vers lui. Il se demanda un instant si ce n'étaient pas des hommes du K.G.B., mais une voix s'adressa doucement à lui en anglais, sans trace d'accent étranger :

« Vous êtes monsieur Orton ?

– Oui. »

Les trois ombres se groupèrent rapidement à ses côtés. Une lampe de poche éclaira son visage.

« C'est bien lui », dit la même voix.

Le plus grand des trois hommes, blond, aux traits accentués, entama le dialogue en anglais mais avec un accent russe :

« Combien d'hommes vous ont suivi ? »

Gant répondit en russe, mettant à l'épreuve sa prononciation :

« Trois à pied, plus une voiture. Elle est là-haut sur le pont.

– Bon », répondit le Russe.

Gant remarqua que le premier homme qui lui avait adressé la parole avait la même carrure que lui et que ses cheveux brossés en arrière dégageaient le front. Un Anglais du personnel de sécurité de l'ambassade, pensa-t-il. L'homme sourit à Gant en signe d'encouragement ou de complicité. Gant lui rendit son sourire.

« Qu'est-ce qu'ils sont en train de faire, Pavel ? demanda l'Anglais, les yeux toujours tournés vers Gant.

– Celui qui était sur les marches est retourné à la voiture; le petit gros se demande quoi faire, parce que nous sommes quatre! dit le Russe avec un léger rire. Je crois qu'il a peur!

– Ça veut dire qu'ils attendent de l'aide – nous ferions mieux d'éloigner tout de suite M. Orton, tant qu'il y a un peu de flottement. »

Gant était tendu, prêt à n'importe quel geste soudain, prêt à fuir... Ils formaient un groupe serré et l'Anglais, dans son pardessus si semblable au sien, avec sa coiffure aussi démodée que la sienne, se pressait contre lui. Il se fit la réflexion saugrenue qu'ils étaient un cercle de manteaux sombres. Et juste à ce moment le grand Russe sortit de dessous son manteau noir une lourde matraque...

Fenton, l'Anglais qui avait joué plusieurs fois le rôle d'Orton les deux dernières années, poussa un cri de surprise qui se transforma en un cri de souffrance. Pavel venait de lui abattre la matraque sur le front – une fois, deux fois. Et quand l'homme fut à terre, gémissant, la matraque s'abattit encore trois fois, atrocement. L'estomac de Gant se souleva; son esprit lui hurlait qu'il était comme dans la fosse aux serpents, chez les fous du Veteran's Hospital, mais en même temps il comprenait ce que le Russe était en train de faire : rendre le visage de l'Anglais méconnaissable.

Les sifflets de la police traversèrent cet éclair de conscience. Ils s'accélérèrent et se firent plus aigus. L'homme du K.G.B. appelait du renfort.

« Vos papiers, vite! » lança Pavel.

Gant se pencha sur la face défigurée de l'Anglais. Cette vision sembla l'hypnotiser.

« Vos papiers! » répéta Pavel.

Comme en état de transe, Gant fouilla dans sa poche intérieure et tendit son passeport, ses visas, ses pièces d'identité de l'ambassade soviétique. Pavel les fourra dans les poches de Fenton, et en retira les papiers de l'Anglais. Le troisième arracha le chapeau de Gant, puis aida le Russe à soulever le corps. Ils le roulèrent quelques mètres jusqu'au bord de la berge et le lâchèrent dans les eaux noires et tumultueuses de la Moskova. Le pardessus sombre se gonfla, et les bras de l'homme devinrent ceux d'un crucifix. Le corps flottait, lentement entraîné par le courant.

« Vite! Suivez-nous – à la station de métro Pavolets! » gronda sourdement Pavel à l'oreille de Gant, le secouant pour le tirer de son immobilité.

D'autres coups de sifflet répondaient, à cinquante mètres de là, à l'appel de l'homme du K.G.B.

Quand les pieds de Gant se mirent en mouvement, ce fut comme s'ils étaient à mille mètres au-dessous de lui. Il trébucha sur les marches en gagnant le quai Gorovskaïa, à la suite de Pavel et de l'autre Russe. Derrière lui, des coups de sifflet stridents et des bruits de pas au galop, répercutés par les murs de la berge. Pavel et son compagnon le distancèrent en courant. Il vit un instant la tache blanche du visage de Pavel qui s'était retourné et lui criait : « Dépêchez-vous ! »

Gant se mit à courir, vite, encore plus vite, laissant derrière lui les coups de sifflet, et le cadavre à la dérive...

Le gros homme et celui, plus grand, dont la silhouette s'était détachée de la voiture devant l'hôtel Moskva, étaient plongés jusqu'à la ceinture dans les eaux glacées de la Moskova. Ils ramenaient le corps jusqu'à la berge. L'effort faisait grogner et jurer le gros homme.

Une fois le cadavre hissé sur les pavés du quai, il se pencha, déchiré par la toux, pour fouiller les poches. Il en sortit un passeport britannique tout trempé dans lequel étaient insérés d'autres papiers. Le deuxième homme éclaira de sa lampe électrique une photo de l'homme aux cheveux gominés puis, à la limite du cercle lumineux, la face défigurée.

« Hum, dit le gros homme au bout d'un moment, je les avais bien prévenus, au Centre. (Il y avait dans sa voix une note de satisfaction.) Il n'avait pas de drogue sur lui à Cheremetievo. Il a donc été incapable de livrer la marchandise. Ils l'ont tué, Stetchko. Ses petits amis les trafiquants de drogue ont tué M. Alexander Thomas Orton. »

II

LE VOYAGE

GANT n'eut que la vision fugitive d'une façade immense, très décorée, presque orientale : la grande gare Pavolets. Puis, le rythme ralentit. Les trois hommes avaient pris l'escalier mécanique descendant à la station de métro. Gant essaya de cacher son essoufflement aux quelques Russes indifférents qu'il côtoyait. Pendant la descente, ses yeux s'attardèrent sur les murs de marbre sombre, brillamment éclairés. Il n'avait jamais rien vu de semblable, que ce soit à New York, à Londres ou à Paris. L'architecture grandiose de la station Pavolets était celle d'un musée, et les rames qui surgissaient de l'ombre des tunnels en poussant une sorte de soupir semblaient presque déplacées.

Peu de monde sur le quai, mais les trois hommes se tinrent à distance l'un de l'autre pour éviter d'être remarqués. Pavel ne s'approcha de Gant qu'un bref instant, quand il lui glissa adroitement dans les mains un passeport britannique bleu contenant une liasse de documents.

« Etudiez ça pendant le trajet, murmura-t-il. Vous vous appelez Michael Grant — presque votre vrai nom. Vous êtes descendu en touriste à l'hôtel Varchava. Rappelez-vous qu'ils ne sont pas à la recherche d'un Anglais. Restez calme, et c'est tout. »

Pavel s'éloigna. Gant jeta un coup d'œil à la photo du passeport, prit note de l'image qui était censée être la sienne, enleva son chapeau et ses lunettes et les fourra dans les poches de son pardessus. Il ôta ensuite le pardessus lui-même et le porta d'un air naturel sur le bras. Mais il eut l'impression que son costume habillé le trahissait – la coupe en était visiblement étrangère – et que certains Russes le dévisageaient.

Le métro entra en gare, émergeant soudain dans la brillante lumière de la station. Gant s'approcha en renfilant son manteau, moins voyant que son complet. C'était une erreur de l'avoir enlevé. Quand il fut assis et que le métro démarra, il se tourna pour voir Pavel qui lisait nonchalamment un journal, ses longues jambes en travers du couloir central. L'autre homme n'était pas dans le même compartiment.

Gant observa les gens autour de lui. De simples passagers, repliés sur eux-mêmes, respirant la fatigue et l'ennui, évitant de se regarder les uns les autres. Des visages comme on en voit dans tous les métros du monde, pensa-t-il, comme il en avait vu des milliers de fois. Et pourtant, le sentiment d'être exposé, nu, ne le quittait pas. Un autre arrêt. Un autre quai brillamment éclairé. Gant lut le nom de la station : Taganskaïa. On s'éloignait du centre de Moscou en direction du nord-est. Les portes du compartiment s'ouvrirent dans un chuintement. Gant regarda qui restait et, surtout, qui montait. Personne ne lui jeta ne fût-ce qu'un coup d'œil. Il sentit la sueur perler à son front et tourna de nouveau la tête vers Pavel. Par son expression, par l'attitude de son corps, le Russe lui signifia fermement de se comporter avec naturel.

Gant approuva d'un léger signe de tête et essaya de se détendre. L'action avait commencé mais il avait trop l'impression d'être emporté à vau-l'eau pour en tirer un quelconque réconfort. Il n'avait aucune idée de l'endroit où il allait et, malgré toutes les assurances qu'Aubrey lui avait données, il ne savait pas jusqu'à quel point il pouvait faire confiance à ses compagnons. Impossible de se détendre. Un homme avait été assassiné en plein centre de Moscou – et ils utilisaient les transports publics comme moyen de fuite! Tout cela frisait le ridicule – mais aussi, Gant devait le reconnaître, assurait l'anonymat. De l'Aubrey tout craché.

Quant à la façon dont on l'escamoterait de Moscou pour l'acheminer vers Bilyarsk, Aubrey n'en avait rien dit. Gant n'était qu'un colis, une marchandise, tant qu'il n'aurait pas atteint l'usine et le hangar. C'était en ce sens qu'il fallait considérer toute l'opération, s'il voulait être raisonnable. Mais le choc enregistré par son organisme lors du meurtre sur la berge avait entamé ses réserves de calme et d'indifférence. Il parvenait de plus en plus difficilement à se considérer comme une marchandise à livrer. Il avait peur.

Quand le métro s'arrêta brièvement à la station de la gare Kourskaïa, il s'efforça de ne pas regarder à travers la vitre, ou du moins de le faire avec un air d'ennui profond, et de ne pas dévisager les passagers qui montaient. Mais quand les portes se refermèrent et que le métro s'ébranla, il vit que Pavel, lui, regardait attentivement le quai. Gant suivit la direction de son regard. Au passage donnant accès à l'escalier roulant, les voyageurs qui venaient de descendre étaient interrogés par deux hommes en pardessus et portant chapeau.

Gant, la gorge sèche de peur, attendit que Pavel

reporte les yeux sur l'intérieur du compartiment. Quand il le fit, et qu'il vit le regard interrogateur de Gant, il lui adressa un petit signe de tête. Gant comprit : le K.G.B. Ils prenaient toutes leurs précautions. Même s'ils n'avaient pas encore commencé l'opération massive consistant à fouiller chaque rame de métro, ils bouchaient toutes les ouvertures du terrier. Ils savaient que le métro représentait un bon moyen de s'échapper – ils en connaissaient le plan et les horaires, tout comme Aubrey lorsqu'il avait combiné l'itinéraire de fuite. Et pour faciliter les choses, le meurtre avait eu lieu à proximité de la station Pavolets.

Rapidement, et comme pour se changer les idées, il étudia les papiers que Pavel lui avait remis. Dès qu'il eut fini et que les papiers furent rangés, il ne put s'empêcher de regarder, hypnotisé, le tunnel sombre qui défilait derrière la vitre.

Il sentait son estomac de plus en plus noué par la tension, et un goût de bile au fond de sa gorge. Il fixa, impuissant, la porte de communication entre son compartiment et celui situé plus en tête, s'attendant à ce qu'elle s'ouvre et laisse passer un de ces personnages en pardessus dont l'allure confirmait l'autorité, dont les yeux le brûleraient en le dévisageant.

Le métro ralentit. Derrière la vitre, l'obscurité fit place à l'éclairage violent de la station Komsomolskaïa. Malgré lui, il regarda Pavel. L'homme s'était levé tout normalement et se tenait à une barre d'appui près des portes coulissantes. Gant se leva en chancelant, conscient de son visage pâle et en sueur, et parvint à se camper solidement près de l'autre porte.

Quand le métro s'arrêta et qu'elle s'ouvrit, il se rendit compte tout à coup qu'il ne se rappelait rien du contenu des papiers enfouis dans sa poche. La panique lui avait tout fait oublier. Il descendit d'un pas incertain sur le quai. Un passager le poussa dans le dos. Cette secousse salutaire provoqua un déclic : Grant... presque son propre nom. Il se souvenait maintenant. Il chercha des yeux la sortie. Evidemment, deux hommes du K.G.B. s'y tenaient.

Pavel s'était rapproché de lui comme pour le rassurer par sa présence. Apparemment, peu de monde était descendu à cette station. Les gens allaient vers la sortie, partageant, aurait-on dit, une même lassitude. Parmi eux, le grand Pavel, et lui. Et de nouveau, l'opulence de la station le frappa. Pas de réclames sur les murs, pas de femmes en sous-vêtements, de bouteilles de scotch ou d'affiches de films. Rien que des fresques glorifiant les grandes victoires du peuple russe depuis 1917, dans ce style brutal et gauche de bandes dessinées qui caractérise le réalisme soviétique.

Il sentit que Pavel s'était de nouveau mêlé à la foule, mais il ne tourna pas la tête. Le flot des passagers s'écoulait vers ces hommes qui attendaient au pied de l'escalier de sortie et demandaient les papiers. Gant sortit de sa poche les documents appartenant à Michael Grant et les parcourut hâtivement : passeport, visa d'entrée, réservation d'hôtel, brochures de l'Intourist.

Bientôt, il se trouva devant l'un des hommes du K.G.B. Une figure blanche et mince, les pommettes hautes, un grand nez aquilin, des yeux perçants. Il inspecta avec soin les pièces d'identité de Gant, confrontant du regard la photographie et le visage. Puis ce fut le tour des autres documents remis à Michael Grant depuis son arrivée à Moscou, trois jours auparavant. Gant se demanda si un homme du nom de Grant faisait bien partie des clients de l'hôtel Varchava – il savait que cela ne serait pas passé inaperçu. Michael Grant serait alors un touriste de bonne foi dont on aurait emprunté les papiers pour en faire des doubles.

« Vous n'avez pas l'air d'être en très bonne santé, monsieur... Grant? dit en anglais l'homme du K.G.B., qui souriait et ne paraissait pas soupçonneux.

– Non, dit Gant d'une voix hésitante, s'efforçant de sourire lui aussi. Je... un peu mal au ventre. La nourriture, vous comprenez...

– Sur cette photographie, vous portez des lunettes, monsieur Grant. »

Gant tapota la poche de son pardessus, gardant sur les lèvres un pâle sourire particulièrement niais :

« Dans ma poche...

– La cuisine du Varchava, elle n'est pas bonne?

– Très bonne... juste un peu trop riche pour moi.

– Ah! bien. Merci, monsieur Grant. »

L'homme prit le numéro du passeport et les références des autres papiers, puis rendit le tout. Gant fit une dizaine de pas avant de réaliser que son bluff avait réussi, que ses pieds le dirigeaient automatiquement vers l'escalier. Il montait maintenant, hors de la vue des deux policiers du K.G.B. Son estomac gargouillait. Il eut un renvoi et, de nouveau, envie de vomir. Il s'obligea à ne pas tourner la tête pour voir où étaient Pavel et l'autre Russe, à maîtriser la peur qui l'envahissait à l'idée qu'ils avaient peut-être été arrêtés, et qu'il était seul à présent...

A la sortie de l'escalier, il se dirigea vers un grand plan du métro de Moscou et s'y absorba, sans oser faire autre chose. Les mains enfoncées dans les poches, les épaules un peu voûtées, il luttait contre la nausée. Il avait beau se répéter que cet état de tension, il l'avait connu en pilotant, que ces passages brusques de moments de calme et d'ennui à des moments de terreur, il en avait maintes fois fait l'expérience, ça ne marchait pas. Le sédatif de la familiarité n'opérait pas. Peut-être était-ce impossible dans le hall de cette station de métro, avec ses décorations gigantesques, ses statues, ses marbres et ses bronzes, son col de mosaïque et ses fresques – impossible de s'imaginer dans la cabine de pilotage d'un avion et de venir à bout d'une panique grandissante. Tout ce qu'il savait, c'est qu'en ce moment il était seul, laissé en rade, que Pavel et son compagnon avaient sûrement été arrêtés. Que pouvait-il faire ?

Une main se posa sur son épaule. Il fit un bond comme s'il avait reçu une décharge électrique. Quand il se retourna, Pavel vit cette face humide et terrifiée. Des doutes lui traversèrent l'esprit.

« Dieu soit loué, soupira Gant.

– Vous avez l'air lamentable, dit Pavel sans plaisanter. Je vous ai observé, monsieur Grant... votre numéro n'était pas très convaincant.

– Bon dieu ! J'avais une trouille bleue, mon vieux ! » s'écria Gant.

Pavel le regarda, le dominant de sa haute taille. Gant sembla plus petit, plus frêle, plus insignifiant encore que le personnage qu'il était censé jouer. Pavel se rappela ce qu'Edgecliffe, le chef d'antenne de l'Intelligence Service à Moscou, avait dit de l'Américain. Il ne pouvait qu'être d'accord. Cet homme représentait un danger. Edgecliffe avait déclaré tout net : s'il cause trop d'ennuis, liquidez-le. Ne compromettez pas tout le réseau à cause de lui. Et Gant semblait justement devoir causer de graves ennuis.

« Allez vous cacher dans les toilettes et vomissez un bon coup, dit Pavel avec dégoût. Des hommes du K.G.B., nous en verrons d'autres. Et nous ne quitterons la station que lorsqu'ils auront l'impression d'avoir fait leur travail, pas avant — quand ils se diront que si nous avons réussi à gagner l'entrée principale, c'est qu'on nous aura déjà interrogés trois ou quatre fois. Allez ! »

Il avait craché cet ordre. Gant, après l'avoir regardé un bon moment, fit demi-tour et s'éloigna. Pavel secoua la tête en le regardant partir. Puis, tout en faisant semblant de lire son journal, il attendit de voir ceux qui n'allaient pas manquer d'arriver à la station Komsomolskaïa.

David Edgecliffe, officiellement attaché commercial à l'ambassade britannique — tel était son titre —, se tenait attablé au bar de l'hôtel Moskva. Placé près de la porte, il pouvait voir ce qui se passait dans le hall. Il vit entrer les hommes du K.G.B. accompagnés d'au moins deux membres du service de Sécurité politique. Si son diagnostic était exact, Fenton, le pauvre, n'était pas mort en vain. Il secoua tristement la tête et avala le reste de son verre de scotch. L'apparition de ces policiers du K.G.B. voulait dire que la comédie du meurtre d'Orton — par les supposés trafiquants de drogue moscovites à qui il n'aurait pas livré la marchandise — avait réussi. Orton était mort... vive Gant.

Il esquissa un sourire désolé, puis fit un signe au garçon qui lui apporta sur un plateau un autre scotch et une petite bouteille d'eau. Il régla sa consommation et fit mine de retourner à la lecture de son livre, tout en observant en coin les hommes du K.G.B. qui maintenant transportaient les bagages de Gant. Il se dit qu'ils avaient dû fouiller la chambre et en retirer tout ce qu'ils avaient pu y trouver. On ferait une enquête minutieuse sur ce mystère Orton, cet Anglais à l'air inoffensif qui avait contaminé la jeunesse de Moscou avec un terrible poison : l'héroïne. Cela fit sourire Edgecliffe. Dans son rapport à Aubrey, il pourrait annoncer, ce soir du moins, que des progrès satisfaisants avaient été accomplis.

Afin d'éviter d'être pris pour un trafiquant de drogue, Pavel avait dans sa poche, outre les faux papiers qu'il venait de présenter aux policiers, une carte qui aurait rendu Gant encore plus malade s'il en avait connu l'existence. C'était une carte rouge réservée aux seuls membres du K.G.B. Il espérait bien ne pas avoir à s'en servir car elle était fausse, elle aussi. Mais il le ferait si c'était pour lui le seul moyen de sortir de la station.

Il les vit arriver. En petit nombre, mais décidés. En moins d'un quart d'heure, Pavel s'était déplacé d'un endroit à l'autre une bonne dizaine de fois, usant ses nerfs et sa patience à avoir l'air normal, à passer inaperçu. Des hommes du K.G.B. avaient pris position à l'entrée principale et dressé en hâte une barrière isolant la station de la place plongée dans la nuit. Tous les passagers, entrant ou sortant, devaient présenter leurs papiers à ce groupe hétéroclite composé de membres des divers départements de la 2e direction générale — personnel en service ou rappelé d'urgence — et d'hommes du service de Sécurité politique dont Pavel connaissait certains grâce aux fiches d'Edgecliffe. Tous étaient à la recherche des meurtriers d'Orton, de ces « criminels économiques » qui occupaient une si grande place dans leur vie.

Il n'avait vu Vassily — le troisième homme du

rendez-vous sur la berge – qu'une seule fois, dans un restaurant de gare, engloutissant un énorme gâteau pâteux et buvant du café. Le café était acceptable et la pâtisserie assez bon marché et nourrissante pour un homme comme Vassily dont les papiers proclamaient qu'il était gardien de nuit. Vassily pouvait rester des heures dans un restaurant, être interrogé et fouillé, sans éveiller de soupçons. Ce n'était certes pas le cas pour Gant.

Parmi ceux des hommes du K.G.B. qui n'étaient pas descendus sur les quais, au niveau inférieur de la station, un petit groupe s'affairait à inspecter le moindre recoin qui aurait pu servir de cachette, ouvrant tous les casiers de consigne automatique situés sur un mur à l'autre extrémité du hall. D'autres attendaient en haut de l'escalier les voyageurs sortis du métro. Ils leur demandaient leurs papiers, les houspillaient, les menaçaient. Pavel contemplait avec une sorte de fascination une opération typique du K.G.B. contre les citoyens de Moscou.

Il tâchait de garder dans son champ de vision l'entrée des toilettes pour hommes, où Gant s'était réfugié. Ce Gant n'en menait pas large. Pavel ne comprenait pas comment il avait bien pu être sélectionné pour cette mission. Pavel n'était lui-même qu'un maillon de la chaîne, un simple élément des forces russes d'Edgecliffe à Moscou, mais il en savait plus que peut-être il n'aurait dû savoir. Edgecliffe en effet respectait tous ces Russes qui travaillaient pour lui, juifs ou non juifs. Il leur témoignait même plus que du simple respect. Contrairement à Aubrey, il appréciait le risque qu'ils couraient et, s'il pouvait l'éviter, il ne les impliquait pas sans éclairer leur lanterne. Dans le cas de Pavel, il ne s'était pas retranché derrière le secret qu'exigeait l'opération Firefox.

Distrait par le spectacle d'un homme furieux d'être arrêté à l'entrée de la station – pour une simple irrégularité, sans doute, dans ses papiers, son permis de séjour ou son livret de travail – Pavel faillit ne pas voir l'homme du K.G.B. qui descendait les marches menant aux toilettes. Il n'eut que le temps d'apercevoir une tête disparaissant par degrés, par petits bonds. Il s'éloigna de la porte du restaurant, se détachant du mur comme une affiche décollée par l'humidité, l'air très naturel. Pas assez cependant : un autre policier du K.G.B. qui sortait précisément du restaurant en s'essuyant la bouche avec un mouchoir bleu, lui demanda ses papiers. Un moment, juste un petit moment, Pavel se demanda s'il n'allait pas faire le sourd. Puis il se tourna, sourit un peu nerveusement et plongea la main lentement, innocemment, dans sa poche intérieure.

Gant était toujours dans les toilettes, assis sur le siège, son manteau roulé autour de lui, serrant d'une main les revers sur sa gorge, l'autre main enfouie dans sa poche comme pour en dissimuler le tremblement. Il se sentait revenir à l'état dans lequel il s'était trouvé à Saigon. Il savait que son rêve allait encore le reprendre.

Il n'avait pas eu besoin de se forcer pour vomir. C'est tout juste s'il avait pu atteindre son sanctuaire avant de rendre tout son dîner. Cette violente nausée, ces vomissements jusqu'à ce qu'il n'ait plus rien à cracher que de la bile, l'avaient laissé inerte, incapable du moindre geste. Il restait là, sur son siège, épuisé, vieilli, essayant de contrôler les battements de son cœur et les terribles images qui faisaient vaciller sa tête. Il prêtait l'oreille aux pas, aux conversations étouffées, aux bruits de chasse d'eau, aux petits coups donnés pour tirer le rouleau de l'essuie-main. A plusieurs reprises, les toilettes étaient restées vides, mais il n'avait pas bougé. Il ne se sentait pas capable de bouger.

Il avait l'impression d'être un homme qui aurait entrepris de faire un voyage de dix mille kilomètres et se serait cassé la jambe sur le seuil de sa porte. La partie de son esprit restée froide et lucide, bien que réduite à un rôle d'observateur impuissant, jugeait la situation ridicule, déshonorante. Gant ne s'expliquait pas pourquoi il avait si complètement perdu pied. Sans doute était-ce tout simplement par manque de préparation à ce qui lui était arrivé. Gant ne savait pas résister à la peur. Son arrogance, carapace fragile, cachait sa vulnérabilité aux situations qu'il ne pouvait pas contrôler. Et malgré tous ses efforts pour se persuader que sa situation était maîtrisable, il n'arrivait ni à ancrer cette fable dans son esprit, ni à se calmer.

Il entendit des pas à l'extérieur de son refuge. Il se promit cette fois que, dès que la place serait de nouveau libre, il sortirait. Mais un poing frappa à la porte.

« Hé! là, vos papiers. Vite! disait une voix en russe.

– Je... je suis sur le trône, dit-il avec peine, s'efforçant d'utiliser l'anglais familier qu'on lui avait fait rabâcher.

– Vous êtes anglais? demanda l'homme avec un fort accent. Sûreté de l'Etat. Vos papiers, s'il vous plaît.

– Vous ne pourriez pas... attendre une minute?

– Bon », dit l'homme agacé.

Gant tira le papier du rouleau, le froissa bruyamment, puis tira la chasse d'eau. Il fit sonner la boucle de sa ceinture et la petite monnaie au fond de sa poche, poussa enfin le loquet et sortit.

L'homme du K.G.B. était tout en muscles, la taille épaisse, le visage renfrogné. Sans doute, se dit Gant, n'appartenait-il pas à un échelon élevé dans le service, mais il n'entendait certainement pas laisser un touriste anglais le deviner. Il avait pris une pose théâtrale, la poitrine gonflée, le regard hostile.

« Vos papiers, s'il vous plaît, dit-il en tendant la main, sans cesser de dévisager Gant. Vous êtes malade... ou vous avez peur, peut-être ?

– Non... mon estomac », murmura Gant, tapotant son pardessus à l'endroit où il avait mal.

L'homme du K.G.B. examina avec soin les papiers, en prenant son temps. Puis il leva les yeux et rendit la liasse à Gant :

« Ces papiers ne sont pas en règle. »

Buckholz avait dit plus d'une fois à Gant que c'était là un tour classique, une tactique habituelle à tout interrogatoire préliminaire. On vous accusait de quelque chose, de n'importe quoi, pour sonder vos réactions. Gant fut cependant incapable de répondre innocemment. Il s'affola. La peur se lisait dans ses yeux, dans les regards furtifs qu'il jetait – une bête traquée cherchant à regagner son terrier. L'homme du K.G.B. fit un geste vers sa poche. Pour l'empêcher de se saisir d'une arme, Gant, en une réaction instinctive, se rua sur lui et lui fit perdre l'équilibre.

Sans lui laisser le temps de se remettre sur ses pieds, il le traîna vers le distributeur d'essuie-main. L'homme du K.G.B. cherchait toujours à atteindre son arme, sa seule défense possible. Mais Gant, tout en tirant frénétiquement sur le rouleau, agrippa cette main qui se refermait déjà sur le pistolet et maîtrisa avec peine le poignet épais. De son genou, il écrasa le bas-ventre du Russe qui suffoqua et s'effondra contre le mur en gémissant. Gant avait dégagé une grande boucle de serviette; il en encercla la tête de l'homme. Et il tira. De sa main libre, le Russe lutta contre le garrot qui se resserrait. Puis ses yeux parurent s'agrandir et devinrent globuleux. Gant lui-même ne voyait plus qu'à travers un brouillard, mais il continuait à tirer et à tordre la serviette. Il crut entendre une voix, lointaine, au-dessus de lui. Il sentit une main se poser sur son épaule, le rejeter en arrière... il tint bon. Il fut alors retourné tout d'un bloc et reçut une formidable gifle en pleine figure.

C'était Pavel que Gant, effaré, avait devant lui. Pavel, la main levée, prêt à le gifler une deuxième fois, une expression de rage froide sur le visage.

« Vous... un animal ne serait pas plus stupide! C'était un homme du K.G.B.! Vous comprenez ce que ça veut dire? Et vous l'avez tué! »

Gant se tourna et regarda, hébété, la face décolorée, les yeux exorbités du Russe qui gisait à terre, la grosse langue pendant de la bouche.

« Je croyais... qu'il avait deviné qui j'étais... dit-il d'une voix blanche.

— Vous êtes un danger public, Gant! s'exclama Pavel. Est-ce que vous vous rendez compte que vous pourriez tous nous faire tuer? »

Il resta un moment, figé, à regarder le corps. Puis, galvanisé par la peur, il se pencha vivement et, après avoir dénoué la serviette, le saisit sous les bras et le traîna jusqu'à un cabinet. Il poussa les jambes à l'intérieur, s'enferma lui-même avec le cadavre et se mit à lui fouiller les poches.

Gant l'entendit demander :

« Personne en vue?

— Non », répondit Gant d'une voix de zombie.

Le grand Russe escalada la porte et retomba à l'extérieur. Il essuya ses mains salies par la poussière ramassée en haut de la porte puis, montrant à Gant qu'il avait mis quelque chose dans sa poche, il jeta dédaigneusement :

« J'ai essayé de camoufler votre stupidité, de faire en sorte qu'on croie que l'homme a été victime d'un vol. Et maintenant, on remonte ! Dirigez-vous lentement vers la sortie. Si quelqu'un – *n'importe qui* – vous ordonne de vous arrêter, vous obéissez. Vous montrez vos papiers et vous prétendez que vous êtes malade, comme vous l'avez déjà fait. Compris ?

– Oui, mais... il m'a dit que mes papiers n'étaient pas en règle.

– Sombre crétin, c'est pour ça que vous l'avez tué ? Vos papiers *sont* en règle. Il vous faisait marcher.

– Je... je ne savais pas où vous étiez...

– J'ai été bloqué, par le K.G.B. Mais mes papiers, eux aussi, sont en règle. (Il poussa Gant devant lui.) Et maintenant, vite, à l'entrée principale. Ce gros policier va mettre les hommes en alerte d'un moment à l'autre. Personne alors n'aura plus le droit de quitter la station. »

En traversant le hall, Gant fut arrêté deux fois par des hommes du K.G.B. qui jetèrent un coup d'œil à ses papiers, s'informèrent de sa santé et de ses déplacements, et le laissèrent passer. Lentement, il approchait de la barrière dressée à la sortie de la station.

Il n'avait aucune idée de la distance à laquelle Pavel le suivrait. Il lui faudrait l'attendre – à supposer qu'il parvienne lui-même à franchir la barrière.

Les hommes qui s'y tenaient en faction lui semblèrent posséder plus d'autorité que le gros homme qu'il avait étranglé. En particulier, un grand aux cheveux gris dont un côté de la figure portait des traces de chirurgie peu esthétique – une blessure de guerre sans doute. Gant préféra tendre ses papiers à un policier plus jeune, debout près de l'homme aux cheveux gris, son supérieur. Il essaya de ne pas regarder cette face mal réparée, couturée de cicatrices, mais elle l'attirait irrésistiblement. L'homme, impassible jusque-là, eut un mince sourire, et frotta de ses longs doigts sa joue artificiellement lisse.

« Anglais ? demanda le jeune homme.

– Euh... oui.

– Monsieur Grant, nous sommes obligés de vous demander d'attendre là, à une de ces tables, jusqu'à ce que nous ayons procédé à une vérification avec votre hôtel.

– Mais j'ai les papiers...

– Je sais. Ils ont reçu, ainsi que votre passeport, le cachet du service de sécurité, mais je suis tout de même obligé de vous demander d'attendre. »

Le jeune homme souleva sur ses gonds une section de la barrière, fit passer Gant et le dirigea vers une table. D'autres tables étaient occupées. Il y avait en tout une demi-douzaine de personnes. Pas seulement des Russes. Il entendit la voix d'un Américain âgé qui disait : « Rien au monde ne vous permet de mettre en doute ces papiers et ce passeport, mon garçon ! »

L'homme du K.G.B., jeune, les cheveux coupés ras, écarta la remarque d'un geste de la main et continua sa conversation au téléphone.

Gant s'assit lourdement à la table. Elle était branlante. On ne l'avait mise là que comme un simulacre du décor dans lequel le K.G.B. procédait normalement aux interrogatoires. Il avala sa salive. Tournant les yeux en direction de la barrière, il vit que Pavel reprenait possession de ses papiers et quittait la station sans un regard en arrière. Il se sentit seul de nouveau, abandonné. Le contrôle de la situation lui échappait une fois de plus. Il regarda fixement le téléphone noir, au milieu de la table.

Le jeune homme qui lui avait demandé ses papiers vint bientôt s'asseoir en face de lui.

« Ce ne sera pas trop long, espérons-le », dit-il en souriant.

Il composa le numéro de l'hôtel Varchava. Pour la première fois, Gant vit vraiment combien il jouait de malchance. Il avait affaire au service de sécurité le plus nombreux, le plus méticuleux, le plus impitoyable que le monde ait jamais connu. Se rappeler ce qu'Aubrey lui avait dit – que le K.G.B. était notoirement inefficace à cause de sa taille même – était un piètre réconfort. Pour Gant, assis à cette table, dans le hall froid de cette station de métro, les platitudes qu'avait pu lui débiter un homme dans une chambre d'hôtel au centre de Londres n'étaient même pas réconfortantes du tout.

« Hôtel Varchava ? demanda en russe le jeune homme, tandis que Gant gardait les yeux fixés sur la table pour ne donner à aucun moment l'impression qu'il suivait la conversation. Ici Sûreté de l'Etat. Passez-moi Prodkov, s'il vous plaît. »

Prodkov était certainement l'homme du K.G.B. au sein du personnel de l'hôtel. Il pouvait aussi bien être serveur, employé aux écritures ou plongeur, mais il disposait d'un pouvoir plus grand que le directeur du Varchava.

Il y eut une attente considérable puis :

« Prodkov, j'ai ici un touriste, Michael Grant, chambre 308... Vous le connaissez ? Bon. Dites-moi, vous pouvez me le décrire ? Monsieur Grant, voulez-vous me regarder un instant, s'il vous plaît. Merci. Je vous écoute, Prodkov... ah ! oui... oui, je vois. Et il n'est pas à l'hôtel en ce moment ? »

Autre longue pause. Gant attendait la suite, incrédule. Aubrey ne pouvait pas avoir prévu ce qui arrivait maintenant. Maintenant, Gant allait apprendre que Grant ne répondait nullement à sa propre description, ou qu'il était déjà bien au chaud dans son lit.

« Bien. Merci, Prodkov. Au revoir. »

Le jeune homme souriait d'un air affable, comme pour effacer l'incident. On ne l'avait pas soupçonné, on n'avait pas employé la force – rien que le contrôle tout à fait normal des papiers d'un touriste, une simple routine. Il tendit à Grant ses documents soigneusement replacés dans le passeport portant le nom de Michael Grant.

« Merci, monsieur Grant. Excusez-nous de vous avoir fait attendre. Nous recherchons des... criminels, dirons-nous ? Et bien sûr, nous voulions seulement vous mettre hors de cause. Vous êtes libre de reprendre votre visite nocturne de notre ville. »

Le jeune homme était visiblement fier de son anglais. Il se leva, serra gravement la main de Gant, et lui montra d'un geste la barrière. L'homme aux cheveux gris sourit en voyant passer Gant, une seule moitié de son visage plissée dans cette étrange grimace.

Gant lui fit un signe de tête, et se trouva de l'autre côté de la barrière, marchant d'un pas aussi décidé que possible vers la sortie. Quand il eut franchi le porche abondamment ornementé, il se rendit compte, dans le vent soudain froid, que son corps soulagé était baigné de sueur. Il regarda autour de lui et vit Pavel se détacher de l'ombre.

« Bon, dit Pavel. Mais nous avons déjà perdu

beaucoup trop de temps. Bientôt, il sera dangereux de traîner dans les rues, papiers en règle ou non. Venez, nous n'avons que quelques pas à faire. Marchez devant, prenez la rue Kirov. Je vous rejoindrai quand nous serons assez loin de la station, et je vous dépasserai pour vous montrer le chemin. Ça va ? Bon, commencez à marcher. »

Ils arrêtèrent les deux complices connus de Pavel Oupenskoï et Vassily Lévine peu avant six heures du matin. Ces hommes et leurs familles vivaient dans le même bloc d'habitation, une tour faisant partie des Logements des travailleurs soviétiques, située sur la large avenue Mira. De là, on dominait le parc de l'exposition des Réalisations économiques de l'U.R.S.S. dans la banlieue nord de Moscou. Les voitures noires de l'équipe de Kontarsky se rangèrent dans la cour du bâtiment. Il faisait à peine jour. Les policiers agirent rapidement. Toute l'opération ne prit guère plus de trois minutes – y compris la montée en ascenseur aux quatorzième et seizième étages. Quand Priabine vit revenir l'équipe avec ces deux êtres éberlués à souhait, encore mal réveillés et terrorisés, il fut certain que son chef serait satisfait.

Il sourit en les voyant passer devant lui, avec leurs faces blafardes et apeurées d'hommes qu'on avait sortis du lit, leurs coups d'œil nerveusement jetés de tous côtés. Il se dit qu'ils savaient pourquoi on avait été les chercher, et ce qui les attendait une fois emmenés au Centre, rue Dzerjinski. On les embarqua dans les deux voitures noires. Priabine leva le nez; au seizième étage, il aperçut la tache blanche d'un visage dans l'encadrement noir d'une fenêtre – la femme, ou peut-être un enfant. Aucune importance.

De la buée sortait de sa bouche dans l'air glacé du petit matin. Il remonta en voiture et, passant la tête à la fenêtre, il lança au chauffeur :

« Du bon travail. Maintenant, donne l'ordre à l'équipe de surveillance de s'occuper de l'entrepôt. Pendant que nous y sommes, autant avoir aussi Oupenskoï ! »

Quand Pavel Oupenskoï ouvrit bruyamment les portes du fourgon, Gant sortit d'un sommeil agité, entrecoupé de rêves. Secouant la tête et grommelant, il parvint à s'asseoir sur le matelas qu'on avait placé derrière la cabine du conducteur. Il se trouvait dans l'entrepôt de la Compagnie d'équipement sanitaire de Moscou.

Une lumière froide tombait des ampoules suspendues au plafond et s'infiltrait à l'intérieur du camion. Mais Gant ne pouvait pas voir Oupenskoï, caché par une pile de cuvettes de cabinets et de chasses d'eau – chargement qui devait être livré à Kouibychev, une ville située à plus de 150 kilomètres au sud de Bilyarsk, et à plus de 1000 kilomètres de Moscou. Un nouvel hôtel en construction attendait ce matériel pour ses installations sanitaires.

« Gant, vous êtes réveillé ?

– Oui, répondit Gant péniblement, essayant de mouiller de salive sa bouche sèche au goût rance. Quelle heure est-il ?

– Bientôt cinq heures et demie. Nous partons pour Bilyarsk un peu avant six heures. Si vous voulez, le vieux a fait du café, venez en prendre. »

Gant entendit les pas s'éloigner lourdement sur le sol de ciment et gravir quelques marches. Une porte claqua. Puis les seuls bruits furent ceux de ses mains frottant les poils de barbe de son menton, et la succion de ses lèvres s'efforçant de chasser le mauvais goût de sa bouche sèche. Il passa les doigts sur son front et examina la mince pellicule de sueur qui les couvrait comme quelque chose d'étranger à lui, ou quelque chose de familier dont il aurait depuis longtemps oublié l'apparence, la nature. Il s'essuya la main sur le pantalon du bleu de travail délavé qu'il avait enfilé en arrivant à l'entrepôt.

Il n'avait pas bien dormi. Pavel ne lui avait accordé que deux heures de sommeil après leur arrivée ici. L'entrepôt n'était qu'à environ quatre cents mètres de la station de métro Komsomolskaïa, dans une petite rue commerçante partant de la rue Kirov. Si Pavel ne lui avait pas permis de dormir davantage, c'est qu'il avait dû lui faire entrer dans la tête tous les éléments, toutes les nuances de sa nouvelle identité – la troisième : celle de Boris Glazounov, l'homme qui faisait équipe avec Pavel dans le camion. Glazounov habitait dans un bloc d'immeubles de l'avenue Mira. Il était marié, père de deux enfants et, expliqua Pavel, il resterait à la maison. Personne ne le verrait pendant que Gant accompagnerait Pavel dans le camion de livraison, jusqu'à Bilyarsk. Ce briefing avait eu lieu entièrement en russe, ce qui rappela une fois de plus à Gant son apprentissage de la langue avec le transfuge Lebedev, à Langley, en Virginie.

Enfin, après avoir récité à son tour sa biographie supposée, répété quel était le contenu des papiers qu'il porterait sur lui, et leur signification, il avait eu le droit de dormir – de dormir aussi profondément que son esprit le lui permettrait. Il avait revécu l'étranglement de l'homme du K.G.B. dans les toilettes – un ballet au ralenti qui recommençait éternellement, grotesque; sa réaction ensuite, qui expliquait pourquoi il s'était effondré au pied d'une vitrine de magasin dans la rue Kirov. Et Pavel se précipitant pour le relever, soutenir son corps tremblant jusqu'à ce que cette réaction épileptoïde soit passée.

Gant se mit debout et tenta d'écarter de son esprit ces images trop vivantes. Tout en s'aidant des pieds et des mains pour s'extraire de l'arrière du camion, il décida d'oublier le passé et de ne songer qu'à l'avenir, aux heures qui l'attendaient. Il savait maintenant qu'il pouvait faire pleine confiance à Pavel Oupenskoï.

Gant avait senti que ce grand Russe le méprisait. Cela ressortait de la moindre de ses paroles. C'était un peu, se dit-il, comme si on lui avait imposé à lui-même la présence insultante d'un pilote du dimanche dans la cabine du Firefox. Pavel devait en effet s'encombrer de lui tant qu'il ne l'aurait pas déposé près de Bilyarsk. Gant appréciait cependant la rudesse toute professionnelle de son attitude. Où et comment le service de renseignements britannique l'avait-il recruté? Il n'en savait rien. Mais le vieux, le gardien de nuit de l'entrepôt, avait marmonné quelque chose au sujet de la femme de Pavel, une juive encore gardée en prison, ou dans un camp, pour avoir manifesté douze ans auparavant contre l'invasion de la Tchécoslovaquie par les Russes. Pavel les avait laissés seuls un moment, et le vieux avait essayé de se montrer plus cordial envers l'Américain. Voilà tout ce que Gant avait appris sur Pavel Oupenskoï mais, étrangement, il n'en voulait pas au Russe de son mépris et de ses manières brusques. C'était un homme sûr.

Gant trouva Pavel et le vieux assis à une petite table dans le bureau des expéditions de l'entrepôt. Aucun des ouvriers de l'équipe de jour ne s'était encore présenté. Pavel avait l'intention d'être parti bien longtemps avant que personne n'arrive. Quand Gant referma la porte derrière lui, Pavel l'observa, d'un œil critique semblait-il, à la lumière des ampoules nues qui pendaient du plafond. La pièce était aussi froide que le reste de l'entrepôt et Gant frotta ses mains l'une contre l'autre pour les réchauffer. Pavel lui montra du doigt la cafetière posée sur un vieux réchaud électrique. Gant prit un gobelet ébréché sur la table et se servit du café. Sans sucre, le goût lui parut plutôt amer, mais c'était quelque chose de chaud. Gauchement, sans se sentir vraiment invité à le faire, il s'assit à la table. Le vieil homme finit son café et, comme obéissant à un signal, quitta la pièce.

« Il va voir si nous sommes déjà sous surveillance ici, expliqua Pavel sans regarder Gant.

— Vous voulez dire qu'ils... ?

— Non, l'interrompit Pavel, je ne veux pas dire qu'ils savent où vous êtes. Il ne s'agit pas des hommes qui vous ont filé la nuit dernière, ni de cette bande à la station. Mais le département du K.G.B. qui s'occupe de la sécurité de l'avion sait qui je suis, et qui sont les autres. Ils doivent être sur les dents maintenant que l'heure des essais approche. (Il regarda sa montre.) Dans moins de trente heures !

— Mais alors... ils doivent savoir que je suis en route...

— Pas forcément. C'est nous qu'ils vont surveiller.

— Et s'ils nous retrouvent, insista Gant, tout sera fichu avant même que j'aie pu quitter Moscou !

— Non ! S'ils nous retrouvent, nous avons prévu d'autres arrangements. »

Pavel semblait lutter contre ses propres doutes.

« Quels autres arrangements ? demanda Gant sèchement. Il faut que je fasse plus de 900 kilomètres aujourd'hui, mon vieux. Et comment est-ce que je les ferai, en avion ? »

Gant partit d'un rire nerveux. Pavel le regarda, méprisant :

« J'ai reçu l'ordre de... mourir, s'il le faut, pour vous permettre de partir librement, dit-il sans hausser le ton. Ce n'est pas un sacrifice que je ferai de bon cœur, je ne suis même pas sûr qu'il en vaille la peine... Mais, si nous sortons d'ici sans encombre, ils ne nous arrêteront pas avant que nous ayons atteint l'autoroute de ceinture. Là, un autre véhicule vous attendra, prêt à vous prendre en charge s'il y a des ennuis. Si tout va bien, nous continuons tous les deux. Compris ?

– Oui, dit Gant après un moment de silence.

– Bon. Maintenant, allez dans la pièce à côté vous raser, vous rafraîchir un peu, vous voyez ? »

Gant fit un signe de tête et traversa la pièce. Juste avant de refermer la porte derrière lui, il entendit Pavel lui demander :

« Gant, est-ce que vous êtes capable de piloter cet avion, vraiment capable ? »

Gant passa la tête dans l'entrebâillement de la porte. Pavel regardait fixement le fond de sa tasse, les mains serrées autour d'elle, les coudes sur la table de bois. Il semblait moins grand, comme ratatiné dans son bleu de travail.

« Oui, dit Gant, j'en suis capable. Je suis le meilleur. »

Pavel plongea ses yeux dans ceux de Gant, longuement, en silence, puis il hocha la tête et dit :

« C'est bien. Je n'aimerais pas mourir pour livrer à Bilyarsk une marchandise de mauvaise qualité. »

Il retourna à la contemplation de sa tasse, et Gant referma la porte derrière lui. Il alluma l'ampoule nue à la faible lumière, fit couler l'eau jusqu'à ce qu'elle soit tiède et inspecta son visage dans la glace mouchetée. Pavel lui avait coupé les cheveux, la nuit dernière, puis il se les était lavés. Ils formaient une masse courte et plate, sans brillantine, et le faisaient paraître plus jeune – un peu l'adolescent de Clarkville, excepté pour la ridicule moustache qu'il avait conservée de son personnage d'Orton d'abord, puis de Grant. Il fit mousser le savon sur son visage avec un blaireau aux poils raides, et s'attaqua à la moustache jusqu'à ce qu'elle ne soit plus qu'une poussière dans l'eau grise du lavabo. Il se rasa ensuite méthodiquement le reste du visage.

Quand il retourna dans le bureau, Pavel se tenait visiblement prêt à partir. Le vieil homme fit une apparition, puis se retira de nouveau, sans doute pour continuer à faire le guet.

« Ils sont ici », dit doucement Pavel.

Sous l'intonation naturelle, Gant sentit une tension chez l'homme.

« Combien sont-ils ? demanda-t-il en s'efforçant de contrôler sa voix.

– Trois – dans une seule voiture. Le vieux les a reconnus. Ils font partie de l'équipe chargée de la sécurité pour le projet de Bilyarsk : ceux qui suivent M. Lansing dans Moscou, et Dherkov, l'agent de liaison, quand il vient de Bilyarsk. Le vieux pense qu'ils ne font que surveiller. S'ils étaient venus pour faire des arrestations, ils seraient plus nombreux. »

Gant hocha la tête. Puis il eut un mouvement de surprise en voyant Pavel sortir un pistolet automatique de sa poche.

« Qu'est-ce que...

– Vous savez vous servir de ça ? »

Gant prit l'arme et la retourna dans sa main. C'était un Makarov. Il n'en avait jamais vu auparavant, mais le modèle lui sembla proche du Walther P-38 dont il s'était servi plus d'une fois lors d'exercices de tir. Il fit un signe de tête affirmatif.

« Bon. Ne vous en servez pas, à moins que ce ne soit *absolument* nécessaire !

– Bien.

– Vous êtes prêt ?

– Oui.

– Alors, partons d'ici. Il est presque six heures. Bientôt il fera jour, et nous avons 900 kilomètres à faire. »

Il ouvrit la porte. Gant le suivit. Une fois dans la large cabine du camion, dont l'avant pointait vers la double porte de l'entrepôt, Pavel mit le moteur en marche et fit un appel de phares. Les portes s'ouvrirent lentement et, près d'elles, Gant aperçut le vieux gardien de nuit. Pavel embraya, et ils roulèrent vers le pan de lumière grisâtre qui allait s'élargissant. Gant eut à peine le temps de voir un sourire triste sur les lèvres du vieux, qu'ils étaient déjà dehors. Pavel redressa le camion d'un coup de volant. Plus loin dans la rue, mais dans la direction opposée à celle qu'ils prenaient, Gant repéra la voiture noire. Le camion tourna dans la rue Kirov, grise et déserte sous l'éclairage au sodium.

Derrière eux, la voiture du K.G.B. resta à la même place. Personne n'avait paniqué ni mis le moteur en marche. Un des trois hommes, le plus corpulent et le plus âgé, décrocha le téléphone de la voiture et fut mis en quelques secondes en communication avec le colonel Mikhaïl Kontarsky, du K.G.B.

« Ils viennent juste de démarrer. Ils sont deux

dans le camion qui livre l'équipement sanitaire. Qu'est-ce que nous devons faire, colonel ?

– Je vais voir ça avec Priabine, dit Kontarsky après un instant de silence. Il est avenue Mira. Pour le moment, suivez-les, mais *pas* de trop près !

– Bien, colonel. »

L'homme fit un signe au chauffeur qui mit le moteur en marche, déboîta du trottoir, passa devant les portes refermées de l'entrepôt, et s'arrêta à l'intersection de la rue Kirov. Le camion formait une masse noire dans le lointain, se dirigeant au nord-est vers la Sadovaya, l'artère qui encerclait la ville.

« Rapproche-toi d'eux, dit l'homme au chauffeur. Mais pas trop. Juste assez pour que nous ne les perdions pas sur la Sadovaya.

– Compris ! »

Le chauffeur appuya sur l'accélérateur et la voiture s'élança, réduisant la distance qui la séparait du camion. Ils n'étaient qu'à une centaine de mètres l'un de l'autre quand le camion ralentit à l'intersection de la rue Kirov et de la Sadovaya. La voiture noire se rangea sur le côté, attendant que le camion s'engage dans le trafic dense de l'artère périphérique. La flèche indiquait que cet Oupenskoï allait tourner à droite, vers le sud-est. Le camion redémarra.

« Colonel... colonel, dit l'homme au téléphone, ils sont maintenant sur la Sadovaya, directement sud-est. Nous les suivons. »

La voiture déboîta brusquement. Un camion qui venait en sens inverse donna un coup de klaxon. La voiture redressa sa trajectoire, mais le véhicule qu'elle poursuivait se trouvait maintenant à plus de 500 mètres.

« Rattrape-les », dit l'homme.

Le chauffeur accéléra, lançant sa voiture sur la file de gauche.

« Priabine demande que vous arrêtiez cet Oupenskoï, dit la voix de Kontarsky au téléphone. Il a mis la main sur les deux autres, Glazounov et Riassine. Qui est-ce qui est dans le camion avec lui, Borkh ?

– Je ne sais pas, colonel... ce devrait être...

– Exactement ! Ce devrait être Glazounov, bien sûr, si Oupenskoï allait vraiment faire une livraison... vous ne trouvez pas ?

– Si, colonel. Maintenant, ils viennent de tourner dans la rue Karl-Marx, colonel. On dirait bien en effet qu'ils vont quitter Moscou.

– Est-ce que vous savez dans quelle ville Oupenskoï doit faire cette livraison ?

– Je ne sais pas, colonel, mais on peut se renseigner.

– Il va être obligé de se présenter au poste de contrôle sur l'autoroute. A ce moment-là, Borkh, on saura. Suivez-les jusqu'à ce qu'ils arrivent à ce poste; nous déciderons alors quoi faire. Priabine va nous amener Glazounov et Riassine – peut-être eux pourront-ils nous le dire ! »

Dans la voiture, les hommes entendirent le rire de Kontarsky, puis le déclic marquant la fin de la communication. Borkh raccrocha le téléphone et observa le camion, à une centaine de mètres seulement devant eux, dans la rue Bakouninskaïa. Il fonçait comme une flèche, quittant la ville au nord-est en direction de la route de Gorki.

« Notre colonel semble de joyeuse humeur ce matin, remarqua le chauffeur. On voit bien qu'il n'a pas passé la nuit à se geler dans une auto !

– Serais-tu impertinent, Ilia ? demanda Borkh en souriant.

— Moi ? Jamais de la vie ! Hé, notre ami tourne à gauche. »

La voiture traversait maintenant l'Yaouza, l'affluent de la Moskova qui coule vers le sud et rejoint la rivière au pont Oustinski. Le camion devant eux avait tourné à gauche tout de suite après le pont enjambant ce cours d'eau paresseux. Entre les deux véhicules, la bonne distance était maintenue.

« Vous croyez qu'ils nous ont repérés ? demanda le chauffeur.

— Pas forcément, dit Borkh. Ils vont prendre la route de Gorki, je suppose. Regarde, c'est bien ce que je pensais, droit sur la chaussée Chtcholkovskoïé. Ils vont vers l'est, vers Gorki précisément.

— Ensuite, Kazan... et après ? demanda le chauffeur avec un sourire.

— C'est possible... c'est possible. Mais c'est à notre colonel de se faire des cheveux pour ça.

— Et il va s'en faire ! »

C'était le troisième homme, confortablement étendu sur la banquette arrière, son chapeau lui couvrant les yeux, qui venait de prendre part à la conversation.

« Tiens, tu es réveillé, toi ? s'exclama Borkh, lourdement sarcastique.

— A peu près, répondit l'homme. Ce doit être la vie ennuyeuse que je mène, ou la compagnie ennuyeuse dans laquelle je me trouve. »

Et il s'allongea de nouveau.

« On va prendre votre photo au poste de contrôle », dit Pavel. Il rabattit le camion sur le côté de la route, dans la file réservée aux poids lourds. Gant vit qu'ils approchaient de ce qui avait tout l'air d'un poste de douane, comme si l'autoroute de ceinture délimitait une véritable frontière autour de Moscou.

« Les gardes sont du K.G.B. ici? demanda-t-il en voyant passer un soldat en uniforme kaki.

– Non, de l'Armée Rouge, mais sous le commandement d'un homme du K.G.B. Il doit être dans cette baraque, là-bas. »

Gant suivit le mouvement de tête de Pavel et vit un homme jeune, en civil, fumant nonchalamment une longue cigarette à la porte d'une baraque de bois. Le soleil levant, reflété par la vitre de la fenêtre, formait une brillante plaque jaune orangé qui empêchait de voir l'intérieur.

« Qu'est-ce qui va se passer... juste une vérification de papiers?

– En général, c'est ce qui se passe, et on prend votre photo depuis cette baraque plus petite, près du bureau. Ne souriez surtout pas, ils se demanderaient ce que vous essayez de cacher. (Pavel eut un ricanement et serra bruyamment le frein à main.) Maintenant, vous descendez », dit-il.

Gant ouvrit la portière et sauta au sol. La tension serrait de nouveau son estomac, mais ce n'était pas trop pénible – une simple aggravation de l'émotion ressentie quand Pavel lui avait dit que la voiture noire les suivait depuis la rue Kirov. Il résista au vil désir de se retourner pour voir les visages des hommes du K.G.B. derrière le pare-brise de leur voiture.

Pavel descendit à côté de lui, fumant une cigarette avec naturel. Gant s'efforça de ne pas se faire remarquer en jetant de tous côtés des regards intempestifs. L'homme qu'il remplaçait devait avoir déjà eu affaire à ces formalités un bon nombre de fois.

Un militaire rassembla leurs papiers et les

porta au bureau. Gant regardait distraitement les voitures et camions massés dans les trois files réservées aux véhicules quittant la ville. Au-dessus d'eux, supportée par de hauts piliers de ciment, l'autoroute de ceinture faisait entendre le bourdonnement de la circulation.

« Un des hommes qui nous filaient vient d'entrer dans le bureau, dit Pavel d'une voix calme. Vous savez où est la voiture qui vous attend, si vous devez y courir...

– Vous croyez que ça peut arriver... ?

– Non. Pour le moment, rien n'a pu vous faire remarquer. Ah ! voilà nos papiers. »

Le même militaire sortait du bureau; ses bottes claquèrent sur le ciment. Il leur tendit leurs papiers qui avaient reçu les cachets les autorisant à rouler jusqu'à Gorki. Là, il leur faudrait un autre permis pour aller à Kazan puis, de Kazan, un autre encore pour atteindre Kouibychev. Pavel fit un signe de tête, écrasa du pied son mégot, et monta dans le camion. Gant prit soin de ne pas regarder du côté du bureau. Il fit le tour du camion par l'avant et regagna son siège.

Pavel mit le contact, embraya, et le camion démarra. Une barrière rouge et blanche se leva pour leur laisser le passage vers la route de Gorki, sous la boucle de l'autoroute.

Pavel jeta un coup d'œil à Gant et dit :

« Nous serons à Gorki pour le déjeuner, et à Kazan juste à temps pour prendre le thé – à moins que vous, les Américains, vous ne preniez pas le thé ? »

Il rit, tâchant d'encourager Gant à sourire, mais celui-ci demanda :

« Ils nous filent toujours ? »

Pavel regarda dans le rétroviseur extérieur :

« Non, pas encore. Mais ne vous en faites pas, il

y aura quelqu'un pour nous cueillir plus tard ! Les hommes du K.G.B. ne s'en font pas, eux. Ils aimeraient seulement bien savoir qui vous êtes !

– Vous voulez dire qu'ils ne croient pas que je suis ce gars, Glazounov ?

– S'ils le croient, ce n'est pas pour longtemps. Dès cet après-midi, votre photo figurera dans les dossiers de la milice d'Etat des autoroutes. Elle sera confrontée avec les photos qu'ils possèdent de Glazounov. C'est alors qu'ils voudront *vraiment* savoir qui vous êtes !

– Et ils nous arrêteront, pour me demander qui je suis ?

– Peut-être. Mais... ils sont sûrs d'eux, à Bilyarsk. Espérons qu'ils préféreront jouer au chat et à la souris. A chacun de nos arrêts, nous avons prévu des solutions de remplacement, ne vous en faites pas. Et s'ils nous arrêtent sur la route, c'est qu'ils veulent du grabuge, non ? (Il sourit.) Espérons donc qu'ils nous ficheront la paix jusqu'à ce qu'ils deviennent un tout petit peu inquiets – et ça veut dire dans longtemps avec le K.G.B. ! »

En ce début d'après-midi, David Edgecliffe vint identifier le corps de son agent, Fenton, comme étant la dépouille mortelle d'Alexander Thomas Orton. Grave, plein de dignité, une expression d'immense regret sur le visage, il se tenait avec l'inspecteur Tortiev, de la police de Moscou, dans la salle lugubre et glacée de la morgue. Il fixa la face meurtrie, presque méconnaissable, et observa comme les convenances l'exigeaient un moment de silence. Puis il se racla la gorge et hocha la tête. Les blessures n'avaient pas provoqué en lui de surprise particulière : Fenton pouvait maintenant passer pour le personnage qu'avait joué Gant : Orton. Les traits étaient suffisamment défigurés pour rendre impossible à quiconque de distinguer entre l'Américain et l'Anglais – dans la mesure surtout où Gant avait subi deux autres transformations depuis son départ de l'hôtel Moskva, la nuit dernière.

« Oui, dit-il doucement. Autant que j'en puisse juger, c'est bien le corps de M. Orton. »

Il leva les yeux vers Tortiev qui rabattit le drap sur le cadavre défiguré.

« Vous êtes sûr de ne pas vous tromper, monsieur Edgecliffe ?

– Je... je ne le crois pas, dit Edgecliffe d'une voix égale. (Il eut un imperceptible mouvement d'épaules.) Bien sûr, il y a eu beaucoup... de dégâts.

– En effet. On dirait presque que ses anciens partenaires ont voulu le rendre méconnaissable.

– C'est vrai. Mais pourquoi ? » dit Edgecliffe.

Il semblait perplexe, mais surtout il observait intensément son interlocuteur. Il ne connaissait pas Tortiev. Il devinait pourtant que sous son aspect de simple inspecteur de police, l'homme faisait partie du K.G.B.

« Je ne sais pas, monsieur Edgecliffe. Vous non plus, je suppose ? »

Tortiev souriait. Jeune, charmant, mais avec quelque chose de rude et d'implacable. Ses yeux gris brillaient d'intelligence. Edgecliffe se dit qu'il devait être l'un de ces jeunes diplômés de l'Université qui de plus en plus faisaient leur chemin jusqu'à la tête du K.G.B. Un homme à surveiller.

« Hum... J'aimerais vous être utile, inspecteur. Ça va faire une histoire de tous les diables chez nous, en Angleterre.

– Ça va faire une histoire de tous les diables

ici à Moscou, lança Tortiev, jusqu'à ce que nous trouvions les individus qui l'ont tué. (Puis il se détendit :) Mais venez donc, je suis sûr que vous prendriez bien un verre. La tâche n'a pas été très plaisante. On y va ? »

Il conduisit Edgecliffe vers la porte avec un sourire engageant.

« Mais alors, qui est cet homme ? » demanda Kontarsky.

Il tenait la photo de Gant debout près du camion au poste de contrôle. Il la mit sous le nez de Borkh et de Priabine :

« Est-ce que l'un de vous a une idée ? »

A travers la fenêtre, le jour baissait. On avait allumé les lumières dans le bureau. En ce mois d'avril, la journée était belle et l'air tiède quand Kontarsky s'était promené après le déjeuner dans les jardins Alexandrovski. Il lui restait quelque chose de sa belle humeur, de son assurance, tandis qu'il regardait ses deux subordonnés. L'inconnu qui accompagnait Oupenskoï dans le camion ne le tracassait pas trop – cela le préoccupait, tout au plus. Pas trace de lui au département « M ». Naturellement, leurs hommes dans la voiture ne perdaient pas de vue le camion. Laniev était retourné seul à Bilyarsk, porteur de nouvelles consignes pour Tsernik et des dernières informations concernant les mouvements d'Oupenskoï et du camion.

« Nous ne savons pas qui il est », dit Priabine.

Même quand il se sentait d'humeur confiante, Kontarsky avait l'air de jouer les bougons avec ses subordonnés :

« Savez pas ! Ça fait des heures que vous avez sa photo !

– Nous faisons des recherches, colonel », dit Priabine, et Borkh crut devoir ajouter :

« L'ordinateur central de la direction des Fichiers et Archives y travaille en priorité.

– Ah ! oui, vraiment. Et vous ne savez toujours rien !

– Nous supposons que cet homme est un agent étranger, colonel, dit Priabine. Un Anglais, peut-être.

– Hum... cette supposition vous paraît tenir ?

– Pourquoi, colonel, ne pas arrêter le camion et poser la question à l'intéressé ? » lâcha Borkh.

Kontarsky tourna vers lui la fureur de son regard.

« Idiot ! » se contenta-t-il de dire.

Priabine comprit ce qui se passait. Kontarsky avait en vue un triomphe spectaculaire. Il savait que le compagnon d'Oupenskoï dans le camion était quelqu'un d'important mais, partant de l'hypothèse que Bilyarsk était inattaquable – et Priabine lui donnait raison en cela –, il se croyait permis de tenir l'homme au bout de sa ligne dans l'espoir qu'il le mènerait vers « les autres », vers la découverte d'une vaste opération où la C.I.A. et l'Intelligence Service seraient engagés. La situation agaçait Priabine, mais lui non plus ne croyait pas qu'un seul individu, même s'il était en route pour Bilyarsk, pouvait représenter une menace sérieuse.

Kontarsky s'aperçut que son adjoint l'étudiait, analysait son attitude :

« Qu'est-ce que tu as tiré de l'interrogatoire ? demanda-t-il.

– Rien jusqu'à présent. Ils tiennent bon.

– Ils tiennent bon, Dimitri ?

– Oui, colonel.

– Tu as montré à ce Glazounov la photo de

quelqu'un qui prétend être lui, et ça ne l'a pas rendu furieux ? »

Priabine ne se crut pas tenu de sourire.

« Colonel, dit-il, je crois qu'il ne sait pas qui est dans le camion avec Oupenskoï.

– Mais toi et moi, nous sommes d'accord pour dire que le camion se dirige vers Bilyarsk ?

– Oui, colonel. Vraisemblablement.

– Alors cet homme – peu importe qui il est et d'où il vient – doit être un saboteur ?

– C'est probable, colonel.

– C'est certain, Dimitri. (Kontarsky frotta son menton bleu.) Mais qu'est-ce qu'un seul homme peut faire au Mig-31 que ne pourraient faire Baranovitch et les autres qui sont déjà sur place, hein ? (Il réfléchit un instant, puis ajouta :) Quel genre d'opération est-ce que ça peut bien être ? Si nous savions *qui* est l'homme, nous pourrions réussir un beau coup de filet. »

Il sourit, et Priabine se demanda de nouveau pourquoi. Kontarsky prenait plaisir à son jeu, cela ne faisait aucun doute. Il espérait que l'inconnu serait pour lui l'occasion d'un succès supplémentaire. Mais lequel ? Priabine, quant à lui, aurait déjà fait intercepter le camion.

« Je vais retarder mon départ pour Bilyarsk de quelques heures, poursuivit Kontarsky. Pendant ce temps, alertez les forces de sécurité, là-bas, à propos de ce camion... Borkh, appelez-moi le colonel Leprov au fichier central. Je veux que l'homme soit identifié aussi rapidement que possible. Et toi, Dimitri, retourne à nos amis et demande-leur une fois de plus qui il est ! »

Kontarsky tapota la photographie de Gant tandis que Borkh composait le numéro et que Priabine quittait la pièce.

Gant ressentait la fatigue, les crampes du voyage, et son esprit s'engourdissait à contempler l'interminable steppe russe – plaine immense s'étendant jusqu'à l'Oural, 300 kilomètres au-delà de Bilyarsk. Des souvenirs du passé lui revenaient, tant le paysage ressemblait à celui de son Midwest. Souvenirs peu agréables qui, ajoutés aux odeurs d'essence à l'intérieur de la cabine, lui donnaient mal au cœur.

Bientôt, il fit nuit. Oupenskoï alluma les phares. A 500 mètres derrière eux, une voiture les filait toujours. Elle avait pris la relève de l'autre voiture noire aux environs de Kazan, lorsque le camion avait traversé la Volga sur le nouveau pont Lénine, qui remplaçait le bac. Les phares de cette voiture n'étaient pas allumés, mais Gant et Pavel savaient qu'elle était là.

« A combien sommes-nous maintenant ? demanda Gant, brisant un long silence.

– Dans 6 kilomètres environ, nous changeons de route – Bilyarsk sera alors à 22 kilomètres.

– Et c'est sur cette nouvelle route que je dois retrouver l'autre véhicule, à l'endroit que vous m'avez montré sur la carte ?

– Oui.

– C'est donc le moment pour moi de vous quitter...

– Pas encore.

– Si. Au premier bouquet d'arbres que je vois, je saute », dit Gant d'un ton décidé.

Pavel tourna la tête vers lui :

« Bon. J'essaierai qu'ils me rattrapent le plus tard possible, après le poste de garde, en tout cas. Ensuite, avec un peu de chance, je les sèmerai et j'abandonnerai ce fidèle camion qui devait apporter à l'hôtel Volga de Kouibychev tous les avantages de la plomberie moderne! »

A la surprise de Gant, Pavel éclata de rire.

« Ne vous faites pas prendre, dit Gant.

– Pas si je peux faire autrement. Sémélovsky sera passé au poste de garde un quart d'heure avant moi.

– Comment le savez-vous ?

– Il était à la station d'essence de Kazan. Je ne lui ai pas parlé, mais je l'ai vu.

– Comment est-ce qu'il a fait pour sortir de Bilyarsk ? Je croyais que la ville était bouclée jusqu'à ce que le spectacle de demain soit fini.

– C'est vrai, mais il est de Kazan et sa mère est mourante, alors ils l'ont laissé sortir – accompagné, bien sûr, d'un homme du K.G.B. Non, ne vous en faites pas, le policier l'a seulement regardé partir. Ils savent qu'il est un des nôtres et ils ne se font pas de bile, ils sont sûrs qu'il retournera à Bilyarsk.

– Sa mère... elle est vraiment mourante ?

– A ce qu'il paraît. C'est en tout cas l'avis du docteur. Mais c'est une très solide vieille dame... (Pavel sourit.) Sémélovsky vous attendra sur la route. »

Gant eut l'impression que chaque homme avec lequel il avait été mis en contact était un condamné à mort – un condamné qui aurait accepté la sentence en pleine connaissance de cause. Il voulut dire quelque chose à Pavel, lui montrer que c'était à lui qu'il pensait à cet instant.

La voix de Pavel interrompit ses pensées altruistes :

« Voilà un bouquet d'arbres, et quelques virages, juste pour empêcher les conducteurs de s'endormir ! (Il regarda Gant et ajouta :) Ne me dites rien – les mots sont inutiles, ils seraient peut-être même insultants. Pilotez seulement ce satané avion, et faites-le sortir de Russie ! »

III

LES SOUPÇONS

SUR le bureau de l'inspecteur de police Tortiev, une lumière crue éclairait une paire de chaussures qui semblait capter toute l'attention du jeune homme. Il se carra dans son fauteuil, un pied calé contre le bureau, tapotant ses lèvres d'un doigt. Il avait demandé qu'on le laisse seul, et ce depuis une demi-heure, car il voulait réfléchir. Il n'était pas encore arrivé à une décision au sujet des chaussures.

Le fauteuil grinça quand il se redressa et avança la main. Il saisit l'étiquette blanche attachée à l'une des chaussures pour s'assurer encore une fois qu'elle appartenait bien à Alexander Thomas Orton. Il secoua la tête, comme s'il était à la fois intrigué et amusé, et rapprocha les deux chaussures. Elles ne formaient pas une paire. L'une était noire, l'autre marron, et il y avait entre elles une différence d'une pointure et demie. La chaussure noire, trouvée sur le corps d'Orton, était encore humide de son bain dans la Moskova. La marron, brillante et à peine portée – si ce n'est une légère usure au talon – venait de la chambre d'Orton, à l'hôtel Moskva.

Il pinça les lèvres, sépara les chaussures, les rapprocha de nouveau. Il sifflota doucement un air peu harmonieux et fixa les chaussures comme s'il s'attendait à ce qu'elles lui donnent la raison de leur différence. Les chapeaux, les cols de chemise, avaient la même pointure, et le pardessus trouvé à l'hôtel correspondait à la taille du cadavre, de même que les complets, les chaussettes... mais pas les chaussures. Pourquoi ? Avait-on jamais vu un homme chez qui la pointure des chaussures varierait autant ? Non. Alors, pourquoi ?

Tortiev se renfonça dans son fauteuil. Il y avait là pour le moins un mystère. La seule explication, présente à son esprit depuis tout le temps où il réfléchissait seul dans son bureau, c'est que l'homme repêché dans la rivière n'était pas celui qui était descendu à l'hôtel Moskva après avoir franchi les services de sécurité à Cheremetievo, et qui était sorti de l'hôtel pour se promener le long des berges – juste pour se faire assassiner.

Mais pourquoi ne s'agissait-il pas du même homme ? Répondre à cette question serait plus important qu'avoir découvert qu'elle se posait. Le problème des chaussures s'en trouverait résolu. L'un des trois hommes qu'avait rencontrés M. Orton... avait pris sa place dans la rivière. Pourquoi ?

La question n'aurait peut-être pas intéressé un policier ordinaire, pas avec cette insistance. Mais Tortiev n'était pas un membre ordinaire de la police moscovite. Il avait un rang dans la police, ses bureaux étaient situés au siège de la police mais, comme beaucoup de ses collègues, il appartenait à la 2e direction générale du K.G.B. Ses seuls supérieurs, les seuls à qui il devait rendre des comptes, étaient des officiers du K.G.B., membres du service de Sécurité politique.

Tortiev avait été chargé de l'affaire Orton dès que l'attention de la police de Moscou – et naturellement, inévitablement celle de sa section du K.G.B. – avait été alertée par des cas de toxicomanie. Promu inspecteur à trente-trois ans, il disposait à la police des pouvoirs et des moyens nécessaires pour découvrir et écraser la bande de trafiquants responsables de l'accoutumance à la drogue.

Tortiev haïssait ce poison et ceux qui le faisaient circuler. Sa haine était aussi violente que celle qui anime de par le monde n'importe quel policier spécialisé dans la lutte contre la drogue. Il aurait fait son travail de la même façon à New York, à Londres ou à Amsterdam. Il haïssait Orton. Quand Holokov, le gros, le précieux Holokov, l'avait informé de la mort de l'Anglais, il avait été content, mais en un sens déçu. Il aurait voulu se trouver face à face avec Orton, l'entendre condamner. De toute façon, sa mort importait peu. Le principal, c'était de connaître les autres, ceux qu'il approvisionnait.

Mais maintenant, voilà qu'Orton n'était pas mort. A cette idée, ses dents grincèrent dans le silence de la pièce. Il prit le téléphone et entra en communication avec un standard différent de celui utilisé par le reste du personnel de la police.

« Donnez-moi la 7e direction générale, le bureau du colonel Ossipov », dit-il.

Lorsque au bout d'un moment il eut l'intéressé en ligne – un colonel du K.G.B. responsable de la surveillance des touristes anglais – il insista vivement pour qu'il lui accorde des hommes, et du temps. La conversation dura moins d'une minute. Tortiev avait priorité au sein de la 7e direction générale.

Après avoir reposé le téléphone, il revint aux chaussures, les mettant l'une contre l'autre, les séparant, en une petite danse. Maintenant qu'il avait demandé du renfort pour essayer de suivre la trace d'Orton, il fallait que Stetchko, Holokov, peut-être même le sergent Filipov, bien qu'il soit juif, se mettent à fouiller dans leurs dossiers pour trouver tout ce qui avait trait aux visites précédentes d'Orton à Moscou, les gens qu'il avait rencontrés, comment il s'était comporté, quel genre d'habitudes il avait...

Il appuya sur le bouton de l'interphone pour convoquer ses subordonnés. Il ne quittait pas les chaussures des yeux. Il souriait comme si elles lui lançaient un défi qu'il était prêt à relever.

Au moment où il allait parler, il se demanda soudain ce qu'il était advenu du poste à transistors ouvert à l'aéroport pour voir s'il ne contenait pas de drogue. On ne l'avait retrouvé ni dans la chambre de l'hôtel, ni sur le corps. Il se pouvait, évidemment, qu'il soit au fond de la rivière.

« Stetchko, dis à Holokov et à Filipov de venir tout de suite. J'ai à vous faire brasser de la paperasse, c'est très important », dit Tortiev.

Son sourire avait de nouveau fait place à la perplexité. Où était donc cette radio ?

Sémélovsky l'attendait, la petite Moskvitch rangée, le capot grand ouvert, sur le côté de la route étroite menant à Bilyarsk. Gant distingua une vague silhouette penchée dans la gueule béante de la voiture, comme prête à être avalée. Il s'arrêta en haut du talus bordant la route, et attendit. L'homme continuait à s'affairer – ou à faire semblant – sur son moteur. Gant passa dix minutes à s'assurer que l'homme était seul et que personne ne venait sur la route. Il se baissa pour ne pas être surpris et n'eut que le temps de voir, dans les verres ronds des lunettes de l'homme, le reflet de deux petites lunes.

Sémélovsky scruta la route devant lui, derrière lui, puis replongea la tête sous le capot en sifflotant. Gant se releva lentement et se laissa glisser du talus. L'homme, de petite taille, lui tournait le dos. Et si ce n'était pas Sémélovsky...

« Ça fait combien de temps que vous m'observez ? » demanda en russe le petit homme, d'un ton agacé.

Il n'avait pas levé la tête de dessous le capot. Gant s'arrêta net, un pied en l'air.

« Sémélovsky ? » demanda-t-il quand il fut remis du choc.

L'homme se redressa et essuya ses mains à un chiffon souillé de graisse. Il observa Gant à la lumière de la lune encore basse à l'horizon. Il hocha la tête, satisfait semblait-il, et referma bruyamment le capot. Gant s'approcha. L'homme devait avoir une quarantaine d'années, une cinquantaine peut-être. Ce qui lui restait de cheveux gris frisés tombait sur ses oreilles, le dessus de la tête était chauve. Sur un costume de couleur terne, il portait un imperméable. Il mesurait à peine plus d'un mètre cinquante. Il regarda Gant un bon moment, avec toujours ce reflet de lune dans ses lunettes.

« Vous êtes en retard, dit-il enfin.

– Je suis désolé, lança Gant avec une certaine impatience.

– C'est à cause des gardes, vous comprenez, expliqua Sémélovsky comme s'il s'adressait à un enfant. Encore un peu plus et l'un des postes, celui du carrefour, ou l'autre au bout de la route, aurait envoyé quelqu'un pour savoir ce que j'étais devenu. Il y a presque une heure que je suis passé par le premier poste de garde – c'est pour ça que j'ai imaginé cette histoire de panne. »

Gant hocha la tête, puis demanda :

« Comment est-ce que je vais pénétrer dans Bilyarsk ?

– Bonne question. Dans le coffre naturellement.

– Ils ne vont pas le fouiller ?

– Sans doute pas. Ils l'ont fouillé à l'aller. A fond. Le K.G.B. travaille la plupart du temps sans avoir beaucoup de suite dans les idées. (Il avait pris le ton d'un orateur faisant un exposé sur les défaillances d'une machine.) Si un poste de garde est chargé de fouiller tous les véhicules qui arrivent, et un autre ceux qui sortent, ils n'intervertissent pas leurs fonctions. Et ça, en dépit du récent renfort de gardes amené dans la ville. Vous savez qu'il y en avait plus d'une douzaine entassés dans le poste, à l'intersection de la route principale ? (Il s'épanouit soudain en un éclatant sourire.) Ils s'attendent à des ennuis, sans savoir de quel côté ils vont venir ! »

Il passa derrière Gant pour aller ouvrir le coffre de la voiture et fit signe à l'Américain d'approcher – un geste vif, comme s'il l'accusait de lui avoir fait perdre un temps précieux. Le coffre était vide, mais petit. Gant s'y casa tant bien que mal en position fœtale, après avoir remis en poche le pistolet qu'il avait tout ce temps conservé à la main. Le Russe le considéra un moment, puis referma le coffre. Gant se trouva confiné dans l'obscurité. Il se dit que Sémélovsky avait dû faire en sorte qu'il ne soit pas asphyxié. D'être dans le noir ne l'effrayait pas, et il ne se sentait pas plus à l'étroit dans le coffre qu'il ne s'était senti à l'étroit dans ses propres pensées pendant les mois d'hôpital... Il entendit le son grêle du moteur et comprit que Sémélovsky s'était arrangé pour que l'engin ne tourne que sur trois cylindres. Il n'avait négligé aucun détail. Gant fut projeté contre le métal froid de la porte du coffre quand le Russe s'engagea sur la route.

Sémélovsky ne se tracassa pas l'esprit à propos de son passager. Sa seule préoccupation était de venir à bout des derniers kilomètres le séparant du quartier de Bilyarsk spécialement construit pour loger le personnel technique et scientifique. Tout en roulant sur la chaussée étroite, défoncée par la circulation des nombreux poids lourds qui avaient transporté l'équipement nécessaire au projet, il ne pensait qu'à son rôle dans l'ensemble de l'opération destinée à faire se rencontrer Gant et le Mig-31. C'était Baranovitch qui l'avait admis dans la cellule clandestine, et il lui vouait un respect quasi religieux. A lui et à tous ceux qui avaient souffert entre les mains du N.K.V.D., puis du K.G.B. Sémélovsky, bien que juif lui-même, avait passé presque toute sa vie d'adulte à travailler avec succès sur divers projets techniques et militaires, pour un régime qui méprisait et harcelait tant de gens de sa race. Mais Baranovitch, son héros, l'avait tiré de sa lâcheté politique. Et comme tous les néophytes, Sémélovsky faisait preuve d'un zèle extrême.

Le deuxième poste de garde était situé dans la haute enceinte de barbelés qui entourait toute la zone consacrée au projet, y compris la piste d'envol. Le vieux village de Bilyarsk s'étendait à l'extérieur, complètement isolé par le grillage. Une communauté de fermiers y vivaient dans des maisons de bois, pratiquant une agriculture communautaire et partageant la même pauvreté. La ville nouvelle née du projet se greffait sur l'ancienne — excroissance hybride au dessin régulier, ceinturée d'arbres, secrète.

Sémélovsky ralentit en approchant de la grille. Il constata qu'on avait augmenté le nombre de gardes, ce qui ne l'étonna pas, étant donné ce qu'il avait vu au poste situé à une vingtaine de kilomètres de là, sur la route. Deux gardes – d'ordinaire il n'y en avait qu'un – s'avancèrent vers le véhicule. Sémélovsky reçut dans les yeux l'aveuglante lumière d'un phare fixé à l'arrière d'un camion; puis, le faisceau du projecteur d'un mirador qui se dressait à une cinquantaine de mètres se posa sur lui. Il fut baigné d'une lumière froide et blanche. Il abaissa la vitre et passa la tête par la fenêtre. Il reconnut l'un des gardes.

« Ah! Fiodor, je vois qu'on vous a donné de nouveaux jouets pour vous amuser! dit-il avec un rire très naturel dont il ne fut pas mécontent.

– Docteur Sémélovsky, où étiez-vous passé? Il y a plus d'une heure que votre passage a été signalé au poste de garde. »

L'homme fronçait les sourcils, à cause de la présence d'un officier – que Sémélovsky ne connaissait pas, et qui observait la scène – plutôt que pour manifester sa méfiance ou sa colère.

C'est du moins ce que se dit Sémélovsky. Il montra ses mains. Les taches de cambouis étaient nettement visibles à la lumière des projecteurs.

« Cette fichue voiture est tombée en panne, dit-il. Le dernier plan quinquennal a permis de grandes réalisations, mais il n'a pas résolu le problème des Moskvitch, on dirait! »

Il rit de nouveau pour dérider le garde – qui sourit à son tour.

Le deuxième garde, celui que Sémélovsky ne connaissait pas, s'approcha.

« Faites tourner le moteur, s'il vous plaît », dit-il.

Sémélovsky jeta un coup d'œil à Fiodor, haussa les épaules, et s'exécuta. Il fit s'emballer le moteur, et on pouvait nettement entendre qu'il ne tournait que sur trois cylindres. Le garde souleva le capot. Sa tête disparut un moment. Sémélovsky regarda brièvement l'officier qui fumait en ayant l'air de s'ennuyer ferme et de ne rien trouver d'anormal à la situation.

« Vous avez une idée de ce qui a pu se passer ? » cria Sémélovsky de la fenêtre.

Le deuxième garde referma le capot d'un claquement soudain, comme s'il avait été pris en faute :

« Ce moteur est d'une saleté dégoûtante, grogna-t-il. Vous qui êtes un scientifique, vous devriez mieux prendre soin de votre voiture. »

Il réalisa tout d'un coup qu'il n'avait pas su conserver l'attitude déférente qui aurait dû être la sienne. Et Sémélovsky réalisa du même coup, devant ce ton inattendu, que malgré l'uniforme qu'il portait l'homme devait être du K.G.B. ou du G.R.U.

« Pas eu le temps, on ne nous laisse pas chômer ici... »

Sans attendre la fin de cette explication, le deuxième garde tourna les talons. Il fit un signe de tête à l'officier nonchalamment appuyé contre le mur du poste de garde. L'officier leva la main. La barrière s'ouvrit. Le garde Fiodor montra du bras que le passage était libre.

Sémélovsky embraya, démarra. Les deux battants de la barrière se refermèrent derrière lui. C'est alors, et alors seulement, qu'il se sentit submergé par une vague de peur. Rétrospectivement, les conséquences qu'aurait pu avoir l'incident lui apparaissaient mieux que lorsqu'il le vivait. Il avait fait pénétrer Gant à l'intérieur du complexe. Il avait accompli sa mission.

Il conduisit la voiture à travers les rues bien droites du quartier d'habitation. Toutes les maisons, du genre *datcha*, étaient construites en bois, de plain-pied, et séparées de la rue par une bande de gazon. Le tout, pensa-t-il, ressemblait plus à un camp qu'à une ville. Pas un camp comme ceux dont Baranovitch avait fait personnellement l'expérience – pas l'archipel du goulag, comme on disait – mais un camp tout de même. Sans être entouré de murs, ce qui était le cas à Mavrino où Baranovitch avait passé tant d'années de sa vie créatrice d'adulte, il comportait une enceinte de barbelés électrifiés, des miradors – et le K.G.B.

A mi-chemin de l'avenue Tupolev, la voiture tourna pour entrer dans une rue légèrement en pente conduisant au garage ouvert d'une maison. Située presque au centre de cette ville clôturée, la rue était semblable à toutes les autres – excepté celles où se trouvaient les boutiques, les bars, le cinéma et le dancing.

Sémélovsky aperçut l'homme de guet dans la voiture noire garée de l'autre côté de la rue, en face de la maison. La peur le reprit soudain. Il avait beau se répéter ce que Baranovitch lui avait dit, ce qu'il savait parfaitement bien lui-même : qu'ils ne seraient pas arrêtés avant les essais – sinon, qui armerait l'avion et finirait le travail ? – il fallait qu'il revoie l'image de Baranovitch et qu'il imagine le son de sa voix pour retrouver son calme. Le pare-chocs de la voiture rebondit doucement sur le pneu accroché sur le mur au fond du garage pour amortir l'impact. Il serra le frein à main et arrêta le moteur. Puis, comme s'il avait oublié que Gant était enfermé dans le coffre, il resta assis un moment, respirant régulièrement et profondément. Il en avait trop vu. Et en trop peu de temps.

Il ouvrit la portière, retira la clef de contact et ferma la porte du garage avant d'ouvrir le coffre.

« Tu n'as rien réussi à tirer d'eux, Dimitri ? Toujours rien, ni de l'un ni de l'autre ? »

Kontarsky faisait les cent pas dans la pièce, s'adressant à Priabine assis devant son bureau. Plus d'intonations suaves dans sa voix. De l'impatience. De l'humeur. Il était sept heures dix. Priabine avait été constamment sur la brèche. Quelques minutes auparavant, il quittait le sous-sol de la rue Dzerjinski, après que Riassine, l'un des deux hommes arrêtés avenue Mira – celui dont on pensait qu'il flancherait le premier – eut de nouveau perdu connaissance. Cet interrogatoire avait un goût de cendres pour Priabine. S'ils avaient disposé de plus de temps, il aurait préféré employer des méthodes plus lentes, plus raffinées, au lieu d'avoir recours à l'intimidation brutale et à l'emploi massif et maladroit de penthotal. Ils n'avaient rien réussi à tirer des deux hommes, rien appris. De l'avis de Priabine, c'est qu'ils ne savaient rien. Ils connaissaient seulement tous deux Pavel Oupenskoï. Glazounov travaillait avec lui comme chauffeur sur le camion de livraison, et on lui avait demandé de rester ce jour-là à la maison, bien qu'il y eût une livraison à faire très loin, à Kouibychev. On ne lui avait pas donné de raisons. C'était là tout ce qu'il avait déclaré, même sous l'effet de la drogue.

Kontarsky n'était cependant pas d'humeur à croire que Priabine avait fait tout ce qu'il avait pu, que s'il avait été plus loin, il aurait simplement tué Glazounov et son compagnon. Il préférait croire que son assistant ne s'était pas montré à la hauteur. Car lui, Kontarsky, était persuadé qu'il y avait des informations à tirer des deux hommes.

Il continuait d'arpenter la pièce, et Priabine le suivait des yeux. Comme son chef, il avait le sentiment que la situation était grave, qu'il fallait d'urgence savoir qui était le deuxième homme dans le camion. Il n'en restait pas moins qu'il ne comprenait pas ce que les agents de renseignements anglais et américains espéraient obtenir en faisant s'infiltrer un homme – un seul homme – à Bilyarsk... car c'était là sa destination. Que pourrait bien faire un seul homme que n'aurait pu faire Baranovitch, cet esprit brillant, ou Sémélovsky, ou même Kréchine, eux qui travailleraient tous les trois sur l'avion pendant la nuit ? Personne d'étranger au projet ne pourrait approcher le Mig. Et, conclut une fois de plus Priabine, penser que l'homme serait venu seulement pour espionner, pour prendre des photos, était une idée ridicule.

Il sentit soudain que Kontarsky s'était immobilisé devant lui. Il leva les yeux vers le visage aux traits tirés. Le colonel aurait dû s'envoler pour Bilyarsk plusieurs heures auparavant. Un hélicoptère du K.G.B. l'attendait aux abords de la ville depuis le début de l'après-midi. Mais il ne voulait partir qu'après avoir obtenu des informations solides au sujet de l'homme qui voyageait avec Oupenskoï dans le camion.

Kontarsky sembla être enfin parvenu à une décision :

« Très bien, dit-il. Dimitri, prends le téléphone, dis à nos hommes dans la voiture de mettre la main sur Oupenskoï et sur l'autre, sur-le-champ !

– Bien, colonel. »

Priabine saisit l'appareil. Ses instructions seraient relayées par radio au bureau du K.G.B. de Kazan et, de là, à la voiture qui filait le camion.

« Dis-leur de demander toute l'aide nécessaire au poste de garde du carrefour de Bilyarsk, ajouta

Kontarsky. Combien d'hommes avons-nous dans la voiture?

— Trois », répondit Priabine, puis, au bout d'un instant : « Nous connaissons la dernière position du camion : il est passé au carrefour de Bilyarsk sans s'arrêter, sans ralentir... »

Il garda le téléphone en main. Kontarsky fit un tour sur lui-même et lança :

« Alors, c'est tout de suite qu'il faut les arrêter. Je veux savoir si ce deuxième homme est toujours à bord. »

Dès qu'il eut passé le carrefour de Bilyarsk et jeté un coup d'œil au poste de garde dans le crépuscule qui s'assombrissait, Pavel Oupenskoï sut qu'il ne lui restait plus beaucoup de temps. Sans ralentir, tenant le volant d'une main, il défit la fermeture de sa veste et retira de sa ceinture un vieux pistolet automatique de l'armée. Il posa doucement l'arme sur le siège que Gant avait occupé.

La voiture derrière lui avait abandonné l'idée de le suivre tous feux éteints. Il voyait les traînées lumineuses de ses phares. Il se demanda si ses poursuivants allaient s'arrêter au poste du carrefour de Bilyarsk. Ils ne le firent pas. Sans doute étaient-ils en liaison radio avec les gardes. Ils apprendraient qu'il ne s'était pas arrêté, qu'il n'avait pas même ralenti, et ils se poseraient des questions.

Oupenskoï calcula qu'il pouvait encore rouler une quinzaine de kilomètres avant qu'ils ne deviennent soupçonneux, ou que ceux dont ils recevaient leurs ordres ne leur demandent des renseignements sur son mystérieux passager.

Alors, ils le rattraperaient et le sommeraient de s'arrêter. Il connaissait bien la route entre Kazan et Kouibychev. Elle traversait une région agricole – des villages isolés, quelques fermes, mais pas de ville avant Krasny Yar, à une vingtaine de kilomètres de Kouibychev. On ne le laisserait pas aller plus loin.

Il avait accepté les risques. Il savait combien le projet de Bilyarsk était important pour les Soviétiques, combien il était vital pour l'O.T.A.N. Il comprenait ce qu'il y avait de désespéré dans l'opération montée pour réussir à voler l'avion, ce qu'il y avait de désespéré dans le sacrifice de lui-même qu'on lui demandait de faire, dans celui du pauvre Fenton, et des autres. Edgecliffe l'avait jugé à sa juste valeur et ne l'aurait pas sacrifié à la légère. Il le savait, et il en était fier. A cet instant, cependant, livré à lui-même, il sentit combien sa vie pesait peu. Il lui fallait seulement éviter d'être capturé, au moins pendant douze heures si c'était possible, jusqu'à ce que Gant... Ce n'était pas le moment de se poser des questions au sujet de Gant, de se rappeler la déprimante impression de malaise qui, telle une odeur corporelle, se dégageait de l'homme.

Il ferait le maximum pour atteindre son but. Il se dit que selon toutes probabilités il n'y aurait aucun barrage sur la route avant Krasny Yar. Il lui fallait se rapprocher suffisamment de la ville pour avoir une chance de s'y cacher. Il n'y connaissait personne, mais tant pis. Il avait seulement besoin d'un abri, qu'il trouverait toujours, et de nourriture, qu'il pourrait toujours voler. Après... Il valait mieux ne pas imaginer ce qui se passerait après. Non, tout ce qu'il fallait, c'était bien réagir quand la voiture derrière lui passerait à l'action.

Il pensa à sa femme, Marya. Il pouvait bien, après tout, s'accorder ce luxe. Quel âge avait-elle à présent? Trente-sept ans. Trois de plus que lui. Douze ans de prison pour avoir manifesté contre l'invasion de la Tchécoslovaquie en 1968. A l'origine, sa condamnation était de trois ans, mais elle avait réussi à faire passer à l'extérieur des tracts, des pamphlets décrivant le traitement qu'elle subissait en prison. Quand la chose fut découverte, on augmenta sa peine de dix ans. Pavel avait l'amère certitude qu'elle ne serait jamais relâchée, qu'elle ne recevrait pas une telle faveur d'un régime pour lequel elle n'avait que haine et mépris.

Marya était juive. Elle avait été à l'Université et enseignait avant d'être renvoyée pour ses activités politiques, puis emprisonnée. Il n'avait jamais compris pourquoi elle l'avait épousé, lui, un homme simple et sans instruction. Mais pour cela, il la vénérait, et il avait passé les douze dernières années à essayer d'être digne d'elle. Tout ce que lui avaient demandé Edgecliffe et Lansing, et leurs prédécesseurs à l'ambassade soviétique, il l'avait fait.

Il n'était pas sûr – parce que le plus grand secret entourait ces pratiques – qu'on avait infligé à sa femme un traitement « psychiatrique ». Mais c'était probable et bien dans la ligne du Kremlin et du K.G.B. Tout dissident ne pouvait être que fou. Le pire cependant, pour Pavel, c'était de penser qu'à cause des années d'emprisonnement, elle avait sans doute vieilli et qu'il aurait pu passer à côté d'elle dans la rue sans la reconnaître. C'était de cette circonstance impossible qu'il avait presque peur.

Il leva les yeux vers le rétroviseur. La voiture s'était rapprochée. Il vérifia à ses côtés que l'arme n'avait pas glissé. La poignée était tournée vers lui, il n'avait qu'à tendre la main. Nouveau coup d'œil au rétroviseur. La voiture faisait maintenant des appels de phares, comme pour doubler. Pavel eut un sourire féroce. Ils savaient qu'il savait qui ils étaient et, maintenant qu'ils avaient décidé que le petit jeu avait assez duré, ils supposaient, dans leur assurance quasi divine, que Pavel allait s'effondrer comme un château de cartes. Il appuya sur l'accélérateur. Derrière lui, la lueur des phares s'éloigna, puis rejaillit plus proche quand les occupants de la voiture comprirent qu'il essayait de leur échapper.

La route s'étendait toute droite, mais on n'avait pas encore élargi cette section pour aménager des chaussées séparées. Si elle voulait doubler le camion, la voiture devrait presque le frôler. C'est ce que Pavel espérait. En arrivant à prendre suffisamment d'avance, il pouvait compter sur l'arrogance blessée du K.G.B. pour que la voiture tente de le doubler. Pour l'instant, elle continuait ses appels de phares. Devant cette prétention de l'amener à s'arrêter, Pavel gardait le même sourire. Il accéléra jusqu'à cent dix à l'heure.

De nouveau, après s'être éloignée, la lueur des phares se fit soudain très proche. Pavel pensa qu'à présent les hommes devaient être furieux. Ils n'avaient pas l'habitude d'être défiés, en quoi que ce soit. Il se raidit et scruta la route devant lui. Aucun arbre ne la bordait, seuls des talus peu élevés la séparaient des champs de blés qu'elle traversait. Il faudrait bien se contenter de ces talus.

La voiture se prépara à doubler, avec précaution, comme si elle se méfiait d'un piège. Le chauffeur semblait hésiter et continuait ses appels de phares. Puis, tout à coup, il appuya à fond sur l'accélérateur. La voiture fit un bond en avant. Sous l'effet de la surprise, Pavel n'eut pas le temps de réagir qu'elle se trouvait déjà au niveau de sa cabine. Il tourna alors brusquement son volant et le camion fit une embardée sur la route. Il sentit et entendit le terrible choc de la collision des deux véhicules. Il redressa le volant. Les phares de la voiture zigzaguèrent follement avant de s'écraser dans le talus. Pavel lâcha l'accélérateur et donna un violent coup de freins. Le camion s'arrêta net dans un crissement strident. Il baissa la vitre et écouta. Le silence. Le moteur de la voiture avait cessé de tourner quand elle avait heurté le talus. Pavel prit son pistolet et dégringola du camion. La voiture était à plus de cent mètres, l'avant enterré dans le talus. Il s'approcha et vit, gisant sur le capot, le corps de l'un des passagers qui avait été projeté à plus de cent dix kilomètres à l'heure à travers le pare-brise.

Soudain, la porte arrière de la voiture s'ouvrit, au grand étonnement de Pavel, et une forme sombre s'affaissa sur la route. Il s'immobilisa un instant, tendu. L'éclair qui sortit d'une arme et le bruit des coups tirés – deux détonations sèches – le choquèrent comme s'ils étaient complètement hors de propos dans la scène qui se déroulait. Une balle le manqua, l'autre lui déchira l'épaule. Sans s'occuper de sa blessure, il leva son pistolet et riposta de deux coups de feu. Comme en une figure de ballet, la forme sombre s'étendit lentement sur la route.

Pavel n'eut pas besoin d'examiner sa blessure pour savoir qu'il lui serait presque impossible de conduire le lourd camion. Pressant son bras blessé contre lui, il retourna vers son véhicule et, avec peine, les yeux embués de souffrance, le front couvert d'une sueur froide, tremblant de tout son corps, il mit le moteur en marche pour s'éloigner du lieu de l'accident. Penché lourdement sur le volant, sa vision obscurcie par la douleur et la perte de sang, il n'avait qu'une idée en tête : arriver à Krasny Yar avant de s'évanouir; et une image : celle de Marya, sa femme, telle qu'il se la rappelait...

Pavel Oupenskoï mourut quand le camion manqua un virage à 15 kilomètres de la collision avec la voiture du K.G.B. Il fut projeté inconscient sur la route. Le camion commença d'escalader le talus puis retomba de tout son poids sur le corps de Pavel.

Piotr Vassilievitch Baranovitch ne considérait plus l'Américain avec perplexité. Au début, pendant la première heure de la présence de Gant dans la maison de l'avenue Tupolev, son comportement l'avait intrigué. Il l'avait observé tandis qu'il prenait son repas, servi par la femme qui vivait avec Kréchine, une secrétaire du département financier du projet Mikoyan. Et plus il observait l'Américain, moins il comprenait. Même quand l'homme parlait de son voyage et de Pavel – qui à présent était Dieu sait où, en route pour Kouibychev, ou entre les mains du K.G.B. – il ne parvenait qu'à le déconcerter. Puis ils s'étaient mis à parler ensemble du Mig-31, le Firefox comme l'O.T.A.N. l'appelait. Il avait vu alors l'ardeur, l'appétit presque sexuel qui brillait dans les yeux de Gant, et il n'avait plus douté que Buckholz eût choisi le pilote qu'il fallait.

Il avait compris que, pour des raisons personnelles profondes, Gant avait *besoin* de piloter cet avion. L'homme assis là devant lui avait été expédié comme un ballot de linge d'Amérique en

Angleterre, puis en Russie, de Moscou à Bilyarsk, et il avait accepté d'être ainsi traité parce qu'à la fin du voyage, tel un monstrueux prix de bonne conduite donné à un enfant, l'attendait un jouet scintillant : le Mig.

Sémélovsky était retourné chez lui tout de suite après avoir « livré » l'Américain. Il ne reverrait les autres qu'au moment où ils se présenteraient au hangar pour préparer l'armement de l'avion en vue des essais du lendemain. Kréchine, par contre, était resté avec Baranovitch. C'est ensemble que, plus tard, tous deux franchiraient le réseau de sécurité et pénétreraient dans le complexe industriel, à deux heures du matin.

Baranovitch n'ignorait pas que le K.G.B. les tiendrait à l'œil tout au long de la nuit, Kréchine, Sémélovsky et lui. L'ordre serait sans doute donné de les arrêter quelques heures avant le décollage. L'arrestation était inévitable. Mais jusqu'à ce que leur travail soit achevé sur le système d'armes, on ne les toucherait pas. La seule précaution serait cette surveillance, en voiture, de l'autre côté de la rue. C'est pourquoi, malgré le risque apparemment encouru, Gant était en sécurité dans la maison, plus en sécurité que nulle part ailleurs dans Bilyarsk. C'était le dernier endroit où l'on irait le chercher.

Baranovitch entendait ne pas perdre son temps à penser à ce qui lui arriverait ultérieurement. Comme Gant, comme Aubrey à Londres, il avait accepté de vivre chaque instant qui lui était donné et de ne pas chercher à savoir ce qui se passerait dans les jours, dans les heures à venir. Il avait appris à vivre comme il le faisait à Mavrino et, avant cela, dans les camps de travail. Il savait à quoi s'en tenir quand il avait accepté de travailler à Bilyarsk au développement des travaux purement théoriques accomplis par un homme, mort depuis, sur un système d'armes psycho-guidé. Le K.G.B. savait lui aussi à quoi s'en tenir quand il l'avait libéré pour cette nouvelle tâche. Baranovitch vivait au jour le jour depuis de longues années, presque depuis la fin de la guerre – non, avant, se dit-il, car les jours d'un soldat lui sont comptés quand il se trouve sur le front russe, en hiver. Maintenant surtout qu'il avait déjà vécu la plus grande partie de sa vie, il considérait chaque jour comme un sursis qui lui était accordé.

« Est-ce qu'on vous a bien mis au courant de tout ? » demanda-t-il à Gant, décidé qu'il était à ne plus s'attarder à de vaines spéculations sur lui-même et sur le caractère de l'Américain.

Ils étaient assis dans la pièce de séjour de Kréchine. Petite, mais chaude et confortable. Le jeune homme les avait laissés seuls. Sans doute, se dit Baranovitch, Kréchine et la jeune femme étaient-ils en train de faire l'amour dans une autre chambre, avec cette ardeur désespérée des jeunes pour qui, comptés ou non, les instants sont précieux. Kréchine devait essayer d'oublier dans l'illusion de la passion les heures qui l'attendaient. Baranovitch avait prévenu Gant qu'il pouvait parler sans crainte. Evidemment, des micros avaient été installés partout. Mais, en bon électronicien, il s'était débrouillé pour que toute la soirée les micros ne transmettent aux oreilles du K.G.B. qu'une bande magnétique enregistrée à l'avance sur un fond sonore de télévision.

« Je vous l'ai dit, j'ai piloté certaines copies du Mig-25, que les Etats-Unis fabriquent depuis deux ou trois ans. Puis, j'ai passé des mois dans le simulateur, à piloter le Mig-31 », répondit Gant.

A son tour, il était impressionné par Baranovitch. Son air de patriarche, la barbe et les cheveux blancs, les yeux clairs et bleus, le front lisse, imposaient le respect.

« Donc, il n'y a aucun doute, vous avez suivi un entraînement complet », dit Baranovitch en souriant.

Il tirait sur sa pipe, aussi détendu que si Gant et lui avaient débattu de théories dans une salle d'université. Il y avait bien longtemps, quarante ans peut-être, que Baranovitch n'avait mis les pieds dans un tel lieu.

« Je crois pouvoir le dire, approuva Gant. Mais le système d'armes... il faut que vous m'en parliez. »

Baranovitch ne s'offusqua pas que Gant aille ainsi droit au but. En fait, il apprécia cette façon de faire — la seule qui convenait au lieu et au moment.

« Oui. Je dois vous dire que je n'en suis pas entièrement responsable. J'ai travaillé à presque tout ce qui relève de l'électronique, la miniaturisation, etc. (Il tira une bouffée de sa pipe.) Le pilote est littéralement branché sur le système d'armes. Les électrodes qui transmettent ses pensées, qui enregistrent les mouvements de ses yeux, sont intégrés dans le casque et sa visière. Une seule prise, que le pilote branche sur le tableau de bord — vous savez exactement à quel endroit? (Gant hocha affirmativement la tête.) Bon. Une simple prise suffit donc à ce que les impulsions du cerveau soient transmises aux mécanismes de tir. La seule chose qui importe pour vous n'est pas de connaître le processus lui-même, mais ce à quoi il aboutit, le résultat final de l'opération. Dans l'avion, le radar est spécialement conçu pour agir en conjonction avec le système de contrôle des armes; avant tout, il améliore la vitesse du tir. Du radar, vous recevez une impulsion plus rapide que la réaction de votre œil, et c'est votre cerveau qui commande directement le système d'armes. Vous voyez le gain de temps pour le lancement de missiles air-air ou l'emploi des canons... et, naturellement, comparé au contact visuel, le contact radar vous donne quelques secondes d'avance sur n'importe quel autre avion ou pilote. Quand vos yeux *voient* la cible, l'impulsion est transmise du cerveau au système de contrôle des armes, et quel que soit l'engin que vous décidiez de lancer, il *est* lancé et votre cerveau peut alors le guider en vol jusqu'à l'objectif. »

Baranovitch sourit à voir l'air ébahi de Gant.

« Ne vous en faites pas, mon ami, certains des pilotes de notre Aviation Rouge sont très bêtes. Evidemment, le système ne marche que si vous portez le casque, s'il est branché sur vous. A part ça, dit-il dans un sourire, je ne peux vous en apprendre plus — c'est *top secret*, comme vous dites. »

Baranovitch tira sa pipe de sa poche et partit d'un grand rire. Toujours souriant, il ajouta :

« Ah ! autre chose. Il existe un verrouillage de sécurité qui vous empêche de faire sauter par inadvertance des amis dans le ciel, au cas où vous auriez une mauvaise pensée ! »

Baranovitch resta un moment silencieux, puis poussa un soupir. Quand il reprit la parole, ce fut comme s'il s'adressait à lui-même, s'il résumait les grandes lignes du problème pour sa propre satisfaction.

« Votre gouvernement a compris l'importance de ce système d'armes psycho-guidé. C'est une étape à laquelle on devait logiquement arriver — et ses possibilités sont infinies. Je pourrais leur en dire davantage, évidemment, mais ils ne réussiront jamais à me faire sortir d'Union soviétique.

Voler le Mig est plus facile... (Il suça sa pipe, maintenant éteinte.) Les Etats-Unis ont à peine commencé à développer un tel système. S'ils n'en possèdent pas un bientôt, ils seront laissés loin en arrière par tous les raffinements qui amélioreront ce qui n'est à présent qu'un matériel électronique rudimentaire, et par les multiples applications qui en découleront. Il faut donc qu'ils aient le Mig, puisqu'ils ne peuvent pas m'avoir moi. Les possibilités d'application seront, je le répète, infinies une fois le système perfectionné. Naturellement, vous, c'est en tant que pilote et non en scientifique que tout ceci vous intéresse. A ce stade, l'arsenal utilisé est conventionnel mais, qui sait, bientôt peut-être un grand pas en avant sera fait qui le mettra à la hauteur du système de psychoguidage... »

En écoutant ce discours, Gant s'efforçait de garder un air intéressé, Baranovitch s'en aperçut et, avec de la tristesse dans les yeux, il dit :

« Bien sûr, je vous ennuie. Peut-être, après tout, suis-je simplement en train de m'apitoyer sur moi-même. J'aurais aimé continuer à vivre. Aux Etats-Unis, par exemple... »

D'une voix douce, Gant le ramena au sujet qui l'intéressait :

« Et... l'antiradar ?

– Ah ! l'antiradar, dit Baranovitch en secouant la tête. Eh bien, je n'y connais rien du tout. C'est la partie la plus secrète de tout le projet. On n'aurait jamais permis à un juif, notoirement dissident, d'avoir des lumières dans ce domaine.

– Il faudrait pourtant que je sache, dit Gant, si les Russes peuvent déconnecter l'antiradar par télécommande pendant mon vol – ou si cela peut m'arriver à moi-même, par accident... »

Baranovitch réfléchit un moment, tirant de longues bouffées de sa pipe rallumée. De nouveau, Gant se sentit revenu à l'atmosphère d'un séminaire d'université, plus qu'à un échange d'importance vitale entre deux espions.

« Non, dit enfin le Russe en se frottant le nez du pouce et de l'index, selon les rumeurs qui me sont parvenues – peu nombreuses il est vrai, et peu sûres – je crois que l'équipement antiradar n'a rien de mécanique.

– Mais alors quoi, bon dieu... ?

– Si j'ai bien compris, dit Baranovitch de sa voix égale, c'est quelque chose comme un revêtement, une sorte de peinture même, un peu comme cette surface antifriction que les Américains ont mise au point. (Gant ouvrait de grands yeux.) Hé oui, même nous, nous savons cela ! Les services de sécurité américains ne sont pas aussi forts que le Pentagone voudrait le croire... Quoi qu'il en soit, comme je vous le disais, il semble que l'antiradar soit fondé sur un tel système : le faisceau du radar glisse sur la surface de l'avion, et rien n'apparaît sur l'écran. Je sais que le système peut être neutralisé, pour permettre par exemple au pilote, dans de mauvaises conditions atmosphériques, de regagner sa base et d'atterrir sans danger. Mais je ne sais pas par quel moyen cette neutralisation s'opère. (Son visage s'assombrit.) Je ne peux donc pas vous dire quoi faire. Ce que je sais est vague, monsieur Gant, je ne fais que répéter ce que j'ai entendu. Ce dont nous pouvons être sûrs, vous et moi, c'est que le système marche. Il a été mis au point ailleurs, pas à Bilyarsk. »

Ils gardèrent le silence, puis Gant demanda :

« Combien de temps pourrez-vous me donner à l'intérieur de la cabine ?

– Pas de temps du tout, j'en ai peur. La surveillance est plus étroite que jamais. Vous savez que le premier secrétaire arrive demain par avion pour assister au triomphe de la technologie soviétique ? Il sera accompagné par Andropov, le président du K.G.B. et, naturellement, d'autres personnalités du Parti. Enfin, à cause de tout ça, ou plutôt à cause de nous – Sémélovsky, Kréchine et moi-même – les précautions de sécurité n'ont jamais été aussi intensives. (Il s'interrompit et tira sur sa pipe en silence, puis il ajouta :) Un détachement spécial du G.R.U. est arrivé hier. Il sera évidemment placé sous le commandement du K.G.B. Cela fait plus d'une centaine d'hommes qui viennent s'ajouter à la garnison déjà considérable sur place. (Il écarta les mains.) Et c'est pourquoi nous allons être obligés de prendre des mesures extrêmes pour vous faire pénétrer jusqu'au hangar... (Les yeux de Baranovitch brillèrent malicieusement.) Il faudra vous couper les cheveux encore plus court pour le bon fonctionnement du casque et des électrodes, et nous allons faire des photos de vous pour une série très spéciale de papiers... Ce sera tout en ce qui vous concerne. »

Gant eut un mouvement d'épaules. Rien en lui ne s'opposait à l'idée de se déguiser encore, d'assumer une autre identité. Son indifférence à sa propre personnalité, une qualité que Buckholz avait tout de suite sentie, faisait de lui un parfait caméléon. La plupart des agents secrets essaient, inconsciemment, de conserver quelque chose d'eux-mêmes : un vêtement, une certaine manière d'être, une inflexion de voix – tels des nageurs qui craindraient d'abandonner leur personnalité avec les habits qu'ils viendraient de quitter, et de ne plus la retrouver au retour. Gant n'éprouvait pas ce genre d'inquiétude, consciemment ou inconsciemment. Orton, Grant, Glazounov, ou bien l'homme qu'il allait bientôt incarner, peu importait, tous n'étaient que des ombres, comme lui-même.

« Quel sera mon itinéraire... je veux dire quelle est la topographie de la zone qui entoure le hangar ? » demanda-t-il presque brutalement.

Baranovitch posa un moment sur l'Américain un regard pénétrant, puis il hocha la tête, apparemment satisfait. Il se leva et conduisit Gant vers un dessin qui formait comme un coin de nappe blanche sur la petite table de salle à manger. Kréchine l'avait posé là après que Gant eut fini de dîner.

C'était une carte que Baranovitch lissa soigneusement. Il avait dessiné au crayon le tracé de l'immense enceinte et en désigna à Gant les divers éléments :

« Nous sommes ici, presque au centre du quartier d'habitation, et tout le personnel technique et scientifique pénètre dans le complexe et dans le hangar... là. (Du doigt, il traça ensuite une route empruntant certaines rues et s'arrêtant à une ligne rouge marquée d'abord par un trait, puis par de petites croix rouges espacées.) Oui, poursuivit Baranovitch, il y a une autre haie de barbelés électrifiés, gardée par ces miradors... (Son doigt indiqua les croix rouges.)... à l'intérieur de l'enceinte périphérique qui sépare le vieux village de la zone industrielle, et de ceux qui y travaillent. Pour traverser cette deuxième enceinte, une autre entrée – là, de l'autre côté de la piste d'envol. (Il frappa du doigt un point de la surface rigide.) Seul le personnel de sécurité emprunte cette entrée – c'est celle que *vous* emprunterez.

– Et comment ça, au nom du Ciel ? »

Baranovitch sourit.

« Avec un air crâne, naturellement... et un peu d'aide de ma part et de celle des autres. Ne vous en faites pas. »

Il retourna sa pipe, tira dessus avec énergie et exhala un épais nuage de fumée. Gant fronça le nez comme en signe de désapprobation.

« Vous fumez ? demanda Baranovitch.

– Non. Je ne fume plus. »

Baranovitch hocha la tête et fouilla dans la poche de sa veste aux coudes garnis d'une pièce de cuir. Il en tira un paquet de cigarettes américaines.

« Il faut réapprendre. Tout de suite, dit-il avec simplicité.

– Quoi ?

– Réapprenez à fumer dans l'heure qui vient. Après, vous irez vous reposer. »

Gant fit la grimace, puis il dit :

« Ce ne sont pas des cigarettes russes.

– Non. Les cigarettes étrangères prouvent un certain standing. En avoir une à la bouche aura un effet plus convaincant... que vos papiers eux-mêmes. »

Baranovitch sourit. Quand il reporta son attention sur la carte, Gant prit le paquet de cigarettes et le glissa dans la poche intérieure de son bleu de travail.

« Par cette entrée, vous vous rendrez là, à l'autre bout de la piste d'envol. (Du doigt, Baranovitch désigna un point précis et Gant regarda, fasciné, la main aux petites taches brunes, aux veines saillantes, se détachant sur la blancheur de la carte.) Ce bâtiment, c'est le hangar principal, où se trouvent les deux prototypes. Nous travaillerons toute la nuit sur l'appareil qui doit effectuer les essais. Attenant au hangar, vous avez les bureaux de la Sécurité et les vestiaires des pilotes. Vous me suivez ? (Gant fit un signe de tête.) Bon. Vous monterez à l'étage et vous suivrez ce couloir... (Le doigt traça maintenant le parcours sur un plan de ce premier étage des bâtiments attenant au hangar principal.) Les autres bâtiments, ce sont simplement les laboratoires, les souffleries, les bancs d'essais, etc. Ne vous y attardez pas. Allez aussi vite que possible au vestiaire du lieutenant-colonel Youri Voskov, de l'armée de l'air soviétique. Il y viendra quelques heures avant le vol. Préparez-vous à sa venue.

– Et si quelqu'un d'autre entre? demanda Gant. Je resterai peut-être là trois, quatre heures. »

Baranovitch expliqua patiemment, d'un ton de pédagogue :

« Vous aurez caché le corps. Il ne manque pas de placards métalliques avec de bonnes serrures. (Il sourit.) Les pilotes se plaignent du chapardage des produits de luxe qu'on leur donne pour les récompenser de leurs bons et loyaux services... oui, les serrures sont solides. Quant à vous, comme vous ne ressemblez pas beaucoup à Voskov, si ce n'est par la carrure, eh bien, vous serez en train de prendre une douche.

– Pendant trois heures?

– Enfin, vous ferez semblant de prendre une douche. Quand le moment viendra de notre petite... *diversion*, vous vous habillerez. Le casque et la visière dissimuleront vos traits. Nous qui travaillons au système d'armes, nous exigeons des pilotes qu'ils mettent leur casque et ne l'enlèvent que dans le laboratoire. Il n'y aura donc rien d'étrange à ce que vous le portiez une heure, ou même plus, avant le vol. »

Gant approuva de la tête, puis demanda :

« Et la... diversion?

– Ne vous en faites pas. J'ai une sorte de petite radio qui vous fera savoir quand il faudra descendre au hangar. La situation y sera telle que vous pourrez monter dans la cabine de pilotage et faire rouler l'avion sans que personne ait le moindre doute à votre sujet. »

De nouveau, Gant ouvrit de grands yeux. Il réfléchit un moment, puis demanda :

« Et qu'est-ce qui va vous arriver, à vous, une fois que j'aurai décollé ? »

Sa voix était calme, mais un peu haletante, comme s'il savait déjà quelle réponse lui serait faite.

« Aucune importance », dit doucement Baranovitch.

La sympathie qu'il exprimait ainsi à son interlocuteur, l'Américain ne pouvait la comprendre.

« Une foutue importance, au contraire ! s'exclama Gant en faisant un pas en arrière et en levant les bras. Bon dieu ! »

Il tourna le dos au Russe. Ses épaules se voûtèrent. Il fit enfin volte-face et dit en agitant les bras :

« Vous, les gars, vous êtes tous si... si sacrément prêts à mourir ! Je ne comprends pas ça. Vous n'en voulez pas un peu à ces types, à Londres, de décider comme ça de votre mort ? »

Baranovitch resta longtemps silencieux, puis il dit :

« C'est facile à vous de vous indigner, monsieur Gant. Vous êtes Américain. *Tout* ordre qu'on vous donne est un sujet de rancœur — n'est-ce pas vrai ? Mais vous, vous êtes un homme libre... (Gant eut un sourire cynique qui sembla impatienter Baranovitch.) Vous *êtes* libre ! Pas moi. C'est là toute la différence. Si j'éprouve du ressentiment pour les hommes de Londres qui m'ordonnent de mourir, ce n'est rien à côté du... *ressentiment* que j'éprouve pour le K.G.B. ! »

Baranovitch se tenait penché sur la carte, mais

il ne la regardait pas. Les traits tendus, les mains cramponnées à la table, leurs grosses veines bleues ressortant comme des cordes, il mit longtemps à se redresser et fut enfin capable d'adresser un sourire à l'Américain.

« Je suis désolé... dit Gant.

– Foutaises ! l'interrompit Baranovitch. Pourquoi devriez-vous vous soucier de... nos petits problèmes ? Et maintenant, revenons, voulez-vous, à l'armement de l'avion. Heureusement, pour vous du moins, ils n'entendent utiliser que des missiles air-air, et non sol-air pour ce premier essai. »

Il désigna à Gant le fauteuil :

« Allez, commencez à fumer, ajouta-t-il. Il ne faudrait pas que vous vous mettiez à tousser comme un novice devant les gardes en faction à l'entrée, n'est-ce pas ? »

Les yeux de Baranovitch avaient retrouvé leur sourire.

Kontarsky parvint à ne plus entendre le bruit des pales de l'hélicoptère au-dessus de sa tête pendant son vol de Moscou à Bilyarsk. A dix heures du soir, ils étaient presque à mi-chemin, survolant un paysage baigné de lune, argenté, ponctué des lumières de petits villages éparpillés et de fermes collectives, et parfois rayé de la traînée brillante des phares de quelque camion ou voiture. L'hélicoptère, un MIL MI-8, longeait pour l'instant la route de Gorki à Kazan. Kontarsky, calé dans un fauteuil confortable, avait devant lui le pilote et le copilote. Derrière lui, vingt-huit autres passagers auraient pu prendre place, mais trois sièges seulement étaient occupés – par son garde du corps, un secrétaire et un radio, tous du K.G.B.

Malgré son état de tension, Kontarsky somnolait. Il avait retardé d'autant qu'il était possible son départ de Moscou, dans l'espoir d'obtenir au moins quelques informations sur l'identité, et donc la mission, de l'homme qui s'était fait passer pour Glazounov aux postes de contrôle de Moscou, de Gorki et de Kazan. Les enquêtes de Priabine n'avaient rien donné. Rien. Seul élément nouveau : la découverte de la voiture de filature, à quelques kilomètres du carrefour de Bilyarsk et, à quinze kilomètres de là sur la route de Kouibychev, le camion renversé et le corps écrasé de Pavel Oupenskoï. Aucune trace du deuxième homme. Kontarsky et Priabine avaient dû en arriver à la certitude, logique à donner la nausée, que le deuxième homme se dirigeait vers Bilyarsk, à pied ou par un quelconque moyen de transport. Le vieux de l'entrepôt était mort dès qu'on avait essayé de tirer de lui ce qu'il savait. Cœur faible, trop fragile, il n'avait pas résisté au traitement. Ce gâchis infructueux emplissait encore Kontarsky de colère.

La photographie du deuxième homme avait été transmise à Bilyarsk, et la garde de sécurité alertée. Kontarsky s'était décidé en panique à partir sur-le-champ pour Bilyarsk et à se changer personnellement des contre-mesures nécessaires.

Il alluma une autre cigarette et jeta un coup d'œil par-dessus son épaule au radio assis devant son pupitre. L'homme, comme averti par télépathie du regard de son chef, secoua la tête avec désolation. Kontarsky se retourna vers l'avant de l'hélicoptère, les yeux maintenant fixés devant lui sur les deux têtes casquées. On aurait dit qu'il attendait d'elles quelque inspiration. Il avait un goût de peur au fond de la gorge. Nerveusement, il passa la main sur ses sourcils. Il savait qu'il ne pourrait pas trouver le sommeil tant que les essais ne seraient pas terminés, avec succès. Comme tous les membres du K.G.B., il éprouvait un sentiment d'impuissance à devoir s'en remettre à des ordinateurs, à tout l'immense, l'incontrôlable appareil des services de sécurité, pour obtenir des résultats.

En ce moment, Priabine devait être en train d'exiger l'accès en priorité à l'ordinateur central de la rue Dzerjinsky pour rechercher un homme, sûrement anglais ou américain, qui serait entré récemment en Union soviétique sous un faux nom et muni d'un faux passeport. Un homme qui pourrait être identifié comme appartenant à un service de renseignements. Priabine allait utiliser l'intelligence électronique d'une énorme machine pour traquer le deuxième passager du camion d'Oupenskoï. En bref, une chasse électronique, conclut-il amèrement. Comme son adjoint, Kontarsky ne croyait qu'en ce que les gens pouvaient lui dire, en ce qu'il pouvait extraire, individuellement, de leur esprit et de leurs aveux. Mais, c'était visible, les deux hommes qu'on avait arrêtés ne savaient rien; tout au plus se doutaient-ils que l'individu recherché était un agent secret, sa destination Bilyarsk et le projet Mikoyan. Quant à Oupenskoï qui, lui, savait tout, il était mort, réduit en bouillie sous le poids de son camion.

Au moment même où Kontarsky aurait dû faire preuve d'audace et d'imagination, sa pensée restait sur la défensive. Mentalement, il se préparait déjà à plaider sa cause devant les officiers du Département spécial d'investigations qui l'interrogeraient s'il venait à échouer. Il bouillait de rage à l'idée d'avoir à s'en remettre au fichier de l'ordinateur central du K.G.B., à la direction des Archives. Pourtant, cette machine était leur seul salut. Il n'y avait plus rien d'autre à faire. Il ne restait aucun être vivant à qui poser des questions.

Un problème venait encore aggraver les choses. Si l'on ne permettait pas aux trois dissidents, agents de la C.I.A. ou de l'Intelligence Service britannique, de terminer leur travail *vital* sur l'avion, il n'y aurait pas de vol d'essai le lendemain.

Il se racla la gorge et essaya d'y voir clair. L'idée d'espionnage le terrifiait. Si une tentative de sabotage avait lieu sous le nez d'Andropov et du premier secrétaire...

Il décida de se donner au moins deux heures avant l'arrivée de l'avion officiel pour interroger les dissidents. Il regarda sa montre. Dix heures et quart. Il lui tardait maintenant d'arriver, d'être sur les lieux, de faire quelque chose par lui-même.

L'inspecteur de police Tortiev était plongé dans l'étude du dossier contenant les photographies d'Alexander Thomas Orton. Il avait étalé les clichés sur son bureau, saisissant l'un ou l'autre au hasard sans tenir compte de la date ou du lieu où ils avaient été pris. Depuis une demi-heure, il comparait entre elles les photos, en mettant certaines de côté. Sa petite équipe avait mis trois heures à rassembler le dossier complet, à partir de diverses sources de la 2ᵉ division générale du K.G.B. On lui avait refusé la priorité pour l'utilisation de l'ordinateur. Sa tâche en aurait pourtant été simplifiée et son enquête accélérée. Il se dit qu'il devait y avoir d'autres recherches plus urgentes en cours et qu'il avait encore de la chance que ses hommes aient pu obtenir de retirer eux-mêmes manuellement des fichiers toutes ces photographies qui venaient compléter le dossier qu'il possédait déjà sur Orton.

Comme pour les chaussures, Tortiev avait l'intuition que l'examen des photos mènerait à quelque chose. Il en sélectionna deux, l'une prise à Cheremetievo deux jours auparavant, l'autre dans une rue de Moscou, huit mois auparavant, alors qu'Orton sortait d'une boutique pour touristes. Cette dernière provenait d'une surveillance de routine, avant que Tortiev ne s'intéresse aux activités de l'homme d'affaires venu d'Angleterre. Tenant les deux photos entre le pouce et l'index, ils les tendit par-dessus son bureau à Holokov et Filipov qui, assis, attendaient patiemment le résultat de ses cogitations.

« Qu'est-ce que tu en penses ? » demanda-t-il à Holokov.

Le gros homme examina les photos quelques instants, et Filipov se pencha jusqu'à lui toucher l'épaule. Puis Holokov secoua la tête et dit :

« Qu'est-ce que vous voulez que je dise, inspecteur ? »

Tortiev eut un sourire :

« Ce que tu penses *vraiment*, même s'il est assez inhabituel pour moi de faire une telle demande ! »

Après un léger grognement d'incertitude, Holokov lança un coup d'œil à Filipov, lui mit la photo sous le nez, et répondit enfin :

« Ce n'est pas le même homme.

– Bien, Holokov. Très bien, dit Tortiev qui ajouta, sans sembler attendre beaucoup de la réponse : Et toi, Filipov, c'est aussi ton avis ? »

Filipov eut l'air embarrassé :

« Je... je ne suis pas sûr, inspecteur.

– Ça ne m'étonne pas. Eh bien, *moi*, je le suis. Toi aussi, Holokov ? (Le gros homme approuva de la tête.) Donc, un problème se pose... d'accord ? Lequel des deux est l'homme qu'on a trouvé mort ?

— Comment peut-on savoir ? Ils se ressemblent beaucoup, dit Filipov.

— C'est leur déguisement commun qui les fait se ressembler, Filipov ! coupa Tortiev. Le visage a été abîmé pour que nous ne découvrions pas qu'il y avait deux hommes dans cette supercherie. Pourquoi deux ? »

Holokov n'exprima que la perplexité et Filipov garda le silence. Tortiev se leva et se mit à arpenter la pièce, envahi soudain par le sentiment qu'il fallait agir, de toute urgence. Sans savoir pourquoi, il éprouvait le besoin nerveux de dépenser son énergie. Il se sentait emprisonné dans les murs de son bureau. Il regarda la pendule. Dix heures et demie. Il se tourna vers Holokov :

« Et l'homme du K.G.B. qui a été tué à la station de métro Komsomolskaïa, hier soir, qui l'a tué ? »

Filipov se hasarda :

« Un des complices d'Orton ?

— Pourquoi pas Orton lui-même ? Après tout, il n'est pas mort ! répliqua Tortiev en se penchant vers Filipov, inconfortablement assis sur sa chaise, devant le bureau. Pourquoi pas Orton ? (Filipov fit le geste évasif d'un homme qui ne possède pas la réponse.) *Qui* sont les complices d'Orton ? Les hommes que vous avez arrêtés ?... Du tout-venant, des noms trouvés dans le dossier d'Orton. Vous avez fouillé leurs domiciles et leurs planques, et qu'est-ce que vous avez trouvé ? Rien. Rien du tout ! »

Il s'éloigna de Filipov et d'Holokov, et se mit à réfléchir à haute voix :

« Où est Orton ? Où l'ont-ils caché ? Pourquoi ont-ils voulu faire croire qu'il avait été tué ? Pour nous lancer sur une fausse piste ? Pourquoi dans ce cas ne pas l'avoir fait mourir à Londres ? Nous n'aurions pas pu faire de vérifications, nous n'aurions pas eu le corps lui-même comme pièce à conviction... »

Il se tut un instant, fit demi-tour, parcourut une fois la longueur de la pièce. Holokov et Filipov se tenaient assis et silencieux, digérant les ruminations de leur chef.

« Non, poursuivit Tortiev. Ce n'est pas là qu'il faut chercher la réponse. Orton devait disparaître ici, en Union soviétique, à Moscou. Pourquoi ? »

Il fit une nouvelle pause au milieu de son bureau, puis dit calmement, avec pourtant une pointe d'excitation que perçurent ses deux subordonnés :

« Si nous n'avions pas été persuadés que M. Alexander Thomas Orton était un trafiquant de drogue, qu'aurions-nous pensé qu'il était, hein ? Compte tenu de tout ce qui est arrivé, y compris le meurtre d'un membre du K.G.B. – qui ne doit pas être étranger à l'affaire et qui montre l'ampleur de ce qui se passe. Deux morts, un faux Orton, et l'un des nôtres... prenant tout ça en considération, qu'est-ce qui vous vient à l'esprit ? »

Il fixa son regard sur eux, désireux de les faire parvenir à sa propre conclusion, excité par le bond que son esprit venait de faire et souhaitant que le leur fasse un bond dans la même direction.

Holokov se racla la gorge à plusieurs reprises d'une manière assez exaspérante :

« Ce serait un agent secret ? avança-t-il timidement.

– Exactement ! s'exclama Tortiev en souriant. C'est un espion envoyé par les Anglais ou les Américains. Cette histoire de drogue nous avait rendus aveugles, elle nous empêchait de voir la vérité ! Et maintenant... il a disparu. Pour quelle raison ? Où est-il ? Qu'est-ce qu'il essaie de faire... hein ? »

Aucun de ses deux subordonnés ne sembla avoir de nouvelles idées. Rassemblant hâtivement les photographies, Tortiev mit la pile sous son bras et se dirigea vers la porte.

« Holokov, tu viens avec moi. Je veux la mise sur ordinateur de l'image d'Orton. Immédiatement ! L'homme est dangereux, je veux savoir qui il est. Le fichier central possède la liste de tous ceux que nous savons ou suspectons être des agents, ça pourra nous mettre sur la voie de sa véritable identité. Toi, Filipov, entre en contact avec nos hommes à l'ambassade britannique. Dis-leur que je t'ai donné toute autorité pour cette enquête, et dis-leur aussi que c'est urgent. Je veux savoir avec qui Orton était de mèche à l'ambassade – et pas demain, tout de suite ! »

Filipov acquiesça de la tête, mais la porte s'était déjà refermée sur l'inspecteur entraînant dans son sillage le gros Holokov. Il ramassa une photo oubliée sur le bureau quand Tortiev l'avait balayé d'un grand geste. Une photo de Gant dans le personnage d'Orton, et non de Fenton. Il l'étudia un moment, la tournant entre ses doigts, lui faisant capter la lumière du tube fluorescent fixé au plafond. L'inquiétude se lisait sur les traits noirauds de Filipov. Il courbait les épaules.

Il savait qu'en un rien de temps – pour peu que Tortiev commence à poser des questions aux mouchards du K.G.B. qui travaillaient comme dactylos, ou dans les cuisines, dans les couloirs de l'ambassade britannique – qu'en un rien de temps, Tortiev découvrirait les multiples connexions existant entre Edgecliffe et Lansing, de l'ambassade, et Fenton, alias Orton. Fenton appartenait à l'Intelligence Service. De Londres, il était venu à Moscou sans déguisement, cette fois-ci, comme un simple touriste en voyage organisé. Il était passé à l'ambassade environ une heure avant sa mort, pour réapparaître brièvement sous la forme du cadavre d'Orton. Quelqu'un pouvait l'y avoir vu et avoir fait un rapprochement entre ces deux circonstances. On pourrait même découvrir que le substitut de Fenton dans le groupe du voyage organisé, maintenant à Leningrad, n'était pas l'homme arrivé de Londres à Cheremetievo.

Filipov se dit qu'il fallait de toute urgence prévenir Edgecliffe. Il se leva d'un bond, nerveusement. Impossible d'appeler du bureau de Tortiev à cause de la table d'écoute. Impossible aussi de sortir de l'immeuble, Tortiev serait revenu dans dix minutes, guère plus. Il croyait savoir qu'à cette heure tardive, dans les salles de repos auxquelles le personnel avait accès en dehors du travail, les lignes de « conversations privées », comme on les appelait, ne seraient pas surveillées. C'était un risque à prendre. Il fallait absolument appeler Edgecliffe avant que Tortiev ait reçu des informations par ses mouchards de l'ambassade britannique. Il referma sans bruit la porte du bureau derrière lui.

Sur l'ordre personnel du chef des services de renseignements, « C », Kenneth de Vere Aubrey avait consenti à quitter provisoirement les bureaux de SO-4, sa propre section des Opérations spéciales de l'Intelligence Service, et à s'installer dans une pièce soigneusement aménagée, avec ses propres lignes téléphoniques et toutes les conditions de sécurité requises, dans le complexe du ministère de la Défense. Aubrey n'aimait pas ce ministère. Lui et son bras droit, Shelley, avaient travaillé à leur nouvelle installation une bonne partie de la journée et de la soirée, tapissant les murs de diverses cartes : Russie d'Europe, mer de

Barents et océan Arctique, plan du métro de Moscou. Tout ce qui, sur terre et sur mer, intéressait l'opération. Deux nouveaux arrivants, des Américains, se tenaient maintenant dans la pièce : Buckholz et son adjoint Anders. Ils avaient réquisitionné chacun un petit bureau, dédaignant semblait-il les tables à tréteaux qu'Aubrey avaient prévues pour l'ameublement. En revenant des cuisines où il avait été reporter la vaisselle du dîner, Shelley vit Buckholz un téléphone rouge en main et Anders grimpé sur un escabeau, fixant au mur avec des punaises, au-dessus d'une carte de la région arctique, une photographie de la même région prise par satellite météorologique. Les autres cartes, celle de la mer du Nord par exemple, étaient également entourées de photographies météorologiques. Mais l'attention de Shelley fut spécialement attirée par une carte de la Russie d'Europe sur laquelle Buckholz était en train de travailler avant son départ pour les cuisines. A part Shelley et les deux Américains, arrivés peu après huit heures, Aubrey n'avait laissé entrer personne dans la pièce. Il était maintenant une heure du matin à Londres, deux heures plus tôt qu'à Moscou.

S'approchant d'Aubrey, Shelley leva donc le nez vers l'immense carte. Au lieu de tracés clairs, sans indications rajoutées, ce qu'il contemplait à cet instant — bien que se situant à des milliers de kilomètres — l'emplit d'incertitude et de crainte. Une image lui vint soudain à l'esprit : celle de Gant, l'attitude agressive, dans sa chambre d'hôtel; et il regretta son antipathie stupide, mesquine, pour l'Américain. Ce que Shelley avait devant lui n'était rien moins que la représentation graphique minutieuse — œuvre de Buckholz — du système de défense soviétique que Gant devrait affronter, même s'il parvenait à faire décoller le Firefox de

Bilyarsk. Shelley en connaissait presque tous les éléments, mais de les voir ainsi représentés par des épingles et des rubans de couleur produisit en lui un grand choc.

Très avant dans le Cercle polaire, au sommet de cette projection conique conforme, un ruban jaune pointait ses méandres vers le haut de la carte : la *DEW-line** russe – pour Gant, le cadet de ses soucis. Mais ce qui attirait vraiment l'œil de Shelley, c'était la nuée de petites épingles indiquant les bases d'avions de chasse – celles dont on connaissait ou soupçonnait l'existence – et les bases lance-missiles. Les premières se tenaient en état d'alerte vingt-quatre heures sur vingt-quatre et pourraient en quelques minutes faire décoller chacune une douzaine au moins d'appareils d'interception; elles étaient marquées en bleu et s'étendaient sur la côte nord de l'Union soviétique, de Mourmansk et Arkhangelsk, à l'ouest, jusqu'à la presqu'île de Taïmyr, à l'est. Ces bases n'étaient pas espacées de plus de 150 kilomètres.

Au-dessous de ces épingles bleues, deux lignes de petits cercles rouges signalaient les bases de missiles. Séparées par moins de 150 kilomètres les unes des autres, elles couvraient la même région de la carte, d'est en ouest. Aucune n'était limitée à un emplacement fixe et chacune possédait au moins une douzaine de missiles sol-air, à infrarouge ou de proximité, prêts à quitter leur rampe de lancement. Shelley savait, bien qu'ils ne soient pas marqués sur la carte, qu'entre une base et l'autre, sur les deux lignes de cercles rouges, des

* *DEW (Distant Early Warning)-line :* réseau de stations radars installées au nord du cercle arctique pour permettre une alerte avancée en cas d'approche d'avions ou de missiles ennemis. Celui qu'ont installés les Etats-Unis et le Canada s'étend sur près de 5000 km dans cette même zone. (N.d.T.)

missiles tractés existaient, une demi-douzaine peut-être par convoi. Chaque base disposait d'un système radar et toutes communiquaient avec le radar central de contrôle qui transmettait les informations fournies par la *DEW-line*.

Shelley restait fasciné par ces deux lignes de cercles rouges parcourant un chemin identique, l'une le long de la côté, l'autre à près de 500 kilomètres à l'intérieur des terres. On aurait dit un plan d'une bataille classique, l'armée disposée en deux lignes parallèles – une armée de missiles, dans le cas présent, reliée à un système radar qui fouillait chaque mètre cube d'espace au-dessus de l'Union soviétique. Après s'être emparé du Firefox, Gant devrait franchir chacune de ces lignes, se protégeant contre le harcèlement des chasseurs acharnés à l'intercepter.

Et puis, se dit Shelley, Buckholz n'avait pas encore indiqué sur la carte la position des bateaux espions, des croiseurs lance-missiles de la flotte septentrionale Drapeau Rouge, ni l'activité des sous-marins dans l'océan Arctique et la mer de Barents.

Il vit qu'Aubrey le regardait, perplexe lui aussi, peut-être même vulnérable.

« Ça fait beaucoup, tout ça, hein Shelley? dit Aubrey à mi-voix.

– Ça fait trop! explosa Shelley. La moitié, ça serait encore sacrément trop! Il n'a aucune chance! »

Puis, voyant l'expression de colère d'Aubrey, après cette manifestation déplacée d'émotion, Shelley baissa les yeux et murmura :

« Le pauvre gars. »

IV

LE SUBTERFUGE

Malgré sa lassitude, Gant ne réussissait pas à calmer le bouillonnement de son esprit. Baranovitch et la jeune femme, la maîtresse de Kréchine, s'affairaient autour de lui, mettant au point son déguisement. Kréchine, assis dans l'un des mauvais fauteuils de la pièce, observait intensément la scène, scrutant l'Américain comme s'il espérait apprendre quelque chose de sa façon de bouger, ou de se tenir immobile.

Gant était furieux de sentir monter en lui la tension, l'excitation – la dernière chose souhaitable, il le savait bien. Mais malgré tous ses efforts pour se contrôler, il ne pouvait éviter de se voir au bord d'un précipice, sondant l'abîme des heures qui l'attendaient.

Il reconnaissait la nécessité du déguisement. Pour franchir le réseau serré de surveillance, à l'affût de tout ce qui semblerait inhabituel, la meilleure façon était de faire soi-même partie de ce réseau. Baranovitch, qui se tenait à genoux, se releva, recula d'un pas, les mains sur les hanches, avec l'allure d'un couturier examinant sa dernière création. Gant, gêné, tira la veste de son uniforme pour qu'elle ne fasse pas de plis aux hanches, ajusta le ceinturon et se regarda dans une glace appliquée au mur. Sa casquette d'officier cachait ses cheveux, maintenant coupés très court pour permettre un étroit contact avec le casque qui contrôlait le système d'armes captant les instructions de son esprit pour les transmettre au radar, aux missiles, aux canons.

Sous la visière sombre, la glace lui renvoya l'image d'un visage mince, froid, creusé par la fatigue. Le visage d'un étranger, sans que le déguisement y soit pour quelque chose. Il pouvait voir aussi dans la glace le col de sa chemise brune, la cravate foncée réglementaire et, sur la veste de l'uniforme, les insignes brillants du G.R.U.

« Ça va *très bien*, dit enfin Baranovitch. Ça vous va parfaitement à présent que Natalia a fait les petites retouches. »

Par-dessus l'épaule de Gant, il sourit à la jeune femme qui s'était assise sur le bras du fauteuil de Kréchine, la main posée sur son cou comme pour y chercher un peu de chaleur. La vue de cet uniforme la mettait mal à l'aise. Elle avait besoin d'un contact physique avec son amant.

« Capitaine Gregory Tchekhov, attaché à l'unité de renfort de sécurité du G.R.U., présentement placé sous le commandement...

– Du commandant Tsernik, officier du K.G.B., responsable de la sécurité du projet Mikoyan à Bilyarsk », termina Gant à la place de Baranovitch, un léger sourire au coin des lèvres.

Baranovitch hocha la tête :

« Qu'est-ce que tu penses de lui, Ilia ?

– Tout à fait... convaincant, dit Ilia Kréchine, serrant la main de la jeune femme sur son épaule. En tout cas, il fait peur à Natalia, on dirait ! »

Il la regarda en souriant, et elle s'efforça de répondre à son sourire. Il se tourna alors vers Gant et Baranovitch :

« Vous voyez ! Elle vous a aidé à confectionner ce déguisement, et maintenant elle prend Gant pour le véritable capitaine Tchekhov ! »

Il partit d'un rire franc, rassurant, et tapota la main de Natalia.

« Vous vous rappelez bien tout de votre carrière militaire ? demanda Baranovitch. (Gant hocha la tête affirmativement.) Bon. Maintenant, asseyez-vous, marchez, habituez-vous à cet uniforme, pavanez-vous comme il faut. »

Les yeux bleus de Baranovitch brillaient malicieusement. Gant sourit et se mit à marcher de long en large dans la pièce. Baranovitch l'observa, puis il dit :

« Non, pas comme ça... les pouces dans le ceinturon... regardez... »

Il enfonça lui-même les pouces dans son pantalon, et Gant imita son geste.

« C'est ça, dit Baranovitch. Et n'oubliez pas : vous ne vous ferez prendre que si vous ne donnez pas aux gardes l'image qu'ils attendent de vous. Ils s'attendent à voir un capitaine arrogant, désinvolte – et qui ne plaisante pas. Si vous en trouvez le prétexte, faites une réprimande à un ou deux, pour des broutilles, leur uniforme par exemple, ou une cigarette à la bouche... »

Gant approuva consciencieusement. C'était un expert qui lui donnait une leçon, un homme à qui une longue et amère expérience avait appris à quoi ressemblait un membre du K.G.B. ou du G.R.U. Devant un tel enseignement, Gant abdiquait sa propre personnalité.

« Maintenant, asseyez-vous, dit Baranovitch. Tu ne trouves pas, Ilia, qu'il se défend plutôt bien ? »

Gant s'assit, non sans avoir au préalable essuyé le fauteuil et inspecté ses doigts pour voir s'il n'y avait pas de poussière. Puis il croisa ses jambes bottées et se détendit complètement. Sans regarder les autres, il sortit de sa poche un étui à cigarettes en argent et un briquet plaqué or — des objets qui ne pouvaient avoir été achetés que dans la boutique de luxe du K.G.B., de l'autre côté de la place où donnait la rue Dzerjinsky. Il prit une cigarette américaine, l'alluma, souffla bruyamment la fumée, ôta de petites miettes de tabac restées au bout de sa langue, tourna enfin la tête et posa sur Kréchine un regard impassible et glacé. Le jeune homme applaudit très fort.

« Merveilleux ! dit Baranovitch. C'était on ne peut plus mélodramatique — et on ne peut plus *exact* ! »

Son visage s'assombrit. De mauvais souvenirs sans doute. Mais ses yeux s'éclairèrent bientôt et il sourit.

« C'est très bien, vous avez des dons, monsieur Gant. Vous devenez, sans beaucoup d'efforts, quelqu'un d'autre... »

Gant eut un mouvement de tête poli et sec. Il s'adressa à Kréchine :

« Racontez-moi un peu ce que vous avez vu tout à l'heure, pendant votre petite promenade. »

Le regard était dur. Il ne s'agissait pas d'une question, mais d'un ordre.

Gant se rendit compte qu'il avait réussi à maîtriser sa tension, à maîtriser la sécrétion d'adrénaline dans son organisme en s'identifiant à Tchekhov, dont il avait les papiers en poche — un jeu complet, depuis la carte jaune du G.R.U., document capital, jusqu'à son ordre de mission — et autour du cou la fausse plaque d'identité accrochée à une fine chaîne. Il ne demanda pas à Baranovitch comment ils avaient réussi à se procurer ces faux, ce déguisement. L'homme était un expert, animé par la haine et par l'orgueil. Et cela donnait de bons résultats.

En entendant la question de Gant, Kréchine avait souri. Il répondit :

« A l'entrée que vous emprunterez, la garde a été renforcée. Des hommes du K.G.B. comme toujours, mais en plus grand nombre. On n'a pas placé là le détachement de sécurité amené en renfort, probablement parce que Tsernik s'est senti insulté qu'on ait fait appel au G.R.U.... ce genre de choses arrive tout le temps !

– Et l'enceinte périphérique ? demanda Gant.

– Les miradors sont pleins à craquer, et des hommes patrouillent avec des chiens à l'intérieur de l'enceinte environ toutes les dix minutes. Je vous signale qu'elle se compose d'un double grillage, et qu'à l'heure où vous y passerez, les chiens seront lâchés. C'est pourquoi pas un être sain d'esprit ne songerait à faire une trouée dans le grillage. Les miradors sont à environ une centaine de mètres l'un de l'autre, et vous passerez devant au moins quatre d'entre eux.

– Vous devrez faire semblant d'inspecter le grillage lui-même, intervint Baranovitch. N'oubliez pas de vous en prendre aux gardes des miradors, secouez-les un peu. Continue, Ilia.

– L'entrée elle-même sera très éclairée et on vous verra approcher de loin. Pour l'enceinte extérieure, vous n'aurez à franchir qu'une simple barrière, à côté du poste de garde. Là, on vous demandera vos papiers. Les gardes seront intrigués, parce qu'ils ne vous reconnaîtront pas, mais les insignes du G.R.U. sur votre uniforme lèveront les soupçons qu'ils pourraient avoir. Quand on vous aura laissé franchir cette barrière, vous vous trouverez devant une porte grillagée qui sera verrouillée. De l'autre côté de cette porte, les gardes vous demanderont, avant d'ouvrir, de présenter encore une fois vos papiers.

– Ils ouvriront ? demanda doucement Gant.

– Aucune raison de s'inquiéter, dit Baranovitch. Vos papiers sont en règle, nous avons vérifié qu'ils sont identiques à ceux dont sont actuellement porteurs les officiers des groupes spéciaux du G.R.U. »

Gant hocha la tête et Baranovitch continua son exposé, tandis que Kréchine recommençait à caresser pensivement la main que Natalia avait posée sur son épaule.

« Une fois à l'intérieur, vous devrez traverser aussi rapidement que possible le terrain d'aviation, dit Baranovitch. Si des hélicoptères passent au-dessus de votre tête, n'y faites pas attention – l'uniforme que vous portez leur suffira. Quand vous arriverez au poste de garde du bâtiment de l'Administration qui, comme je l'ai déjà souligné, est attenant au hangar contenant le Firefox, on vous demandera peut-être vos papiers, mais comme vous serez déjà au quartier général du K.G.B. à Bilyarsk, personne sans doute ne pensera que vous n'avez rien à y faire ! (Baranovitch sourit.) Une fois à l'intérieur, allez droit au vestiaire du pilote, au premier étage. A cette heure, personne ne s'y trouvera.

– Où est le pilote... Voskov ? coupa Gant.

– En ce moment ? dit Kréchine, mettant une certaine ostentation à consulter sa montre. Il doit être couché.

– Il habite dans un secteur spécial où ne sont logés que les membres du K.G.B. et autres hommes de *confiance* participant au projet, expliqua Baranovitch. (Le mépris se lisait sur son visage, comme si un voile s'était levé pour découvrir un coin de son âme.) C'est là aussi qu'ils ont mis les spécialistes de l'anti-radar. Voilà pourquoi je n'ai rien pu surprendre des bavardages entre scientifiques ces derniers mois.

– Mais il viendra au vestiaire, c'est sûr ? insista Gant.

– Oui, dit Baranovitch, il y viendra pour se changer, et peut-être prendre un léger repas... quoique Voskov n'ait pas beaucoup d'appétit avant un vol d'essai. Et vous, monsieur Gant ? »

Un sourire brillait dans les yeux de Baranovitch.

« Moi non plus, répondit Gant, mais j'aime bien dormir un peu.

– Je comprends. Nous partons à deux heures et demie. Cela vous fait environ deux à trois heures pour dormir.

– Ce n'est pas le plus important, dit Gant qui étouffa un bâillement, tâchant de toutes ses forces de rester éveillé. Reprenons le tout.

– Les dispositifs de sécurité ?

– Non. L'avion. Le système d'armes. La nacelle arrière de défense. Redites-moi tout, encore une fois. »

L'esprit de Gant fonctionnait à deux niveaux. En surface, maintenant qu'il ne pensait plus à la mascarade de sa transformation en officier du G.R.U., il éprouvait l'excitation grandissante d'avoir à piloter le Firefox, une tension brûlante comme le désir. Plus en profondeur, il sentait en lui un curieux refus de rester éveillé, un vague besoin de se trouver dans le noir, l'esprit vide. Pour la première fois depuis qu'il avait quitté le Veteran's Hospital, il souhaitait revenir au néant dans lequel il était plongé là-bas. Il se refusa à analyser ce besoin.

Sans être amis, Dimitri Priabine et Alexeï Tortiev se connaissaient pour avoir fait partie de la même promotion à l'école préparatoire du K.G.B. Jeunes officiers, ils avaient travaillé dans le même département. Depuis, Priabine, considéré comme un élément plus prometteur, avait accédé à la fonction d'adjoint de Kontarsky, au département « M ». Tortiev, lui, avait été muté au service de Sécurité politique, section K.G.B. de la police de Moscou, et l'on se méfiait tellement de son brillant esprit qu'il semblait devoir y croupir jusqu'à l'âge de la retraite.

Tout naturellement donc, quand ils se rencontrèrent dans la salle métallique et froide où se tenaient les programmeurs de l'ordinateur central, au sous-sol de la rue Dzerjinsky, ils parlèrent de ce qui leur était advenu dans leur carrière respective. Ils échangèrent aussi des récriminations au sujet de leurs supérieurs et discutèrent des affaires qui les occupaient présentement, et de leurs implications.

C'est par une remarquable coïncidence qu'ils s'étaient retrouvés au même moment et pour une recherche de fichiers, autour de l'ordinateur central. Ils en profitèrent pour converser librement, loin de leurs supérieurs. Les anciens du K.G.B. – et avant eux ceux de l'organisme qui l'avait précédé – voyaient d'un mauvais œil les potins professionnels qui sont monnaie courante dans les forces de police des autres pays, des autres sociétés. Ils faisaient tout pour renforcer les précautions de sécurité, absolument nécessaires selon eux dans une police secrète. La jeune génération d'officiers du K.G.B. dont Tortiev et Priabine, ces brillants diplômés de l'université Lénine de Moscou, faisaient partie, s'attirait les critiques de ses aînés pour son scepticisme à l'égard des règles les plus sacrées du service – notamment celle concernant les bavardages. Contrairement à leurs supérieurs aux vues étroites, ces jeunes officiers pensaient que l'enrichissement tiré de telles conversations l'emportait de loin sur les risques encourus par manquement à la stricte sécurité. Assis maintenant dans un fauteuil de la salle d'attente contiguë à l'antre métallique de l'ordinateur, avec ses lumières, ses claviers, ses manettes, Priabine s'adressait à Tortiev :

« Ils ne comprennent pas, Alexeï, tout ce qu'ils perdent à exiger un cloisonnement aussi rigide. La main droite ne sait jamais ce que la gauche est en train de faire. »

Tortiev, qui avait remis sa pile de photographies à l'un des opérateurs en blouse blanche, attendait maintenant de savoir le temps qu'il faudrait à l'ordinateur, une fois l'image d'Orton réduite en éléments assimilables par lui, pour donner sa réponse. Il acquiesça aux propos de Priabine, un air de complicité sur son visage :

« C'est bien vrai. Nous par exemple...

– Exactement. Après tout, nous recherchons tous les deux des agents de l'étranger. »

Un silence suivit. Priabine alluma une cigarette anglaise et Tortiev se contenta de se ronger les ongles. Priabine avait fait plusieurs fois irruption dans la salle de l'ordinateur durant l'après-midi et la soirée. Une attitude infantile tournant à l'obsession. On aurait dit qu'il espérait, en surgissant ainsi devant les techniciens, visiblement irrités, les pousser à secouer la machine pour qu'elle travaille plus vite. Jusqu'à présent, l'ordinateur n'avait pas été capable de répondre à la question : qui était l'homme dans le camion d'Oupenskoï ? On lui avait pourtant soumis tout ce qu'on avait tiré des dossiers, toutes les descriptions, tous les déguisements possibles – une bibliothèque entière de portraits-robots montrant comment chaque visage pouvait être transformé. Lorsqu'on les connaissait, on avait ajouté les lieux où se trouvaient présentement des milliers d'hommes dont on savait ou soupçonnait qu'ils étaient des agents secrets américains, européens, israéliens... Même les pays du pacte de Varsovie et les nations africaines avaient leur place dans les banques de données de l'ordinateur, en tant qu'ennemis éventuels du K.G.B.

Priabine était furieux contre la machine. On lui avait demandé de résoudre un problème simple, un problème qu'une bonne équipe de policiers aurait résolu en une semaine, et il se demandait à quoi servaient les ordinateurs si ce n'était à lui apporter les réponses qu'il réclamait. Il fumait nerveusement depuis que Tortiev et lui avaient laissé mourir la conversation. Il aurait vraiment souhaité que son voisin l'aide à résoudre son problème. Mais Tortiev avait ses propres soucis – un corps repêché dans la Moskova, le visage méconnaissable, s'il avait bien compris. Il demanda, autant pour dire quelque chose, pour rompre l'ennui, que par intérêt pour ce qui préoccupait Tortiev :

« Qu'est-ce que c'est que cet homme que tu recherches ? »

Sa pensée le ramenait en fait à Kontarsky. Il devait être arrivé à Bilyarsk, se pavanant comme un dindon, essayant de chasser les doutes de son esprit en faisant de l'excès de zèle, en inspectant minutieusement les précautions de sécurité prises là-bas. Et pendant ce temps, il laissait le satané marmot sur les bras de son adjoint ! Qu'est-ce que Kontarsky lui avait donc dit, juste avant de partir, et pour la dixième fois depuis qu'il avait vu cette foutue photographie de l'homme se faisant appeler Glazounov, sorti d'on ne sait où, comme un diable de sa boîte. Qu'est-ce qu'il lui avait dit ? Ah ! oui : Dimitri, il faut que tu découvres qui il est – ça vaut mieux pour toi et pour moi. Oui, voilà ce qu'il lui avait dit.

A ce souvenir, Priabine fit la grimace. Ce que faisait Dimitri Priabine – à supposer que ce maudit ordinateur ne le laisse pas tomber – il le faisait pour Dimitri Priabine. Pour personne d'autre.

La réponse de Tortiev vint le tirer de ses réflexions. Il disait d'un ton méditatif :

« C'est justement ce que je voudrais que notre noble machine découvre... Je le connais sous le nom d'Orton... »

Priabine fronça les sourcils :

« Et qu'est-ce qu'il est supposé avoir fait ? »

Tortiev sembla un instant offusqué par la question, puis répondit :

« La première fois que je me suis intéressé à lui, c'était pour une histoire de trafic de drogue. »

Priabine hocha la tête et fit semblant de ne pas prêter attention à la suite. Piqué de ce qu'un ancien camarade de l'école préparatoire puisse considérer que ses problèmes ne présentaient pas d'intérêt, Tortiev continua :

« Mais ce qu'il y a de bizarre, c'est que cet Orton, qui a été assassiné par sa bande – c'est du moins ce que nous avions cru –, n'est pas l'homme qui est arrivé à Cheremetievo il y a deux jours. »

Priabine se redressa d'un bond dans son confortable fauteuil :

« Quand ? s'écria-t-il.

– Il y a deux jours...

– Et quand est-il ... mort ? »

La voix de Priabine frémissait d'excitation. Il se sentait entraîné à faire d'impossibles rapprochements tout en se disant que c'était absurde.

« La même nuit, dit Tortiev.

— Vous... vous avez mis la main sur les hommes ?

— Nous avons procédé à une rafle de tous ceux que nous savions être des complices d'Orton, mais nous n'avons rien trouvé qui permette de les impliquer dans le meurtre. »

Tortiev semblait satisfait d'avoir réussi à éveiller l'attention de son camarade, mais il se demandait pourquoi celui-ci s'était figé dans une position témoignant d'autant d'attention.

« Qui l'a tué, Alexeï ? demanda Priabine.

— Nous n'en savons rien. En fait, nous ne savons même pas qui a été tué.

— Quoi ?

— Comme je t'ai dit : l'homme qui est mort n'est pas celui qui est arrivé à l'aéroport avec passeport et papiers de notre ambassade à Londres...

— Mais alors, bon dieu, qui est-il — ou qui *sont-ils* ? »

Tortiev écarta les bras dans un geste d'ignorance.

« C'est précisément pour le découvrir que j'ai fait appel à notre glorieux ordinateur révolutionnaire. »

Priabine essaya de ne pas trahir par sa voix son agitation :

« Bon. Tu penses donc qu'il y a eu substitution, c'est bien ça ? (Tortiev acquiesça.) Et pour quelle raison ?

— Une seule raison possible, répondit Tortiev. L'homme arrivé il y a deux jours est un espion qui a essayé de brouiller les pistes avec ce cadavre. »

Priabine se frappa le front. Son visage, excité et rouge, ne pâlit que pendant un court instant de doute, puis il sourit à Tortiev :

« Et... qu'est-ce qui s'est passé avec les deux hommes qui ont... abandonné le corps ?

– Ils se sont enfuis.

– Où ça ?

– A la station de métro la plus proche, Pavolets.

– Et ensuite ?

– Nulle part. On les a perdus. Ni les gens d'ici ni la police ne recherchaient alors Orton.

– Nous, dit Priabine, nous cherchons un homme – un agent secret, c'est sûr – qui aurait subitement quitté Moscou dans un camion, tôt hier matin... (Son visage devint livide.) Attends... (Il respira profondément, comme s'il venait de saisir la pleine valeur de l'intuition qui l'avait traversé un moment auparavant.) Attends... »

L'esprit de Tortiev s'élança dans la même direction – un agréable réconfort pour le lieutenant de Kontarsky.

« Tu penses que... »

Priabine ne le laissa pas finir :

« Il n'y a aucune trace de l'arrivée en Union soviétique, les deux dernières semaines, d'un homme qui réponde à son signalement. Il était peut-être ici avant, mais, même dans ce cas, comment serait-il entré ? Le travail que j'ai demandé à l'ordinateur, c'est de confronter la photo avec celles de tous ceux que nous savons ou soupçonnons être des agents américains ou britanniques.

– Et moi, je cours après Orton... dit Tortiev. Votre agent, où est-il en ce moment ?

– A Bilyarsk.

– Bon dieu ! Tu veux dire qu'il est...

– Qu'il est probablement à l'intérieur du complexe à l'heure qu'il est – sous un autre déguisement.

– Pour y faire quoi ?

– Qui sait ? N'importe quoi... faire sauter ce satané prototype, par exemple. »

Tortiev regarda fixement Priabine chez qui la peur, de nouveau, avait submergé la flambée d'enthousiasme.

On frappa à la porte.

« Entrez », dit Priabine d'un air absent.

Un jeune homme, traits chiffonnés, blouse blanche sale, entra en tenant une liasse de photographies à la main. Visiblement content de son travail, mais un peu inquiet de la façon dont le lieutenant du K.G.B. en accueillerait les résultats, il se planta devant Priabine :

« Nous n'avons pas trouvé votre homme... commença-t-il.

– Vous ne l'avez pas trouvé ?

– Non. Nous n'avons rien tiré du dossier sur lui, que ce soit du côté américain ou du côté anglais.

– Alors, mettez-vous à...

– En revanche, poursuivit le jeune homme, les yeux toujours baissés sur la liasse de photos, derrière ses lunettes à monture d'écaille, ce que nous avons fait c'est de dessiner pour vous une série de portraits-robots montrant de quoi il a l'air sous différents déguisements – sans maquillage épais ou chirurgie esthétique. Nous les avons soumis à l'ordinateur pour voir si on le retrouverait sous l'une de ces nouvelles apparences. C'est un travail de longue haleine, j'en air peur. »

Priabine lui jeta un regard mauvais et dit :

« Alors, vous feriez sacrément mieux de vous y remettre, vous ne trouvez pas ? »

Le jeune homme, considérant qu'il s'en tirait

assez bien, tourna les talons et sortit rapidement de la pièce. Il laissa la pile de photos sur les genoux de Priabine qui y jeta un coup d'œil, l'air navré, puis les battit comme autant de cartes à jouer.

« Eh bien ? demanda Tortiev, assis sur le bord de son fauteuil.

– Eh bien, quoi ?

– Regarde ces foutues photos, mon vieux ! dit Tortiev, en colère.

– A quoi ça sert ? »

Tortiev franchit les quelques mètres de moquette sombre qui les séparaient, s'empara des photos et se mit à les compulser. Une ou deux fois, il s'arrêta, revint à l'un des portraits-robots qu'il avait déjà regardés, puis repoussa le tout. Priabine sourit de voir son agacement jusqu'à ce qu'il remarque un changement d'expression dans son visage. Tortiev avait conservé une photo dans sa main :

« C'est lui... c'est Orton », dit-il à mi-voix.

Il tourna vers Priabine la photo d'un homme d'aspect minable, portant lunettes et moustache.

Priabine le regarda étonné. Un coup frappé à la porte le fit sursauter et bondir sur ses pieds comme s'il avait été pris en faute. La porte s'ouvrit et Holokov apparut hors d'haleine, mal ficelé dans son manteau, le col relevé, la figure écarlate. Quand Tortiev l'avait quitté, il était à l'étage au-dessus, au restaurant du Centre – où la cuisine était aussi fine que dans les meilleurs hôtels de Moscou. Holokov avait renversé du thé sur sa cravate toute de travers. Ces détails n'échappèrent pas à Tortiev :

« Qu'est-ce qui se passe ? demanda-t-il vivement, sautant sur ses pieds.

– Stetchko... dit Holokov haletant. Un coup de

fil donné du Centre... Ce sale petit juif, Filipov, s'est mis en contact avec l'ambassade britannique.

— *Quoi ?*

— Comme je vous le dis. Les lignes de la salle de repos étaient surveillées, et c'est de là qu'il a appelé. En ce moment, Stetchko le garde à vue dans votre bureau. »

Tortiev fixa Holokov des yeux, digérant la nouvelle. Puis il se tourna vers Priabine :

« Voilà tous nos problèmes résolus d'un seul coup — un sale coup, tu ne trouves pas, Dimitri ? Cette ordure de petit traître doit savoir qui est Orton et pourquoi il est allé à Bilyarsk ! Il a prévenu l'ambassade que nous étions sur le point de trouver le mot de l'énigme... Maintenant, la réponse est là, dans le creux de la main ! »

Un sourire éclaira peu à peu le visage de Priabine.

« Allez, viens, dit-il. Ta voiture t'attend toujours ? (Tortiev fit un signe de tête affirmatif.) Alors je t'accompagne — si tu permets.

— Bien sûr, Dimitri », répondit Tortiev en souriant.

Ils franchirent la porte que le gros Holokov referma derrière eux.

« Tu vois, Alexeï, qu'échanger des potins, ça a du bon, s'exclama Priabine. Ça a du bon ! »

Il donna à Tortiev une tape sur l'épaule, et tous deux partirent d'un grand rire.

Priabine, debout près du bureau de Tortiev, le téléphone en main, attendait d'être mis en communication avec le service qui, au Centre, était chargé des messages codés. Il regarda à l'autre bout de la pièce. Filipov, effondré sur une chaise, inconscient, les poignets attachés, formait une masse sanguinolente. Son visage brun et ascétique était boursouflé par les coups. De sa bouche aux dents cassées et aux lèvres meurtries, le sang coulait sur son menton. Autour des yeux fermés la peau était fendue et décolorée. Le nez, que l'énorme poing d'Holokov avait fracassé, saignait aussi. Stetchko et Holokov se tenaient prêts à côté de leur victime, machines silencieuses attendant de nouvelles instructions. Tortiev marchait de long en large. Il était plus d'une heure du matin.

Priabine n'avait qu'indifférence pour la brutalité dont avaient fait preuve les gorilles de Tortiev. Le temps pressait. Ils avaient agi trop férocement à son goût mais, à sa surprise, pas à celui de Tortiev. Sans doute Alexeï Tortiev ressentait-il d'autant plus de rage contre Filipov qu'il lui avait fait confiance. Ou peut-être était-ce seulement parce qu'il était juif. Ce genre d'antisémitisme n'était certes pas rare au sein du K.G.B.

Priabine avait considéré de son premier devoir de prévenir Kontarsky que l'homme dans le camion était certainement un espion, et qu'on pouvait espérer rapidement des résultats de l'interrogatoire du traître Filipov. A minuit et demi, il lui fallut rappeler son chef pour lui annoncer que Filipov s'enfermait dans le mutisme, qu'il avait seulement confessé être lui-même un agent des Anglais et raconté comment il avait été recruté par Lansing, l'attaché culturel. Ils en avaient donc tiré quelque chose, mais pas ce qu'il aurait sûrement été capable de leur apprendre.

Malgré les photos que Priabine lui avait fait transmettre par bélino, malgré celles qu'il possédait déjà du compagnon d'Oupenskoï – transmises d'urgence selon le même procédé par les postes de contrôle de Moscou, Gorki et Kazan –

Kontarsky ne savait toujours pas sous quel déguisement se cachait maintenant l'homme que Filipov savait être Orton.

Priabine ne pouvait douter un instant que Kontarsky fût en pleine panique à l'idée que se trouvait quelque part dans Bilyarsk une bombe humaine dont il ignorait absolument et l'heure à laquelle elle allait exploser, et quelle en serait la puissance... Le ehoc avait en effet été rude pour Kontarsky. Il avait ordonné qu'on lui fasse parvenir par bélino tous les portraits-robots fournis par l'ordinateur. Cela venait d'être fait.

Ce qui préoccupait à présent Priabine, une fois sa communication obtenue, c'était d'envoyer des messages chiffrés aux ambassades soviétiques de Londres et de Washington, demandant au responsable du K.G.B. dans chacune d'elles d'envoyer des informations, des descriptions de toute personne récemment arrivée au centre de la C.I.A. à Langley, en Virginie, ou à Londres, au ministère de la Défense et à n'importe quel bureau de l'Intelligence Service. Priabine se lançait peut-être dans une aventure sans espoir, mais il fallait la tenter. Les informations sur les allées et venues aux sièges de ces deux organisations seraient sans doute incomplètes, d'intérêt inégal mais — contrairement à Tortiev qui n'arrivait pas à laisser en paix son collègue affalé et sanglant sur la chaise — il doutait fort que Filipov connût la véritable identité de l'homme qui, après avoir été Orton, s'était fait passer pour Glazounov. Un seul espoir l'animait : trouver une piste qui l'amènerait à découvrir de quelle sorte d'agent secret il s'agissait, et de là, prévoir ce qu'il était allé faire à Bilyarsk — et l'en empêcher.

« Allô, ici Priabine, département « M », 2e direction générale. (Tortiev leva une seconde les yeux sur lui, puis les détourna.) Ordre du colonel Kontarsky. Je voudrais envoyer en code les messages suivants à nos responsables à Washington et à Londres, c'est très urgent... »

La communication ne dura que deux ou trois minutes. Il reposa ensuite l'appareil d'un air méditatif et regarda dans la direction de Filipov que Tortiev essayait de ranimer pour le soumettre à un nouvel interrogatoire.

« Laisse un peu tomber, Alexeï, dit-il, j'ai une idée... il faudrait peut-être que je donne un autre coup de fil. »

Tortiev se détourna comme à regret de Filipov et demanda :

« A quel propos ?

– Résumons ce que nous avons fait jusqu'à présent, dit Priabine. Nous nous sommes occupés de tous ceux dont nous savons, ou soupçonnons, qu'ils sont des agents des services de renseignements occidentaux, des hommes qui seraient intéressés par le projet de Bilyarsk et capables de monter contre lui ce genre d'opération. (Tortiev acquiesça de la tête.) Comme notre homme a prouvé jusqu'ici qu'il était malin, nous en avons déduit qu'il devait être l'un de leurs meilleurs agents. Or, si tel était le cas, nous l'aurions déjà retrouvé. Tu me suis ?

– Je te suis. Ou bien il est nouveau dans le métier, ou bien on l'avait gardé en réserve spécialement pour ce coup – un coup assez important pour justifier cette précaution.

– C'est la triste vérité, gronda Priabine.

– Bon. Donc, nous ne l'avons pas trouvé. Où faut-il chercher maintenant ?

– Exactement ce que je me dis. Ou bien c'est un agent secret de premier plan, ou bien ce n'est pas un agent du tout.

— Il faut que c'en soit un... pour qu'ils aient mis tant de monde dans le bain. D'abord, ils se sont servis de ce juif, dit Tortiev en hochant la tête par-dessus son épaule en direction de la forme écroulée de Filipov, sachant parfaitement que cela pouvait vouloir dire le sacrifier. La même chose pour un autre qui leur était précieux : le chauffeur du camion. Ça en fait au moins deux de liquidés. Or les Anglais prennent toujours grand soin de leurs agents, ils ne les gaspillent pas comme ça à la légère, Dimitri !

— Tu n'as pas compris. Je n'ai pas voulu dire qu'il ne travaillait pas pour les Anglais, ou pour les Américains... mais seulement qu'il avait été recruté ailleurs. Suis-moi encore un instant. Supposons qu'il ne soit pas allé là-bas pour saboter le projet. Car, après tout, à quoi cela avancerait-il ? D'après ce que nous savons, les Américains sont tellement en retard sur nous qu'il leur faudrait une dizaine d'années pour que leur technologie rattrape celle du Mig-31 — malgré le fait que Belenko leur ait procuré un Mig-25 il y a quatre ans. »

La voix de Priabine était devenue un murmure confidentiel. Il jetait des coups d'œil en direction de Stetchko et d'Holokov qui, discrets, faisaient mine de s'intéresser à Filipov, le détaillant du regard comme pour quelque grotesque constat des dommages accomplis.

« D'après tout ce que tu m'as dit, je suis d'accord.

— Je continue. Nos services de sécurité ont réussi à intercepter presque tout ce qu'ont fait parvenir à Londres et à Washington, par l'intermédiaire de l'ambassade britannique à Moscou, les dissidents de Bilyarsk. En conséquence, les Américains et les Anglais voudraient en savoir plus. Ils veulent un rapport de première main sur ce qui se passe, peut-être même des photos...

– Tu veux dire... qu'il s'agirait d'un expert ?

– Oui, dit Priabine, haussant soudain le ton. Et s'ils avaient envoyé un expert en aéronautique, quelqu'un qui saurait quoi regarder, quelles questions poser... hein ?

– Bon dieu. Mais alors, ça pourrait être n'importe qui... quelqu'un que nous ignorons complètement ! »

Un silence suivit.

« Je crois qu'il ne sait rien, dit enfin Priabine, montrant de la tête Filipov qui revenait à lui en gémissant.

– Mais il se *pourrait* qu'il sache, répliqua Tortiev, qui ajouta d'un ton menaçant : En outre, je n'en ai pas fini avec lui, ce petit merdeux de juif ! »

Priabine haussa les épaules :

« Comme tu veux, dit-il, mais ne recommence pas avant que j'aie donné mon autre coup de fil. Je vais faire mettre l'ordinateur au travail sur toutes les industries aérospatiales américaines et anglaises...

– Ça va prendre des heures, objecta Tortiev.

– Ça ne prendra pas plus de temps qu'à tes gorilles pour tirer quelque chose de Filipov. La liste ne sera pas tellement longue de ceux pour qui ça aurait valu la peine de les faire entrer à Bilyarsk au prix d'un tel subterfuge. Laisse-moi donner mon coup de fil. Après, tu pourras employer tes méthodes physiques ! »

Tortiev sembla hésiter, puis haussa lui aussi les épaules. Priabine décrocha le téléphone.

Il fut pris dans le faisceau du projecteur alors qu'il lui restait une cinquantaine de mètres à parcourir, et il continua de marcher dans ce tunnel de lumière blanche, aveuglante. Il s'efforçait d'avoir l'air naturel, un peu irrité même, protégeant ses yeux de la main. Chaque pas constituait une épreuve. Sa carcasse pouvait hésiter, trébucher ou, telle une machine qui tombe en panne, refuser d'avancer. Il força ses jambes à se mouvoir. Une crampe serrait de nouveau son estomac. Il savait que son front était couvert de sueur et que ses mains tremblaient. Gant se sentait traqué, dépouillé de son moi, hors d'état de poursuivre — un poisson qui se débat après avoir été jeté sur la berge. A côté de cette sensation être aux commandes d'un avion n'était rien.

« Vos papiers ! »

En entendant cet ordre, Gant réalisa soudain qu'il était près de l'entrée. Un garde pointait son fusil vers lui.

« Vos papiers ! »

D'une voix faible, puis rauque comme le son d'une vieille pendule qu'on remonte pour la faire sonner, Gant lança :

« On dit : Vos papiers, *mon capitaine*, soldat ! »

C'était exactement le genre de réaction que le garde pouvait attendre d'un officier du G.R.U. Aussi, bien que le visage lui fût inconnu, il répondit comme il était à prévoir :

« Vos papiers, s'il vous plaît, mon capitaine. »

Gant sortit ses pièces d'identité et les tendit — la carte jaune bien en évidence sur le dessus. Le garde les prit et les examina. Gant se dit que le moment était venu d'allumer une cigarette. Pour se calmer, pour occuper ses mains dont le tremblement menaçait de le trahir. Il fouilla le plus naturellement du monde dans la poche de sa veste et en tira l'étui et le briquet. Quand il aspira une bouffée, le goût lui en parut âcre, mais il réprima son envie de tousser et exhala la fumée avec soulagement. Il se mit à examiner la situation à cette entrée.

Six gardes en tout se tenaient figés en une attitude presque irréelle dans la lumière violente baignant le grillage et l'espace vide devant lui. Deux d'entre eux, des gardes du K.G.B. en uniforme, raides derrière la barrière rouge et blanche qui n'avait pas été relevée, pointaient leur fusil dans la direction de Gant. Deux autres apparaissaient dans l'ouverture des guérites situées de chaque côté de la barrière, comme dans un poste de douane. Derrière l'homme qui inspectait les papiers de Gant, le sixième garde s'était approché. Tous étaient du K.G.B. Aucun membre du détachement de renfort du G.R.U. auquel Gant était censé appartenir. Ce pouvait être suffisant pour expliquer que son visage leur fût étranger.

« Pourquoi étiez-vous de l'autre côté du grillage, mon capitaine ? »

Gant resta un instant silencieux, puis il dit :

« Vous avez vos ordres, soldat, et j'ai les miens. Vous savez qu'un homme soupçonné d'être un agent ennemi se trouve dans les parages. (Il se pencha en avant, regarda le soldat bien en face et sourit.) A moins que vous ne le sachiez pas ? »

Le soldat hésita avant de répondre :

« Si, mon capitaine, on nous a alertés.

– Très bien. Je suggère alors que vous preniez un chien pour aller voir un peu ce qui se passe dans le bouquet d'arbres là-bas – et plusieurs fois pendant les prochaines heures. »

Gant fixait les yeux du soldat, concentrant sur eux toute son attention. Il vit que lentement, très lentement, la situation se retournait, comme une planète dans son orbite. Le soldat se mit au garde-à-vous :

« Oui, mon capitaine. C'est une bonne idée, mon capitaine. »

Gant toucha sa casquette avec un sourire ironique. Au signal du soldat, la barrière se souleva. Dans l'une des guérites, Gant aperçut, de dos, la silhouette d'un homme probablement en train de prévenir le poste de garde suivant que l'officier était en règle. Après un salut de la tête, il se remit en marche mais éprouva de nouveau cette faiblesse dans les jambes, cette sensation qu'elles étaient séparées du reste de son corps.

Soudain, le vrombissement d'un hélicoptère s'imposa à ses oreilles avec une précision qu'aucun son n'avait eue jusque-là. Il leva la tête, s'efforçant d'agir tout normalement. Arrivé à la porte, qui était restée fermée, il y trouva un garde, l'arme prête. Un autre garde sortit de la guérite et donna le signal d'ouvrir la porte. Gant présenta sa carte d'identité jaune, laissa tomber sa cigarette et l'écrasa du talon. Il prit l'attitude d'un homme agacé par tous ces délais, les mains sur les hanches, la bouche pincée, et constata avec plaisir que le garde se comportait de plus en plus comme si tout était parfaitement en ordre, la routine habituelle. En face d'un uniforme qui prouvait un grade supérieur au sien, il s'inclinait.

La porte s'ouvrit, non la grande à deux battants, mais une plus petite, réservée au personnel. Avec un geste d'irritation, Gant la franchit, et elle se referma en claquant derrière lui. Il ne perdit pas de temps, cette fois, à observer les gardes. Il se dirigea vers la route qui encerclait la piste d'envol et conduisait au hangar. Marcher était tout ce qu'il pouvait faire pour calmer l'excitation de son système nerveux. D'ailleurs, les gardes ne pensaient sans doute déjà plus à lui, mais il sentait leur regard dans son dos. Sa chemise était poisseuse de sueur au creux des reins. Les battements de son cœur résonnaient dans ses oreilles, le poussant malgré lui à courir...

Il quitta la route et s'engagea sur la piste d'envol. D'un bref coup d'œil il en mesura la longueur, puis regarda droit devant lui. Le hangar n'était plus très loin maintenant. Gant n'avait qu'à suivre le chemin de roulement faisant suite à la piste.

Un hélicoptère passa de nouveau au-dessus de sa tête, le tourbillon d'air s'attaquant à sa casquette, à sa veste, faisant claquer son pantalon. Il retint sa coiffure et leva les yeux. Quelqu'un se penchait par l'ouverture de l'hélicoptère. Gant lui adressa le bref salut d'un officier qui a parfaitement le droit de se trouver là. Après avoir tourné une fois autour de Gant, l'homme grimaça un sourire, salua, et l'engin s'éloigna. Gant, sa casquette bien renfoncée sur la tête, reprit sa marche.

Il n'avait plus qu'une centaine de mètres à faire pour atteindre le hangar. Il pouvait déjà voir les gardes aux portes, la traînée de lumière chaude sur le ciment, et il entendait les vagues échos de bruits métalliques. Après un tournant, le chemin de roulement aboutissait en ligne droite au hangar. La porte s'ouvrit devant lui. Il sentit son pouls battre plus vite, sa tension monter, mais ce n'était plus parce que la peur lui serrait l'estomac et lui donnait froid dans le dos. C'était comme un transport de joie. Il ne pouvait pas s'arrêter, bouche bée, dans le hangar, mais il éprouvait l'excitation d'un enfant visitant une exposition. Gant était l'homme d'une seule idée. Il ne fallait pas chercher de complexité dans son caractère. La seule chose qu'il eût jamais été capable de faire suprêmement bien, c'était de piloter un avion. Et à présent, dans ce hangar éblouissant de lumière crue, vibrant des voix et des sons répercutés par l'écho, le Firefox tendait vers lui son nez allongé. Les entrées d'air le regardaient de leurs gros yeux noirs et les ailes lui donnèrent l'impression fugace de l'encourager... Puis il se détourna. Des techniciens s'activaient comme des fourmis autour du fuselage argenté de l'avion. Sa courte halte n'avait pu attirer leur attention. Il était censé être un nouveau venu dans le projet Mikoyan, arrivé seulement de la veille.

Il trouva une activité d'un autre genre aux portes du bâtiment attenant au hangar – le siège du K.G.B. Dans un élan inhabituel de poésie, Gant y vit un symbole : un cordon ombilical liait à jamais le K.G.B. à toute réalisation soviétique. Comme il s'avançait, les gardes se mirent au garde-à-vous, et Gant se demanda un instant si ce n'était pas lui qui avait provoqué ce geste de respect. Mais la porte s'ouvrit, poussée de l'intérieur par un garde, et il fut soudain nez à nez avec Mikhaïl Kontarsky, colonel du K.G.B., responsable de la sécurité pour le projet Mikoyan. Gant se figea lui aussi au garde-à-vous, la main à sa casquette, devant ce petit homme mince à l'air affairé dont il remarqua la trace d'inquiétude dans les yeux, la nervosité des regards.

Kontarsky dévisagea Gant :

« Oui, capitaine ? » demanda-t-il avec brusquerie.

Gant comprit qu'il avait fait une erreur : il avait donné au colonel l'impression qu'il souhaitait lui communiquer quelque chose. Tsernik, qui se tenait derrière Kontarsky, le regardait lui aussi avec étonnement parce qu'il ne se souvenait pas d'avoir vu ce visage. Or, si Gant était vraiment arrivé la veille avec le détachement du G.R.U.,

Tsernik aurait dû le connaître, avoir vu au moins sa photographie dans un dossier.

Ce fut pour Gant comme s'il avait reçu un coup à l'estomac. Il était à moins de cent mètres de l'objet de ses préoccupations, du Firefox, et voilà qu'il se jetait dans les bras du chef de la sécurité. Tout en lui criait qu'il ne lui restait plus qu'à s'enfuir mais, par un effort incroyable, il réussit à articuler d'une voix égale :

« Colonel, j'ai pris sur moi, sans attendre votre autorisation, de demander aux gardes de prendre un chien... et d'aller fouiller la ceinture d'arbres. »

Kontarsky sembla ne pas réaliser tout de suite ce qui venait de lui être dit, comme si son esprit était ailleurs, puis il inclina la tête :

« Bonne initiative, capitaine. Je vous remercie. »

Kontarsky salua de sa main gantée, et se remit en marche. Gant, qui avait abaissé la main, la releva pour saluer Tsernik. Le commandant en second avait cru à son histoire, se dit-il avec un immense soulagement en le voyant répondre à son salut et s'éloigner, sans plus manifester d'étonnement.

Il entendit Kontarsky déclarer :

« C'est le moment d'arrêter Dherkov, maintenant que nous avons l'œil sur les autres dans ce hangar. C'est votre avis, Tsernik ?

– Tout à fait, colonel. Je vais m'en occuper tout de suite. Lui... et sa femme. »

Gant n'en entendit pas plus. Il franchit la porte, les gardes restant au garde-à-vous jusqu'à ce qu'il soit passé. Une fois de l'autre côté, il s'appuya contre le mur de l'étroit couloir, libéré soudain de son angoisse, et ne remarqua le garde qui se tenait là qu'en l'entendant demander :

« Vous ne vous sentez pas bien, mon capitaine ? »

Gant sursauta. Le garde vit son visage sans couleur, suant et crispé, la main qui se portait vers l'estomac – et l'uniforme.

« Je... une simple indigestion. (Et il ajouta, pour rendre son explication plus vraisemblable :) Je dois avoir un ulcère.

– Voudriez-vous boire quelque chose, mon capitaine ? » demanda le garde plein de sollicitude.

Gant refusa d'un mouvement de tête. Il ne fallait pas qu'il reste là plus longtemps. L'incident laisserait déjà assez de traces dans la mémoire du garde, son visage lui serait trop familier. Il raconterait l'histoire au réfectoire, elle circulerait ensuite dans le mess des officiers. Gant esquissa un semblant de sourire et se redressa.

« Non, merci, soldat. Merci. Ça vient par spasmes... »

Il se rendit compte qu'il allait un peu trop loin, à parler d'homme à homme de son histoire d'ulcère. Il tira sur sa veste, remit sa casquette bien d'aplomb et regarda froidement le soldat, comme s'il lui reprochait d'avoir ignoré la hiérarchie militaire en remarquant les petites défaillances de son supérieur. Puis il s'engagea dans le couloir. Ses bottes claquèrent sur le linoléum jusqu'à l'escalier conduisant au mess des officiers et aux vestiaires des pilotes.

Tandis qu'il montait les marches, les images des minutes précédentes s'effaçaient de son esprit et son pouls devenait moins fiévreux. Il pensa à Dherkov, espérant que l'épicier ne savait rien de son apparence. D'un coup d'œil à sa montre, il vit qu'il n'était pas encore trois heures. Donc, plus de trois heures encore avant... Ce Dherkov, il se demanda jusqu'où irait sa bravoure.

Cinq hommes se tenaient maintenant dans la pièce aménagée pour les activités secrètes d'Aubrey. Aux deux membres de la C.I.A. et aux deux du S.I.S. était venu s'adjoindre un officier de l'U.S. Navy, en uniforme : le capitaine Eugene Curtin, appartenant au bureau du chef des opérations navales. La mission de Curtin était de prévoir le ravitaillement en carburant du Firefox – à supposer naturellement que Gant soit capable de réussir son coup en temps voulu et de mener l'avion dans la bonne direction : vers le nord, vers la mer de Barents.

Curtin avait dans les quarante ans. Son uniforme serrait aux épaules et au dos son corps trapu. Ses cheveux étaient coupés si court qu'on l'aurait cru à peine sorti d'un camp de prisonniers. Dans sa face carrée, burinée, brillaient des yeux bleus perçants. Il venait de mettre à jour l'immense carte des mers arctiques, y marquant la position des divers bateaux et sous-marins russes signalés dans la région. De l'avis d'Aubrey, ils étaient bien nombreux, sacrément trop nombreux, comme aurait dit Shelley. Curtin avait également apporté de nouvelles photographies transmises par satellites météorologiques, des bulletins de la météo locale et des rapports provenant des avions radars du Strategic Air Command, qui survolaient les mers au nord de l'Union soviétique.

Curtin vit qu'Aubrey considérait toutes ses nouvelles adjonctions à la carte murale.

« Ça ne se présente pas très bien, hein ? » railla-t-il.

Aubrey, le regard toujours fixé sur la carte, ne

répondit rien. Il n'appréciait pas l'honnêteté déconcertante que Curtin avait en commun avec Buckholz et d'autres Américains qu'il avait rencontrés dans les services de renseignements, que ce soit au niveau opérationnel ou purement analytique. Les Américains, estimait-il, se plaisaient à faire preuve d'une franchise brutale. Or cela n'avançait à rien de se dire que Gant n'avait aucune chance de réussir. La meilleure façon d'écarter ces sombres réflexions, c'était de ne pas regarder trop loin devant soi, de prendre les problèmes un à un.

Aubrey but une gorgée de la tasse de thé que Shelley avait remplie, et continua d'observer la carte sans qu'aucune réaction se lise sur son visage.

Curtin alla retrouver Buckholz et son adjoint Anders. Assis à leur bureau, ils étaient en train d'analyser conjointement les bulletins météo et les dernières positions des flottilles de chalutiers, informations qui leur avaient été communiquées par téléphone du bureau du contre-amiral Philipson.

« Eh bien ? » demanda Curtin à mi-voix, sans cesser de regarder Aubrey.

Buckholz leva la tête et, adoptant le même chuchotement de conspirateur, répondit :

« Ça se présente bien. »

Il prit sa tasse de café, en absorba les dernières gouttes, et fit la grimace. Au fond de la tasse, le café s'était refroidi. Il tendit la tasse vide à Anders pour qu'il la remplisse.

« Le temps, là-haut, peut changer... comme ça ! dit Curtin en faisant claquer ses doigts.

– Il a fait beau ces quatre derniers jours, fit observer Buckholz.

– Ça ne veut rien dire, s'obstina Curtin. Ça

veut dire qu'il nous reste quatre jours de moins de beau temps. »

Buckholz se renfrogna :

« Jusqu'à quel point est-ce que ça peut tourner mal ?

– Assez mal pour que notre crack n'arrive pas à trouver le carburant dont il va avoir besoin, répondit Curtin, *si*... s'il décolle jamais de Bilyarsk. Et dites-moi, qu'est-ce que c'est que cette information qu'Aubrey a reçue ?

– Je ne sais pas. Notre ami garde jalousement ses petits secrets. »

Curtin hocha la tête :

« Ouais, et je ne comprends pas pourquoi. Mais s'il s'agit du crack, est-ce qu'il a des chances ?

– Quelques-unes, concéda Buckholz. Ces gars, à Bilyarsk, qui travaillent pour Aubrey, ce ne sont pas des imbéciles, Curtin.

– Loin de moi cette idée ! Mais j'ai entendu dire que les gars du K.G.B. ne faisaient pas non plus trop mal leur travail. S'ils arrivent à savoir que c'est un pilote que nous avons envoyé à Bilyarsk, notre homme ne pourra même pas s'approcher du foutu avion.

– Je sais bien. »

Buckholz sembla soudain agacé lui aussi par Curtin, par sa façon de se montrer trop direct, trop objectif. Son arrivée parmi les quatre agents de renseignements avait fait souffler comme un vent froid sur l'atmosphère confinée, toute de subjectivité refoulée, du groupe. Buckholz se disait qu'il n'était pas mauvais parfois d'avoir un espoir, même trompeur – et en ce moment, plus que jamais.

« Désolé, dit Curtin avec un mouvement d'épaules. Je ne suis que le garçon de courses de la marine. Je vous apporte les faits, un point c'est tout.

– Ouais, ça aussi je le sais. »

Curtin baissa les yeux sur les papiers entassés sur le bureau de Buckholz :

« Mais cette opération ne tient pas debout, bon dieu !

– Ah ! oui ?

– Je me demande, Buckholz, pourquoi vous avez laissé les Anglais faire toute la préparation, je me le demande vraiment.

– Parce que ce sont eux qui ont des hommes là-bas, mon vieux. Voilà pourquoi.

– Mais... il y a tant de choses qui dépendent de... de tant de gens.

– On appelle ça l'élément de surprise, Curtin.

– Vous voulez dire que c'est une surprise quand ça marche ? demanda Curtin, les sourcils levés en une expression ironique.

– Ça se peut... ça se peut. »

Buckholz replongea le nez dans ses papiers comme pour signifier que la conversation était terminée.

Curtin continua à le regarder avec curiosité. Buckholz, il le savait, avait survécu à la purge consécutive à l'enquête du Congrès sur les activités de la C.I.A., après le Watergate. En fait, il en avait même tiré avantage : il s'était trouvé placé à la tête du service « Action », au milieu de cette coterie de hauts conseillers qui entourait le directeur de la C.I.A. lui-même. C'était Buckholz, sans doute enthousiasmé par l'idée saugrenue d'Aubrey – voler le nouveau Mig – qui avait, tel un bulldozer, frayé le chemin et organisé les préparatifs : ravitaillement en carburant, couverture radar, coordination nécessaire entre Strategic Air Command et U.S. Navy. Il avait persuadé le chef des Opérations navales d'adjoindre Curtin à leur équipe jusqu'à la fin de l'« Opération Pirate », comme ils l'appelaient. Une faveur dont Curtin ne lui était qu'à moitié reconnaissant. L'opération lui donnait, temporairement, un pouvoir immense, mais elle pouvait également inscrire le mot « Fin » à son *curriculum vitae* dans la marine. Une éventualité qu'il lui était désagréable d'imaginer.

Reporté sur la carte murale, le détail des forces russes marines et sous-marines dans la mer de Barents et dans l'océan Arctique emplissait Curtin de doutes. Il connaissait mieux que personne la puissance actuelle de la flotte septentrionale Drapeau Rouge de la marine soviétique, et savait avec quelle rapidité, avec quelle précision elle interviendrait contre n'importe quel intrus découvert dans ce que le Kremlin considérait comme ses eaux territoriales. Jusqu'à présent, le bâtiment qui devait ravitailler le Firefox en carburant, n'avait pas été découvert. Tout au moins, ce qui revenait au même, aucune action n'avait été entreprise contre lui. Mais, dans le branle-bas qui suivrait l'escamotage de l'avion, dans les recherches exhaustives – radar et sonar – qui seraient faites par les croiseurs lance-missiles, les chalutiers-espions et les sous-marins, que se passerait-il ?

Tout en se dirigeant vers un coin de la pièce pour prendre du café au percolateur, il lança à Buckholz – qui s'appliquait toujours à ne lui prêter aucune attention :

« Il n'a pas l'ombre d'une chance, mon vieux. Pas l'ombre ! »

Il était plus de trois heures et demie du matin quand le lieutenant-colonel Youri Voskov arriva à son vestiaire, au premier étage du bâtiment de la Sécurité contigu au hangar du Firefox, à Bilyarsk.

Il entra et chercha de la main l'interrupteur. Quand il sentit une main qui lui en interdisait l'accès, sa surprise n'eut pas le temps de se transformer en frayeur qu'il avait déjà reçu derrière l'oreille un coup terrible, un coup mortel. Il ne vit même pas le visage de son assassin. Le sol vint brutalement à sa rencontre tandis qu'il chavirait sous la force du coup qui l'avait lancé au milieu de la pièce.

Gant alluma la lumière et tout en se frottant le poignet qui venait de frapper, s'approcha du corps inerte. Il eut soudain l'impression que ses nerfs explosaient au-dedans de lui et qu'il était secoué par une bourrasque intérieure. Il avait tué Voskov. Froidement, mécaniquement, de ses propres mains. Même Buckholz s'était parfois demandé s'il en serait capable. Mais la réaction continuait à le faire trembler et ce n'est qu'au bout d'un instant – qui parut durer plusieurs minutes – qu'il put s'agenouiller d'une manière un peu stable près du corps. Doucement, avec le geste d'un médecin, il tâta le pouls, sachant qu'il ne le sentirait pas. Voskov était mort.

Gant le retourna sur le dos et regarda le visage de Voskov. L'homme était plus vieux que lui, quarante ans environ. Il n'éprouva pas de remords. Il avait enlevé une pièce de l'échiquier parce qu'il le fallait, et c'était tout. Il se demanda seulement si Voskov avait été un bon pilote.

Soudain galvanisé, prêt à l'action, il traîna le corps sur la moquette jusque vers les hauts placards, le long du mur. Puis il le laissa retomber comme un sac pour chercher dans la poche de sa veste le passe-partout que lui avait procuré Baranovitch. Il ouvrit l'un des placards. Il était vide, comme Gant s'y attendait comme on lui avait dit de s'y attendre. Maintenant la porte ouverte avec son pied, il poussa la tête et les épaules du cadavre à l'intérieur du placard, le souleva ensuite pour qu'il tienne debout comme un être vivant, le tout en une sorte de danse au ralenti, grotesque, athlétique. Il referma vivement le placard et le verrouilla. Le corps fit un bruit sourd en tombant contre la porte. Gant remit le passe-partout dans sa poche.

Il ouvrit un autre placard pour inspecter la combinaison pressurisée qui y était accrochée — celle de Voskov. Les deux pilotes avaient à peu près la même carrure; la différence en tout cas n'était pas suffisante pour empêcher Gant d'enfiler la combinaison. Heureusement, elle était d'un modèle courant; si elle avait été faite sur mesure, comme il est d'usage à la N.A.S.A., la moindre différence de taille, de poids, entre les deux hommes aurait rendu impossible la substitution.

Son inspection terminée, il ôta son uniforme du G.R.U. Il était quatre heures moins quatorze minutes. Gant avait l'impression que ses nerfs lui battaient l'estomac, comme des poings. En enlevant sa chemise, il regarda le petit récepteur fixé sous son bras par une bande adhésive. C'est de là que viendrait le signal de se rendre au hangar.

Il lui restait deux heures et demie à attendre.

V

OPÉRATION « PIRATE »

KONTARSKY consulta la montre en or à son poignet. Quatre heures du matin. Il se tenait à l'entrée du hangar et par les portes ouvertes il pouvait embrasser du regard l'activité intense mais calme qui y régnait. Les gardes étaient conscients de sa présence, non seulement ceux placés près de la porte mais aussi ceux qui entouraient l'avion, et leur vigilance en était accrue. Parmi les scientifiques et les techniciens, beaucoup ne le remarquèrent pas. Il vit cependant que Kréchine chuchotait quelque chose à l'oreille de Sémélovsky. De Baranovitch, il n'apercevait qu'une silhouette pliée en deux, engloutie jusqu'à la taille dans la cabine du Mig-31 — il donnait des instructions au mécanicien assis à la place du pilote.

Envers l'avion lui-même, Kontarsky n'éprouvait aucun sentiment d'ordre esthétique ou militaire. Ses lignes aérodynamiques, sa puissance, les énormes bouches béantes des entrées d'air n'évoquaient pour lui que des problèmes de sécurité. Sur ce point, il avait pris toutes les précautions possibles.

Il se disait qu'il aurait dû ressentir un sentiment de fierté total, mais ce n'était pas le cas. Bien que la nuit fût douce, il avait froid. Il mâchait une pastille digestive, sans grand bienfait, semblait-il.

Le prototype de production numéro Un était à peine à trente mètres de lui. Derrière l'avion, n'occupant nullement l'attention de l'équipe de techniciens au travail patient, presque immobile, un autre appareil – le PP Deux – se tenait au fond du hangar géant.

Kontarsky se demanda s'il ne devrait pas dire un mot aux gardes en faction près du premier avion, mais il y renonça. Ils avaient tous été triés sur le volet et il leur avait donné lui-même ses instructions complètes avant leur tour de garde. Leur parler maintenant serait, il le savait, une erreur de la part d'un chef, l'aveu d'un manque d'assurance. C'est pourtant comme à regret qu'il s'éloigna. Traversant la bande de lumière que laissaient passer les portes ouvertes, il alla rejoindre son garde du corps en train de bavarder avec l'un des hommes placés à l'entrée. De la tête, il lui fit signe de le suivre vers le second hangar, celui où avait été construit le Mig-31. Les portes en étaient verrouillées et l'intérieur sombre, mais cela ne ferait pas de mal d'envoyer les gardes qui l'entouraient y faire un nouveau tour d'inspection.

Kontarsky savait qu'en ce moment Priabine resserrait le filet sur l'agent ennemi. Plus la nuit s'avançait, plus il était enclin à admettre la suggestion de son adjoint : l'homme devait être un expert, amené ici pour discuter avec Baranovitch et les autres avant qu'ils ne soient tous arrêtés – ce qui se produirait inévitablement avant que le vol d'essai soit achevé avec succès – et pour observer autant qu'il lui serait possible le vol lui-même. Kontarsky n'avait aucune idée de l'équipement que l'espion avait apporté avec lui, sinon ses yeux grands ouverts... En traversant la zone fortement éclairée entre les deux hangars, il regarda au-delà de l'enceinte quel serait l'endroit privilégié pour qui voudrait se dissimuler et disposer d'un angle d'observation sur la piste d'envol. Aucune butte. Aucun mamelon.

Son inspection du hangar de construction terminée, Kontarsky décida d'envoyer par précaution, de l'autre côté de l'enceinte, une patrouille avec des chiens.

Malgré cette décision, il gardait le sentiment que l'homme était à l'intérieur de l'enceinte, dans le complexe, sous un déguisement ou un autre. Eh bien, il ferait fouiller les lieux une fois de plus.

Baranovitch avait reconnu la silhouette de Kontarsky disparaissant dans la nuit en direction du hangar de construction. Du haut de son échelle appliquée contre le fuselage du Firefox, il baissa les yeux sur le siège du pilote. Le mécanicien, assis là, tourna vers lui sa face aplatie avec un sourire bizarre. Sans perdre son aplomb, Baranovitch sourit à son tour. Le mécanicien qui pensait et espérait voir, sinon de la peur, du moins de l'inquiétude sur les traits de Baranovitch, se renfrogna et retourna à son travail. Il était occupé à vérifier les circuits intérieurs du système de guidage des armes. La partie gauche de la planche de bord avait été retirée, et l'on pouvait voir un entremêlement complexe de fils et de circuits miniaturisés. Sous la direction de Baranovitch, les dernières vérifications se poursuivaient lentement.

Il savait que le mécanicien était du K.G.B. Cela faisait des mois maintenant – en fait, depuis qu'il avait été chargé de l'installation et du perfectionnement du système auquel il avait déjà été forcé de travailler dans la prison « scientifique » de Mavrino – qu'il avait adjoint à son équipe technique ce Grosch, un électronicien de grande valeur. Grosch était le fils d'un savant allemand capturé par l'Armée Rouge au début de 1945. Il n'existait pas de membre du parti plus loyal que lui.

Baranovitch n'éprouvait aucune rancœur envers cet homme. Ni parce que son père était nazi, ni parce qu'il appartenait à la police secrète. Si Gant avait pu voir son expression alors qu'il contemplait, au-dessous de lui, le crâne aux cheveux ras de Grosch, il y aurait vu cette sagesse triste, ce détachement fait de pitié qui l'avait frappé quand ils étaient chez Kréchine. Baranovitch regarda discrètement sa montre. Quatre heures et quatre minutes. Tandis que Grosch s'absorbait dans l'inspection du circuit imprimé, Baranovitch embrassa du regard le service de sécurité du hangar. Sa décision était prise quant à la méthode de diversion à employer.

Il se tourna pour voir, par-dessus la queue de l'avion, le second prototype de production, laissé sans gloire dans l'ombre, comme tenu à l'écart dans un coin. L'appareil, cependant, s'il lui manquait l'étincelante perfection du PP Un, était tenu prêt, ses réservoirs pleins, pour intervenir en cas d'une éventuelle attaque aérienne contre les installations du projet. Tous les avions soviétiques, prototypes, modèles de présérie ou appareils en service, pour peu qu'ils appartiennent à l'armée de l'air, étaient tenus prêts à décoller vingt-quatre heures sur vingt-quatre.

Donc, conclut Baranovitch, ce qui arriverait quand Gant s'envolerait aux commandes du premier prototype, c'est que le second serait envoyé à ses trousses. Il faudrait évidemment un délai d'une heure environ pour compléter son armement et procéder aussi rapidement que possible à la vérification de tous les systèmes et contrôles. Le PP Deux serait ravitaillé en vol, contrairement à l'avion de Gant qui devait l'être au sol, Dieu seul sait où. Si, avec l'aide de Kréchine et de Sémélovsky, il ne parvenait pas à rendre le deuxième avion inutilisable, Gant serait rattrapé et détruit par le seul appareil capable d'accomplir cette double performance : le PP Deux.

Baranovitch connaissait la solution : un incendie. La panique qui en résulterait dans le hangar permettrait à Gant de monter dans la cabine de pilotage et de faire rouler son avion jusqu'à la piste d'envol. Cela ferait d'une pierre deux coups : Gant pourrait décoller, et il serait impossible de le poursuivre. Le hangar contenait tellement de carburant, d'huile, d'échafaudages en bois et autres produits inflammables que provoquer un incendie ne poserait pas de problème. Il avait mentionné l'incendie à ses deux amis, comme l'un des plans d'action possibles. Il leur dirait maintenant que c'était celui qu'il avait définitivement adopté.

Baranovitch ne perdit pas de temps à se demander si Gant se sortirait bien de cette aventure. Son avion ne devait normalement apparaître sur aucun écran radar, ce qui voulait dire que les Russes devraient le localiser visuellement avant d'envoyer un appareil à sa poursuite ou de lancer contre lui des missiles à infrarouge ou de proximité. Il jeta un coup d'œil en direction de Sémélovsky en train de vérifier, à la queue de l'appareil, le dispositif spécial antimissile que Baranovitch avait entièrement conçu, Kréchine étant son assistant pour la réalisation. Gant disposait donc du système le plus efficace de contre-mesures électroniques. Sémélovsky, du moins, en était sûr, bien que l'essai n'eût encore jamais été effectué en vol. Aujourd'hui, ce serait chose faite. Baranovitch savait que Gant aurait à utiliser la nouvelle invention.

Le tout, se dit Baranovitch, était de choisir le bon moment. Le premier secrétaire était attendu à neuf heures du matin. D'ici là, lui et les autres seraient peut-être déjà arrêtés puisqu'ils auraient fini leur travail à six heures et demie au plus tard. Autrement dit, six heures et demie était la dernière limite pour tenter la diversion — et le décollage. A la prochaine pause, prévue à cinq heures, il se mettrait d'accord avec les autres sur un horaire précis.

Les précautions de sécurité étaient si intenses qu'une heure plus tôt, quand il s'était rendu aux toilettes à l'autre bout du hangar, un garde s'était détaché du mur pour le suivre jusqu'à l'intérieur. Là, sans même prétendre avoir à se soulager, il s'était contenté d'observer Baranovitch. Grosch devrait sous peu trouver le défaut dans l'un des transistors. Remplacer la pièce ajouterait aux dernières vérifications et leur ferait gagner un temps précieux.

Bizarrement, un souvenir lui revint soudain en mémoire, un souvenir qui n'était pas sans rapport avec sa situation présente, bien que moins lourd d'inquiétude. Il portait la même tenue de travail que maintenant, mais sale, tachée d'huile. Ses mains étaient engourdies car il faisait −20 °C, plus froid peut-être. Dans le hangar d'une base aérienne de l'Armée Rouge, il se penchait à l'intérieur d'un Mig, un vieux Mig du temps de la guerre. Comme juif, il n'était qu'un mécanicien de l'armée, rien de plus glorieux.

Il chassa ce souvenir. Le passé était un obstacle, une intrusion dans ce qu'il lui fallait faire, dans ce qu'il lui fallait prévoir. Il pensa à l'arme qu'il portait sous son aisselle – on ne l'avait pas fouillé aux divers postes de garde – et, comme s'il avait reçu une douche froide, il réalisa que cette arme signifiait qu'il avait accepté que ce soit la fin, qu'il ne vivrait pas le reste de la journée.

Il sourit quand Grosch trouva le circuit défectueux, leva le nez et lui tendit un carré de plastique aux trente-sept éléments dorés :

« On dirait bien que c'est ce transistor de puissance, camarade directeur Baranovitch. »

Baranovitch s'amusa de tant de civilité : Grosch, lui aussi, savait que c'était la fin... Il prit le carré de plastique, le tourna et retourna dans sa main en hochant la tête, puis le tendit à Grosch :

« Hum... alors bazarde-le. Je vais t'en trouver un autre.

– Au magasin de technique expérimentale, directeur ? s'enquit Grosch avec un sourire.

– Oui, Grosch, mais tu n'as pas à quitter ton siège confortable pour m'accompagner. Le garde s'en chargera. »

Avant que Grosch ait pu répondre, Baranovitch descendit de son échelle d'un pas léger, juvénile, insouciant.

« Espèce d'idiot ! Il est mort, Stetchko ! Tu l'as stupidement tué ! »

Devant l'explosion de rage de Tortiev, le colosse recula d'un pas, l'air piteusement décontenancé. Tortiev, qui s'était accroupi près du corps sans vie, sans forme, de Filipov, se releva et foudroya Stetchko du regard. Il était maintenant évident que le passage à tabac avait été trop insistant, trop précipité, trop sauvage. Tortiev se rendait compte que dans son effort désespéré pour faire parler Filipov, il avait laissé Stetchko et Holokov le tuer. Pris d'une fureur impuissante, il serra et desserra les poings en grinçant des dents.

Quand il se tourna vers Priabine, celui-ci avait déjà saisi le téléphone. Son indifférence exaspéra encore davantage Tortiev. Il traversa la pièce pour s'en prendre à présent à Holokov qui, assis à califourchon sur une chaise, fixait le corps de Filipov comme s'il en attendait un signe de vie. Il vit Tortiev devant lui et son expression attentive se fit dubitative.

« Gros tas de merde ! explosa Tortiev, les yeux étincelants de colère. Minable ordure !

— Vous nous aviez dit... » commença Holokov.

Tortiev le gifla en pleine figure du dos de la main. Stupéfait, Holokov eut un mouvement de recul. Il tâta sa lèvre déchirée et regarda le sang sur ses doigts, en état de choc.

« Il ne savait rien », dit tranquillement Priabine, sa main cachant le récepteur du téléphone.

Tortiev sentit sa colère se tourner contre lui, sa voix paisible et son sourire :

« Bon dieu, qu'est-ce que tu veux dire par là ?

— Mais enfin, il ne savait rien. S'il avait eu quelque chose à dire, il l'aurait dit depuis longtemps.

— Très malin, mon salaud ! Et alors, où est-ce que ça nous mène ? Ton satané avion, si précieux, est toujours en danger — à moins que ça ne te soit sorti de l'esprit ? »

Tortiev essuya la salive de ses lèvres.

Priabine, souriant toujours de la même façon exaspérante, agita le téléphone dans sa direction :

« Pourquoi est-ce que tu crois que je veux parler à l'ordinateur ? » demanda-t-il sans hausser le ton.

Tortiev jeta un coup d'œil à la pendule :

« Il est quatre heures et demie, dit-il, tu ne t'en

es peut-être pas aperçu? Il serait temps de t'activer. »

Le sarcasme même dans sa voix impliquait qu'il reprenait confiance en lui. Il avait fait ce qu'il avait à faire. C'était maintenant au tour de Priabine.

« Allô? Ici Priabine. Quoi de neuf? (Il écouta un instant la réponse.) Combien de temps vous faut-il pour localiser ces gens? (Il fronça les sourcils, irrité.) Je m'en fiche. Les informations sont quelque part dans le ventre de la machine, et il me les faut! »

Il raccrocha brutalement :

« Qu'est-ce qui se passe? Cette machine n'est donc pas si miraculeuse que ça? » demanda ironiquement Tortiev.

Priabine ne répondit pas tout de suite, puis il se décida :

« Impossible de faire plus vite — ç'aurait même pu aller beaucoup plus lentement. (Il regarda le corps à l'autre bout de la pièce.) Les deux là, enlevez-moi ça d'ici tout de suite. »

Holokov consulta des yeux Tortiev, qui lui fit un signe de tête. Les policiers soulevèrent le corps, les pieds traînant par terre, et le tirèrent hors de la pièce.

De se retrouver seuls après cet épisode sembla calmer les deux hommes.

« Qu'est-ce qu'ils recherchent exactement? demanda Tortiev.

— Ils ont une liste de moins d'une douzaine de noms : les plus fameux experts aéronautiques d'Amérique et d'Europe, assez jeunes et en assez bonne forme pour que l'un d'eux soit notre homme, dit Priabine. Mais arriver à savoir ce qu'ils font, chacun, en ce moment, ça prend du temps... beaucoup trop de temps. (Sa voix était tendue en prononçant ces derniers mots.) Ils se sont branchés sur l'ordinateur de la 1re direction générale. Comme tu le sais, sa banque a des données constamment mises à jour sur les milliers de savants et d'hommes politiques occidentaux les plus importants pour nous. Les réponses arrivent...

– Mais elles risquent d'arriver trop tard.

– C'est hélas vrai! »

Priabine quitta son bureau et se mit à arpenter la pièce. La main au menton, il tiraillait sa lèvre inférieure. Après plusieurs minutes de silence, il dit :

« Je ne peux pas les faire aller plus vite. Ou bien nous aurons les informations à temps, ou bien nous ne les aurons pas. Et alors j'aime mieux ne pas penser à ce qui arrivera. Mais qu'est-ce que je peux faire d'*autre*? Qu'est-ce que je peux demander d'autre à cette sacrée machine alors qu'elle s'occupe déjà de rechercher ces gens-là? »

Il se planta devant Tortiev comme s'il en appelait à lui.

« Ce qui peut avoir trait aux avions, dit Tortiev au bout d'un moment de réflexion, demande des renseignements sur tout et sur tous dans ce domaine, Dimitri.

– Comment faire ça?

– En prenant une à une les fiches de toute personne qui est, ou a été, mêlée aux programmes aérospatiaux américains ou européens, dit Tortiev dont le visage s'illumina. Ils ont envoyé un homme jeune, capable, un homme qui sait utiliser son cerveau. Pourquoi pas un astronaute? Un de nos cosmonautes saurait ce qu'il y a à découvrir, saurait faire l'analyse des informations qu'il recevrait de quelqu'un comme Baranovitch, tu ne crois pas?

— Ça semble peu probable », dit Tortiev. Il avait tardé à répondre et semblait surtout vouloir être convaincu.

« Mais ce n'est pas impossible ! On cherche un homme d'une trentaine d'années, intelligent, capable de savoir passer inaperçu... On pensait d'abord qu'il ne pouvait s'agir que d'un agent secret. Si on se dit maintenant qu'il doit posséder les qualités d'un scientifique et l'esprit qui anime un commando, pense aux astronautes de la N.A.S.A. Ce sont les gens les mieux entraînés du monde. Alors, pourquoi pas ? »

Priabine restait sceptique :

« Hum... je me demande...

— Tu n'as plus beaucoup de temps pour te poser des questions, Dimitri, lui rappela Tortiev.

— Je le sais bien ! Laisse-moi réfléchir... Je me demande combien nous avons de fiches sur les astronautes, les pilotes de guerre, les gens comme ça ?

— Des centaines... peut-être des milliers. Pourquoi ?

— Dans ce cas, étant donné que nos services collectionnent tout et n'importe quoi et, comme les bonnes ménagères, ne jettent jamais rien, nous devons établir un ordre de préférence. Il faut que nous allions jeter un coup d'œil à l'index de l'ordinateur.

— Bonne idée ! Je vais t'aider, dit Tortiev, visiblement heureux de ce renouveau d'action.

— Merci.

— En plus de tout, cette pièce commence à sentir le juif — et la mort, ajouta Tortiev.

— Bon. J'appelle une voiture.

— Ne te fatigue pas. A cette heure matinale, on y sera plus vite à pied. »

Il était cinq heures moins vingt quand les deux hommes quittèrent la pièce.

Gant avait apporté une chaise dans la salle d'eau et plié le rideau imperméable de la douche de telle sorte que le jet ne l'atteigne pas.

Assis dans un nuage de vapeur, il pensa à Pavel. Il était sûrement mort, ou bien en cellule dans le poste d'un K.G.B. local où on le torturait pour lui faire avouer le nom et la mission de son compagnon de route. Gant était certain que, s'il parlait jamais, ce serait après avoir subi les pires traitements. Cette idée le troubla, le força une fois encore à se sentir responsable.

Mais après tout, Pavel pouvait être mort vite et proprement dans un échange de coups de feu. Ce qui troublait encore davantage Gant, c'était de penser à Baranovitch et aux deux autres. Il n'avait jamais rencontré auparavant ce genre de courage obstiné; cette acceptation tranquille restait pour lui un mystère.

Après avoir ôté son uniforme du G.R.U., désormais sans objet, il l'avait fourré dans le même placard que Voskov. Il lui avait fallu retenir d'une main le corps qui basculait vers l'avant, pour jeter dans un coin du placard ce qui restait du capitaine Tchekhov. Il n'avait pas regardé le visage de Voskov, et maintenant le corps était enfin de nouveau enfermé, hors de sa vue. Gant avait ensuite ouvert le robinet de la douche. La vapeur gênait sa respiration mais lui tenait chaud. Assis à califourchon, les bras croisés sur le dossier de la chaise, le menton appuyé sur les mains, il se laissait bercer par le bruit de l'eau. Il ne pouvait pas dormir, et il savait qu'il en était mieux ainsi. Les yeux fermés, il essayait de réduire l'activité de son esprit par un semblant de sommeil.

Tout d'abord, il n'entendit pas la voix venant du vestiaire, de l'autre côté de la porte. Au deuxième appel, il bondit sur ses pieds en prenant soin inconsciemment de ne pas faire grincer la chaise sur le sol.

« Oui ? cria-t-il.

– Contrôle de sécurité, mon colonel. C'est important. »

Ce ne pouvait être que le K.G.B., l'ultime tentative de Kontarsky pour mettre la main sur l'espion dont il soupçonnait certainement qu'il était déjà à l'intérieur de Bilyarsk.

« Qu'est-ce que vous voulez ?

– Vos papiers d'identité. »

Gant eut un instant de panique. Dans sa précipitation pour entasser le corps dans le placard, il avait oublié de retirer les papiers des poches de Voskov. Et maintenant, il lui fallait les montrer, faute de quoi on demanderait à le voir, lui...

Il se demanda quel coup de bluff pourrait réussir. La réaction nerveuse l'avait sorti de sa somnolence, son pouls martelait sa tête et il avait du mal à respirer. Sans qu'il s'en rende bien compte, ce dernier incident, si inattendu, puisait largement dans ses réserves de sang-froid. Ce qu'il se dit clairement, malgré sa panique, c'est que Voskov devait être un personnage qu'on traitait avec de grands égards et qui aurait pris de très mauvaise grâce cette intrusion.

D'une voix forte et emportée, il lança :

« Je suis en train de prendre une douche, qui que vous soyez. Et vous vous croyez permis de me déranger avec vos questions stupides ? »

Dans son trou embué, Gant eut l'impression que le son de sa voix était faible, haut perché, peu convaincant. Il entendit cependant une petite toux embarrassée, déférente, venant de l'homme dans le vestiaire. Il écarta légèrement le rideau de la douche et jeta un coup d'œil à travers la vapeur.

Dans la lumière que la porte laissait entrer, il vit à quelques pas de lui une ombre se profiler sur le carrelage de la salle d'eau.

« Je suis désolé, mon colonel, mais...

– Cette idée vient de vous, je suppose, soldat ? Le colonel Kontarsky ne vous a pas donné expressément l'ordre de fouiller ma chambre et de m'interroger ? »

Sa voix gagnait en puissance, en arrogance. Il jouait aisément le rôle de Voskov parce qu'il éprouvait lui-même cette morgue professionnelle; elle exprimait son propre mépris.

« J'ai... des ordres, mon colonel. »

Gant sentit que l'homme mentait. Il hésita, puis se dit qu'il fallait sauter sur l'occasion :

« Fichez-moi le camp avant que je ne vous colle un rapport ! » aboya-t-il.

Il attendit. L'homme pouvait sans doute voir sa silhouette maintenant que le rideau était plaqué contre sa peau par la chaleur. Aurait-il le front, pour plus de sûreté, de faire ces quelques pas sur le carrelage ? Gant avait mis son arme – le Makarov automatique de Tchekhov – dans le peignoir de Voskov, accroché derrière la porte de la salle d'eau. Il s'en voulut de cette erreur et se demanda s'il serait capable de tuer l'homme de ses mains avant qu'il ait eu le temps de tirer.

Un moment se passa. De nouveau, Gant eut la sensation de quelque chose de massif, d'une planète basculant dans son orbite, le laissant épuisé, vidé.

« Excusez-moi, mon colonel. Je suis désolé. Mais soyez prudent, colonel. Le colonel Kontarsky nous a donné l'ordre de tirer... l'homme est très dangereux. Bonne chance pour le vol, mon colonel », ajouta-t-il obséquieusement.

Gant sentit la migraine battre ses tempes. Il

entendit à peine la porte de la salle d'eau se refermer derrière l'homme – cet homme qui n'avait été qu'une voix, qu'une ombre à contre-jour. Quand il vit qu'avait disparu la bande de lumière sur laquelle s'était détachée la silhouette de l'homme du K.G.B., il sortit de derrière le rideau et fouilla dans la poche du peignoir de Voskov. Agrippant l'arme des deux mains, il pressa le métal froid contre sa tempe. Puis il leva la main gauche devant ses yeux. Elle tremblait, faiblement mais de plus en plus. Il observa ce tremblement de peur comme s'il s'agissait d'un phénomène extérieur à lui, d'un phénomène inévitable contre lequel il ne pouvait rien. Il s'effondra, tout trempé de sueur, sur le siège des toilettes, la tête basse, tenant mollement l'arme entre ses genoux.

Une terreur le saisit : le rêve allait revenir. Les minutes qui venaient de s'écouler avaient épuisé ses dernières réserves de bravade, d'illusion. Il n'était qu'une chiffe molle, ou plutôt une coque vide que le rêve s'apprêtait à remplir et contre lequel il ne pouvait rien.

Il éprouva une raideur derrière les genoux, dans les mollets. Il savait qu'il lui fallait se sécher, endosser la combinaison de Voskov, tant qu'il pouvait encore bouger, tant que la paralysie qui accompagnait inéluctablement les images ne l'avait pas pris dans son étau, là où il était assis. Il essaya de se relever, mais il y avait loin, très loin, de son cerveau à ses jambes flageolantes. Il s'effondra de nouveau sur le siège. Il bourra ses cuisses de coups de poing comme pour les punir de leur révolte, les frappa ensuite avec son arme, sans sentir grand-chose. La paralysie hystérique l'avait terrassé, une fois de plus...

Il était pris au piège. Son seul espoir : que le rêve et la crise finissent par s'estomper.

Une odeur de brûlé monta à ses narines, et le bruit de la douche se mit à crépiter comme un feu de bois. L'odeur de la chair calcinée.

Il y avait quelque chose de grotesque dans la courtoisie avec laquelle on servit du café et des sandwiches à Baranovitch, Kréchine et Sémélovsky, au pied même de l'avion. Tandis que les techniciens – y compris Grosch qui ne se départait pas de son sourire à la fois mielleux et ironique – avaient quitté le hangar pour se rendre au restaurant du bâtiment de la Sécurité, les trois suspects avaient reçu l'ordre de ne pas s'éloigner de l'officier du K.G.B. chargé de la surveillance du hangar. A une dizaine de mètres d'eux, les gardes en faction jouaient les indifférents.

Tout en buvant à petites gorgées le liquide chaud et sucré, Baranovitch se félicita de ce que le K.G.B. pour l'instant du moins, ne semblât pas trop savoir que faire. Ils avaient adopté, pensa-t-il, la solution la plus facile : s'assurer qu'à chaque seconde il y ait un nombre suffisant d'yeux braqués sur eux. Baranovitch sourit à Kréchine qui lui retourna son sourire, les lèvres un peu tremblantes.

« Je sais, Ilia, que tout ça ressemble à un peloton d'exécution. Nous sommes là tous les trois, le dos à l'avion, et les gardes sont prêts à tirer. Mais n'aie pas peur », dit-il avec douceur.

Kréchine hocha la tête, avala sa salive et s'efforça de conserver son sourire, mais il dit :

« Je... je ne peux pas m'en empêcher, Piotr.

– Moi, j'ai cessé d'avoir peur il y a bien des années, dit Baranovitch. Il faut avouer que c'était à une époque où la chair n'avait déjà plus les mêmes exigences. »

Il mit sa main sur l'épaule du jeune homme et sentit qu'il tremblait tout entier. Kréchine leva les yeux vers lui, résigné à affronter la vérité mais désirant entendre des mensonges apaisants. Baranovitch secoua tristement la tête :

« Tu l'aimes donc tant que ça ?

– Oui, dit Kréchine, les yeux humides et brillants, et léchant du bout de la langue sa lèvre inférieure.

– C'est navrant, murmura Baranovitch, ça va rendre les choses difficiles pour toi. »

Kréchine sembla se ressaisir. Baranovitch, la main toujours sur son épaule, sentit que le jeune homme faisait un effort musculaire pour maîtriser le tremblement.

« Si... *toi* tu peux faire ça, alors moi aussi je peux, dit Kréchine.

– C'est bien. Et maintenant, bois ton café, ça te réchauffera. Tu vois le garde, là-bas, il pense que nous avons peur. Ne lui donne pas cette satisfaction. (Incapable d'aller plus loin dans le cliché de l'héroïsme, Baranovitch ajouta :) Même si pour un homme intelligent, une telle idée est de la foutaise... »

Comme s'il avait hâte de voir la fin de cette aventure – dût-elle signifier sa propre fin – Sémélovsky intervint :

« Alors, qu'est-ce qu'on fait ? Il ne nous reste pas beaucoup de temps. Kréchine et moi on a ralenti autant qu'on a pu le travail pour le dispositif de queue, mais c'est presque fini. »

Baranovitch acquiesça :

« Tu as raison. Et Grosch, ma bête noire, va lui aussi devenir soupçonneux si nous ne finissons pas dans la demi-heure qui vient, guère plus. (Il avala une gorgée de café puis une bouchée du gros sandwich au jambon.) Tu as compris, j'en suis sûr, que nos amis tout autour manifestent clairement par leur attitude que pour eux... l'affaire est dans le sac. »

Il s'adressait à Sémélovsky, qui répondit :

« Bien sûr, on le savait... on savait qu'ils nous donneraient jusqu'aux essais, et c'est tout.

– Et... ça t'embête ?

– Ça t'embête, *toi* ? » rétorqua Sémélovsky.

Baranovitch tourna les yeux vers quatre gardes qui bavardaient à voix basse. Il les dévisagea un à un. Il aurait voulu répondre à Sémélovsky que, oui, ça l'embêtait : lui expliquer que plus on vieillit, plus il est difficile d'abandonner la vie et non pas plus facile; que ce sont les jeunes qui se sacrifient joyeusement pour les bonnes causes comme pour les mauvaises; que les vieux s'accrochent tenacement à leur vie, quelle qu'elle soit. Mais au lieu de cet aveu, poussé par un lourd sentiment de responsabilité, de culpabilité, il donna la réponse que ses deux amis souhaitaient entendre, celle dont ils avaient besoin :

« Non, dit-il.

– Eh bien, le moment est arrivé », dit Sémélovsky avec un hochement de tête.

Baranovitch refoula la bile amère de la culpabilité qu'il sentait au fond de sa gorge. C'était à cause de lui qu'ils en étaient là, c'était lui qui aurait pu aussi bien les conduire à la prison, aux interrogatoires, à la souffrance. Mais Baranovitch était dur envers les autres comme envers lui-même. Il refusa de se tenir pour coupable et se dit qu'au moins il leur accorderait une mort rapide.

« L'incendie dont nous avons parlé devra se déclencher... là-bas. *Non,* ne te retourne pas ! Près du deuxième prototype. L'un de nous se trouvera là pour une raison ou une autre au moment précis que nous aurons choisi pour le début de l'opération. A ton avis, quelle serait la meilleure heure?

— Six heures et demie, dernière limite! » lança Sémélovsky à sa manière toujours bourrue. Puis il ajouta : « C'est comme ça que ça devait finir.

— Le seul bon endroit, enchaîna Baranovitch, c'est tout près du deuxième prototype — ça l'endommagera sans doute, ce qui sera tout à l'avantage de notre ami américain. (Il tapota le métal froid du fuselage de l'avion à portée de sa main.) Celui-ci, évidemment, l'ordre sera donné de le faire sortir du hangar. Si Gant se présente au bon moment et grimpe dans la cabine de pilotage, personne ne songera à lui demander de montrer ses papiers, ou son visage. »

Il observa les réactions de ses amis et vit que la mort inévitable se lisait dans leurs yeux.

Sémélovsky secoua la tête. Ses traits avaient perdu de leur rudesse.

« Moi, en tout cas, dit-il, je ne verrais pas avec plaisir le Kontarsky s'en prendre à ma peau pour soulager la colère et le dépit de voir sa carrière ruinée.

— Et toi, Ilia, tu comprends aussi ce que je viens de dire? » demanda Baranovitch.

Le jeune homme resta un moment silencieux puis répondit :

« Oui, Piotr Vassilievitch, je comprends.

— Bon. Tu as ton pistolet? (Kréchine secoua affirmativement la tête.) C'est donc toi, Maxime Ilitch, dit Baranovitch en se tournant vers Sémélovsky, qui allumeras l'incendie. D'ailleurs, ajouta-t-il en souriant, c'est toi qui as l'air le moins dangereux.

— Hum... D'accord, dit Sémélovsky. A... six heures dix, je demanderai la permission d'aller aux toilettes. Si un garde m'accompagne, tant pis pour lui! »

Il y avait quelque chose de ridicule à voir ce petit homme chauve gonfler sa poitrine étroite et redresser ses épaules tombantes. Mais Baranovitch savait que Sémélovsky trouverait la force de tuer, s'il le fallait. En un sens, à les considérer tous les trois, il était le plus capable d'une action désespérée car son zèle de néophyte semblait ne s'être jamais refroidi. Il avait l'ardeur d'un croisé.

« Tu ne tueras le garde que si c'est nécessaire, lui recommanda Baranovitch. On ne voudrait pas qu'il t'arrive quelque chose.

– Pas *avant* que j'allume l'incendie, c'est ça ? » dit Sémélovsky, un éclair de malice dans les yeux.

Baranovitch comprenait que pour Sémélovsky il y avait comme un défi à relever. Et il le faisait avec le même cran – mais cela, Baranovitch ne pouvait pas le savoir – que lorsque Gant était caché dans le coffre de sa voiture, au poste de contrôle.

« Non, pas avant, dit Baranovitch, goûtant l'honnêteté qui prévalait en cet instant. Quand tu reviendras des toilettes, tu trouveras le matériel nécessaire empilé le long du mur du hangar, derrière le PP Deux. Quelques bidons de carburant.

– Je n'ai pas besoin qu'on me dise comment allumer un feu, Piotr Vassilievitch, rétorqua Sémélovsky.

– Tu as raison. Allume-nous seulement un grand feu bien brillant.

– Ce sera fait.

– A six heures douze, dit Baranovitch. Ensuite, toi et moi, Ilia, nous couvrirons l'accès au deuxième prototype jusqu'à ce que les flammes soient assez intenses pour distraire l'attention de *tous* les gardes. Tous. Compris ?

– Oui. Et nous... nous faisons partie de la distraction ? »

Baranovitch hocha la tête. Il regarda par-dessous le fuselage, entendant des bruits de voix dont l'écho résonnait dans le hangar. Les hommes revenaient de la pause.

« Il est temps de se remettre au travail, dit Baranovitch. (Il regarda sa montre.) A partir de maintenant, il faut compter par secondes. Il est cinq heures vingt-trois. Mettez vos montres à l'heure sans qu'on vous voie. »

Les yeux soudain humides, il contempla ses deux compagnons.

« Bonne chance, mes amis », dit-il, et il retourna à l'échelle dressée pour atteindre la cabine de pilotage.

Tandis qu'il commençait à monter, Kréchine suivit un moment son dos du regard. Il alla ensuite rejoindre Sémélovsky à la queue du Firefox. Il ne jeta qu'un coup d'œil en direction des gardes. C'était l'heure de la relève. Ils allaient maintenant faire leur rapport à leur officier.

« Concentre ta haine sur eux, se dit Kréchine, sur eux et sur ce qu'ils représentent, et sur ce qu'ils font. Toute ta haine... »

Kontarsky consulta sa montre. Six heures et sept minutes. Il venait de recevoir du Centre l'annonce que le Tupolev TU-144 transportant le premier secrétaire, le président du K.G.B. et le maréchal de l'armée de l'air soviétique avait quitté Moscou et devrait se poser à Bilyarsk à six heures et demie. La nouvelle l'avait profondément secoué. L'avion n'était attendu qu'un peu après neuf heures. Kontarsky ne pouvait faire que des conjectures sur la raison qui avait amené le premier secrétaire à précipiter son arrivée. Kontarsky était près de croire qu'il s'agissait d'une sorte de pression exercée sur lui, une insulte calculée. La tour de contrôle se tenait prête pour le prochain atterrissage de l'avion. Il n'y avait rien qu'il puisse faire sinon ce qu'il faisait en ce moment : se livrer à des récriminations futiles, sans oublier, sur un plan concret, de se mettre une fois de plus en contact avec Priabine pour avoir le dernier rapport sur l'espion étranger qui avait pénétré dans Bilyarsk, et qui courait toujours.

Dans le bâtiment de la Sécurité, autour de tables de fortune qui meublaient sommairement une salle de garde, une équipe de policiers analysaient les rapports des hommes qui avaient ratissé l'ensemble du complexe. Leurs dernières recherches, comme les précédentes, les laissaient bredouilles.

Au-dessous d'eux, dans une pièce aux murs blancs, plus petite et violemment éclairée, on était en train d'interroger Dherkov et sa femme, forçant l'un à assister aux souffrances de l'autre. Mais aucun d'eux n'avait dit à Kontarsky ce qu'il aurait souhaité apprendre. Il ne pouvait se résoudre à admettre que peut-être, en effet, ils ne savaient rien d'important. Il avait déjà enduré trop de frustrations, et trop de chemins avaient mené à des impasses. A ses yeux, comme à ceux des hommes qui conduisaient l'interrogatoire, ce mutisme était pur entêtement.

Le médecin avait eu recours aux drogues. L'effet sur le cerveau de Dherkov fut foudroyant. L'homme perdit complètement connaissance, et quand il revint à lui, il tint des propos incohérents. Quant à sa femme, malgré le coup terrible porté à sa résistance par le spectacle du traitement imposé à son mari, elle s'obstinait à ne pas avouer l'identité de l'espion, ni où il se trouvait.

Kontarsky avait demandé au médecin, qui opposa un refus, de lui administrer encore du penthotal. Il soupçonnait que les doses avaient été trop faibles, et il enrageait.

Tambourinant des doigts sur la table, il attendait la communication avec son bureau, au Centre. Priabine était introuvable pour le moment. On essayait de le joindre à la salle de l'ordinateur. Kontarsky promena son regard sur les hommes penchés sur leurs papiers, en bras de chemise pour la plupart, l'air soucieux et épuisé. Aucun ne tournait la tête vers lui pour lui donner une réponse, lui suggérer une piste qu'il serait possible de suivre. Kontarsky ressentait la colère égoïste d'un homme qui voit sa fortune se transformer en cendres entre ses mains. Dans la nuit, il avait pensé qu'il suffisait pour lui de tendre le bras pour saisir la réponse. L'une après l'autre, chaque réponse, chaque source d'information, s'était émiettée entre ses doigts. Il se sentait pris dans un piège.

Priabine était hors d'haleine quand il répondit à l'appel de son supérieur. Sa voix, bien que distante, rendait un son clair. Kontarsky crut y percevoir de l'enthousiasme et son estomac fit un bond. On approchait peut-être de la solution.

« Colonel, nous l'avons. Il a été identifié ! entendit-il Priabine s'exclamer. Colonel, vous m'entendez ?

— Vite, dis-moi, Priabine », le pressa Kontarsky d'une voix étranglée.

Une ou deux des têtes les plus proches se levèrent au son de cette voix. Il devait y avoir du nouveau.

« C'est un pilote... Mitchell Gant, un Américain...

– Un Américain ? répéta Kontarsky machinalement.

– Oui, un membre de leur escadron Mig, celui qu'ils avaient formé pour entraîner leurs pilotes sur des appareils russes. Ils l'appelaient le groupe Apache, et nous, l'escadron Miroir.

– Continue, Priabine. Pourquoi lui ?

– Il est clair, colonel, qu'il en connaît autant que n'importe qui sur notre aviation. C'était donc un bon choix pour un sabotage ou une analyse experte de l'avion. Peut-être a-t-il l'intention... d'inspecter de près le Mig-31 ? »

Il y eut un silence à l'autre bout de la ligne. Au même instant, la vérité, monstrueuse, frappa les deux hommes. Et les mots tombèrent de la bouche de Kontarsky, sans plus de force qu'une poignée de petits cailloux :

« Il... il ne *peut pas* être venu pour ça...

– Non, colonel, sûrement pas. C'est impossible qu'ils aient pu espérer une chose pareille !

– Merci, Dimitri, dit Kontarsky d'une voix tremblante. Merci. Tu as fait du bon travail. »

Il remit gauchement l'appareil en place, regarda un moment les hommes autour de lui, puis décrocha à nouveau le téléphone. Il composa le numéro du poste de garde du hangar et attendit, ses doigts tapotant fébrilement la table.

« C'est vous, Tsernik ? Faites arrêter sur-le-champ Baranovitch et les autres.

– Vous avez d'autres nouvelles, colonel ?

– Oui... et de sacrées nouvelles ! Je veux qu'on leur fasse dire où se trouve l'espion, et que ça ne traîne pas. Personne, personne vous m'entendez, ne doit approcher de l'avion.

– Bien, colonel », dit Tsernik, qui raccrocha.

Kontarsky promena de nouveau les yeux sur le groupe d'hommes plongés dans leurs futiles paperasses, puis il regarda sa montre. Six heures onze.

« Dans le hangar, tous ! hurla-t-il. Non, séparez-vous en deux groupes, l'un y va, l'autre fouille à fond tout ce bâtiment. Vite ! Dépêchez-vous ! »

La pièce fut en branle-bas. Les hommes attrapaient leurs vestes et vérifiaient leurs armes. L'un d'eux demanda en s'éloignant :

« Qui est-ce que nous devons particulièrement rechercher, colonel ?

— Un pilote, bon dieu ! Un *pilote* ! » cria Kontarsky d'une voix aiguë à la limite de l'hystérie.

Baranovitch observa la frêle silhouette de Sémélovsky qui revenait des toilettes et s'avançait dans le hangar sans que, de loin, on puisse déceler en lui la moindre nervosité. Baranovitch attendit de voir si le garde qui l'avait accompagné allait réapparaître.

Sémélovsky était déjà dans l'ombre du PP Deux, et le garde ne se montrait toujours pas. Baranovitch eut un féroce sourire de satisfaction. Sémélovsky avait sans doute tué le garde, avec une clef anglaise ou tout autre objet. Il déboutonna la blouse blanche qu'il portait sur son bleu de travail, non parce qu'il avait trop chaud, mais afin de cacher son pistolet dans la ceinture de son pantalon. Puis, sans tourner les yeux vers Kréchine, dont il savait qu'il attendait son signal, il hocha la tête.

Le travail sur l'avion avait été terminé peu après six heures. Grosch s'était bien aperçu que Baranovitch faisait traîner les choses en longueur, mais il pensait à tort que c'était seulement par peur. Il était retourné au restaurant, avec la plupart des cadres, scientifiques ou techniques. Un seul homme était passé délibérément devant

Baranovitch en quittant le hangar : Pilac, lui aussi spécialiste de l'électronique. Il lui avait fait un petit geste de sympathie impuissante, et Baranovitch en avait été touché.

Il plongea la main dans sa poche de veste et tourna le bouton d'un minuscule émetteur qui, sans que cela soit audible alentour, transmit un petit signal toutes les secondes au récepteur fixé sous le bras de Gant, qui saurait ainsi que la diversion avait commencé. Lorsque Baranovitch changerait le signal en un seul son continu, Gant devrait se diriger aussi rapidement que possible vers le hangar. Baranovitch mesura du regard la distance qui le séparait du garde le plus proche. Une douzaine de mètres. Le hangar était toujours sous bonne surveillance – quatre gardes se tenaient dans un rayon d'à peine vingt-cinq mètres. Malgré l'heure matinale, ils donnaient l'impression de n'être ni épuisés ni distraits. On les avait changés trop souvent pour qu'ils succombent à la fatigue ou à l'ennui.

Il observa le fond du hangar. Le cœur battant, l'esprit tendu, il crut voir la lueur d'une petite flamme : une allumette ou le briquet de Sémélovsky. Et presque immédiatement, une colonne de feu s'éleva. Il ne distinguait plus la silhouette courbée de son ami et ne pouvait savoir s'il s'était immolé dans le brasier.

Il détourna la tête et sortit l'arme de sa ceinture. Dès avant que la colonne de flammes ne s'élève jusqu'au sommet du hangar, il avait entendu des cris provenant du groupe de gardes derrière lui. L'arme appuyée contre son avant-bras raidi, il visa l'homme le plus proche et le toucha au ventre. Puis il se dirigea en hâte vers Kréchine, à l'autre bout du hangar. Une balle s'enfonça dans le fuselage au-dessus de sa tête. Il continua sa course, les jambes à moitié fléchies. Quelqu'un cria qu'il fallait arrêter de tirer à cause des risques pour le Mig. Baranovitch sourit en lui-même. Il poussa Kréchine, immobile, comme figé dans le faisceau d'un projecteur, et tous les deux se mêlèrent aux hommes qui de partout s'élançaient vers le feu.

La sonnerie d'alarme retentit frénétiquement. Les hommes connaissaient, pour s'y être maintes fois exercés, les consignes à respecter en cas d'incendie. Baranovitch eut pourtant l'impression de gens se précipitant en désordre vers les flammes grandissantes. Il aperçut l'image tremblante d'une forme humaine en blouse blanche brûlant comme une torche, et il sut que c'était Sémélovsky. Il fourra son arme dans sa poche et, côte à côte, lui et Kréchine s'immobilisèrent au milieu de l'agitation désordonnée. La chaleur des flammes leur soufflait en pleine face, comme le vent torride du désert. Il tourna le bouton de son émetteur, souhaitant de toute son âme que le signal désormais continu atteigne Gant. Un garde qu'il n'avait pas vu venir le bouscula en tirant un tuyau d'incendie. Baranovitch regarda sa montre. Six heures treize. La foule le pressait par-derrière. En tournant la tête, il vit à terre, près du Firefox, le corps du garde qu'il avait abattu et le cordon de sécurité qui encerclait l'avion. Il se dit qu'on avait découvert, ou du moins soupçonné non seulement à quoi visait la « diversion », mais aussi l'identité de l'espion et ce qu'il était venu faire à Bilyarsk.

C'est pourquoi la surveillance ne s'était relâchée à aucun moment autour du Firefox. Tsernik, dont Baranovitch pouvait voir la silhouette trapue, organisait l'encerclement de l'avion par les gardes, et l'officier subalterne chargé de la sécurité du hangar donnait aux hommes des consignes pour combattre l'incendie. Les haut-parleurs diffusèrent un appel par-dessus le crépitement des flammes qui semblait avoir rendu les spectateurs inconscients du danger. Le feu, comme une coulée de lave, léchait le sol sous le deuxième avion. Un nuage de fumée cachait ceux des gardes qui s'étaient avancés avec leurs tuyaux et leurs extincteurs.

La voix provenant des haut-parleurs ordonna de s'écarter du brasier. Elle réclama l'attention par-dessus le hurlement de la sirène d'alarme auquel venait de s'ajouter le bruit d'une autopompe amenée en hâte du poste d'incendie situé près du hangar de construction.

Baranovitch, tournant le dos aux flammes, observa l'autopompe et les mouvements d'un second groupe de gardes appelés précipitamment en renfort. Ils les recherchaient, Kréchine et lui, sans aucun doute, et il n'y avait plus qu'une chose à faire, une seule : s'exposer à leur tir, tenter l'impossible pour que le cercle des gardes se desserre autour du Firefox. Il s'avança vers la vague humaine qui refluait au fur et à mesure que la masse de l'autopompe se frayait un passage. Il jeta un regard à la porte par laquelle Gant aurait dû pénétrer dans le hangar. Personne.

Au début, le signal transmis par l'émetteur de Baranovitch ne fut même pas perçu par Gant comme un son. Consumé en rêve par les flammes, il ne ressentit qu'une sorte de tic musculaire. Il était resté affalé, défait, sur le siège des toilettes, le corps raidi et trempé de sueur. Tout en étant conscient d'une pulsation sous son bras, il ne pouvait faire un geste pour atteindre, pour gratter l'endroit. Le rêve allait s'estompant et il attendait patiemment qu'il s'achève. Inutile de bouger, inutile de lutter. La crise avait été dure, mais elle refluait. Les images sorties de l'album de photographies de son passé se dispersaient en une explosion d'étincelles figées.

Peu à peu, le signal, un « bip » répété chaque seconde traversa sa conscience, bien qu'il continuât, comme toujours, à observer le déroulement d'un rêve qu'il était incapable d'empêcher ou d'interrompre. Il réalisa qu'il s'agissait d'un signal, mais sa signification lui échappait, comme à quelqu'un qui tâte un objet avec des doigts engourdis. Ce devait être un signal d'alerte. Pas une alerte comme les autres, pas comme celles qui le faisaient décoller d'urgence pour une mission d'interception...

Soudain, avec une terrifiante clarté, il sut ce qu'était ce signal. Aussi précise que les photographies qui le hantaient auparavant, l'image du Firefox fut devant ses yeux, et aussi celle de la cabine du simulateur construit pour lui et sur lequel il s'était entraîné... Il savait maintenant. Baranovitch. Il vit son visage apparaître à travers les flammes, empreint de sagesse et d'une pitié olympienne...

Le tic et le signal coïncidaient à présent. Ce petit récepteur, c'était Baranovitch qui l'avait fixé sous son bras. Par bribes, le message parvenait à son esprit – irrégulièrement, comme de petites pierres jetées dans une eau sombre. Il se rappela : après le signal d'alerte, le son continu voudra dire qu'il faut se précipiter au hangar.

Il essaya de bouger, avec la sensation d'aller à l'encontre d'une énorme vague qui le clouait sur place. Il fit un nouvel effort pour se relever et, finalement, y réussit.

Il voyait plus clairement la salle d'eau autour de

lui. Il secoua la tête et frotta ses joues des deux mains. C'était comme s'il revenait de chez les morts. Pire, bien pire que la dissipation de l'effet de la drogue. Il entendait l'eau qui coulait toujours — un son encore lointain mais qui n'était déjà plus le crépitement des flammes. Habituellement, il attendait que le rêve soit complètement dissipé avant de faire un geste. Cette fois-ci, le temps pressait.

Il ouvrit la porte — maladroitement, les doigts serrés sur la poignée comme des serres glacées — puis la claqua derrière lui. Il sentit une douleur à la cuisse, sourde mais insistante. Il y vit en effet la trace de coups qu'il s'était sans doute donnés à lui-même, il y avait très longtemps, lui sembla-t-il.

Il se dirigea vers le placard d'un pas aussi raide que s'il bougeait des membres artificiels. Il se souvenait que la combinaison de Voskov y était accrochée. Il fallait l'endosser...

Après le signal d'alerte, le son continu voudra dire qu'il faut se précipiter dans le hangar, avait expliqué Baranovitch. Il revoyait son sourire, ses cheveux blancs. Il tenait alors une tasse de café. C'était dans la chambre à coucher de Kréchine, et Gant revoyait l'image du vieil homme sous le même angle que lorsqu'il était, lui, couché sur le lit.

La combinaison de Voskov lui échappa des mains. Il se baissa péniblement pour la ramasser. Il détacha le récepteur de sous son bras et le colla à la porte du placard. Enfiler les jambes dans ce vêtement rigide n'alla pas sans mal tant ses membres étaient gourds. La sueur ruisselait sur son corps.

Sa conscience brumeuse enregistra un nouveau son : un signal d'alarme qu'il reconnut être celui d'un avertisseur d'incendie. Il comprit alors que la diversion était en cours et qu'il devenait urgent de redoubler d'efforts. Une nouvelle étape avait commencé qui exigeait un autre rythme. Il se débattit avec le laçage de la combinaison, si important pour qu'elle le protège, dans le Firefox, contre les effets désastreux de l'accélération de la pesanteur. Ce travail délicat était presque au-dessus de ses forces. Il fallait pourtant qu'il en vienne à bout, sinon il risquait la mort aussi sûrement que par n'importe quelle défaillance mécanique de l'appareil lui-même. Il se concentra au maximum.

Ce n'était pas facile, mais du moins il savait ce qu'il faisait, les gestes lui étaient familiers. Il s'y appliquait avec une telle attention qu'il sentait sa respiration rauque bourdonner dans ses oreilles.

Par-delà le bouillonnement de son sang, il entendait Baranovitch lui répéter : après le signal d'alerte, le son continu voudra dire qu'il faut se précipiter dans le hangar.

Enfin, il fut prêt. Ses efforts frénétiques avaient rendu la combinaison étouffante, poisseuse. Pas le temps de mettre des sous-vêtements secs. Il prit sur un rayon du placard le casque de pilotage. Les électrodes et autres contacts avec le système de psycho-guidage avaient été vérifiés la veille par Baranovitch. Gant y jeta un coup d'œil sans essayer d'y comprendre quoi que ce soit.

Il enfonça le casque, rabattit la visière et l'image des flammes vint de nouveau hanter son esprit – un dernier sursaut du rêve pour engloutir sa pensée consciente.

Au-dessus du bruit des flammes, Baranovitch murmura : Quand vous entendrez le son continu, précipitez-vous vers le hangar.

Gant réalisa que le signal seconde par seconde s'était tu. Un son continu, déchirant, provenait du récepteur. Il prit dans le placard son poste de radio et l'ouvrit pour en extraire l'intérieur. Le petit objet noir qu'il tenait en main, débarrassé de son déguisement, de ses batteries et de ses transistors, avait l'air d'un étui à cigarettes, lui qui avait si innocemment joué son rôle de circuit de radio.

Le son continu. Se précipiter dans le hangar...

Gant marcha d'un pas raide vers la porte.

Le vide se fit autour des deux juifs, comme si chaque homme dans la foule en avait ressenti la nécessité, ou reçu l'ordre. Ils étaient seuls, condamnés. Nulle part où se mettre à couvert, où se cacher. Un groupe de gardes, en demi-cercle, avançait lentement sur eux à travers la fumée qui emplissait le hangar et déroulait son voile jusqu'aux portes ouvertes. La tête de Tsernik était cachée par le porte-voix qu'il avait porté à ses lèvres. On entendit sa voix amplifiée et mécanique crier :

« Déposez vos armes sur-le-champ ou je vais donner l'ordre d'ouvrir le feu. Déposez vos armes, immédiatement ! »

Il semblait n'y avoir rien d'autre à faire. Une deuxième autopompe avait bruyamment rejoint la première. L'équipe des pompiers aspergeait l'avion et le sol du hangar de neige carbonique, étouffant le feu de Sémélovsky, le bûcher funéraire de Sémélovsky. Des hommes en blouse blanche ou en bleu de travail, techniciens et scientifiques qui s'étaient rués vers le feu, refluaient maintenant, cernant Baranovitch et Kréchine de tous côtés – tout en gardant une certaine distance, comme devant des malades ou des monstres. Les deux hommes se trouvaient pris entre le croissant des gardes et celui des pompiers. La mousse avait éteint le feu sous le deuxième Mig. La température s'était abaissée dans le hangar. Autour du premier Mig, celui de Gant, les gardes formaient un cercle moins dense, mais plusieurs étaient restés à leur poste.

Où donc était Gant ? Il avait tourné le bouton de son récepteur, il aurait donc dû être là. S'il n'apparaissait pas dans quelques secondes à la porte menant au bâtiment de la sécurité, les gardes allaient les arrêter et se regrouper autour de l'avion. Les flancs argentés du Firefox reflétaient les derniers feux de l'incendie. Les réservoirs du deuxième Mig ne s'étaient pas enflammés, contrairement à ce qu'avait espéré Baranovitch. Avec un peu de chance – pour les Soviétiques – le PP Deux pourrait encore voler.

Baranovitch sentit derrière lui comme une muraille de sons qui le poussait presque physiquement. Devant lui, un cône de silence, dont Kréchine et lui étaient la pointe, et la base les gardes en demi-cercle qui avançaient lentement. De sa vie il ne s'était trouvé devant une image aussi forte : ces gardes approchaient dans un silence palpable qui faisait battre les oreilles.

A ses côtés, le bruit d'une arme gronda, comme lointain et étouffé. Il vit un garde s'écrouler et un autre se déplacer d'un bond. C'était trop facile, se dit-il, ils sont trop près l'un de l'autre, on dirait ces Allemands qui avançaient pendant la défense de Stalingrad – trop près... Son esprit ne lui dicta pas de tirer. Son arme resta dans sa poche, inutile.

« Déposez vos armes ou je vais donner l'ordre d'ouvrir le feu ! » répéta la voix distante et mécanique.

Il n'entendit pas l'ordre, mais il vit l'éclair sortant des fusils et sentit que Kréchine n'était plus à ses côtés – emporté. Puis il éprouva la souffrance, le terrible sursaut qui accompagne l'approche certaine de la mort quand des balles criblèrent son corps, déchiquetant sa veste de leurs petites détonations. Titubant, incapable de garder son équilibre, il eut l'impression d'une très grande vieillesse. Après quelques pas chancelants en arrière, il tomba assis avec la maladresse d'un enfant qui apprend à marcher. Les lumières du hangar lui parurent s'éteindre, son buste bascula sur le côté et, tel un pantin qui ne peut se tenir tout seul, il s'effondra. Ses yeux se fermèrent, les paupières crispées pour éviter l'instant atroce de la mort, et quand sa tête résonna sur le sol de ciment, il n'avait pas vu apparaître Gant, vague silhouette en combinaison grisâtre, au seuil de la porte intérieure du hangar. Baranovitch mourut persuadé que Gant ne viendrait plus.

Franchissant la porte du bâtiment de la Sécurité, Gant, lui, vit dans le hangar une forme en blouse blanche gisant sur le sol, et les gardes qui s'approchaient en demi-cercle, prudemment. Il vit aussi Kréchine, sa tête blonde et ses membres écartés dans l'attitude abandonnée que donne une mort violente. Le Firefox était à une trentaine de mètres, pas plus.

Les traces de l'incendie étaient visibles à l'autre bout du hangar, confirmées par la présence des deux autopompes. La carcasse du deuxième prototype disparaissait sous la couche de neige carbonique et on était en train de rouler l'avion pour l'écarter des matériaux qui avaient provoqué et entretenu le feu. Gant comprit que les occupants du hangar se trouvaient maintenant en mesure de reporter leur attention sur le Firefox. Il arrivait presque trop tard – en fait, peut-être tout simplement trop tard. Il n'y avait plus de raisons de faire sortir l'avion du hangar. Une flamme cependant jaillit le long du mur et un pompier en combinaison d'amiante s'en écarta brusquement. Un bidon de fuel explosa avec fracas. Le deuxième prototype était hors d'atteinte des flammes, mais les hommes qui le remorquaient à l'aide d'un tracteur se précipitèrent pour l'éloigner davantage. C'était la chance que Gant devait saisir.

Il força ses jambes raides, rétives, encore sous la paralysie du rêve, à parcourir les trente mètres de ciment qui le séparaient du Firefox.

L'échelle utilisée par Baranovitch pour contrôler le travail de Grosch était restée en place. Il commença à monter. Comme il se penchait pour pénétrer dans la cabine, une voix l'interpella du bas de l'échelle.

« Colonel Voskov ? »

Il se retourna et fit un signe de tête à l'homme qui tendait vers lui son visage jeune, affolé et suant. Il portait l'uniforme du K.G.B. et tenait une arme en main.

« Oui ? dit Gant.

– Que faites-vous, mon colonel ?

– Qu'est-ce que vous croyez que je fais, espèce d'idiot ? Vous voulez que cet avion soit endommagé comme l'autre ? Je le sors du hangar, voilà ce que je fais. »

Il enjamba le rebord de la cabine et retomba sur le siège. Sans quitter des yeux le jeune officier du K.G.B., il boucla les sangles du parachute et celles qui l'attachaient au siège lui-même.

Le jeune homme avait reculé de quelques pas pour voir plus clairement le pilote. Mais la visière teintée du casque et le masque à oxygène faisaient qu'il lui était impossible de distinguer s'il s'agissait ou non du colonel Voskov. Il demeura perplexe, ne sachant trop que faire. Il jeta un coup d'œil vers le fond du hangar. Incontestablement, le remorquage du deuxième Mig rapprochait les deux avions, et si l'incendie semblait maîtrisé, on voyait encore de la fumée là-bas, des flammes même. Tsernik lui avait fait part des instructions formelles de Kontarsky : personne ne devait approcher le premier prototype. Mais cela concernait-il le pilote ?

Sans s'occuper de l'homme du K.G.B., Gant se livrait aussi rapidement que possible aux dernières vérifications précédant le démarrage. Il brancha la radio et l'équipement de radio-communications, agissant instinctivement, comme s'il avait toujours piloté cet avion. Le simulateur construit au Centre de la C.I.A., à Langley, en Virginie – d'après les descriptions et photographies fournies par Baranovitch et le résultat des travaux d'ordinateur – prouvait aujourd'hui sa valeur. Gant établit ensuite le contact entre son casque et le système d'armes, grâce à une simple prise, comme pour la radio. L'aspect le plus sophistiqué du système d'armes consistait dans le fait que si le pilote était contraint de s'éjecter de la cabine, il pouvait mettre en œuvre un mécanisme de destruction, situé sur le côté du siège éjectable, de telle sorte qu'aucun élément du système, aucun fragment, ne tombe entre les mains de l'ennemi.

Gant jeta à l'homme du K.G.B. le même regard rapide que s'il relevait les indications de l'un de ses instruments de contrôle. Le jeune officier semblait toujours aussi perplexe. Gant enclencha la commande de distribution d'oxygène, y compris l'oxygène de secours. Puis ce fut le tour du dispositif anti-G qui se raccordait, lui, juste au-dessous du genou gauche et emplirait d'air la combinaison pour combattre les effets physiques des tournants brusques, des descentes en piqué ou des accélérations. Soigneusement, il s'assura que l'air pénétrait vite et normalement, et vérifia sur les instruments de mesure les réactions de son organisme. Tout marchait bien.

En procédant avec la dernière minutie à ces préparatifs de vol, il savait qu'il n'avait pas une seconde à perdre. Nouvelle lecture des appareils de contrôle : volets, freins, carburant. Heureusement, les réservoirs étaient pleins car, assis là, il n'avait aucune idée de ce que serait, ni d'où serait son point de ravitaillement.

Une chose à ne pas oublier : d'une poche située au niveau de la cuisse, sur sa combinaison, il sortit l'intérieur du petit poste à transistors et fixa à l'aide d'une bande adhésive, dans un coin de la planche de bord, cet ensemble anonyme de circuits enfermé dans un boîtier aux parois fines. Gant pria silencieusement pour que cette invention, conçue exclusivement pour lui à Farnborough, n'ait pas été endommagée ces trois derniers jours. Si tel était le cas, il ne disposait d'aucun moyen pour le savoir.

Tout était prêt. Ces vérifications de routine n'avaient pris que quelques secondes. Le deuxième Firefox, toujours remorqué par le tracteur, était à peine à une dizaine de mètres de lui. Le moment était venu de convaincre le jeune officier du K.G.B. Gant se pencha et, de la main, lui fit signe de s'écarter.

« Vous allez vous faire couper la tête si vous restez encore planté là ! » hurla-t-il.

Il accompagna sa menace du geste de trancher le cou et désigna ensuite l'aile et l'entrée d'air derrière le jeune homme. Celui-ci comprit et l'instinct de conservation le fit s'écarter — en emportant obligeamment l'échelle avec lui.

Gant sourit, détendu, et se concentra sur l'avion. Son regard, cependant, balaya une fois encore ce hangar où il était entré une minute auparavant. A la porte, il vit Kontarsky, le visage blafard, un bras tendu, le doigt pointé dans sa direction. Une demi-douzaine d'hommes l'entouraient. Par pur réflexe, Gant appuya sur un bouton qui fit se rabattre automatiquement la verrière de la cabine et assura son verrouillage électronique. Comme il était d'usage, il s'assura manuellement qu'elle était bien fermée. Il se trouvait à présent isolé dans sa machine. Il faisait corps avec elle.

Le brouillard, la léthargie, la nausée du rêve l'avaient quitté. Curieusement, il n'éprouvait pas non plus d'excitation joyeuse. Rien que le fonctionnement harmonieux d'une mécanique au sein d'une mécanique plus vaste. Peut-être l'exaltation viendrait-elle plus tard.

Il vérifia la pression de l'air à l'intérieur de la cabine puis, étendant la main, il brancha les contacteurs d'allumage, mit en marche les microturbos de démarrage, tourna la valve de régulation de pression et, sans hésitation, sans céder à une pause mélodramatique, il appuya sur le démarreur.

Au milieu du fuselage retentit le bruit de deux explosions, semblables aux détonations d'une arme de fort calibre. Deux bouffées de fumée noire s'échappèrent des moteurs et le vrombissement des énormes turbines s'amplifia rapidement. Gant vérifia l'alignement de sa centrale gyroscopique. Devant lui, le clignotement d'une petite lumière l'avertit qu'il avait oublié la pompe de surpression, de « gavage ». Il tourna un commutateur et la lumière s'éteignit. Il poussa sur les manettes des gaz. Le tachymètre indiqua que la rotation des moteurs atteignait 27 p. 100 et Gant la maintint à ce niveau. Il jeta un coup d'œil à travers la vitre latérale. Kontarsky et deux de ses hommes, comme galvanisés par les explosions des microturbos, avançaient à toute allure. Mais en comparaison de la rapidité des manœuvres de Gant, ils lui parurent se mouvoir lentement sous l'eau – trop lentement en tout cas pour pouvoir l'arrêter. Il vit une arme levée, et quelque chose siffla sans toucher la cabine.

Les yeux fixés sur l'indicateur de température des tuyères, le JPT, il ouvrit les gaz jusqu'à ce que le tachymètre indique 55 p. 100. Le bruit même des moteurs prouvait qu'ils tournaient à un rythme satisfaisant. Gant lâcha les freins.

Le Firefox, jusque-là bridé, bondit plus qu'il ne roula vers les portes ouvertes du hangar. L'aube marbrait le ciel de lueurs. Des hommes se précipitèrent pour refermer les portes; mais eux aussi semblèrent à Gant se mouvoir avec une lenteur dérisoire. Ils ne pouvaient plus rien faire. Trop tard. Le Firefox avançait déjà sur le chemin de roulement, et Gant aperçut dans son rétroviseur la course des ridicules silhouettes qu'il laissait derrière lui.

A l'aide du palonnier et du freinage différentiel, il fit pivoter l'avion pour l'engager sur la piste d'envol. Il redressa ensuite la direction et procéda de nouveau à toutes les vérifications.

Après avoir pris profondément sa respiration, il ouvrit à fond les gaz pour amener la postcombustion, la « réchauffe » des puissants réacteurs. Il sentit dans son dos une formidable poussée et connut un instant de pure exaltation, porté en avant par une ardeur farouche, presque sexuelle. A 160 nœuds, il frôlait à peine le sol de la piste. A 165 nœuds, il actionna la commande de profondeur. Le Firefox décolla et, libérée de la force de frottement que lui opposait le sol, son accélération fit un nouveau bond. Gant rentra le train d'atterrissage.

Les ailes du Firefox oscillèrent car Gant, pas encore habitué à la qualité et à la finesse du système de contrôle de la puissance, avait trop fait jouer la commande de profondeur. En quelques secondes, par une montée en flèche, l'avion s'éloigna.

A la droite du nez de l'appareil, Gant aperçut dans le soleil levant un éclair métallique. Il tira brusquement le manche à lui et l'inclina à droite. Le virage lui fit sentir la pression de sa combinaison anti-G et le Firefox amorça presque un tonneau, mais Gant ramena les ailes à l'horizontale. Loin derrière lui, à sa gauche, il vit un Tupolev Tu-144 tourner pour aborder la piste d'atterrissage de Bilyarsk. Gant savait que le premier secrétaire était à son bord. Il regarda son altimètre : déjà 25000 mètres.

Le train n'était rentré que depuis quinze secondes. Plus de 1500 kilomètres séparaient Gant de la frontière russe la plus proche. La collision avait été évitée de justesse. Il sentit la sueur couler le long de son corps, sous ses bras. Mais son visage s'épanouit. Il avait gagné. Il avait volé le Firefox.

DEUXIÈME PARTIE

« ... CE TUMULTE DANS LES NUAGES »

VI

CONTRE-MESURES

Quand son avion supersonique géant, le Tupolev Tu-144, se posa sur la piste d'atterrissage de Bilyarsk, le premier secrétaire du Parti communiste soviétique savait déjà, par l'U.H.F. de la cabine de pilotage, que le Mig-31 avait été volé. Un moment plus tard, Kontarsky montait à bord, escaladant en hâte les marches de la passerelle roulante sur laquelle il était venu du hangar. On le conduisit à l'arrière de l'appareil, au-delà des sièges des passagers, dans une section qui faisait office de centre de commandement militaire — assez semblable à celui qui existe à bord de l'avion du président des Etat-Unis. Dans la pièce déjà emplie de l'épaisse fumée des cigares, Kontarsky se trouva devant un véritable conseil de guerre.

Il salua d'un geste raide, le regard fixé droit devant lui. Seul le dos du radio assis à l'autre bout de l'ovale allongé de la pièce, emplissait son champ de vision. Kontarsky, cependant, aurait pu décrire tout ce qui l'entourait. Des images s'imposaient à lui comme si elles suintaient à travers sa peau. Il savait quelle place occupait chacun des puissants personnages présents, avec quelle intensité ils le regardaient et ce que voulait dire la moindre nuance de leur expression. Juste en face de lui, assis à une table circulaire équipée pour permettre la projection d'une carte en relief de n'importe quelle région d'Union soviétique, de n'importe quelle région du globe, se tenait le premier secrétaire en personne. A sa droite : Koutouzov, maréchal de l'armée de l'air, as de la dernière guerre et communiste dans la plus pure tradition stalinienne. A sa gauche : Andropov, président du K.G.B., le plus éminent de ses supérieurs. C'était de cette trinité que Kontarsky avait peur au point que les quelques secondes écoulées depuis qu'il avait franchi la porte de ce sanctuaire bien gardé lui semblaient des minutes, des heures... une éternité.

Le premier secrétaire prit la parole. Kontarsky, toujours figé au garde-à-vous – personne ne lui ayant dit « Repos ! » ou « Asseyez-vous » – vit du coin de l'œil que le premier secrétaire retenait Andropov par la manche. Il aperçut aussi le reflet du tube fluorescent dans les lunettes cerclées d'or du président du K.G.B.

« Colonel Kontarsky, vous allez nous expliquer ce qui s'est passé », dit le premier ministre d'une voix calme mais impérieuse.

Il paraissait avoir tout son temps. Dans le silence qui suivit, on n'entendait que le chuintement continu de la radio. Gant s'était envolé avec le Mig depuis près de trois minutes et, apparemment, rien n'avait encore été fait.

Maintenant qu'il avait échoué, Kontarsky ressentait presque hystériquement le besoin de lancer des exhortations, d'encourager tous les efforts pour que soit repris – ou détruit, s'il le fallait – l'avion dérobé. Il avala sa salive.

« Un Américain... commença-t-il, puis il toussota, fixant toujours, droit devant lui, la nuque bien nette du radio. Un pilote américain du nom de Gant est responsable du vol du Mig-31.

– Pas du tout, colonel, c'est vous qui êtes responsable, répliqua le premier secrétaire d'une voix qui, si elle ne contenait pas de menace, ne contenait pas non plus la moindre trace d'humanité. Continuez.

– Il s'est infiltré ici avec l'aide de plusieurs dissidents juifs, tous morts à présent.

– Hum. Mais pas avant de vous avoir dit ce que vous vouliez savoir, je suppose. »

Kontarsky posa son regard sur la large face ridée. Une face puissante, telle qu'il se l'imaginait. Les yeux comme deux petites pierres grises.

« Nous... nous n'avons rien appris... » parvint-il à dire.

Nouveau silence. Kontarsky remarqua que le radio se tenait plus droit sur sa chaise, comme tendu. Quand ses yeux revinrent à la table circulaire, il vit que le premier secrétaire retenait à nouveau le président du K.G.B., tapotant de sa forte main veinée la manche du costume de coupe sobre, de couleur foncée. Il entendit le premier secrétaire lui demander :

« Vous... vous ne savez pas quelle est la destination du Mig ?

– Vous ne savez rien ? » coupa Koutouzov, choqué au plus haut point.

Kontarsky vit le regard bref que le premier secrétaire lança au maréchal vieillissant dont l'uniforme bleu sombre était constellé d'insignes et de décorations se chevauchant. Le vieux pilote n'en dit pas plus.

« Non, dit Kontarsky d'une voix si ténue qu'on aurait cru que la pièce étouffait les sons, les absorbait.

– Très bien », déclara le premier secrétaire après un silence lourd et oppressant.

A cet instant, Kontarsky comprit qu'il était perdu. Pour le premier secrétaire comme pour les militaires et les membres du K.G.B., pour tous les hommes réunis autour de la table, il avait cessé d'exister.

« Vous vous ferez vous-même placer sous la plus stricte surveillance, colonel. »

Les lèvres de Kontarsky tremblèrent et il plongea ses yeux dans ceux du premier secrétaire. Il regardait dans un miroir qui refusait de réfléchir sa présence physique.

« Vous pouvez vous retirer. »

Kontarsky quitta la pièce et la porte se referma doucement derrière lui. Le premier secrétaire jeta un coup d'œil au maréchal puis, après un hochement de tête, se tourna vers Andropov :

« Le temps n'est pas aux récriminations, dit-il. Ça viendra plus tard. Pour moi, c'est clair, il s'agit d'un coup de la C.I.A., d'une tentative désespérée pour annuler l'énorme avantage que cet avion aurait donné à l'Union soviétique dans le domaine de la supériorité aérienne. Nous ne savons de l'homme que son nom, et ce qui figure à son dossier. Rien d'intéressant. Et chaque minute qui passe emporte le Mig-31 loin de nous... toujours plus loin... vers quoi, Mikhaïl Ilitch ? »

Le maréchal de l'armée de l'air soviétique interpella par-dessus son épaule un technicien assis devant une petite console :

« Donne-nous la carte de la section technique d'assaut, vite ! »

Obéissant immédiatement, le projectionniste appuya sur différents boutons. Les hommes assis autour de la table en retirèrent leurs paquets de cigarettes et boîtes de cigares, et bientôt s'y projeta une carte de l'Union soviétique, parsemée de points de diverses couleurs. Ce qui s'étalait ainsi sous leurs yeux, c'était l'immense système de défense des frontières du pays. Le premier secrétaire se pencha et frappa un point précis de la carte :

« Ici, Bilyarsk, dit-il. (Puis il traça du doigt un cercle autour de la ville.) Et alors, dans quelle direction est-il parti ?

– Nous n'en savons rien, camarade premier secrétaire », répondit Koutouzov de sa voix enrouée. (Il avait été opéré d'un cancer de la gorge deux ans auparavant, et sa voix fatiguée n'était plus qu'un chuchotement rauque.)

Par-dessus la table et la projection lumineuse de la carte, il regarda l'officier élancé, au visage mince, aux cheveux gris et aux yeux d'un bleu limpide, assis en face de lui : Vladimirov. L'assurance, la dureté de ce visage l'aidèrent à retrouver un peu de calme. Le vol du Mig lui avait littéralement coupé le souffle, le laissant un moment comme paralysé. Le coup avait même été plus rude que lors de la défection de Belenko dans l'affaire du Foxbat, quatre ans auparavant. Tout ce qu'il avait vu du Mig-31, c'était l'éclair de son fuselage lorsqu'il avait évité le Tupolev et pris rapidement de l'altitude. Cette brève image lui était restée dans l'esprit.

Puis, ç'avait été l'annonce sur U.H.F. qu'un avion avait décollé sans autorisation de l'unique piste d'envol qui s'étendait au-dessous d'eux, brillamment éclairée. Tout de suite, il sut de quel avion il s'agissait, avant même que ne parvienne la confirmation, avant que le Tupolev n'effleure la piste. Quelqu'un, un Américain, avait volé l'avion le plus extraordinaire que l'Union soviétique ait jamais construit – *volé !*

« Qu'est-ce que vous en pensez, Vladimirov ? » demanda-t-il.

L'homme pencha son visage mince vers la carte, puis leva les yeux sur le premier secrétaire. Le général Med Vladimirov, commandant de la section tactique d'assaut de l'armée de l'air soviétique – les « Loups », le « Wolfpack », comme l'appelaient les Américains – était soucieux. Lui aussi connaissait le problème : comment suivre la trace d'un avion qui justement ne laissait aucune trace. Mais il n'avait pas l'intention de révéler ses doutes au premier secrétaire. Il se secoua :

« Je suggère une opération S.S.A., camarade premier secrétaire, dit-il tout net. Décollage sur alerte de nos intercepteurs avec secteurs de surveillance alternée. Nous devons avoir en vol autant d'appareils que possible pour couvrir deux zones : nos frontières sud et nord.

– Pourquoi là ?

– Parce que, dit Vladimirov en baissant les yeux sur la carte, ce cinglé sera obligé de se réapprovisionner en carburant s'il veut atteindre un pays totalement sûr. Le ravitaillement n'aura pas lieu en vol. Si un avion-citerne l'attendait au-dessus d'un territoire neutre ou hostile, nous le saurions.

– Jusqu'où peut voler l'avion ? » demanda le général Leonide Borov, assis à côté de Vladimirov.

Borov commandait la section C.M.E. (Contremesures électroniques) de l'armée de l'air soviétique. C'était lui qui, au cas où l'Occident prendrait l'initiative d'une attaque, serait chargé de la coordination du système de défense radar et missiles, et de la défense air-air.

« Les réservoirs sont pleins, dit Koutouzov. L'Américain pourra faire près de 5000 kilomètres s'il sait se servir de l'avion.

– Ce qui l'amènerait ici – ou ici, dit Vladimirov passant d'abord la main sur l'océan Arctique puis, de l'autre côté de la carte, sur la frontière iranienne et la Méditerranée.

– Pourquoi irait-il soit au nord soit au sud, Vladimirov ? » demanda le premier secrétaire.

Il y avait maintenant de l'impatience dans sa voix, et son corps semblait avoir besoin d'action, comme si le sang revenait en picotant dans ses membres après l'engourdissement d'une crampe.

« Parce que, camarade premier secrétaire, un pilote qui prendrait le risque d'affronter le système de défense de Moscou courrait au suicide... même dans un avion dont les radars ne peuvent capter aucune trace ! »

Il y eut un bref moment de silence. Tous les hommes assemblés dans la pièce, les cinq autour de la table mais aussi les gardes, les techniciens chargés des communications chiffrées, les radios, les officiers subalternes, tous comprenaient que venaient d'être prononcés les mots fatidiques : le fait qu'un système antiradar était incorporé à l'équipement de défense de l'avion tournait à l'avantage de l'Américain voleur du Mig.

« Le système marche trop bien ! grommela Koutouzov de sa voix rauque. Il marche fichtrement trop bien !

– Est-ce que l'Américain le connaît ? » demanda Andropov, prenant la parole pour la première fois.

Toutes les têtes se tournèrent vers l'homme affable, courtois, qu'était le président du K.G.B. Il ne semblait pas avoir été décontenancé par l'échec, la monumentale erreur de l'un de ses officiers. Vladimirov esquissa un sourire. Il se dit que peut-être, avec un premier secrétaire de tendance nettement prostalinienne, le président se considérait comme intouchable.

Il ne pouvait détacher son regard de cet homme assis en face de lui, de l'autre côté de la table, et qui avait bien plus l'allure d'un homme d'affaires occidental que du chef de la police secrète la plus forte du monde, du service de renseignements le plus puissant.

« Il le connaît certainement, dit Vladimirov d'un ton glacé. Les mesures de sécurité prises par vos services ont dû être *plus* qu'inadéquates pour que la C.I.A. soit parvenue à faire aller son homme jusqu'où il a été ! »

La main du premier secrétaire s'abattit sur la table, faisant trembloter la projection de la carte.

« Je ne veux pas de récriminations ! Aucune. Je veux de l'action, Vladimirov – et tout de suite ! De combien de temps disposons-nous ? »

Vladimirov regarda sa montre. Il était six heures vingt-deux. Le Mig était en l'air depuis sept minutes.

« Il lui faudra parcourir 1600 kilomètres pour atteindre la frontière la plus proche, camarade premier secrétaire. Il volera la plupart du temps à une vitesse subsonique pour économiser le carburant, et aussi pour ne pas révéler son passage par un bang supersonique. Nous avons donc plus d'une heure devant nous, même s'il vole directement vers...

– Une heure ! (Le premier secrétaire se rendait compte qu'il se trouvait dans un élément étranger, que Vladimirov et les autres experts militaires devaient posséder une échelle pour évaluer le temps qui rendait les minutes élastiques, extensibles, qui rendait tout encore possible.) C'est suffisant, ajouta-t-il. Koutouzov, qu'est-ce que vous proposez ?

– Comme l'a suggéré le général Vladimirov,

camarade premier secrétaire, une opération S.S.A. Nous devons entreprendre la recherche de l'avion, une recherche visuelle. Nous devons avoir dans le ciel une *nappe* d'avions, un *filet* dans lequel il se fera prendre. Tous nos escadrons « Loups » et « Ours » connaissent ce genre d'opération qui ne laisse pas un pouce d'espace inexploré. Cette fois, nous n'aurons qu'à procéder à l'inverse des manœuvres habituelles : les « Ours » cherchent à intercepter l'Américain dans les secteurs situés jusqu'à 500 kilomètres à l'intérieur de nos frontières. Et les « Loups » qui auront décollé en même temps, patrouilleront le long des frontières elles-mêmes.

– Je vois, dit le premier secrétaire. (Il réfléchit un instant puis déclara :) C'est d'accord. »

L'atmosphère se détendit quelque peu dans le centre de commandement du Tupolev – réplique en plus petit de celui du Kremlin. C'est de cette pièce que le premier secrétaire pourrait, si besoin était, ordonner la mise à feu et à sang de la planète entière. Pour le moment, le chef de l'État soviétique et les membres du haut commandement qui l'entouraient trouvaient le premier encouragement de la matinée dans le système de défense qui apparaissait là, concrètement, sous leurs yeux.

Mais à la détente succéda une bouffée de tension, celle qui précède une action violente, celle du coureur sur la ligne de départ.

« Merci, camarade premier secrétaire », dit Vladimirov.

Il se leva, pencha sa longue silhouette au-dessus de la table et étudia les zones de couleurs recouvrant la topographie de la carte, en particulier les points indiquant les bases de ses escadrons et de leurs rampes lance-missiles.

« Superpose la carte des positions des « Ours », ordonna-t-il.

Le nombre des points de couleurs s'accrut, remplissant à intervalles réguliers les régions intérieures du pays. Vladimirov brossa de la main la surface de la table avec un sourire de satisfaction.

« Décollage sur alerte, mission d'interception, formation par S.S.A., les escadrons en blanc dans les secteurs rouges, ceux en vert dans les secteurs bruns. Mêmes consignes pour les escadrons des « Ours », de G à N. »

Le jeune colonel chargé des communications, assis derrière lui, une équipe de trois hommes à ses côtés, se mit à transmettre en code son message. Vladimirov se caressa le menton en écoutant le cliquetis des machines.

Une fois que la transmission ultra-rapide fut en train, Vladimirov se tourna vers le premier secrétaire :

« Que souhaitez-vous qu'ils fassent quand ils auront repéré le Mig? » demanda-t-il.

Le premier secrétaire eut un regard étincelant :

« Je souhaite parler à cet Américain qui a osé voler le dernier jouet de l'aviation soviétique. Trouvez-moi la fréquence. Et s'il n'accepte pas d'atterrir selon mes directives, alors l'avion sera détruit. Complètement détruit! »

Sur le tableau de bord du Firefox, la centrale inertielle était représentée par une sorte de calculateur de poche sur les touches duquel se lisaient les indications : « trajectoire », « cap », « vitesse-sol », « coordonnées », etc. Gant pouvait y emmagasiner ses informations de navigation et l'ordinateur de bord opérait les calculs concernant, par exemple, la distance à parcourir et le temps pour parcourir cette distance. Programmé à partir d'une position donnée, à un moment donné, l'ordinateur mesurait les changements de vitesse et de direction et pouvait indiquer sur-le-champ la position de l'avion. En principe, ces indications devaient être confirmées par des méthodes les plus conventionnelles, tel le repérage visuel.

Gant avait un rendez-vous à ne pas manquer au nord-ouest de Volgograd avec le premier vol civil quittant Moscou le matin. Il lui fallait donner à penser qu'il se dirigeait vers la frontière sud de l'Union soviétique – un élément très important pour brouiller les pistes, et l'esprit, de ceux qui menaient les recherches.

Il tira légèrement vers l'arrière les manettes des gaz, conservant une vitesse d'à peine plus de 650 nœuds. Il ne poussait pas le Firefox à atteindre une vitesse supersonique car, à son altitude actuelle de presque 4600 mètres, le sillage qu'il laisserait derrière lui équivaudrait à une flèche géante pour tous ceux qui avaient des yeux pour voir et des oreilles pour entendre. Il lui restait vingt-trois minutes avant son « rendez-vous ».

Il avait procédé à une inspection minutieuse de l'équipement du Firefox. Presque tout ce que l'appareil contenait, en matière de communications et de radar tout particulièrement, figurait déjà dans le simulateur de Langley. Les Américains en étaient à peu près au même stade que les Russes en ce domaine. Les raisons pour s'approprier le Firefox ne résidaient pas là. La première raison : les deux puissants turboréacteurs Turmansky capables d'une poussée de plus de 22500 kilos, qui permettaient à l'avion d'atteindre et même de dépasser l'incroyable vitesse de Mach 5. La deuxième raison : le mystère du système antiradar dont Baranovitch avait suggéré qu'il n'était pas mécanique, qu'il s'agissait plutôt d'une sorte de revêtement sur la surface de l'avion. La troisième raison enfin : le système de psycho-guidage pour l'armement du Firefox, canons et missiles.

Devant Gant, le ciel était clair, d'un bleu pâle. Le soleil levant, à sa gauche, brillait à travers le plexiglas et son éclat lui parvenait diffusé et tamisé par la visière colorée de son casque.

Au sol, il n'y avait rien à voir. Gant ne s'intéressait pas à la steppe s'étendant interminablement au-dessous de lui. Ses yeux ne quittaient guère ses instruments de bord, le radar surtout qui l'avertirait de l'approche d'avions ou de missiles. Comme Baranovitch le lui avait expliqué, l'un des dispositifs C.M.E. surveillait constamment les émissions radar du terrain survolé. En effet, le « nez », comme il l'avait appelé, reniflait les signaux radar dirigés contre l'avion. Gant ne voyait pas la nécessité du « nez » puisque aucun écran radar, terrestre ou aérien, ne pouvait signaler sa présence, mais Baranovitch lui avait fait remarquer que si le Firefox était repéré visuellement par un autre avion, il s'ensuivrait à terre une intense activité, les radars prenant comme guide cet avion pour localiser le Firefox. De plus, à observer ce qui apparaissait sur le petit écran du « nez », il saurait la position et la formation des radars-missiles au sol.

Gant savait de quelle façon la chasse allait être organisée contre lui. Les Russes se douteraient qu'il lui fallait aller soit directement vers le nord, soit directement vers le sud. Qu'à l'est, il n'y avait que la Chine, bien au-delà d'ailleurs du rayon d'action que lui permettaient ses réserves de carburant, et qu'à l'ouest, la concentration massive des forces autour de Moscou faisaient barrière entre lui et n'importe quel pays ami. Il savait que les escadrons « Ours » seraient lancés à sa poursuite. Il soupçonnait également que les Russes utiliseraient leurs installations de détection acoustique – celles que l'O.T.A.N. désignait légèrement sous le nom de « Grandes Oreilles » – pour localiser dans les étendues désertes du centre du pays un avion à basse altitude dont le vol aurait pu échapper au réseau de radars. Gant n'avait aucune idée du nombre de ces installations, ni de leur efficacité pour la localisation exacte d'appareils volant à plus de 8500 kilomètres à l'heure. Il ne savait pas non plus à quelle altitude un avion échappait à ce dépistage.

Autre chose lui revint à l'esprit : la photographie par satellite, ultra-rapide et à infrarouge. Il n'était pas certain qu'elle représente un danger étant donné la durée limitée de son vol. C'était cependant une préoccupation à ne pas écarter. Tout en menant une guerre électronique, il se sentait comme un asthmatique qui essaierait de traverser avec de lourdes bottes crissantes une salle d'insomniaques, sans les déranger.

Gant ignorait la nature et la position précise de son ravitailleur. Il se rappelait par contre les différentes coordonnées qu'il devait fournir à sa plateforme inertielle.

Il avait laissé la radio ouverte sur la bande U.H.F., sachant qu'à Bilyarsk ils essaieraient d'établir le contact avec lui. En fait, il espérait bien qu'ils le feraient. Dès que Gant aurait prononcé quelques mots, n'importe qui muni d'un équipement U.D.F., dans un rayon de 500 kilomètres, pourrait connaître presque immédiatement sa position, avec l'aide de deux autres relèvements ponctuels radio-électriques. Cela ne ferait que confirmer l'idée fallacieuse qu'il se dirigeait vers le sud.

Si personne ne l'avait appelé depuis son décollage, se dit-il, c'était à cause du transfert des pouvoirs au centre de commandement du Tupolev à bord duquel se trouvait le premier secrétaire. Il attendait cette communication avec impatience. Par-dessus son désir de faire croire qu'il allait vers les frontières sud de l'U.R.S.S., un mouvement de vanité le poussait à souhaiter entendre la voix du premier secrétaire, ou du moins celle du maréchal de l'armée de l'air soviétique. Il voulait se repaître de leur colère, de leurs menaces.

La radio crépita. Il reconnut la voix rendue familière par les interviews et les bandes d'actualités : celle du premier secrétaire du Parti communiste soviétique. Involontairement, il jeta un coup d'œil à ses instruments, vérifiant son cap et sa vitesse, la conformité entre ce qu'il voyait sur ses cadrans et les données fournies par l'ordinateur.

Comme pour le décevoir, la voix était neutre, sans inflexions particulières :

« Je m'adresse à l'individu ayant volé ce qui était la propriété de l'Union soviétique. Vous m'entendez, monsieur Gant ? Je suppose que vous avez renoncé à votre grade depuis que vous vous êtes mis au service de... d'*autres personnes,* dirons-nous ? »

Gant sourit à la mise en relief de ces deux mots, aux précautions que prenait l'homme. Depuis l'incident de l'U-2, on y allait prudemment, en douceur. On ne voulait pas admettre, pas encore, qu'il travaillait pour la C.I.A., ni même qu'il était de nationalité américaine.

« Continuez, je vous écoute, dit Gant.

– Vous êtes content de votre promenade, monsieur Gant ? Vous aimez votre nouveau jouet ?

– On pourrait y apporter des améliorations, répondit Gant laconiquement.

— Ah !... voilà l'opinion d'un expert, monsieur Gant. »

Gant pouvait presque voir l'homme, sa haute stature, sa face puissante et carrée penchée sur l'émetteur, s'abstrayant de l'activité qui régnait autour de lui dans le centre de commandement. Sans doute lui avait-on déjà mis sous les yeux les rapports concernant le pilote américain du Firefox. En ce moment pourtant, les choses se passaient entre deux hommes, l'un en avion, l'autre diposant des pouvoirs d'un dieu. Mais des deux, c'était Gant qui détenait toutes les cartes. La voix, du moins, le suggérait. Mais il ne s'y laissa pas prendre. Il savait la chasse furieuse dont il était l'objet. On jouait avec lui comme avec un poisson, jusqu'à ce qu'il morde à l'hameçon.

« C'est un peu ça..., dit-il enfin. Mais... vous n'avez pas l'intention d'user de menaces, de...

— Je le ferai, si c'est ce que vous souhaitez, lui fut-il répondu d'un ton calme. Mais tout d'abord, je vous demande simplement de rendre ce qui ne vous appartient pas.

— Et ensuite, vous passerez l'éponge sur tout, c'est ça ? »

Il entendit une sorte de rire étouffé à l'autre bout de la communication :

« Je ne pense pas que vous me croiriez si je vous le disais, monsieur Gant, n'est-ce pas ? Non, bien sûr que non. La C.I.A. vous a sûrement empli le crâne de fadaises au sujet de la Loubianka et des services de sécurité soviétiques. Non. Tout ce que je peux vous dire, c'est que si vous revenez immédiatement, vous aurez la vie sauve. Nous avons calculé qu'il ne vous faut pas plus de quarante minutes de vol pour que nous vous apercevions dans le ciel au-dessus de Bilyarsk. Vous avez marqué un but, comme vous diriez, monsieur Gant.

Mais maintenant, la partie est finie, et bien finie. »

Gant attendit un moment avant de demander :

« Et sinon... ?

– Vous serez réduit en miettes. C'est aussi simple que ça. Nous ne laisserons pas le Mig-31 tomber entre les mains des services de sécurité de votre pays. Nous ne permettrons jamais une chose pareille.

– Je comprends. Mais, monsieur, laissez-moi vous dire ceci : *j'aime bien* cet avion. Il me convient tout à fait. Je crois que, pour le moment, je vais encore le garder...

– Je vois. Ne croyez pas, monsieur Gant, que la vie d'un seul individu, d'un pilote excentrique au dossier médical médiocre, m'importe. J'espérais seulement sauver les millions de roubles qui ont été consacrés à la mise au point de ce modèle. Très bien donc. Quel que soit l'endroit que vous espérez atteindre, il va de soi que vous allez à un échec. Au revoir, monsieur Gant. »

Gant ferma la radio et esquissa un sourire derrière l'anonymat de la visière de son casque. La seule chose dont il devait se soucier, le seul facteur qui pourrait annuler les gains de cette partie, c'était l'avion laissé au milieu des flammes dans le hangar de Bilyarsk – le deuxième Firefox. S'ils le lançaient à sa poursuite, après avoir réussi à suivre sa trace... Il haussa les épaules.

L'avion civil Moscou-Volgograd le prit par surprise. Gant aperçut soudain, au-dessous de lui, un éclair de soleil reflété par le duralumin. A cette heure matinale, la traînée de vapeur n'était apparue qu'au dernier moment. L'intention de Gant avait été de passer, lui, sous le nez du Tupolev; mais maintenant, la traînée de condensation s'éloignait à sa gauche. Il débrancha le pilote automatique.

L'avion vira sur l'aile, et Gant sentit que sa combinaison pressurisée remplissait bien ses fonctions, se resserrant ou se relâchant autour du buste et des cuisses. L'éclat dur et brillant du Tupolev Tu-134 apparaissait maintenant droit devant lui. Gant devait permettre à l'équipage de l'identifier parfaitement et, en lui passant sous le nez, donner l'impression qu'il se dirigeait vers le sud.

Il amorça un piqué sur sa gauche et s'éloigna jusqu'à perdre de vue l'avion dont seul un point vert lumineux signalait la présence au centre de l'écran radar. Quand il considéra qu'il était bien placé derrière lui, il reprit sa direction précédente et accéléra suffisamment pour dépasser le Tupolev. Sur l'écran, le point lumineux reprit sa position juste à côté de la ligne centrale. Gant retint le Firefox comme il l'aurait fait d'un cheval fougueux jusqu'à ce que l'autre avion surgisse à sa droite, qu'il puisse le voir avec sa traînée de vapeur et son reflet de soleil. Il ouvrit les gaz et le Firefox bondit en avant au point que le pilote de l'avion de ligne puisse craindre une trajectoire à cap collision.

A aucun moment Gant ne se dit qu'il avait peut-être mal calculé ses distances, son orientation. Il vira sur l'aile et plongea pour éviter le Tupolev qui venait sur lui, son image emplissant toute la vitre latérale droite de la cabine. Les membres de l'équipage ne pouvaient manquer de l'avoir vu et devaient être d'autant plus saisis de panique que leurs écrans radar étaient restés étonnamment vides. La peur avait dû imprimer dans leur esprit le fuselage élancé et les énormes turbines de cet avion inconnu. A une vitesse supersonique, Gant lança le Firefox dans une descente qui l'amena à 300 mètres au-dessous de l'avion civil, tout en écoutant à sa radio, avec un sourire satisfait, les exclamations du pilote russe.

Le sol sembla courir à la rencontre du Firefox dans sa chute folle d'une altitude de 4500 mètres. Gant interrompit ce plongeon suicidaire et releva légèrement le nez de l'appareil, se maintenant ensuite à un niveau d'environ 60 mètres au-dessus de l'étendue plate des steppes. La combinaison n'avait pas empêché la différence de pression de se faire désagréablement sentir lorsque Gant avait été rabattu contre le dossier de son siège. Sa vision s'était obscurcie d'un voile rouge et il dut attendre d'y voir plus clair pour revenir à ses instruments de bord.

Il brancha le pilote automatique afin que la centrale inertielle prenne le relais et dirige le Firefox dans sa prochaine course. Il lui fournit les nouvelles coordonnées dont il se souvenait avec exactitude. Il avait été vu, et cette visualisation confirmerait sa position U.D.F. qu'ils devaient déjà posséder. Ils seraient donc certains qu'il se dirigeait, au-delà de Volgograd, vers le sud – la frontière iranienne, peut-être, pour quelque point de contact en Israël ou au-dessus de la Méditerranée. La chasse se ferait plus intense dans ce secteur du système de défense soviétique. Il avait besoin désormais d'utiliser, au moins en partie, la rapidité dont le Firefox était capable. Il ouvrit les gaz. L'aiguille du tachymètre bascula. Seuls le machmètre et l'indicateur de vitesse-sol lui permettaient de savoir qu'il volait à une vitesse supérieure à celle du son. Il allait vers l'est, vers la chaîne de montagnes de l'Oural, espérant trouver une protection dans sa face orientale avant de se diriger droit vers le nord. Il ne pouvait accorder à l'avion son véritable régime de croisière, mais il observait avec satisfaction les chiffres défilant sur le machmètre... Mach 1... 1,1... 1,2... 1,3... 1,4... 1,5...

Sous lui se déroulait l'étendue plate et silencieuse des steppes. Il retrouva le plaisir des premières minutes de vol, cette joie lucide qui le comblait dans son narcissisme froid et calculateur. L'avion le plus extraordinaire qui ait jamais été construit avait rencontré le seul être humain digne de le piloter.

A la hauteur à laquelle il volait, il avait de moins en moins à craindre une visualisation de l'appareil. Son sillage supersonique, étroit à une soixantaine de mètres seulement d'altitude, avait peu de chances d'être remarqué dans les espaces pratiquement inhabités s'étendant au-dessous de lui. La seule chose à éviter, c'était le réseau des « Grandes Oreilles ». Mais dès qu'il aurait atteint l'Oural, les échos provoqués par son passage suffiraient à brouiller cette détection acoustique.

Et puis soudain, son humeur changea. Il se sentit nu et son équilibre en parut menacé. Après tout, il courait se cacher. Sans écouter la voix de la raison, il augmenta la poussée des réacteurs et regarda de nouveau avec contentement des chiffres de plus en plus élevés défiler sur le machmètre : Mach 1,8... 1,9... Mach 2... 2,1... 2,2...

Il savait bien qu'il était en train de gaspiller le carburant, si précieux, mais il ne revint pas sur son geste. C'est seulement quand il atteignit Mach 2,6 qu'il cessa d'accélérer. Le sol au-dessous de lui était devenu à peine discernable. Dans son cocon silencieux, Gant ne faisait plus partie du monde et il éprouva un sentiment de sécurité. Il tourna l'interrupteur du T.F.R., le radar de suivi de terrain qui remplaçait ses yeux et guidait ses réactions tant qu'il conservait le pilotage automatique. Il ne pensait pas avoir à s'en servir avant d'aborder les contreforts de l'Oural, mais à présent qu'il volait à plus de 3000 à l'heure, il ne pouvait s'en passer. Ce n'était plus lui qui pilotait l'avion. Dans quelques minutes, il atteindrait l'Oural et là, il pourrait sans crainte reprendre la maîtrise du Firefox. Une sensation de bien-être l'envahit de nouveau. A elle seule, la vitesse de l'avion suffisait à endormir ses nerfs. Le compteur marquait toujours Mach 2,6. L'image de ce chiffre brillait clair devant ses yeux. A cette vitesse, l'irremplaçable carburant s'épuisait, mais localiser l'avion visuellement était pour ainsi dire impossible. Peut-être courait-il se cacher, mais il avait écarté le danger...

« Voudriez-vous donner immédiatement l'alerte aux deux postes de ravitaillement prévus ? »

Aubrey s'adressait respectueusement au chef du commandement opérationnel, l'Air Commodore Latchford, à High Wycombe, un brouillage rendant naturellement leur conversation téléphonique incompréhensible à toute oreille étrangère. Latchford venait de lui annoncer de façon certaine que Gant avait décollé de Bilyarsk. Le radar de couverture aérienne avancée, l'A.E.W.R., avait signalé des mouvements de patrouille parmi les escadrons frontaliers de l'Aviation Rouge. De plus, la surveillance radio révélait qu'une foule de communications chiffrées avait lieu entre les différentes sections de cette armée de l'air, et entre le premier secrétaire et l'amiral de la flotte septentrionale, d'une part, les bateaux soviétiques croisant en Méditerranée, d'autre part. Tout cela constituait une indication aussi claire que d'avoir vu de ses propres yeux Gant décoller de Bilyarsk.

Latchford alerta immédiatement les deux postes en question afin qu'ils commencent à transmettre le signal qui, opérant sur la fréquence très spéciale du récepteur de Gant — l'intérieur de son prétendu poste à transistors –, le conduirait à bon port.

« Citerne-Deux et Citerne-Trois sont alertées, dit l'Air Commodore. Vous vous occuperez de Citerne-Un – du moins, je pense que c'est à vous qu'il revient de le faire étant donné que je n'ai aucune idée de l'endroit où elle se trouve. »

Il y eut un léger gloussement à l'autre bout du fil. Latchford connaissait deux des points possibles de ravitaillement en carburant, mais on ne l'avait pas mis au courant de celui que Gant allait probablement utiliser.

Aubrey sentit que son interlocuteur et lui partageaient la même tension, la même excitation contenue.

« Oui, le capitaine Curtin s'occupera de Citerne-Un, lui assura-t-il. Merci, Air Commodore. La nouvelle que vous nous apportez est, si j'ose dire, un pur rayon de soleil. Merci beaucoup. »

Avant de reposer l'appareil, Aubrey écouta un moment le petit rire guttural de Latchford, semblant y trouver du réconfort.

Quand il leva les yeux, il vit que Buckholz, les coudes appuyés sur son bureau, le regardait intensément.

« C'est confirmé ? Toute cette activité, ce n'était pas seulement parce qu'ils avaient capturé notre gars ? » demanda-t-il.

Aubrey secoua la tête :

« Non, mon cher Buckholz, l'A.E.W.R. confirme l'activité aérienne de l'Aviation Rouge aux frontières nord et sud. Gant est en plein ciel ! »

Buckholz respira profondément, bruyamment. Avec le sourire pleinement satisfait d'un enfant, il se tourna vers Anders presque endormi à côté de lui.

« Dieu soit loué ! » murmura-t-il.

On n'entendit plus, dans le silence, que le craquement des pas de Curtin descendant de l'échelle. Une fois en bas, il dit à Aubrey :

« Je ne pensais pas faire le métier de garçon de bureau quand je me suis porté volontaire pour cette histoire ! »

Il ajouta en souriant :

« Monsieur Aubrey, voulez-vous que je demande à Washington d'alerter Citerne-Un ? »

Aubrey entra dans le jeu :

« Oui, mon garçon, faites-le tout de suite, voulez-vous ? Si les conditions météo se maintiennent, naturellement. »

Curtin s'approcha de la carte et, du bout d'une règle, tapota haut sur le mur une photographie prise par satellite.

« Voici la dernière – deux heures du matin pour vous. Le ciel est clair.

– Et la progression de Citerne-Un ?

– Constante. Elle se dirige lentement vers le sud, dans une région de banquises flottantes. La température est suffisamment basse. Tout va bien.

– Parfait... Vous pouvez demander votre correspondant, je veux dire Citerne-Un, capitaine. »

Curtin était sur le point de demander sa communication quand ils sursautèrent tous au bruit du téléscripteur du « Chiffre » – la salle de codage. Aubrey regarda Shelley déchirer la mince feuille de la machine.

« Le service des Communications a capté ça il y a à peine quelques minutes, dit Shelley, un léger sourire éclairant ses traits fatigués. En langage clair. Capté par la radio qui surveille la fréquence utilisée par les lignes d'aviation civile soviétiques.

– Et alors...? le pressa Aubrey.

– Il a été repéré au nord-ouest de Volgograd.

Avant qu'on le perde de vue, il a à moitié arraché le nez du Tupolev. Le pilote a poussé des hurlements jusqu'à ce que quelqu'un lui demande de se taire !

— Bonne nouvelle ! »

Aubrey examina la feuille de papier puis la tendit à Buckholz qui s'était approché et juché sur la table.

Buckholz lut à son tour attentivement, comme s'il avait besoin d'être convaincu.

« C'est bien. C'est rudement bien. (Il leva les yeux vers Aubrey et ajouta :) Jusqu'ici, ça marche, non ?

— Ça marche, mon cher Buckholz. On peut espérer que les Russes sont maintenant en train de mettre en état d'alerte tout ce qui se trouve au sud de Gant, y compris le bar du mess. (Il se frotta le menton.) Une chose continue à me tracasser : « Grandes Oreilles ». Gant doit faire un bruit terrible en fonçant à l'est vers l'Oural. »

« Mon cher Koutouzov, nous ne sommes pas en guerre », dit le premier secrétaire, assis dans son fauteuil autour de la table ronde.

Il détacha les yeux de la carte de la Russie d'Europe allant de la frontière polonaise à l'Oural, de l'océan Arctique à la mer Noire, malgré les chapelets de petites lumières clignotantes signalant les bases d'où les intercepteurs s'étaient envolés, malgré la chaîne d'autres points brillants indiquant les rampes de missiles en plein état d'alerte. Koutouzov, lui, semblait hypnotisé par la projection qu'il avait sous les yeux. Comme à regret, il leva la tête et fixa le premier secrétaire :

« Vous avez considéré qu'il pourrait s'agir d'un bluff de la part des Américains, camarade premier secrétaire. Pour distraire notre attention, nous faire croire que l'avion tente de s'échapper vers le sud pour que nous négligions le nord. »

Ce n'était pas une question. Le maréchal Koutouzov prenait cette supposition au sérieux.

Le premier secrétaire poussa un soupir.

« Non, Koutouzov, dit-il. Nous avons affaire à une aventure de la C.I.A. – encouragée sans aucun doute par l'entourage du Président et par le Pentagone. (Il leva les mains pour ne pas être interrompu.) Mais ce n'est rien de plus qu'une opération isolée, sauvage. Soigneusement conçue, oui. Préparée dans ses moindres détails et bien exécutée, oui. Tout ça, je vous l'accorde. Mais ce n'est pas une guerre! Non. La C.I.A. aura prévu quelque part un point de ravitaillement en carburant pour ce fou. Nos ordinateurs nous diront certainement quels points seraient les meilleurs. Mais si nous abattons le Mig-31, et même si nous détruisons le ravitailleur, les Américains joueront les idiots, comme ils disent. Ils ne feront rien du tout. Et tous tant que vous êtes... (Il avait soudain élevé la voix; les chuchotements cessèrent dans le centre de commandement, les yeux se tournèrent vers le premier secrétaire.) Vous devez tous comprendre ceci : si nous arrivons à détruire ou à récupérer l'avion, nous n'entendrons plus jamais parler de cette affaire.

– En êtes-vous sûr ? » demanda Koutouzov.

Le désir d'être convaincu se lisait sur son visage. Il s'était senti au bord du vide depuis l'instant où l'idée avait traversé son esprit qu'il assistait au premier acte d'une tragédie qui signifierait la fin du monde.

« J'en suis *certain.* Les Américains et les Anglais veulent cet avion parce qu'ils se rendent compte de ses possibilités. Leurs deux pays ont fait de sérieuses coupes dans les budgets de la Défense, ces derniers temps, surtout dans le domaine du développement de la recherche. Et en dépit du *cadeau* du Mig-25 il y a quelques années, ils n'ont rien à l'étude, nous le savons, qui puisse se comparer même de loin au Mig-31. »

Il jeta par-dessus son épaule un regard sinistre à Andropov, debout derrière lui :

« Président Andropov, quand on pense à la sécurité qui aurait dû entourer ce projet... impardonnable ! »

Andropov hocha lentement la tête. Ses lunettes reflétèrent l'éclat du tube fluorescent qui éclairait la pièce. Vladimirov, qui se tenait près de Koutouzov, sentit la colère de l'homme. Il comprenait également la rage contenue du premier secrétaire, qui avait provoqué sa remarque cinglante.

« C'est vrai... malheureusement, camarade Premier Secrétaire, dit Andropov. (Il regarda, de l'autre côté de la table, les deux militaires.) Je me souviens que le maréchal Koutouzov et le général Vladimirov souhaitaient tous deux que la sécurité soit resserrée après les premiers essais. (Il eut un pâle sourire.) Il semble bien qu'ils aient eu raison.

– Les Américains en savaient beaucoup trop », grogna Koutouzov avec son filet de voix rauque.

Le premier secrétaire leva la main. Il se rendait compte qu'il venait de ranimer une mauvaise querelle entre l'armée et le K.G.B.

« Laissons cela, dit-il calmement. Nous étudierons la chose plus tard, avec soin. D'après les premières investigations du président Andropov, il semblerait que le colonel Kontarsky ait pris des risques – qu'il ait joué... et perdu. »

Derrière le premier secrétaire, Andropov approuva de la tête, puis il regarda en face de lui. Ni Koutouzov ni Vladimirov n'ouvrirent la bouche. Kontarsky avait fait cavalier seul. Il avait voulu utiliser le projet de Bilyarsk pour rehausser sa réputation, hâter son avancement. Ce n'était pas la première fois qu'une telle chose se produisait. En 1967, l'officier du K.G.B. chargé de la surveillance et de la sécurité au Proche-Orient avait gardé par-devers lui des informations vitales pour le Kremlin – et pour le satellite du Kremlin à l'époque : l'Egypte – au sujet des préparatifs de guerre d'Israël. Jusqu'à ce qu'il soit trop tard. Le département « V » du K.G.B., le département des assassinats, l'avait liquidé peu de temps après. Kontarsky ne survivrait pas à son échec.

On frappa à la porte. Le garde du corps du premier secrétaire alla ouvrir. Un homme en blouse blanche lui remit une liasse de papiers. La porte se referma.

« Merci », dit le premier secrétaire à son garde du corps.

Il consulta les feuillets un moment puis les tendit à Koutouzov :

« Dites-moi ce que tout ça veut dire. »

Le vieux maréchal se concentra sur sa lecture après avoir tiré de la poche de poitrine de sa veste une vieille paire de lunettes à monture métallique. Le bruit de fond des machines de codage et de communications était à peine suffisant pour couvrir le froissement des papiers que le maréchal étudiait page à page. Quand il eut fini, il ôta ses lunettes et tendit la liasse à Vladimirov.

« C'est le rapport sur les dégâts du deuxième Mig, dit-il en toussotant. Car vous savez qu'il y en a eu, camarade premier secrétaire. Il semble que les dissidents n'aient pas réussi à mettre l'avion hors d'usage. »

Vladimirov eut tout à coup la sensation très nette, en regardant le premier secrétaire et Andropov, que l'atmosphère du centre de commandement comportait quelque chose de désespéré. Pour ces deux hommes super-puissants, qui ne comprenaient rien aux problèmes aéronautiques, la nouvelle reçue constituait une sorte de panacée. C'était ce qu'ils avaient ardemment souhaité, ce qu'ils avaient attendu avec une sorte d'impatience virginale. Ils croyaient vraiment que si on arrivait à faire s'envoler le deuxième prototype, c'en serait fait de l'Américain en fuite. Il réprima un sourire.

« Combien de temps... dans combien de temps sera-t-il prêt à décoller – armé ? demanda le premier secrétaire, la voix tremblante d'excitation.

– Peut-être une heure, peut-être moins, dit Vladimirov en consultant les papiers qu'il tenait en main. L'appareil était évidemment tenu en condition de vol pour le cas où il aurait dû se substituer au PPVn, camarade premier secrétaire, mais il faut le débarrasser de la neige carbonique, procéder ensuite aux vérifications et à l'armement.

– Encore faudrait-il savoir où *exactement* est l'autre », intervint la voix cassée de Koutouzov.

Vladimirov comprit que son supérieur ne se laissait pas prendre aux subtilités politiques du centre de commandement. Tout ce que le premier secrétaire voulait, c'était faire décoller le P.P. Deux. Il n'apprécierait pas qu'on lui rappelle les difficultés techniques qu'impliquait pour cet appareil une mission d'interception et de destruction.

« Je n'ai pas besoin qu'on me le dise, Koutouzov », lança le premier secrétaire, forçant le vieux maréchal au silence.

Il parcourut du regard les murs de la pièce comme si les dos tournés des techniciens à leurs machines allaient faire naître une inspiration, lui donner la réponse qu'il cherchait.

Vladimirov sentit de nouveau le désarroi qui se

cachait derrière le calme glacé, l'impression de force du personnage. Quant à lui, l'opération S.S. restait son seul espoir, aussi ténu soit-il. Quelque chose le tourmentait sourdement, une crainte qu'il avait formulée quelques années auparavant, quand le projet de Bilyarsk en était à ses débuts, une objection qu'il avait soulevée au sujet du système antiradar ajouté au Mig-31. A l'époque, son intervention avait eu l'effet d'une douche glaciale sur l'enthousiasme brûlant des autres.

Par nature Vladimirov était un homme froid, rationnel – un stratège. En tant que commandant du Wolfpack – force russe d'interception – il avait pu satisfaire sa vocation militaire. Lui et Koutouzov s'étaient démenés pour obtenir rapidement de la Défense les crédits nécessaires à la production de centaines de Mig-31 appelés à remplacer le Foxbat, l'actuelle carte maîtresse des Soviétiques. Le système d'armes psychoguidé constituait le véritable atout du nouvel appareil, doté par ailleurs d'un immense rayon d'action et d'une effarante capacité de vitesse. Ce système mettait l'Aviation Rouge à un niveau que ni la R.A.F. ni l'U.S.A.F. ne pouvaient atteindre dans un futur immédiat.

Pour échapper à l'atmosphère tendue, électrique, autour de la table circulaire, il s'éloigna et écouta d'une oreille les messages décodés provenant de l'équipe d'opérateurs radios. Les rapports étaient tous enregistrés et prêts à être repassés à tout moment, si besoin en était.

Que Gant ait été vu au nord-est de Volgograd fit plus qu'éveiller ses soupçons. Ancien pilote d'élite lui-même, la vérité lui sautait aux yeux. Il en était venu à respecter Gant. En consultant le dossier fourni par le K.G.B. – et transmis par le Centre de Moscou – il avait compris pourquoi la C.I.A. l'avait sélectionné. As de la guerre du Viêt-nam,

Gant n'était pas un pilote ordinaire, il se détachait du troupeau. Vladimirov se dit que si les rôles avaient été renversés, il aurait aimé faire preuve d'autant de perspicacité et d'audace dans son choix.

Il avait l'impression de connaître Gant, de ressentir son *besoin* de s'emparer du Mig, de prouver que cela pouvait être fait. Gant mènerait sa mission jusqu'au bout. Il était bien décidé à ramener le Mig.

Selon le rapport du pilote du vol civil, l'Américain aurait été surpris par l'apparition soudaine d'un appareil venant à sa droite au risque de provoquer une collision. Mais Vladimirov se dit que le radar de Gant avait dû l'avertir suffisamment à temps pour qu'il évite d'être ainsi localisé – d'autant plus que Gant était un remarquable pilote, le meilleur peut-être, si son dossier ne mentait pas. Même dans un avion auquel il n'était pas habitué, il n'aurait pas commis une telle erreur de navigation. Vladimirov était certain qu'un simulateur avait été construit à Langley, en Virginie, pour permettre l'entraînement de Gant. Il maudit Kontarsky. A la lumière brutale de son échec, il apparaissait comme un monstrueux imbécile. Il avait dû en passer des informations aux Américains ces dernières années, ô combien !

Il écarta Gant de son esprit. A quoi bon ruminer un passé qui ne pouvait être changé ? Non, il y avait quelque chose de plus important, quelque chose qui pourrait retirer à Gant l'avantage majeur de l'immunité du Firefox à toute détection radar. Qu'est-ce que ça pouvait bien être ?

Il se frottait le menton tout en marchant – un mouvement rude et continu de la main. Tout à coup, il entendit clairement la voix du radio répétant une communication. Les mots traversèrent sa conscience sans y trouver d'écho.

« De l'installation d'Orsk... trace sonore positivement perçue », disait la voix à ses côtés.

Vladimirov ne remarqua pas l'immobilité silencieuse qui avait saisi les occupants de la pièce. Il ne vit même pas que le radio levait les yeux vers lui. Non, se disait-il, ça n'a rien à voir avec le son. C'est... c'est... Et soudain ce fut l'illumination, encore fugace, mais se précisant en même temps qu'il devenait conscient du silence autour de lui et du regard interrogateur que lui jetait le radio.

Du temps où seule sa voix s'élevait dans l'euphorie politique et militaire ambiante, il l'avait clairement dit : le dispositif antiradar, à lui seul, n'assurait à aucun avion, d'une technologie aussi avancée fût-elle, une complète immunité contre la détection. L'équipement de détection par infrarouge, conçu non pour faire qu'un obstacle réfléchisse un signal, mais pour déceler des sources de chaleur au sol ou en l'air, pouvait être efficace, même envers un avion échappant au contrôle radar. La chaleur émise par un réacteur ferait apparaître sur un écran à infrarouge un point lumineux orangé. Pour suivre et localiser un objectif, cette méthode n'était qu'un pis-aller, mais malgré ses insuffisances, elle pouvait annuler certains des avantages du système antiradar du Mig-31. Elle pourrait même être assez précise pour que des missiles à infrarouge soient lancés avec succès contre la cible à atteindre. Ce seraient eux alors qui, avec leur tête chercheuse, trouveraient la source de chaleur que les écrans à infrarouge auraient révélée au sol. Il tenait enfin ce qu'il cherchait ! En levant la main devant son visage il s'aperçut qu'elle tremblait.

La réponse était là. Ses escadrons d'interception n'avaient plus à compter seulement sur la faible possibilité d'une visualisation directe de l'avion. Chacun de ses chasseurs pouvait, avec son équipement de détection et de guidage par infrarouge, employer la méthode de balayage conique. Le passage de n'importe quel réacteur traversant le cône projeté à l'avant du chasseur, et ce quelles que soient les conditions atmosphériques ou le niveau d'altitude, serait signalé par un point lumineux orangé sur l'écran à infrarouge du pilote.

Le radio l'observait, la tête appuyée sur la main comme un homme affligé d'un mal de dents. Vladimirov nota enfin son sourire étonné.

« Oui, qu'est-ce que vous disiez? demanda-t-il.

– Mon général, l'unité mobile a relevé à l'ouest d'Orsk une trace sonore provenant d'un avion non identifié qui volait à basse altitude et à une vitesse supérieure à Mach 2.

– Orsk, où est-ce? » coupa Vladimirov.

L'excitation qui se lisait sur la figure du jeune homme semblait être contagieuse. Et sans attendre sa réponse, le général se tourna vers le technicien chargé, devant sa console, de préparer le détail des projections apparaissant sur la table :

« Orsk! Projette-moi la région d'Orsk. (Il se souvenait maintenant.) C'est à l'extrémité méridionale de l'Oural... »

Il se frappa le front, indifférent au silence qui pesait toujours sur le centre de commandement. Ce qu'il avait soupçonné le frappait de plus en plus comme étant la vérité : c'était *délibérément* que Gant s'était fait repérer en direction du sud!

« Qu'est-ce qui vous prend, général Vladimirov? »

Il entendit le premier secrétaire s'adresser à lui mais il fit inconsciemment un geste de la main, comme pour faire taire cette voix.

« Demande-moi la confirmation du rapport, tout de suite! lança-t-il, et tu me liras ça à haute voix. »

Sans un regard pour le premier secrétaire dont l'expression commençait à montrer de la colère, il se dirigea vivement vers la projection agrandie de la pointe sud des montagnes de l'Oural. Il s'y absorba. La carte ne couvrait qu'une région trop limitée.

« Enlève-moi ça. Envoie-moi une carte de l'Oural couvrant autant de territoires que tu peux du nord et du sud. En vitesse! »

Il tambourina sur le bord de la table tandis que disparaissait l'image bientôt remplacée par une autre. L'Oural étendait au milieu de la table de projection sa cicatrice livide. Au sud, l'Iran, comme une surface de poussière brune. Au nord, le bleu profond de la mer de Barents et de l'océan Arctique. Le premier secrétaire restait aussi figé qu'une figure sculptée. Vladimirov promena son doigt sur la carte, d'abord vers la partie méridionale, vers le Proche-Orient et la Méditerranée, puis l'ongle du doigt effilé suivit, le long de la chaîne de l'Oural, la direction du nord, s'arrêta un instant sur Novaïa Zemlia, la Nouvelle-Zélande, et décrivit enfin un arc au nord-ouest de l'océan Arctique.

Vladimirov ne releva la tête que lorsqu'il entendit le radio qui l'avait auparavant informé de la trace sonore annoncer :

« Trace confirmée, mon général. Un avion, qui a refusé de répondre à la demande d'identification, se dirigeait au nord-est vers les montagnes. La trace a été perdue en trente secondes, mais la direction et la vitesse sont confirmées. »

Gant, se dit Vladimirov, venait de commettre sa première faute, une erreur peut-être fatale. Il n'avait pas répondu à la demande d'identification, ce qui ne pouvait qu'éveiller les soupçons. De plus, dans sa quête d'un abri, il avait volé beaucoup trop vite... à cette vitesse, il serait à court de carburant plus tôt qu'il ne le pensait. En se dirigeant vers les contreforts orientaux de l'Oural, il avait essayé d'échapper à une détection visuelle ou sonore.

Ce qui voulait dire... L'agitation grandissait en Vladimirov, de nouveau plongé dans l'étude de la carte. Oui, ce qui voulait dire que le point de ravitaillement se situait au nord de l'Union soviétique. Dans la mer de Barents, ou encore plus au nord. Il releva la tête.

Le premier secrétaire n'avait fait aucun mouvement.

« Eh bien ? demanda-t-il calmement.

– Si vous voulez bien regarder la carte, camarade premier secrétaire, dit Vladimirov qui sentait contre lui la présence de Koutouzov, je vais essayer de vous expliquer mes déductions. (Il énonça en hâte ce qui lui paraissait devoir être l'itinéraire de Gant et conclut :) Malgré son immunité à toute détection radar, nous pouvons suivre sa trace, camarade premier secrétaire. »

Un silence suivit, puis Andropov, qui se tenait les bras croisés sur la poitrine, derrière le premier secrétaire, demanda d'une voix sourde et ironique :

« Et comment ça ? »

Vladimirov essaya d'expliquer aussi simplement que possible comment pouvait être utilisé le faisceau directionnel du système de détection et de guidage par infrarouge. Koutouzov lui donna une tape dans le dos, et Vladimirov sentait que l'excitation gagnait cette vieille carcasse. Allant plus loin dans ses pensées, il se dit que le problème de succession prenait forme, qu'il serait le prochain maréchal de l'armée de l'air soviétique. Il n'en fut pas autrement ému. Pour l'instant, une seule chose l'intéressait : éliminer la menace militaire que Gant représentait.

« Bien. C'est très bien, général Vladimirov, dit le premier secrétaire. C'est aussi votre avis, Mikhaïl Ilitch ? (Koutouzov approuva.) Et cela ne suppose aucune modification du dispositif ? »

Vladimirov secoua négativement la tête :

« Non. Vous n'avez qu'à donner des instructions codées en ce sens. Vous, ou le maréchal Koutouzov.

— En clair, que suggérez-vous ? demanda le premier secrétaire.

— Il faut alerter les unités de la flotte septentrionale Drapeau Rouge, camarade premier secrétaire. Elles devront se mettre à la recherche d'un navire, ou d'un sous-marin... (Il s'interrompit. Non, il ne pouvait s'agir que d'un navire. Et même de ça, il n'était pas très sûr.)... ou plus probablement d'un avion, qui se tient prêt à ravitailler le Mig en vol. (Le premier secrétaire marqua son approbation d'un hochement de tête.) Nous devons donc lancer nos escadrons « Loups » le plus près possible de notre côte nord, à la recherche de l'avion-citerne. (Il chercha le regard perçant de Koutouzov. Le vieil homme lui aussi approuva de la tête.) En même temps, nous devons donner l'alerte à toutes les rampes de missiles le long de la Ligne de Feu. Là aussi, nos hommes devront guetter le passage de Gant et se servir de leur système de détection et de guidage par infrarouge, agissant de concert avec les unités « Loups ».

Vladimirov frappa brusquement du doigt un point de la carte, presque sous le nez du premier secrétaire.

« Là, dit-il, exactement là. S'il suit l'Oural le plus au nord possible, il prendra comme repère le golfe de l'Ob, ou le golfe situé à l'ouest de la péninsule de Iamal, avant de dévier de sa course pour atteindre le point de rencontre avec l'avion-citerne. Comme vous pouvez le voir, camarade premier secrétaire, nous disposons dans ce secteur de deux unités fixes de la Ligne de Feu, sans compter les unités mobiles qui les relient ni les escadrons « Loups » dont la base se trouve sur la péninsule. (Il leva la tête, souriant.) Il ne faudra que quelques minutes pour tout organiser, camarade premier secrétaire... et l'Américain va mettre son pied dans un piège tel qu'on n'en a jamais tendu de plus puissant. (Avec le même sourire, il demanda :) Donnerez-vous la permission pour que tout avion ayant localisé visuellement le Mig serve de cible aux missiles, si c'est nécessaire ?

Vladimirov entendit Koutouzov reprendre sa respiration, mais il maintint son regard sur le premier secrétaire. Dans les yeux d'un gris d'ardoise, il se vit déjà succédant au vieux maréchal, et cette fois il en ressentit un plaisir très net, bien que passager.

« Naturellement, dit le premier secrétaire.

– Parfait. Alors, camarade premier secrétaire, Gant est mort. »

La remontée de l'Oural avait pris un peu plus de deux heures car, pour couvrir la distance d'environ 2500 kilomètres séparant Orsk de Vorkouta, Gant avait survolé les contreforts orientaux de la chaîne montagneuse sans jamais dépasser 600 nœuds à l'heure. Il s'était limité à une vitesse subsonique afin d'économiser le carburant, dont il regrettait à présent d'avoir tant consommé lorsqu'il s'était rué en panique vers la protection des montagnes. Voler à moindre vitesse éviterait également de trahir sa présence par un sillage supersonique. La région, il est vrai, était peu peuplée, et le brouillard qui couronnait les contreforts rendait pratiquement impossible une visualisation du Mig, du sol ou d'avion.

Gant ne connaissait que dans ses grandes lignes le réseau d'installations militaires des montagnes de l'Oural. Buckholz et Aubrey n'avaient pu lui donner que peu d'informations concrètes; ils soupçonnaient seulement que les pentes orientales de la chaîne montagneuse seraient moins surveillées, et moins armées. Après avoir pris visuellement Orsk comme repère, Gant fournit à sa centrale inertielle les coordonnées de son itinéraire vers le nord. Il enclencha ensuite le radar de suivi de terrain et le pilote automatique. Il voguait maintenant comme un fantôme dans le monde gris des brumes accrochées au flanc des montagnes – vision glacée, aussi peu définie qu'un paysage lunaire, qu'un souvenir onirique.

Il avait craint le retour de son rêve, de certains symptômes de paralysie hystérique, ou même de nausées. Rien ne s'était produit. On aurait dit qu'il était passé de l'ombre à la lumière, qu'on l'avait dépouillé du personnage qui était le sien avant le décollage. Il ne perdit pas de temps à s'émerveiller de ce retour à un esprit intact, à une pensée sereine. Cela lui était déjà arrivé. Même au Viêtnam, vers la fin, il avait été capable de piloter presque parfaitement, laissant derrière lui, comme son uniforme dans le placard du vestiaire, l'homme qui glissait vers l'abîme.

Le dispositif C.M.E. qui lui permettait de capter les émissions radar du terrain survolé n'avait rien indiqué de spécial depuis son entrée dans la zone montagneuse. Il évoluait véritablement dans un monde coupé du monde ordinaire, avec un sentiment d'isolement que des hommes de la N.A.S.A. lui avaient dit avoir éprouvé en gravitant autour de la Terre dans un Skylab, ou en expérimentant un nouveau véhicule spatial de rentrée dans l'atmophère. Un jour, il avait rencontré Collins, l'un des astronautes de l'expédition sur la Lune, qui lui avait tenu les mêmes propos. Quand son avion était confié au pilote automatique, Gant ressentait toujours cette impression d'être à l'écart de tout. Rien n'existait que la douce température d'une cabine pressurisée, stable — et la planète peuplée de sa multitude humaine n'avait pas plus de consistance que le brouillard qu'il venait de traverser. Cette sensation d'isolement total, il ne s'en était jamais débarrassé une fois au sol. Ni durant une bonne soûlerie, ni dans le défoulement d'une visite aux prostituées de Saigon. Et s'il recherchait cette hautaine solitude dans les cieux, c'est qu'il ne trouvait à terre qu'une mauvaise copie de cet isolement, de ce vide.

Il était un peu plus de neuf heures. A l'altitude à laquelle il volait, la brume se dissipait, s'effilochant le long de la cabine. Le soleil se reflétait dans le plexiglas et le ciel matinal révélait sa teinte bleu pâle. Il savait que dans quelques minutes, en poursuivant sa course dans la même direction, il survolerait le golfe de Kara, cette profonde enclave dans la mer de Kara, à l'ouest de la péninsule de Iamal. Dès qu'il aurait repéré visuellement l'entrée du golf, il pourrait fournir à sa centrale inertielle les prochaines coordonnées.

Il regarda devant lui. La visibilité n'était pas bonne. Il n'aperçut aucune étendue d'eau. Rien que l'absence grise et brumeuse d'horizon. Il savait qu'il fallait descendre aussi bas que possible et qu'il courait ainsi le risque d'être vu du sol

– un risque qui comportait le danger de tomber sous le tir de la Ligne de Feu serpentant le long de cette côte septentrionale. Mais il n'avait pas le choix.

Il amorça sa descente vers les poches de brume que le soleil n'avait pas encore dissipées. Il survolait de près la frange nord de la chaîne de montagnes, là où elle s'abaisse par degrés vers la mer. Quand apparut à sa gauche, tout en bas, la petite ville de Vorkouta, il se dit qu'il avait maintenu le bon cap et que la mer n'était qu'à quelques minutes.

Tout à coup, l'écran de son radar signala la présence d'un avion volant plus haut que lui, à sa droite. Probablement un Badger. Un de ces gros appareils de reconnaissance à long rayon d'action, qui revenait d'une patrouille normale au-dessus de la mer de Kara et de l'océan Arctique.

Pendant quelques instants, Gant ne s'inquiéta pas. Il se rapprochait du Badger, mais passerait loin derrière lui. En outre, avec un peu de chance, un avion si près de rentrer à sa base aurait débranché son équipement de détection électronique. Soudain, il en crut à peine ses yeux : trois taches orangées venaient d'apparaître sur son écran. Brillantes, elles s'élevaient et indiquaient une proximité de plus en plus grande. Des missiles à infrarouge. Lancés du sol par l'un des postes de la Ligne de Feu.

On avait donc réussi à le localiser. Cette idée, alors que jusque-là il était sûr de pouvoir échapper à toute attaque, à toute détection, lui porta un coup si rude qu'elle lui enleva soudain sa confiance.

Cependant, il ne pouvait encore y croire. Ce genre de missiles s'attaquaient à une source de chaleur, ils se dirigeaient vers l'endroit du ciel rendu le plus chaud par des gaz d'échappement. Il serait donc, en quelque sorte, devenu visible? Il comprit vite pourquoi. Le poste de la Ligne de Feu avait utilisé son équipement spécial à infrarouge pour suivre la trace des gaz d'échappement du Firefox. Invisible sur un écran radar, l'avion apparaissait sur un écran à infrarouge sous la forme d'une tache orangée. Un appareil qui échappait au radar mais dégageait de la chaleur par ses gaz d'échappement – cela ne pouvait être que le Mig-31. En bas, on leur avait sûrement expliqué tout ça. Pétrifié par la perte soudaine de son immunité, Gant regardait, fasciné, les trois points de lumière orangée qui allaient s'agrandissant sur son écran tandis que les missiles fonçaient sur le Firefox.

VII

LA CHASSE

CONTACT, sept secondes. Le moment de faiblesse de Gant, son incapacité à réagir, ne dura pas. Sur son écran s'était ajouté aux trois taches orangées le point vert lumineux du Badger, maintenant à quelques kilomètres seulement au-dessous de lui, à sa gauche. Un écran unique constituait l'« œil » électronique de détection du Firefox. Il enregistrait les émissions de chaleur infrarouge sous la forme de taches orangées et les images radar sous la forme de points verts. Les missiles lancés contre lui occupaient la moitié inférieure de l'écran; le Badger, la moitié supérieure. Gant continuait à se diriger vers lui, et le point vert sur l'écran se maintenait sur la ligne de repère centrale.

Le Badger représentait pour Gant un moyen de parer au danger, de fourvoyer les missiles à tête chercheuse. Il devait pour cela créer dans le ciel une source de chaleur supérieure à celle de ses propres moteurs. C'est vers cette autre source que se dirigeraient les missiles. Il lui fallait détruire le Badger et le faire flamber comme un feu de joie.

Il lança le Firefox dans une trajectoire de collision avec l'avion russe. Il s'efforça autant qu'il le pouvait de détacher les yeux de l'écran, de ne plus en tout cas être attiré par les trois taches orangées qui se groupaient maintenant au centre de l'écran radar. Contact cinq secondes. Il poussa vers l'avant les manettes des gaz. Il fallait qu'il s'approche encore davantage du Badger avant de larguer un de ses propres missiles. Sa combinaison se resserra sur lui, puis se relâcha, combattant la pression croissante qu'entraînaient la descente et la vitesse. Les trois taches orangées se déplacèrent sur l'écran puis reprirent leur place au centre, traquant leur cible. Le point vert du Badger s'agrandit. Gant dégagea, à la gauche du tableau de bord, le bouton de sécurité générale de tir – celui qui avait été prévu pour éviter de déclencher par inadvertance le système d'armes psycho-guidé. Gant pouvait commander au guidage soit en observant directement le missile et l'objectif à atteindre, soit en les suivant sur son écran. Ce qu'il voyait, et donc ce qu'il voulait que le missile accomplisse, provoquait dans son cerveau des impulsions que les électrodes de son casque transmettaient au système d'armes. Quand la distance à l'objectif, telle qu'il pouvait la lire, fut la plus propice, le système psycho-guidé lança automatiquement l'un des missiles situés sous l'aile gauche de l'avion. L'engin se détacha, plongea un instant puis s'éleva en s'éloignant. Du coin de l'œil, Gant vit un éclair de lumière sortir de l'un de ses moteurs.

Contact, trois secondes. Il reprit espoir. Juste devant lui, la forme grise et allongée du Badger s'agrandit et sa silhouette se détacha nettement. Gant fit faire au Firefox un virage soudain sur la droite, calculant le plus exactement possible la distance qui le séparait du Badger. Deux secondes. Sur l'écran les taches orangées semblèrent se superposer au point vert lumineux, se confondre avec lui.

Et quand le missile lancé par le Firefox éclata, le Badger devint au centre de l'écran une fleur qui s'épanouit, une fleur orange immense — et l'endroit le plus chaud du ciel. Contact zéro seconde. La fleur ouverte prit une couleur de plus en plus brillante, juste au-dessous du centre de l'écran. Gant laissa derrière lui l'enfer du Badger détruit non seulement par lui mais par la détonation des missiles destinés au Firefox.

Il se rendit compte qu'il suait abondamment dans sa combinaison, puis une vague de soulagement, aussi aiguë qu'une nausée, le submergea. Au-dessous de lui, la plus grande confusion devait régner autour des écrans à infrarouge qui l'avaient localisé et qui devaient maintenant refléter la lumière de l'énorme explosion. Quand ils y verraient plus clair, il serait, lui, hors de portée. Il espéra qu'ils en tireraient la conclusion qu'il avait péri dans la catastrophe.

Il vérifia sa vitesse. Un peu au-dessous de 1200 kilomètres à l'heure. Il approchait de la côte et devait éviter une vitesse supersonique. Trop d'oreilles entraînées guettaient le signal de son passage.

Maintenant qu'il avait survécu, il se mit à faire le point des mérites du Firefox. Le système de psycho-guidage avait bien fonctionné, ce qui ne le surprit pas, Baranovitch ayant été l'auteur du projet. Malgré la difficulté que Gant éprouvait à se remémorer son visage ou le son de sa voix, comme si un abîme de temps les séparait, il avait inconsciemment gardé au fond de lui le sentiment de confiance profonde qu'il lui avait inspiré. Et il n'avait encore expérimenté qu'une partie du système — la point émergée de l'iceberg. Il avait vu que sans avoir besoin de réagir à la vitesse de la pensée, il lui avait suffi de prendre une décision consciente, et qu'une fois sa décision prise, le missile placé au bout de l'aile gauche, le missile air-air perfectionné du type Anab, s'était détaché, et qu'il avait senti le léger tremblement de l'avion.

Gant approchait de la côte. Le brouillard noyant les montagnes côtières avait fait place à ce qu'il supposa être une brume marine. Légère, menaçant de se dissiper, mais propre tout de même à le dissimuler, elle l'aiderait surtout à assourdir le bruit de ses moteurs, à provoquer un effet d'écho qui brouillerait la détection acoustique des Russes.

Sur son écran T.F.R. apparut le tracé mouvementé de la côte et du goulot de mer qui, dans le golfe de Kara, pénètre le plus profondément à l'intérieur des terres. Quand il vola sur l'eau, Gant fournit au Firefox les nouvelles coordonnées de route. L'avion piqua du nez et perdit de plus en plus rapidement de l'altitude pour que grise, immatérielle, la légère ceinture brumeuse entoure toujours la cabine, l'isolant du monde extérieur. Gant se confia au pilotage automatique. L'avion allait dans la bonne direction, accomplissant le virage qui l'amènerait vers les îles jumelles de Novaïa Zemlia, au nord-ouest de sa position actuelle.

L'altimètre indiquait qu'il volait à 70 mètres. Après avoir consulté de nouveau le T.F.R., Gant tira vers l'arrière les manettes des gaz. Les moteurs tournèrent plus lentement, comme en témoigna le badin. Il maintint le Firefox à la même altitude tout en continuant de réduire les gaz. Aussi longtemps qu'il serait dans le brouillard, il avait intérêt à économiser le carburant et à diminuer le bruit des réacteurs. Si cependant quelqu'un l'entendait, Gant voulait donner le moins possible l'impression d'être un voleur en fuite, passer plutôt pour un avion de reconnaissance autorisé. Il conserva une vitesse constante de 400 kilomètres à l'heure.

Il étendit la main vers l'objet qui garnissait auparavant l'intérieur de son poste à transistors : le récepteur d'une incroyable complexité conçu spécialement à son intention à Farnborough. Il fit des vœux pour son bon fonctionnement. L'appareil devait capter un signal transmis par un système alternatif de fréquences. En effet, le signal serait émis sur une certaine fréquence pendant un temps assez court pour que celui qui le capterait n'y attache aucune importance, pensant qu'il s'agissait de simples parasites. Gant ne savait pas, mais l'appareil, lui, savait, à quel moment commencerait l'émission du signal. Il fallait que l'objet fût à ce point compliqué car toute communication orale, aussi brève et aussi secrète soit-elle, courait le risque d'être captée par les Russes. Il tourna le bouton de ce gadget apparemment anodin. Rien encore. Il n'en fut pas surpris.

Il savait que l'instrument était à l'affût du signal qui lui serait transmis sur une certaine fréquence, mais que son rayon d'action était limité. Pourtant, le bouton à peine tourné, Gant avait commencé à se sentir anxieux. Il réalisa à quel point il dépendait de ce système. S'il ne captait pas le message de son ravitailleur, et si son récepteur n'opérait pas en coordination avec l'émetteur pour que le signal devienne une impulsion directionnelle continue, il était perdu. Il se trouverait à court de carburant quelque part au-dessus de l'océan Arctique, et ce serait la mort.

Le « fil d'Ariane », comme ce salaud d'Aubrey l'avait surnommé sardoniquement, était vital pour Gant. Or personne, pas même Buckholz, instruit comme il l'avait été par Baranovitch, ne pouvait être certain que les Russes ne possédaient pas un moyen d'empêcher le fonctionnement de tout émetteur ou récepteur à bord du Firefox lorsqu'il était en vol. Cela signifierait pour Gant l'impossibilité d'arriver jusqu'au carburant dont il avait tant besoin. D'autre part, si les Soviétiques pouvaient détecter toute communication entre un récepteur et un émetteur, cela les mènerait tout droit au point de ravitaillement.

La brume marine s'éclaircissait de plus en plus et l'unformité grise qui formait un monde visuel oppressant devenait plus légère. Gant se dit que si on lui avait caché l'endroit où trouver sa « mère nourricière », c'était à cause du risque qu'il courait d'être pris. Aussi folle que cette logique paraisse, ce qu'il ne savait pas, il ne pourrait le révéler, quoi qu'on lui fasse subir.

Il consulta le jaugeur de carburant. Moins du quart de sa provision de départ. Gant n'avait aucune idée de la distance qui lui restait à parcourir. Quand il capterait le signal, si par chance il le captait, il serait à moins de 500 kilomètres du point de ravitaillement. Le gadget de Farnborough restait silencieux.

Il avait branché le pilote automatique couplé au T.F.R. La partie la plus longue de son voyage commençait, la plus éprouvante pour les nerfs, celle qui exigerait de lui plus que tout ce qu'il avait accompli jusqu'à présent : piloter en se confiant à une boîte à malices qui n'avait encore jamais fait ses preuves. Un cobaye. Un pigeon. Voilà ce qu'il était.

Pilote de l'âge électronique, Gant s'en était remis à des instruments pendant toute sa vie professionnelle. Mais jamais il n'avait dû dépendre d'un seul – qui n'avait rien à voir avec son adresse de pilote.

Sur l'écran du T.F.R. se dessinaient les contours incertains d'une mer infinie, sans aucun navire. Il releva le nez de l'avion et s'éleva au-dessus de la légère nappe de brouillard. A 130 mètres d'altitude, il retrouva l'éclat du soleil et le bleu du ciel. Rien. Il enfonça de nouveau le Firefox dans la brume. Tous ses instruments lui disaient qu'il était trop tôt pour apercevoir Novaïa Zemlia. Il aurait cependant souhaité le réconfort d'un repérage visuel. A trop considérer sa dépendance à l'égard d'une seul pièce de son équipement électronique, il en était revenu à l'aviation d'un autre âge.

Nouveau coup d'œil à son jaugeur de carburant. Pour des raisons de sécurité, il fallait que le point de ravitaillement se trouve à des centaines de kilomètres de la côte russe. Or les immenses réservoirs des ailes et ce qui, sous le revêtement du fuselage lui-même faisait fonction de réservoir, étaient à peine au quart pleins.

Gant n'avait jamais eu de goût pour les calculs carburant/distance. Il se maudit une fois de plus d'avoir cédé à la panique en courant vers les montagnes de l'Oural. Ce qui lui avait donné un sentiment d'évasion, de vie, pouvait fort bien le tuer en fin de compte.

« Qu'est-ce qui se passe, général Vladimirov ? » demanda le premier secrétaire sur le mode de la conversation.

Vladimirov, qui arpentait la pièce, s'immobilisa et tourna la tête vers le Numéro Un soviétique.

« Vous devez apprendre à accepter le succès

avec plus de sang-froid, mon cher ami », ajouta en riant le premier secrétaire.

Vladimirov eut un sourire forcé :

« J'aimerais bien pouvoir être sûr, camarade premier secrétaire. Mais, quitte à contrarier votre humeur, je ne suis *pas* sûr...

– Vous n'êtes pas content que nous ayons perdu le Mig-31 ?

– Non. Je n'arrive pas encore à me réjouir. Je ne peux pas croire que nous ayons si facilement détruit ce Gant.

– Mais c'est votre plan que nous avons suivi, Vladimirov. Et maintenant, vous avez des doutes ? demanda Andropov par-dessus l'épaule du premier secrétaire, un mince sourire sur les lèvres.

– Je n'ai jamais dit que nous réussirions à coup sûr, camarade président, répliqua Vladimirov.

– Allons, allons, dit doucement le premier secrétaire. Qu'est-ce qui vous rendrait heureux, Vladimirov ? Je me sens d'humeur généreuse, ajouta-t-il en arborant béatement un large sourire.

– De continuer et d'intensifier la recherche de Gant. »

Le ton était direct et tranchant.

« Et pourquoi ça ?

– Parce que s'il est encore vivant – je dis bien *si* – nous congratuler serait lui accorder précisément l'aide dont il a besoin. Nous devons trouver l'avion, ou le navire, ou je ne sais quel appareil en train de l'attendre. »

En écoutant Vladimirov défendre son point de vue, le premier secrétaire le scrutait, semblant vouloir lire dans son esprit. Après un long silence, c'est sur Koutouzov qu'il fixa son regard :

« Eh bien, Mikhaïl Ilitch, qu'avez-vous à dire ? »

Koutouzov, la gorge comme rouillée pour ne

pas avoir émis de sons depuis longtemps, répondit :

« Je suis d'accord pour que toutes les précautions soient prises, camarade premier secrétaire.

– Très bien. »

La bonhomie du premier secrétaire avait disparu. Il semblait regretter l'atmosphère euphorique qui régnait dans la pièce depuis qu'était parvenu le rapport du poste Un-24 de la Ligne de Feu. Il redevint brusque, froid, efficace :

« De quoi avez-vous besoin, en plus des forces *massives* que vous avez déjà réclamées... ? »

Il avait appuyé sur le mot « massives » d'une manière presque sinistre, et sa question resta suspendue en l'air, créant un malaise.

« Envoie-moi la carte de la mer de Barents, et complète-la avec la disposition actuelle de notre flotte dans la région, y compris les chalutiers et les bateaux Elint ! » lança Vladimirov par-dessus son épaule.

Il se tenait campé devant la table circulaire et se caressait pensivement le menton. La carte de la côte septentrionale de l'U.R.S.S. disparut, emportant les points lumineux des postes de la Ligne de Feu et les bases Wolfpack. Une carte de la mer de Barents la remplaça.

Vladimirov attendit que le projectionniste ait transmis à l'ordinateur sa demande d'adjonctions. Lentement, une à une, telles des étoiles commençant à briller au crépuscule, de petites lumières apparurent sur la carte. Vladimirov les contempla un long moment, sans rien dire.

« Où est la liste imprimée ? » demanda-t-il enfin.

L'homme abandonna sa console pour tendre à Vladimirov la liste fournie par l'imprimante de l'ordinateur. Sur elle figuraient l'identification et la dernière position des bâtiments représentés sur la projection de la table par des points lumineux. Vladimirov étudia le papier, jetant de temps à autre un coup d'œil à la carte.

Au nord de l'île Kolgouïev et à l'ouest de Novaïa Zemlia, la flottille de chalutiers était représentée par un éparpillement de points lumineux dont la couleur blanche indiquait qu'il ne s'agissait pas de bâtiments de guerre mais d'authentiques bateaux de pêche. Cependant, légèrement à l'écart de ces chalutiers, deux points bleu foncé représentaient des bateaux Elint, des chalutiers-espions abondamment dotés du plus puissant équipement de détection aérienne, navale et sous-marine. Ils se tenaient comme des chiens de berger aux côtés des bateaux de pêche, mais Vladimirov savait qu'en ce moment ils avaient d'autres préoccupations. Ils devaient être en train de balayer le ciel avec leurs détecteurs à infrarouge, suivant en cela les consignes du secteur Wolfpack chargé de surveiller la côte au large de laquelle ils croisaient. Il était tôt dans l'année pour que les bateaux Elint patrouillent ainsi dans la mer de Barents, mais le vice-ministre de la Défense, l'amiral de la flotte soviétique Gorchkov, aimait que ses chalutiers-espions soient sur la brèche dès que les conditions météorologiques de cette région polaire le permettaient. Le printemps, cette année, entraînait déjà les glaces vers le sud, et ces bateaux ne faisaient guère plus qu'apporter leur concours aux radars côtiers.

Vladimirov parcourait des yeux la partie nord de la projection de la mer de Barents, et son attention se fixa sur le point rouge d'un navire de guerre. La liste qu'il tenait en main lui apprit qu'il s'agissait du croiseur porte-hélicoptères *Riga,* un « Moskva », la gloire de la flotte septentrionale Drapeau Rouge. Il était armé de deux lance-missiles surface-air, de deux lance-missiles sous-marins, de quatre canons de soixante millimètres, de mortiers, de quatre lance-torpilles et de quatre hélicoptères d'attaque du type Kamov Ka-25. Le croiseur se dirigeait vers l'est, sur l'ordre expressément donné par le premier secrétaire et transmis par Gorchkov de Leningrad. Dans un peu plus d'une heure, le *Riga* serait aux abord de Novaïa Zemlia.

Ailleurs sur cette carte où tout se lisait de manière vivante, Vladimirov nota la présence de deux destroyers, eux aussi dotés de missiles, mais moins grands, moins puissants que le croiseur et sans l'appoint d'hélicoptères. L'un se trouvait très au nord de Novaïa Zemlia, près de la terre François-Joseph, à la limite de la calotte glaciaire. L'autre se dirigeait rapidement vers le sud, à l'est du Spitzberg. La plus grande partie de la Flotte Rouge se trouvait à Kronstadt, l'immense base navale située dans l'embouchure de la Néva, à une trentaine de kilomètres de Leningrad. La saison n'était pas assez avancée pour effectuer des opérations ou des manœuvres navales dans la mer de Barents.

En revanche, Vladimirov vit avec satisfaction le nombre de points jaunes qui brillaient sur la carte, signalant la présence de sous-marins soviétiques. Il consulta sa liste pour voir à quel type chacun appartenait et pour en déduire son armement et sa capacité de chasse. Dans la mer de Barents, la marine soviétique avait pour politique de laisser à quai, pendant toute la débâcle des banquises flottantes vers le sud, au début du printemps, les bâtiments de surface. La flotte septentrionale Drapeau Rouge n'utilisait alors, pour les patrouilles, qu'une seule arme de son arsenal : l'énorme flotte de sous-marins mise à la disposition du Kremlin et de l'amiral de la flotte. On comprenait ainsi pourquoi l'Union soviétique avait depuis si longtemps concentré, avec succès, tous ses efforts sur le développement de sa flotte sous-marine. Pourquoi également elle en était revenue aux sous-marins à propulsion classique moins coûteux, à moteur Diesel, au lieu de se consacrer uniquement, comme ç'avait été la politique des Etats-Unis, aux sous-marins nucléaires, d'un prix exorbitant.

Vladimirov négligea pour l'instant de considérer les trois sous-marins nucléaires de type « V », spécialisés dans le combat contre d'autres sous-marins, et les deux sous-marins dotés d'engins balistiques retournant à Kronstadt après leur patrouille habituelle le long du littoral oriental des Etats-Unis. Ce qui l'intéressait, c'était le genre de sous-marins capables de détecter un avion et de l'abattre.

« Que disent les rapports sur les recherches des débris de l'avion ? » demanda-t-il, faisant enfin entendre sa voix, fatigué de fixer les points lumineux sur la carte.

Gant ne pouvait s'échapper. C'était impossible, et pourtant... il aurait déjà dû être mort.

« Rien jusqu'à présent, mon général. Les rapports de la reconnaissance aérienne ne signalent que les débris du Badger... les équipes de recherches au sol ne sont pas encore arrivées sur les lieux de la catastrophe.

— Donne-moi un rapport sur les recherches du ravitailleur », enchaîna Vladimirov.

Une seconde voix résonna :

« Résultats négatifs, mon général. Aucun avion ou navire non identifiés dans la zone que l'ordinateur a déterminée comme limite du rayon d'action du Mig. »

Vladimirov eut une expression à la fois de colère et de perplexité. En un sens cependant, on venait de lui dire ce qu'il souhaitait entendre : qu'aucun appareil occidental ne se trouvait dans cette zone. Mais il y avait là, franchement, une impossibilité. Il *devait* exister un point de ravitaillement. Le territoire neutre ou ami le plus proche était en Scandinavie. On pouvait, bien sûr, supposer que Gant modifierait sa course, qu'il se dirigerait à l'ouest et suivrait le littoral russe jusqu'au cap Nord, ou jusqu'en Laponie finnoise...

Vladimirov ne le pensait pas, bien qu'il eût déjà pris les précautions nécessaires. Il se disait que la C.I.A. et le S.I.S. britannique étaient incapables d'avoir persuadé quelque gouvernement scandinave que ce soit d'autoriser l'atterrissage du Mig sur son territoire, avec le risque que cela comportait quant à ses relations avec sa voisine, l'Union soviétique. Non, c'est en mer que devait se trouver le point de ravitaillement, ou en tout cas à basse altitude. Il ne pouvait s'agir d'un porte-avions. Aucun n'avait été repéré même loin de cette zone. De plus, le Mig-31 n'était pas équipé pour ce genre d'atterrissage. Une station météorologique américaine, alors ? Sur la calotte glaciaire du pôle ?

Vladimirov n'aimait guère avoir à se pencher sur le problème du ravitaillement du Mig. En attendant la confirmation formelle que Gant avait quitté la côte, et l'évidence qu'aucun point de ravitaillement n'avait été repéré, il ne s'était préoccupé que d'arrêter l'Américain au-dessus du territoire soviétique. Mais maintenant...

« Où est-il ? dit-il à haute voix.

— Où est quoi ? demanda le premier secrétaire, les traits creusés par la réflexion, par les décisions à prendre.

— Le ravitailleur... avion, navire, peu importe !

s'écria Vladimirov sans lever les yeux de la carte.

— Pourquoi cette question ? »

Une idée traversa l'esprit de Vladimirov. Sans répondre au premier secrétaire, il lança par-dessus son épaule :

« Aucune trace, plus à l'ouest, par les détecteurs acoustiques ou à infrarouge ? Rien des bases de la Ligne de Feu ou des patrouilles côtières ? »

Après un silence, la voix neutre répondit :

« Non, mon général. Rien, excepté l'opération S.S.A. en cours.

— Absolument rien ? s'exclama Vladimirov avec quelque chose de désespéré dans son intonation.

— Non, mon général. Absolument rien. »

Vladimirov ne savait plus vers quoi se tourner. Il avait l'impression d'être aux prises avec un puzzle impossible à reconstituer de manière cohérente, ou avec un jeu d'échecs dont les règles auraient soudain été changées pour affoler l'adversaire et le faire perdre. Il se rendait compte qu'il avait agi trop rigidement, en simple tacticien, alors que ceux qui avaient organisé le vol du Mig étaient des experts dans l'art de prévoir l'imprévisible. Des hommes des services de sécurité, comme Andropov. Il jeta un rapide coup d'œil en direction du président du K.G.B., puis renonça à lui demander son avis. Il se dit qu'il devenait ainsi coupable du même crime que Kontarsky, mais il préférait s'occuper seul de cette affaire.

La réponse se cachait quelque part. Mais où ? Plus il pensait au ravitaillement du Mig, plus il était persuadé que là était la clé du problème.

Mais que faire ?

Il posa sur la carte un regard qui semblait lui enjoindre de livrer ses secrets. Chaque petite lumière représentait un bâtiment soviétique sauf, tout à fait à l'extrémité de la projection, une flottille de chalutiers britanniques, dans la mer du Groenland, à l'ouest de l'île aux Ours.

Il réfléchit, puis décida que c'était beaucoup trop loin. Gant n'aurait jamais assez de carburant pour aller jusque-là. En outre, comment la marine britannique aurait-elle pu espérer cacher un porte-avions au milieu d'une flottille de chalutiers ! l'idée était absurde.

Non. Ce n'était pas la carte qui détenait la réponse. Elle ne lui apprendrait rien.

Sa main s'abattit lourdement sur la table. Les lumières de la carte tressautèrent, s'éteignirent et se rallumèrent.

« Mais où est-il ? » répéta-t-il tout haut.

Au bout d'un moment, le premier secrétaire demanda :

« Vous êtes *convaincu* qu'il est toujours en vie ? »

Vladimirov leva les yeux et hocha la tête :

« Oui, camarade premier secrétaire. J'en suis convaincu. »

La voilà, se dit Aubrey. Une tête d'épingle orangée sur l'immense carte murale. Citerne-Un. Un sous-marin non armé, caché sous l'une de ces banquises qui au printemps dérivent lentement vers le sud. La chambre des torpilles et l'avant du poste d'équipage regorgeaient du précieux carburant si voracement attendu par les réservoirs presque à sec du Firefox.

Aubrey toussota. Curtin se tourna lentement vers lui. Mais brisant l'espèce d'envoûtement qui les tenait tous dans une attitude raide et figée en face de la carte, Shelley entra, poussant devant lui une table roulante. Aubrey renifla l'arôme du café.

Il se rendit compte soudain qu'il avait faim, et ne fut pas mécontent de voir arriver ce chargement de plats protégés de leurs couvercles. Il envia seulement un peu Shelley de s'être lavé, rasé, et d'avoir changé de chemise.

« Le petit déjeuner, monsieur! lança le jeune homme qui sourit à voir la surprise de son chef se changer en un plaisir évident. Rien que des œufs au bacon, je regrette, ajouta-t-il à l'adresse des Américains. Je n'ai pas réussi à trouver à la cantine quelqu'un qui soit capable de faire les crêpes bien épaisses ou les gaufres que vous aimez! »

Curtin eut un sourire amusé :

« Monsieur Shelley, apprenez qu'un breakfast anglais est la première chose que nous, Américains, demandons quand nous arrivons dans l'un de vos hôtels. »

Aubrey se dit que Shelley, bêtement content de lui, n'avait pu saisir l'ironie contenue dans la remarque de Curtin. Et ça n'avait aucune importance.

« Merci », dit Buckholz en soulevant l'un des couvercles.

Aubrey respira la bonne odeur du bacon frit, quitta sa chaise et vint se joindre aux autres autour de la table roulante.

Ils mangèrent un moment en silence puis, tout en beurrant un toast, Aubrey demanda d'une voix pleine de bonhomie satisfaite :

« Dites-moi, capitaine Curtin, quelle est la condition actuelle de la banquise sous laquelle notre ravitailleur se cache? »

Curtin, qui mangeait à la manière américaine en ne se servant que de sa fourchette, appuya son coude sur la table qui les rassemblait tous et dit :

« Le dernier rapport sur l'épaisseur de la glace et les conditions de surface indique que tout se présente bien pour l'atterrissage, monsieur Aubrey. »

Aubrey sourit à cette excessive politesse :

« Vous en êtes *sûr* ?

– Oui, monsieur. (Curtin souligna sa réponse d'un grand mouvement de fouchette.) Comme vous le savez, les signaux en provenance de Citerne-Un nous arrivent par l'intermédiaire de la station météorologique la plus proche – assez déguisés pour que, si quelqu'un les capte, il n'entende qu'un bulletin météo normal ou un rapport sur le sondage de la couche de glace. Donc, nous ne pouvons pas savoir ce que pense Frank Seerbacker dans son sous-marin, nous ne savons que ce qu'il transmet. Mais les conditions sont bonnes. La surface glacée n'a pas été déformée par le vent, et la banquise n'a pas vraiment commencé à rétrécir. C'est sans doute dans trois ou quatre jours seulement qu'elle sera suffisamment au sud pour se mettre à fondre.

– Et... elle est assez épaisse ? » insista Aubrey.

Tout en enfournant une bouchée d'œufs au bacon, Shelley ne put s'empêcher de sourire. Il avait plus d'une fois remarqué que lorsque Aubrey perdait pied dans un domaine étranger à ses compétences – comme c'était clairement le cas en matière de glaces polaires, de leur nature et de leurs déplacements – il posait deux fois la même question, attendant des experts qu'ils le rassurent de plus en plus fermement.

« Oui, monsieur, dit Curtin en inclinant la tête avec la même courtoisie. Et elle est également assez longue et assez large, ajouta-t-il, une ombre de sourire aux lèvres. Gant, s'il mérite d'être pilote, peut y poser son oiseau.

– Et les conditions atmosphériques ? » dit Aubrey qui ne désarmait pas.

Buckholz leva les yeux :

« Qu'est-ce que vous avez, Aubrey ? Une indigestion, ou quoi ? lança-t-il ironiquement.

– Et les conditions atmosphériques ? répéta Aubrey sans un regard pour Buckholz.

– Bonnes pour le moment, monsieur, répondit Curtin, qui ajouta au bout d'un moment : Il fait anormalement beau pour cette époque de l'année, à cette latitude...

– Anormalement ?

– Oui, monsieur. Ça peut changer... comme ça ! »

De sa main libre, il fit claquer ses doigts.

« Mais est-ce que ça va changer ? demanda Aubrey, plissant les yeux comme s'il soupçonnait d'être la victime d'une grossière plaisanterie. Est-ce que ça va changer ?

– Je ne peux pas vous le dire, monsieur. La dernière fournée de photos prises par satellite ne laisse rien présager d'important.

– Et les rapports sur le sous-marin lui-même ?

– Rien encore, monsieur. Il fait un temps superbe. Toutes les heures, des sondes traversent la banquise à partir du kiosque du sous-marin. Il fait beau là-haut, monsieur, très beau. »

Pour finir, Curtin eut un mouvement d'épaules qui semblait indiquer clairement à Aubrey qu'il avait tiré de lui tout ce qu'il pouvait lui donner comme informations, et aussi comme réconfort.

Aubrey semblait n'être toujours pas satisfait. Il reporta son attention sur Buckholz :

« C'est une histoire de fous... il faut bien l'admettre hein, Buckholz ? »

Buckholz lui jeta un regard noir par-dessus son assiette vide :

« Je n'admets rien de pareil, Aubrey. Cette affaire de ravitaillement, c'est ma part du boulot.

Ce que j'admets, c'est que vous avez amené Gant où il est maintenant. Du beau travail, si c'est ça que vous voulez me faire dire. Mais moi, je dois le faire revenir à bon port. Et c'est exactement à ça que je vais m'employer, croyez-le, Aubrey. Dites-vous bien que je n'ai pas l'intention de changer mes plans parce que vous vous mettez à avoir des doutes.

– Mon cher vieux, dit Aubrey en plaquant ses mains sur la table, rien n'était plus loin de ma pensée, je vous assure. (Il avait un sourire désarmant.) Je voulais... être mis au courant, être dans le coup, si j'ose dire. Rien de plus. »

Buckholz parut se calmer.

« Bien sûr que c'est un projet fou de faire atterrir un avion sur une banquise à la dérive et de le faire ravitailler par un sous-marin, je vous l'accorde. Mais ça va marcher, Aubrey. Tel qu'il est caché, sous la banquise, le sous-marin ne peut pas être repéré. Sa trace n'apparaîtra sur aucun écran sonar, excepté comme faisant partie de la banquise. Et quand il surgira de l'eau, il remplira les réservoirs, et notre gars s'envolera. (Il sourit à Aubrey.)

– Nous n'avons pas comme vous la possibilité d'user de déguisement, Aubrey. Là-bas, en mer, nous pouvons difficilement faire passer un bateau pour une femelle phoque enceinte ! »

Un silence suivit, puis Aubrey déclara :

« Très bien, Buckholz, je comprends vos raisons pour utiliser ce sous-marin. Mais croyez-moi, je serai beaucoup plus content quand cette histoire de ravitaillement sera finie et bien finie.

– Amen, conclut Buckholz en se versant une tasse de café du percolateur. Amen. »

La dernière nappe de brouillard côtier venait à peine de se dissiper et Gant se trouvait au-dessus de l'âpre surface grise de la mer de Barents qui, étrangement, ne reflétait rien du bleu pâle du ciel. Il volait à un peu plus de 300 kilomètres à l'heure – pour le Firefox, c'était se traîner – en direction des îles jumelles de Novaïa Zemlia, son prochain repère visuel. Tout à coup, le chalutier fut juste au-dessous de lui. A son altitude d'une trentaine de mètres seulement, Gant vit sur le pont, en un bref coup d'œil, une face blanche tournée vers le ciel. Un homme vidait un seau d'ordures par-dessus bord. Puis le chalutier fut loin derrière. Seul un point vert lumineux signalait sa présence sur l'écran du radar. Gant se maudit d'avoir si légèrement fermé son radar à longue portée en traversant la région côtière. Sa victoire contre le Badger l'avait excité et rendu insouciant. En même temps que la face tournée vers lui, il avait eu le temps de voir quelque chose de beaucoup plus terrifiant. Comme pour confirmer cette vision, le détecteur C.M.E. d'activités radar indiquait une puissante émission provenant d'une source située directement derrière lui, et proche. Ce qu'il avait eu la terrible malchance de survoler, c'était un bateau Elint, un chalutier-espion qui, encore maintenant, devait continuer de le suivre par infrarouge.

Gant poussa le manche en avant. Le Firefox piqua du nez et la mer grise et ridée vint, menaçante, à sa rencontre. Gant se maintint à une quinzaine de mètres au-dessus du niveau de la mer. Avec un peu de chance, en volant si bas, il échapperait à toute détection électronique. Sur le bateau Elint, les hommes auraient vu sa trace disparaître de leurs écrans à infrarouge, même s'ils en avaient déjà averti leur capitaine, même si l'homme sur le pont avec son seau à ordures était resté bouche bée en voyant l'avion. Tout ce qu'ils pourraient savoir sur lui, c'était une certaine position, une certaine direction. Qu'il allait vers Novaïa Zemlia, même un aveugle aurait pu donner cette information à ceux qui coordonnaient la chasse contre lui.

Il jeta un coup d'œil au jaugeur de carburant, et se reprit à pester contre la panique qui l'avait saisi après s'être fait volontairement repérer par l'avion civil au nord-ouest de Volgograd. Sa course folle vers l'Oural. Si seulement...

Il n'avait pas de temps à perdre en futiles regrets. Tout ce qu'il pouvait faire, c'était poursuivre sa route jusqu'à Novaïa Zemlia. Une fois là, il ferait les derniers ajustements d'itinéraire. Il tint sa main fermée sur la commande des gaz.

A Novaïa Zemlia, les Russes avaient abandonné leurs essais nucléaires et installé des bases de missiles qui formaient le premier maillon de la Ligne de Feu, l'extrême pointe septentrionale de leur *Dew-line.* Le Firefox avait prouvé qu'il était capable d'atteindre une vitesse de Mach 2,6 au niveau de la mer. Ce qu'était sa vitesse maximale, Gant n'en savait rien, mais il soupçonnait qu'elle devait être de Mach 6 – et non de Mach 5 comme on le lui avait dit lors de son entraînement. Plus de 7000 kilomètres à l'heure. Et peut-être 3500 au niveau de la mer. Le Firefox était une machine de guerre stupéfiante.

Il ouvrit les gaz. Il ne pouvait faire autrement que d'user son rare, son précieux carburant. Dans une sorte d'angoisse il regarda le déroulement des chiffres sur le machmètre... Mach 1,3... 1,4... 1,5... Tel le pélican, le Firefox se dévorait lui-même.

Pour ceux qui le guettaient à la base de missiles de Matotchkine Char, à l'extrémité sud-est de l'étroit bras de mer séparant les deux longues îles de Novaïa Zemlia, le Firefox ne fut qu'une silhouette imprécise suivie d'un bang supersonique. Sur les écrans à infrarouge, il apparut soudain comme une tache indiquant qu'une source de chaleur se rapprochait. La trace disparut aussi soudainement quand l'avion traversa le bras de mer à moins de 60 mètres d'altitude. Gant avait gardé branché le pilote automatique et il comptait sur le T.F.R. car, si un bateau se trouvait dans le détroit, il n'aurait pas assez de temps, au moment où il l'apercevrait, pour éviter la collision. Les yeux fixés sur son écran, Gant attendait d'y voir la tache lumineuse signifiant qu'un missile avait été lancé contre lui. Rien n'apparut.

Après avoir franchi les falaises du détroit, ce rideau indistinct de roches grises, il se trouva de nouveau au-dessus de la pleine mer. Il ressentit un immense soulagement et fournit au Firefox les nouvelles coordonnées de navigation. L'avion obéit aux consignes et Gant relâcha lentement la pression sur la commande des gaz. Il reprit le contrôle manuel de l'appareil, cherchant désespérément à diminuer sa consommation insensée de carburant.

Le Firefox revint à une vitesse subsonique, comme s'il récupérait après un accès de fièvre. Gant comprit pourquoi aucun missile n'avait été lancé dans son sillage. A l'altitude à laquelle il volait, l'engin aurait pu tout simplement s'écraser sur la falaise opposée sans jamais vraiment se diriger sur lui.

Il allait maintenant vers le nord-ouest. Peut-être arriverait-il en fin de compte, ses réservoirs depuis longtemps à sec, sur la calotte glaciaire, quelque part entre le Spitzberg et la terre François-Joseph. A ce moment-là, il serait déjà mort.

Sous lui, la mer grise s'étendait comme un tapis, ne donnant pas l'impression d'un élément liquide. Au-dessus de lui, le ciel bleu pâle n'était qu'un grand vide trompeur.

Comme un rapace, la solitude s'acharnait sur lui. Il frissonna. Le « fil d'Ariane », toujours muet, ne lui apportait aucun réconfort. Il en vint à se demander s'il fonctionnait, et même s'il y avait vraiment quelque chose ou quelqu'un qui l'attendait, là-bas, pour fournir au Firefox son carburant. L'écran devant lui était vide. Le ciel était vide. La mer sans bateaux. Le Firefox volait au-dessus d'un désert mouvant, consumant ses dernières réserves.

Le rapport du chalutier Elint, suivi de la confirmation transmise de Matotchkine Char, avait mis le premier secrétaire hors de lui, comme si auparavant il n'avait accepté les précautions demandées par Vladimirov qu'en tant qu'exercice académique. Maintenant, il apparaissait que les doutes de Vladimirov étaient fondés et les précautions nécessaires : Gant n'avait pas été abattu lors de l'explosion du Badger.

Sans doute parce qu'il retombait de haut, le premier secrétaire tourna sa fureur contre Vladimirov. Il l'apostropha d'une voix aiguë, étranglée de colère, lui reprochant de ne pas avoir détruit le Mig-31.

Vladimirov attendit avant de parler que l'homme, un peu calmé mais tremblant de rage, soit retourné s'asseoir en silence dans son fauteuil, devant la carte de l'Arctique étalée sur la table ronde. Il s'exprima alors sans hausser le ton, humblement. L'explosion furieuse du premier secrétaire l'avait terriblement effrayé. Vladimirov savait que son avenir, professionnel et personnel, était en jeu. Donc, Gant devait mourir. C'était aussi simple, et aussi difficile, que cela.

Il s'approcha vivement de la table, mais sans agitation exagérée et sans consulter ni le premier secrétaire ni le maréchal Koutouzov. L'un restait silencieux, l'autre, le vieux pilote, semblait embarrassé, choqué même par la sortie de l'homme politique contre un militaire qui s'efforçait d'accomplir une tâche presque impossible.

Vladimirov étudia un instant la carte projetée sur la surface brillante de la table. Si l'on ne s'était pas trompé sur l'itinéraire suivi par Gant après Novaïa Zemlia, alors, sans le savoir, il allait droit sur le *Riga,* son armement de missiles et ses deux « tueurs », ses sous-marins d'escorte. En dehors de ce fait – à supposer que c'en soit un – Vladimirov ne voyait pas quel autre piège il pourrait tendre.

Il ordonna sans tarder que les avions partent en reconnaissance dans la région de la calotte glaciaire où Gant espérait sans doute se poser. On pouvait encore l'arrêter. Inconsciemment, Vladimirov frappait du doigt le point de la carte figurant la position actuelle du *Riga*. Pour l'instant, ses deux protecteurs, les sous-marins de type « F » à propulsion classique, étaient immergés. En raison de l'importance de leur rôle de protection à l'égard du croiseur, ils étaient équipés non seulement de missiles anti-sous-marins, mais aussi de missiles sous-marins-air qui ajoutaient à la formidable puissance de feu du *Riga* en cas d'attaque aérienne.

« Ordre au *Riga* de conserver sa position actuelle, cria-t-il, et aux deux sous-marins d'escorte de faire surface immédiatement.

– Bien, mon général, répondit l'opérateur chargé des messages codés.

– Alerte générale pour les bâtiments de la flotte Drapeau Rouge. Qu'on leur donne l'itinéraire supposé de Gant, mais qu'ils soient préparés à un éventuel changement de cap.

– Bien, mon général.

– Quelles sont les estimations au sujet des réserves de carburant dont dispose Gant ? »

Une autre voix répondit immédiatement :

« D'après l'ordinateur, il lui reste de quoi faire à peine 300 kilomètres, mon général.

– Et le degré d'exactitude de cette estimation ?

– Le coefficient d'erreur est de 30 p. 100, mon général. Pas davantage. »

Ce qui voulait dire en gros que Gant disposait de quoi faire au plus 400 kilomètres, au moins 200. Vladimirov se frotta le menton. Même l'estimation la plus généreuse était loin d'amener Gant jusqu'à la calotte glaciaire. Il ne se hâta pas d'en tirer des conclusions – comme l'avaient prévu les conseillers de Buckholz. Depuis le temps où il était pilote, Vladimirov avait acquis de la prudence; il ne se laissait pas emporter par son imagination. S'il passait pour audacieux selon les critères du haut commandement soviétique, il aimait en fait jouer à coup sûr et ne prendre aucun risque. Son esprit n'arrivait pas à faire le bond qui paraissait logique : si Gant ne disposait pas d'assez de carburant pour atteindre sa destination, la seule conclusion était qu'il s'abîmerait en mer. Inutile d'en chercher une autre. Il restait cependant sur ses gardes.

« Aucun vol d'appareil non identifié dans la région ?

– Non, mon général. Toujours rien en vue.

– Très bien. »

Vladimirov reprit son étude de la carte. Gant ne prendrait pas d'altitude, à présent qu'il ne disposait plus du carburant nécessaire pour faire de la vitesse. Il devait donc continuer à rester aussi près que possible de la surface de la mer – comme il le faisait lorsqu'il avait été repéré. En conséquence, avec un peu de chance, il serait pour le croiseur une cible visible à portée de tir. Sinon, le *Riga* devrait utiliser son équipement à infrarouge pour diriger ses missiles, et ce n'était pas dans ce domaine qu'il était le plus efficace. Mais si on ne pouvait pas faire autrement, il faudrait bien s'en contenter...

Une voix interrompit le fil de ses pensées :

« Rapport en provenance de la tour de contrôle, mon général. Du commandant Tsernik. Le P.P.Deux est prêt pour le décollage, mon général. »

Vladimirov tourna la tête dans la direction de la voix. Puis, tandis que son regard revenait vers la carte, il s'aperçut que le premier secrétaire l'observait. Il sentit qu'il attendait quelque chose de lui, mais il ne comprit pas tout de suite ce que cela pouvait bien être. Il n'était nullement nécessaire de faire s'envoler le deuxième Mig, puisque Gant était à près de 5000 kilomètres de Bilyarsk, et à court de carburant. S'il ne lui était plus possible de se ravitailler, à quoi bon envoyer le P.P. Deux l'intercepter ?

« Qui est le pilote? demanda brusquement le premier secrétaire.

– Je... je ne crois pas savoir son... commença Vladimirov, surpris par la question.

– Tretsov, intervint Koutouzov avec son chuchotement. Commandant Alexandre Tretsov.

– Bien. Je suis conscient que nous disposons de peu de temps, mais je veux lui parler avant le décollage. »

Le premier secrétaire semblait reprendre le dessus.

En un éclair, Vladimirov réalisa que le premier secrétaire attendait de *lui* qu'il donne l'ordre de faire décoller le deuxième Mig, de le lancer contre le premier, utilisant à fond ses possibilités. Or, tout en sachant qu'il faudrait moins d'une heure à Tretsov pour atteindre Novaïa Zemlia, sur les traces de Gant, Vladimirov considérait que c'était pure perte de temps. Il regarda le premier secrétaire :

« Bien entendu, camarade premier secrétaire », dit-il en homme qui sait juger de l'humeur de son interlocuteur et trouve de bonne politique de l'approuver.

Le premier secrétaire hocha la tête, satisfait, et Vladimirov, intérieurement soulagé, lança par-dessus son épaule :

« Convoquez immédiatement le commandant Tretsov. Prévenez la tour et que toutes les forces se tiennent prêtes pour le décollage du deuxième Mig dans quelques minutes. »

Il fallait également alerter les avions-citernes. Le deuxième Mig-31 serait ravitaillé en vol quelque part sur la côte, à l'ouest de là où Gant était passé. Il donna ses ordres, se disant qu'il devait participer à la farce jusqu'à sa conclusion. Il serait plus que maladroit d'exprimer ce qu'il pensait vraiment : que Gant n'arriverait pas à atteindre son point de ravitaillement – ou que le *Riga* l'abattrait.

La deuxième hypothèse surtout serait très mal venue dans les circonstances présentes.

Vladimirov revint à sa carte. Il n'y avait rien d'autre à faire. Tout dépendrait maintenant du *Riga,* flanqué de ses deux sous-marins. Certainement pas d'un Tretsov lancé à l'aveuglette dans une poursuite précipitée.

Toujours pas de signal du « fil d'Ariane ». Le jaugeur de carburant avait atteint la zone rouge. Gant craignait d'être en train d'utiliser ses toutes dernières réserves. Il puisait maintenant dans les réservoirs de secours et n'avait aucune idée de leur capacité. Ce qu'il savait, par contre, c'est que de toute façon il serait mort s'il ne recevait pas dans les prochaines minutes un signal de son point de ravitaillement – à condition également que ce signal provienne d'une distance à sa portée.

La mer était vide. Le radar indiquait que le ciel était vide d'avions. Gant était déjà mort bien qu'il respirât. Il se décomposait graduellement, voilà tout.

Une idée lui vint à l'esprit : le ravitailleur prévu par Buckholz, c'était un avion qui avait tenté de franchir la *DEW-line,* avait été pris en chasse et abattu... il y *avait eu* un avion-citerne, mais il n'existait plus.

Il ne pensait pas à sa mort probable en termes concrets. Il ne s'imaginait pas sombrant dans la mer, mourant de froid tandis que son avion serait englouti sous les vagues. Malgré l'opinion de l'un des experts de Buckholz qui avait décrit comme ténus les liens qui le rattachaient à la vie, Gant ne souhaitait pas mourir. Il découvrait que de bonnes raisons de vivre n'étaient pas indispensables pour résister violemment à la mort. La mort n'était encore qu'un mot pour lui, pas une réalité. Mais le mot s'inscrivait de plus en plus gros dans son esprit, en lettres de feu.

L'écran du radar signala la présence, loin devant l'avion, d'un grand navire. Gant, pour l'éviter, réagit automatiquement en étendant le bras vers ses commandes, mais son esprit réagit plus lentement, comme s'interrogeant sur la nécessité d'un tel geste. Deux nouvelles taches apparurent sur l'écran, une de chaque côté du navire. Gant comprit ce qui s'offrait à ses yeux. Rien d'autre qu'un croiseur lance-missiles n'aurait l'honneur d'être escorté par deux sous-marins. En suivant sa course actuelle, le Firefox se dirigeait droit vers eux.

Contact avec la cible, une minute, à sa vitesse de vol. Gant fit une grimace en lisant cette indication – surtout le mot « cible ». Pour le croiseur lance-missiles, c'était lui, Gant, la cible. Sans aucun doute, il avait déjà été repéré grâce à la détection par infrarouge du navire. On connaissait son altitude, son cap. Toutes les informations à son sujet avaient été soumises à l'ordinateur contrôlant le tir. Il ne restait déjà plus aucune action efficace à entreprendre.

Mais s'il devait mourir, se dit Gant, il voulait d'abord voir de quoi le Firefox était capable. Il ne prit pas consciemment la décision de continuer dans la même direction. Il aurait été incapable d'expliquer pourquoi il allait délibérément vers sa propre immolation. Il était un pilote, et la cible ennemie se trouvait devant lui – à une minute de lui.

C'est à cet instant que le « fil d'Ariane » fit entendre un son perçant. Figé sur son siège, Gant ne regarda pas ce qu'il aurait pu lire sur la boîte noire. Il ne voulait pas savoir combien il avait échoué de peu, combien courte était la distance entre vivre et mourir. Sur l'écran de son radar, le croiseur et ses sous-marins approchaient. Contact avec la cible, trente secondes. Gant volait à si basse altitude qu'il se trouva au-dessus d'eux sans avoir eu le temps de s'en rendre compte. A présent, il était trop tard.

Le « fil d'Ariane » continuait d'émettre aux écouteurs de son casque le même son perçant, continu. Gant regarda droit devant lui, attendant de voir de ses yeux le croiseur, attendant la mort.

VIII

CITERNE-UN

Il ne se passa qu'une fraction de seconde, une pause infime entre la peur et l'action, avant que tout ce que l'entraînement de Gant avait transformé en réactions instinctives ne vienne remplir le vide de son désarroi. Il n'en restait pas moins que pendant ce minuscule temps mort, Gant, dans son engourdissement stupéfié, aurait pu craquer. Le signal tant attendu venant après qu'il eut perdu tout espoir, l'indication qu'il était à moins de 250 kilomètres du point de ravitaillement – c'est-à-dire de la vie – tout cela aurait pu l'anéantir. Mais il n'avait pas craqué. Pour avoir supporté ce rude coup, il devait y avoir dans sa personnalité une qualité que Buckholz et ses psychologues avaient découverte et dont ils pensaient qu'il la conserverait. Peut-être aussi Buckholz s'était-il simplement dit qu'un homme aussi vide ne pouvait pas craquer.

Il frémissait tout entier. D'une colère froide. D'un plaisir à la fois violent et contenu. Il allait s'attaquer au croiseur lance-missiles russe. Rien ne l'arrêterait.

Il analysa la situation, vite et avec sang-froid. Le « fil d'Ariane » indiquait que la source émettrice, quelle qu'elle soit, se trouvait presque en ligne droite au-delà du croiseur. Son jaugeur de carburant lui disait, lui, qu'il ne pouvait se permettre un détour pour éviter d'affronter l'obstacle. La plus courte distance entre deux points... et c'était justement la plus courte distance qu'il recherchait. Il fallait risquer. Il le fallait, même s'il voulait vivre. Et il se rendait compte avec surprise, comme s'il retrouvait quelque chose qu'il aurait perdu depuis de longues années, qu'il voulait vivre. Il fallait aller à la rencontre du croiseur et de son abominable puissance de combat. C'était la seule solution, et finalement le chemin de la vie, et non de la mort. Il tira de cette idée une amère satisfaction.

L'analyse du radar indiquait que les deux sous-marins se trouvaient approximativement à 5 kilomètres du croiseur, l'un à bâbord, l'autre à tribord. Avec leur sonar et leurs armes, ils protégeaient le gros navire comme par un écran. Maintenant qu'ils avaient fait surface, ils devaient avoir dirigé leur système à infrarouge dans la direction de l'avion. Si Gant continuait à voler en rase-mottes, les sous-marins restant pour lui à l'horizon, il leur serait difficile d'orienter leur tir avec précision. Avec un peu de chance, Gant n'aurait plus alors qu'à s'occuper du croiseur. Selon qu'il passerait d'un côté ou de l'autre du navire, le sous-marin le plus proche de lui n'oserait pas larguer de missiles à infrarouge si près des énormes turbines du bâtiment qu'il était censé protéger.

En un rien de temps, il évalua la puissance de feu du croiseur. A la vitesse à laquelle volait le Firefox, il était hors de question que l'ennemi contrôle visuellement le tir. Les lance-torpilles n'étaient destinés qu'aux sous-marins, de même que les quatre mortiers montés par paires. Même si les hélicoptères d'attaque avaient décollé, ils n'étaient peut-être pas armés de missiles air-air, ce qui les rendrait sans danger pour Gant. Il ne devait cependant pas oublier leur présence et le fait qu'ils recevaient leurs consignes de tir du contrôle central C.M.E. du croiseur. Les canons, des 60 mm montés à l'avant du pont, dépendaient du même système de contrôle électronique, opérant à la fois au radar et à l'infrarouge. Mais, si Gant passait suffisamment près du croiseur, en rase-mottes et à sa vitesse actuelle, les canons n'auraient probablement pas assez de recul pour l'atteindre.

Une à une, Gant dépouillait mentalement le croiseur des pièces de son arsenal. Il ne restait que les quatre lance-missiles surface-air du type S.A.-N-3. Si les missiles surface-surface, ou les missiles anti-sous-marins, ne lui causaient pas de terreur, il n'en était pas de même de ces missiles S.A. prêts à être lancés avec leur tête chercheuse à infrarouge en quête de toute source de chaleur.

C'est alors que la nacelle arrière de protection électronique lui revint en mémoire. Si seulement elle pouvait tenir ses promesses ! Les deux rampes de missiles S.A. étaient situées à l'avant de la passerelle de commandement, la vaste surface à l'arrière du navire étant réservée aux quatre hélicoptères Kamov. Pour n'offrir à l'avion qu'une cible aussi réduite que possible, le croiseur se présenterait de front. Gant abandonna sans l'ombre d'un regret l'idée d'attaquer le croiseur lui-même. Il agissait désormais avec un esprit froidement calculateur, faisant corps avec la machine qu'il pilotait, se remémorant toutes les instructions qu'il avait pu recevoir.

Il se demanda si le capitaine du croiseur avait, lui, reçu des informations complètes. Lui avait-on parlé du dispositif anti-missile de queue du Firefox, de son système d'armes, de sa vitesse? Gant ne le pensait pas. La passion des Soviétiques pour le secret, leurs services de sécurité les plus cloisonnés du monde, tout cela avait dû jouer contre cet officier de la Flotte Rouge. Par inertie — l'inertie d'une longue habitude. Il n'avait sans doute été informé que du strict nécessaire. Il avait reçu un ordre : arrêter le vol de l'avion non identifié par tous les moyens possibles.

Distance à l'objectif : 3500 mètres. Temps pour atteindre l'objectif : vingt-deux secondes. D'après cette lecture, il devrait voir dans quelques secondes, devant lui, la forme allongée de son adversaire. Ce serait le Firefox contre... il aurait bien aimé connaître le nom du croiseur.

Une étroite banquise, dont la blancheur étincelante se détachait sur la grisaille terne de la mer de Barents, passa sous le ventre de l'avion. Elle faisait partie, comme toutes celles qu'il avait survolées ces dernières minutes, des banquises les plus méridionales annonciatrices de la grande dérive printanière.

Soudain, à l'horizon, il vit le croiseur. Une forme aplatie qui se rapprochait avec une rapidité effrayante. Il éprouva ce moment de tension qui précède l'action — l'afflux d'adrénaline, les battements de cœur martelant le sang.

Il se demanda si le croiseur allait l'attendre tranquillement, comme un gros animal prêt à l'avaler, ou s'il allait lancer une bordée de missiles contre lui, à plus de 1500 mètres. Le système à infrarouge manquait de précision. La technologie avait été incapable de concentrer en un faisceau étroit le rayonnement inévitable de la source de chaleur apparaissant sur l'écran. Le repérage n'était donc pas d'une rigoureuse exactitude. Néanmoins, le croiseur n'avait pas besoin d'une telle précision de tir pour utiliser ses missiles à infrarouge.

Du pont, les hommes pouvaient déjà voir le Firefox. Un pétrel gris suspendu au-dessus de la surface de la mer glacée. Gant surveillait l'écran du radar, s'attendant à voir jaillir de la masse du croiseur les taches orangées brillantes signalant que des missiles S.A. avaient été lancés.

Sur l'écran, il aperçut une trace : sans doute l'un des hélicoptères Kamov du croiseur. Son dispositif C.M.E. lui donna l'altitude et la distance. Il décida de larguer un de ses missiles air-air, pour faire diversion, pour que cette information électronique affole l'ordinateur contrôlant le tir du croiseur. Le coup porté à l'hélicoptère, le choc physique de cette diversion, ajouterait une nouvelle dimension à l'échiquier sur lequel il se déplaçait en direction du navire.

Il lança son missile qui, après s'être détaché, s'éleva jusqu'à ce qu'il le perde de vue. Il suivit alors sa trace sur l'écran, tout comme devait le faire le pilote de l'hélicoptère sur lequel l'engin fonçait, pour essayer précipitamment de ne pas être touché. Cette guerre électronique, la seule que Gant eût jamais connue, faisait frémir chaque fibre de ses muscles, le transportait tout entier. La guerre se réduisait à un jeu d'échecs, à un calcul élaboré d'attaques et de contre-attaques où chaque coup devait être pesé. Et il était le meilleur.

Le pont du croiseur s'éclaira d'un feu pâle. Des points brillants apparurent sur l'écran du Firefox. Le capitaine avait attendu, sûr que l'avion reculerait devant la menace de ses sous-marins et de ses hélicoptères. Mais Gant avait maintenu son cap, allant droit vers le navire. Et comme il l'avait espéré, son attaque contre le Kamov avait déclenché le tir. De l'hélicoptère qui avait explosé en flammes dans le ciel au-dessus de lui, il ne vit sur un coin de son écran qu'une fleur orange dont les pétales se détachaient...

Les hommes du croiseur avaient pensé que l'avion passerait entre leur bâtiment et l'un des sous-marins, puis s'éloignerait en prenant de l'altitude. Mais il avait continué de se diriger sur eux. Même si le capitaine soviétique ne savait pas tout du Firefox, on lui avait au moins dit, sans doute, que ses réserves de carburant étaient dangereusement faibles. Encouragé déjà à agir, il avait été amené par Gant à le faire inconsidérément, en un réflexe hâtif.

Le croiseur n'était qu'à quelques centaines de mètres du Firefox quand les missiles S.A. jaillirent de l'avant du pont. Gant dépassa le navire à bâbord, exposant le ventre de son appareil. Sur l'écran, il vit les missiles orienter leur course pour le suivre. Ils approchaient à une vitesse effrayante. Au moment qu'il jugea opportun, il donna l'ordre silencieux au système d'armes psycho-guidé de faire jouer le dispositif de queue. Derrière lui, l'éclatement d'une lumière incandescente fit pâlir le soleil. Il ouvrit les gaz et le Firefox frôla la crête des vagues comme une pierre faisant des ricochets. Alors qu'il passait à peine à 50 mètres des parois blindées du croiseur, la proue lui parut un bref instant dominer la cabine de pilotage. Puis il ne vit plus que la mer grise.

La boule incandescente, larguée derrière lui par le dispositif antimissile de queue, constitua pendant quatre secondes une source de chaleur bien supérieure à celle de ses deux réacteurs Turmansky tournant à faible vitesse, et elle attira la paire de missiles à infrarouge. Sur l'écran, la boule de feu brilla au point que malgré la visière teintée de son casque Gant en fut aveuglé. Puis la lumière s'évanouit soudain. Le Firefox, qui volait en supersonique, avait déjà dépassé le croiseur de presque 2 kilomètres.

Le jaugeur de carburant indiquait que les réservoirs étaient à sec. Le machmètre se maintenait à Mach 1,6. Au cadran de son altimètre, Gant vit qu'il ne survolait la mer qu'à moins de 20 mètres. Il espéra cependant être hors de vue des sous-marins, hors de portée de leur équipement à infrarouge, même s'ils avaient déjà reçu du croiseur des données quant à la position et au cap de l'avion.

Sur l'écran apparurent les taches orange de deux autres missiles S.A. qui le manquèrent. Décidément, le capitaine agissait à la va-vite ! L'astuce du dispositif antimissile de queue l'avait eu par surprise et, au lieu d'attendre le bon moment, la meilleure approche de la cible, il venait d'ordonner encore le lancement de deux engins. Et ce n'était pas tout...

Près du bord gauche de son écran, Gant vit briller les taches lumineuses de deux autres missiles S.A. provenant, ceux-là, du sous-marin le plus proche de lui, et convergeant sur la source de chaleur créée par les gaz d'échappement du Firefox.

Gant s'assura auprès du « fil d'Ariane » que la position de l'émetteur demeurait droit devant lui, qu'il pouvait continuer sa course selon les mêmes données que celles fournies à l'appareil après avoir quitté Novaïa Zemlia. Il restait encore 185 kilomètres à parcourir. Le signal de l'émetteur lui emplissait le crâne dans le silence qui avait suivi les quelques secondes d'action violente.

Gant se dit qu'il lui fallait absolument réduire sa vitesse.

Il ramena vers l'arrière les manettes des gaz. L'avion ralentit. A les suivre sur l'écran, les quatre taches orange semblèrent se rapprocher d'un seul coup. Le dispositif de queue avait bien fonctionné. Gant savait qu'il jouait serré mais, ce qui n'avait pas été le cas auparavant, une autre solution s'offrait à lui : essayer de gagner de vitesse les missiles lancés à sa poursuite, jusqu'à ce qu'il tombe en panne de carburant.

Une curieuse sensation d'impuissance l'envahit. Il n'y avait même pas à appuyer sur un bouton. Seuls les quatre points lumineux, de plus en plus proches, le reliaient à la réalité. Il n'en détachait pas les yeux et se sentait, lui aussi, un point sans défense, prêt pour le sacrifice. La sueur coulait sous ses bras, le long de son corps, le faisant frissonner dans sa combinaison pressurisée. La main fortement agrippée à la commande des gaz, il tremblait. Il attendait...

Puis il déplaça brusquement le levier de poussée vers l'avant. Le Firefox eut un sursaut animal et prit son envol comme un oiseau affolé. Gant actionna le dispositif antimissile de queue. Une explosion suivit presque instantanément, forte et sonore. Une onde de choc secoua l'avion et Gant lutta pour le stabiliser. On aurait dit une poussée s'ajoutant à celle des moteurs. Il réduisit les gaz et la vitesse tomba de nouveau au-dessous de 170 nœuds.

Il ne s'occupait plus du jaugeur de carburant. Il n'avait d'yeux et d'oreilles que pour le « fil d'Ariane » et son signal. Moins de 160 kilomètres à parcourir. Dans le soulagement soudain, presque sexuel, d'avoir échappé à l'action combinée des missiles du croiseur et de son sous-marin, il ne voyait toujours pas comment il pourrait arriver jusque-là.

Plus nombreuses, plus grosses, des banquises passaient sous le ventre du Firefox dans sa course vers le nord.

Les propos du premier secrétaire furent brefs et sans détours. Il ne perdit pas de temps à rappeler au commandant Tretsov ce que son loyalisme envers la Russie, envers le parti dont il était membre, lui imposait. Il ne se laissa pas entraîner par l'inspiration du moment. Il usa d'une arme qui en était venue à le caractériser : la peur. Il expliqua à Tretsov ce qui était en jeu et lui fit sentir quel serait le prix d'un échec. Ses instructions furent nettes : aller vers le nord à la plus grande vitesse possible, en utilisant à fond la puissance phénoménale du Mig-31, jusqu'à l'avion-citerne qui attendait au-dessus de la côte septentrionale du pays; de là, se diriger vers le *Riga* dont on était jusqu'à présent sans nouvelles; un autre avion-citerne se tiendrait prêt au cas où Tretsov aurait de nouveau à s'approvisionner en carburant. Ces deux appareils étaient déjà en vol et connaissaient leurs coordonnées de contact.

Tretsov ne pouvait que se sentir nerveux à recevoir un tel fardeau sur les épaules. Pour un pilote d'essai chevronné, officier de l'armée de l'air soviétique, il était bien jeune. Vladimirov eut presque pitié de lui quand le premier secrétaire l'écrasa du poids de sa personnalité, tandis qu'Andropov gardait un silence de glace. Pourtant, l'homme était de qualité, dut admettre Vladimirov, et ses états de service excellents. Mais, dans l'hypothèse très improbable qu'il puisse localiser Gant, serait-il capable de l'anéantir? C'était une autre affaire. Vladimirov plaignit Tretsov d'être soumis à une telle épreuve. Techniquement, il n'avait pas une longue expérience du projet de Bilyarsk; il comptait moins d'heures de vol que son aîné, Voskov. Mais Voskov était mort, tué par Gant. Le K.G.B. avait trouvé son corps dans le placard – il s'était écroulé, grotesque, quand on avait ouvert la porte, comme une momie hors de son sarcophage.

Une fois que Tretsov, dûment sermonné, eut quitté la pièce, l'atmosphère du centre de commandement se détendit un peu. Le premier secrétaire avait eu l'occasion d'exercer son pouvoir, de savourer l'obéissance teintée de peur qui se lisait dans les yeux du pilote. Tout cela le réconfortait, renforçait sa conviction que la chance tournait contre Gant, l'Américain qui avait osé... A cette pensée, la colère lui revint, mais il s'efforça de se calmer. Le deuxième Mig-31, débarrassé de la neige carbonique dont on l'avait aspergé après la tentative de sabotage, se tenait, armé jusqu'aux dents de missiles air-air et d'obus, au bout de la piste d'envol, attendant de la tour l'autorisation de départ. Dans un instant, il passerait à côté du Tupolev. Le premier secrétaire s'approcha de l'un des hublots pour assister au décollage.

Vladimirov, quant à lui, ne trouvait la situation ni aussi simple ni aussi satisfaisante. Pendant la conversation du premier secrétaire avec le pilote – qui prononça à peine quelques mots – il avait ressenti de l'angoisse. Le premier secrétaire semblait vouloir ignorer le fait que les minutes s'écoulaient, que le moment approchait où Gant serait arrêté dans sa course par le croiseur *Riga* et ses deux sous-marins. Le chef de l'Etat soviétique écoutait peut-être d'autres voix, venues d'ailleurs.

Vladimirov savait, lui, que le croiseur *devait* stopper Gant, que c'était là leur dernière chance – la dernière car, si on ne savait toujours pas comment Gant avait l'intention de ravitailler son avion, on savait que c'était pour lui une obligation. Il tourna et retourna dans sa tête toutes les possibilités, essayant d'oublier la petite aiguille rouge de la pendule qui continuait d'aller son train sur le cadran.

Porte-avions... sous-marin porte-avions... avion-citerne... calotte glaciaire... amerrissage forcé et récupération par un sous-marin... ?

Tout cela ne tenait pas debout. Il était presque impossible à un sous-marin de se cacher dans la mer de Barents et imaginer que les Américains disposeraient d'un sous-marin porte-avions relevait de la plus haute fantaisie, d'autant plus que le Mig n'était pas équipé pour atterrir sur un porte-avions, quel qu'il soit. Non, il ne pouvait s'agir que d'un avion. Et aucun ne s'était montré. Aussi désagréable que fût cette constatation, elle exprimait la vérité. Aucun avion non identifié n'avait été repéré dans la région, et il était plus qu'improbable qu'il en surgisse un au moment où Gant en aurait besoin.

Il examina la possibilité que Gant fasse amerrir le Firefox dans le seul espoir qu'il soit récupéré par un sous-marin. L'avion, une fois immergé, serait remorqué par ledit sous-marin jusqu'au lieu choisi par la C.I.A. Aussi fantastique que cela paraisse, ce n'était pas à négliger. L'eau de mer endommagerait l'appareil, mais les Américains en apprendraient assez pour écarter le danger que le Mig-31 ne donne aux Soviétiques la supériorité aérienne.

Pourtant aucun sous-marin n'avait été repéré dans la région. Ni aucun navire capable d'atteindre dans les prochaines heures l'endroit où Gant se trouvait aux dernières nouvelles.

Il ne pouvait donc s'agir que de la calotte glaciaire. Gant espérait sans doute utiliser ce qui lui restait de carburant pour s'élever aussi haut que possible et faire ensuite le reste du parcours en vol plané. C'était une solution de désespoir, mais pas plus que d'envoyer un homme affronter le K.G.B. pour sortir de Moscou et arriver à Bilyarsk. Or c'était ce que Gant avait fait sur l'ordre de ses maîtres. Pourquoi ne risquerait-il pas cette dernière tentative ? En théorie, 100 m de dénivellation permettraient au Mig de gagner plus de 1 km en vol plané. Si Gant pouvait s'élever assez haut – à supposer qu'il dispose d'assez de carburant pour appliquer cette tactique – il pourrait arriver en vol plané sur la frange de la calotte glaciaire.

Vladimirov allait demander que ce puzzle soit soumis pour analyse à l'ordinateur quand il entendit annoncer un message en provenance du *Riga*. L'ordinateur, justement, avait décrypté le message et c'était la donnée de sortie de l'imprimante qu'allait faire connaître l'opérateur :

« Mon général, disait-il, le message du *Riga*... »

Il sembla hésiter à en donner lecture, sentant l'attention qui s'était soudain centrée sur lui dans la pièce.

« Qu'est-ce qu'il dit ? le secoua Vladimirov.

– Contact avec un avion non identifié. Missiles du type à infrarouge lancés du croiseur, deux groupes de deux, plus deux du sous-marin d'escorte...

– Et puis ?

– L'avion semble être porteur à l'arrière d'une sorte de dispositif duquel se détache un engin incandescent. (Il fit une pause.) Autant qu'ils en puissent juger, mon général, le Mig-31 n'a pas été détruit. Il était déjà au-dessus de l'horizon de tous les radars avant le moment de contact prévu pour les missiles. Le capitaine ne peut affirmer qu'il y ait eu contact. (L'opérateur leva la tête vers Vladimirov, et ajouta :) Le capitaine voudrait avoir des éclaircissements quant au type et aux possibilités de l'appareil qu'il a essayé de détruire, mon général. »

Vladimirov sentit la tête lui tourner. Il planta son regard dans les yeux couleur d'ardoise du premier secrétaire. Les mots de défi et de mépris qui lui venaient à l'esprit moururent sur ses lèvres. Il ne dit rien. La face implacable qu'il avait devant lui fit fondre l'indignation vertueuse du commandant du Wolfpack. Il ne pouvait compromettre sa carrière, pas aussi légèrement en tout cas, en se soulageant de ses récriminations sur le premier secrétaire. Il se contenta de répondre d'un ton brusque à l'opérateur :

« Le secret doit être gardé. Remerciez le capitaine pour ce qu'il a *essayé* de faire, et dites-lui de se tenir prêt à recevoir de nouvelles instructions.

— Bien, mon général. »

Les touches de la console se mirent immédiatement à cliqueter pour transmettre le message codé.

Répéter la maxime du premier secrétaire quant aux consignes de sécurité, Vladimirov ne pouvait aller plus loin. Il chassa un sentiment de honte.

« Qu'avez-vous l'intention de faire à présent, Vladimirov ? » demanda le premier secrétaire, la bouche comme un trait mince, les yeux sans aucune expression.

A cet instant, Vladimirov vit dans ce visage ce qui formait le cœur de tous les clans, de toutes les coteries du Kremlin. Dans la mesure où le premier secrétaire pouvait rejeter sur les autres le blâme d'un échec, l'échec lui-même n'avait plus aucune importance. Si le Mig-31 était perdu, tout ce qui compterait, ce serait la disgrâce de Vladimirov. L'homme qui se tenait en face de lui ne se souciait nullement des réalités de la situation, seulement des tactiques à suivre pour sa sauvegarde personnelle.

Plus que de la peur, Vladimirov ressentit du dégoût. Perpétuant la tradition de la classe militaire à laquelle sa famille avait appartenu depuis des générations, il considérait comme une vertu le total oubli de soi. Il ne songea plus à sa survie personnelle ou à son succès. Il ne fallait pas que le Mig-31 soit abandonné aux Américains. Il fallait éviter ce gâchis.

« Je vais... je vais donner des ordres à toutes les unités se trouvant à proximité du *Riga,* camarade premier secrétaire, parvint-il à dire d'une voix égale, prenant soin d'en exclure toute trace de colère ou d'amertume.

– Ah! oui... et qu'est-ce qu'*elles* feront? » demanda dédaigneusement Andropov.

Koutouzov vint en aide à Vladimirov. Peut-être était-il lui aussi écœuré par ce dont il avait été le témoin silencieux au centre de commandement; ou peut-être, sentant l'état de tension du général, voulait-il simplement l'aider à sauver sa carrière. Quoi qu'il en soit, la bravoure du vieil homme quand il s'en prit d'un ton méprisant au président de la Commission pour la sécurité de l'Etat lui attira la sympathie de Vladimirov.

« *Elles,* comme vous dites, camarade président, rétorqua Koutouzov, feront tout ce qui est possible pour récupérer le Mig-31 que votre lamentable service de sécurité à Moscou et à Bilyarsk a laissé voler par un homme, un seul homme, un Américain ! »

Le murmure de cette gorge malade parvint clairement aux oreilles de chacun dans la pièce, et son ton se grava dans tous les esprits. Le président du K.G.B. rougit – deux taches colorées sur ses pommettes couleur de parchemin. Son sourire hautain et cynique disparut.

Vladimirov porta alors son regard sur le premier secrétaire. Celui-ci semblait décontenancé, comme si on lui avait remis en mémoire de tristes réalités. Il dit, en quelque sorte pour faire amende honorable, mais sans vraiment présenter des excuses :

« Mikhaïl Ilitch, je sais que vous ferez tout ce que vous pourrez. Mais que proposez-vous exactement de faire ? Vous avez déjà à votre disposition toute la flotte Drapeau Rouge, et presque tous les escadrons « Loups », l'ensemble du secteur nord en tout cas. »

La voix était calme, presque aimable, apaisante.

Koutouzov fixa Vladimirov et hocha la tête comme pour l'assurer de sa compréhension.

« En priorité, camarade premier secrétaire, dit Vladimirov, il faut faire décoller le deuxième Mig. »

Le premier secrétaire retourna vers le hublot, comme poussé par le fait que le commandant du Wolfpack eût exprimé sa pensé la plus chère en choisissant une telle priorité :

« Bien sûr, dit-il. Faites donner l'ordre à la tour. »

Un des radios s'en chargea sur-le-champ. Sans détacher son regard de la piste d'envol, à travers le hublot, le premier secrétaire ajouta :

« Et... ensuite ? »

Vladimirov baissa les yeux sur la carte constellée de points brillants dans la région de la mer de Barents et de la calotte glaciaire :

« Donnez l'ordre au *Riga* et à ses sous-marins de changer de cap et de se diriger le plus rapidement possible vers le nord, dans le sillage du Mig. »

Par-dessus le cliquetis de la console transmettant le message codé, Vladimirov entendit le premier secrétaire murmurer : « Bien. » On aurait dit que l'homme avait retrouvé toute sa suffisance. Ce n'était pas la première fois que Vladimirov remarquait, pour avoir eu affaire à ceux qui gouvernaient son pays, combien l'action pouvait représenter un exutoire.

Il continua d'étudier la carte sans prêter attention au premier secrétaire qui, de dos, présentait ses puissantes épaules moulées dans le tissu de son costume gris. S'il ne s'était agi d'un individu aussi haut placé, se dit-il, on aurait pu tirer du réconfort de cette attitude rigide, de cette extraordinaire impression de force.

« Décollage immédiat des escadrons polaires d'interception, ordonna-t-il. (Il vit le hochement de tête approbateur de la tête léonine, le tassement confortable des épaules. Il réfléchit : il pouvait tout aussi bien s'agir d'un bâtiment de surface.) Ordre aux destroyers *Otlitny* et *Slavny* de se diriger à la vitesse maximum vers la calotte glaciaire, là où le Mig devrait atterrir.

– Bien, mon général.

– Que les trois sous-marins de type « V » gagnent également le point d'atterrissage prévu.

– Bien, mon général. »

Vladimirov se tut un instant. A travers le fuselage du Tupolev parvenait, atténué, un ronflement de moteurs. Le Mig avait reçu l'autorisation de la tour et se préparait au décollage. Même quand le volume du ronflement s'enfla et que le Mig commença à rouler sur la piste, Vladimirov ne s'approcha pas du hublot. Il se contenta d'observer les épaules du premier secrétaire et son petit mouvement de tête – un hochement plein d'espoir. Une sorte de brouillard s'éleva de la piste, puis résonna le bruit reconnaissable d'un avion à réaction décollant en une ascension rapide. Le premier secrétaire, comme plongé dans une intense contemplation, resta un moment près du hublot. Quand il se retourna, Vladimirov vit un léger sourire sur ses lèvres.

Le « fil d'Ariane » transmettait toujours son signal perçant. Distance : 148 kilomètres. Le jaugeur de carburant marquait zéro. Gant se dit qu'à peu de chose près l'avion se nourrissait d'air pur. Il était temps – il était même peut-être déjà trop tard – de monter en chandelle, puis de commencer la descente en vol plané jusqu'au point de rencontre avec son ravitailleur.

Plus il considérait le problème, plus Gant se disait que ce genre de descente constituait sa seule chance. Il lui fallait s'élever aussi haut que possible, en espérant qu'il lui resterait assez de carburant au moment de l'opération délicate consistant à accorder sa vitesse avec celle de l'avion-citerne, puis à se relier à son « cordon ombilical ». Pas une seconde il ne pensa qu'il pouvait s'agir d'un bâtiment de surface. Un porte-avions était hors de question. L'U.S. Navy ne se risquerait pas à exposer dans la mer de Barents une cible aussi volumineuse et aussi vulnérable. Et, contrairement à Vladimirov, il savait pertinemment que les Américains ne possédaient pas de sous-marins porte-avions.

Il ne restait donc qu'un ravitaillement par avion-citerne. Gant connaissait le record absolu d'altitude – près de 37000 mètres – qu'avait établi le prédécesseur du Firefox, le Foxbat Mig-25. On disait le Mig-31 capable d'une performance encore plus étonnante. Or, dans les conditions atmosphériques actuelles, Gant pourrait gagner plus de 1 km chaque fois qu'il s'élèverait de 100 mètres. Il atteindrait alors facilement le ravitailleur, pour peu qu'il puisse faire monter le Firefox à une altitude de 15000 mètres ou davantage.

Cela supposait de prendre un risque terrible, car il devrait se trouver à une certaine altitude au moment de la rencontre entre les deux avions, et conserver assez de carburant pour les manœuvres finales.

Les réservoirs du Firefox doivent être pratiquement à sec, se dit-il. Il ne pouvait en être autrement. Il ne connaissait pas bien les possibilités de l'avion dans ce domaine où Baranovitch, l'expert électronicien, n'avait pas été capable de l'éclairer.

Jusqu'à présent, à la faible vitesse avec laquelle il survolait la mer grise encombrée de glace, les moteurs avaient fonctionné normalement, sans hésitation. Mais il ne pouvait pas trop leur demander. Il devait avoir déjà commencé à puiser dans les réserves de secours, et il n'avait aucune idée de la distance qu'elles lui accorderaient – trop courte, probablement, pour qu'il atteigne son point de contact.

Il poussa vers l'avant les manettes des gaz, et tira le manche à lui. Le Firefox se cabra. Gant accéléra, surveillant l'altimètre qui indiqua une élévation graduelle, puis de plus en plus accélérée quand il accrut la poussée des énormes réacteurs. Pendant la minute et demie que dura la montée, ce fut comme s'il retenait sa respiration. Le bleu du ciel, pâle et printanier, devint plus dense.

Arrivé à près de 20000 mètres, il conserva la même altitude, réduisant la poussée des moteurs jusqu'à ce qu'elle soit juste suffisante pour maintenir en fonction les générateurs. A cette hauteur, il serait à environ 5000 mètres quand il rencontrerait l'avion-citerne. Cela devrait suffire. Il consulta l'écran. Rien.

Il ne pouvait espérer qu'une chose – que le ciel reste aussi vide d'activité qu'il l'était en ce moment.

Le signal indiquait toujours l'émetteur comme se situant droit devant lui. Distance : 140 kilomètres. Gant ne pouvait s'empêcher de se demander avec inquiétude combien il lui restait de carburant. Il avait peut-être trop misé sur la marge de sécurité en entreprenant sa montée en chandelle – qui avait dû épuiser une bonne partie de ses réservoirs de secours.

Au loin, de gros nuages gris s'amoncelaient. L'écran ne révélait toujours aucune activité aérienne. Le Firefox traversait en vol plané un ciel vide. Au-dessus de lui, la tenture bleu sombre des fines couches supérieures de l'atmosphère. Au-dessous, la grisaille et le silence des limites septentrionales de la mer de Barents. Plus loin devant lui, par-delà l'amoncellement de nuages, une ligne de blancheur se dessinait déjà : la calotte glaciaire.

Frank Delano Seerbacker, capitaine de la marine des Etats-Unis, était étendu sur la couchette étroite de son étroite cabine à bord de l'U.S.S. *Pequod,* un sous-marin nucléaire du type « Sturgeon » naviguant sous une banquise dont il avait suivi la dérive depuis cinq jours. Le bâtiment de Seerbacker s'était glissé sous la calotte glaciaire près de la côte occidentale du Groenland et, grâce à sa discrétion acoustique, avait pu émerger dans la mer de Barents.

Le voyage avait duré en tout quatorze jours et comporté trois phases distinctes pour le capitaine, ses officiers et ses hommes d'équipage. D'abord, le départ ultra-rapide de la base secrète de sous-marins sur le littoral du Connecticut, puis le passage – angoissant pour qui aurait souffert de claustrophobie – sous la glace polaire; enfin, ils avaient dérivé, sans mettre en marche les moteurs, à une moyenne de 5 kilomètres par jour, sous la banquise. Cette dernière phase irritait le capitaine.

Le *Pequod* n'était pas armé. Un fait dont Seerbacker ressentait également de l'amertume. La chambre des torpilles et l'avant du poste d'équipage étaient remplis de carburant à haut degré d'octane, destiné au super-avion que la C.I.A. avait entrepris de voler pour le compte de ces chers vieux Etats-Unis.

Une moue méprisante vint creuser le rude visage de Seerbacker. Il fronça son long nez. Décidément, se dit-il, il détestait la C.I.A., surtout quand cette foutue organisation lui ordonnait de croupir sous une satanée banquise en attendant qu'un super-jet vienne s'y poser!

Il s'agita sur sa couchette, levant les genoux dans le seul but de changer un peu la position de ses membres. Les mains croisées derrière la tête, il fixait le plafond sans le voir. Lui et ses hommes en avaient plus qu'assez de la routine monotone de cette mission. Il y avait de quoi vous rendre malade à en crever de suivre vers le sud la course d'une banquise immuable au rythme d'escargot.

On ne leur avait même pas laissé choisir la banquise qui à leurs yeux serait la plus propice, pensa-t-il sombrement. Cela aurait coupé la monotonie du train-train. Non, la banquise – ce qu'ils appelaient pompeusement la piste d'atterrissage – avait été sélectionnée après étude de centaines de photographies prises par satellite, et approuvée après confrontation de ces photos et d'observations visuelles par un Lockheed Orion. Les experts de Langley, s'autorisant des données statistiques sûres provenant de recherches océanographiques, avaient conclu fermement à la possibilité pour la banquise de supporter le poids du Firefox. C'est tout juste si on avait dit à Seerbacker où elle se trouvait. Il se rendait bien compte qu'il se comportait en mauvais coucheur à pester ainsi parce qu'il lui fallait obéir à une mécanique dont les rouages lui échappaient, mais il ne pouvait se contenir. Après tout, que pouvait-il faire d'autre que de pester contre les puissances temporelles et leurs idées saugrenues, elles qui l'avaient mis dans cette saloperie de situation après avoir salopé son bateau avec leur carburant !

On frappa doucement à la porte.

« Qu'est-ce que c'est ? » demanda-t-il, plus furieux que reconnaissant d'être tiré de sa rêverie stérile.

Un homme d'équipage lui tendit un papier. Il lut, écrite de la main de son second – qui faisait fonction de météorologiste – l'information qu'il redoutait, et qui s'avérait doublement mal venue à cet instant : la température extérieure baissait beaucoup trop rapidement. La formation nuageuse dans la région masquerait pour Gant la position et les dimensions de la banquise.

A cette nouvelle, Seerbacker secoua la tête. C'était bien sa veine, sa bon dieu de veine ! Il renvoya l'homme. Si son second avait d'autres informations, qu'il les lui fasse porter. Pas la peine d'aller lui-même au poste de commande, pas encore. Il se remit à pester en pensant qu'il fallait sans cesse se préoccuper des réserves de carburant qui encombraient le *Pequod,* sa chambre des machines et l'avant de son poste d'équipage; et, en plus de ce chargement, vérifier la température et l'état de la surface de la banquise, les conditions météorologiques... Vraiment, se dit-il, ce n'était pas le boulot d'un homme ayant derrière lui vingt années de service et commandant l'un des meilleurs équipages de la marine américaine.

Il revint à l'information concernant la température extérieure. Elle baissait rapidement. Cela pouvait vouloir dire – cela voulait probablement dire – un changement du temps jusque-là étonnamment clément pour cette latitude et cette période de l'année. Ce changement, quand il interviendrait, pourrait facilement provoquer, juste au-dessus d'eux, un brouillard givrant qui ne couvrirait peut-être guère que quelques kilomètres carrés. Seerbacker n'avait pas besoin d'être un expert en aéronautique ou en pilotage pour savoir qu'il n'y aurait alors aucun moyen pour Gant d'atterrir sur la banquise. Il ne disposait à bord du sous-marin de rien de ce qu'il fallait pour aider Gant à opérer un atterrissage automatique. Tout ce qu'il possédait, c'était l'émetteur qui signalerait à Gant leur emplacement. Déjà, comme on venait de le lui apprendre, les nuages commençaient à s'amonceler localement. Peut-être que Gant ne pourrait pas se poser, même si...

Le doute qui venait de lui traverser l'esprit l'obligea à récapituler les mesures à prendre en cas d'extrême urgence. A tout prix, il fallait éviter la capture du *Pequod.* Washington n'admettrait jamais qu'un sous-marin de l'U.S. Navy fasse partie d'un plan pour voler un avion soviétique. Seerbacker devrait donc, en dernier recours, détruire son bâtiment pour empêcher qu'il ne tombe entre les mains des Russes.

Il préféra ne pas penser aux ordres secrets dont il n'avait pris connaissance qu'une fois en mer : si Gant ne parvenait pas à atterrir sur la banquise, s'il s'écrasait au sol ou sombrait dans la mer à proximité du *Pequod,* tous les efforts devraient être faits pour sauver le pilote – et des efforts encore plus grands pour récupérer le Firefox en le remorquant sous la banquise. L'épreuve que cela représenterait pour son équipage, les difficultés de navigation, il ne se sentait pas de cœur à les évoquer. Théoriquement, c'était faisable, il en convenait, mais il espérait bien que rien de tout cela ne serait nécessaire et que Gant aurait assez de talent pour faire se poser le Firefox comme une plume.

L'ennui, dut admettre Seerbacker, c'est que Gant était en retard. On avait soigneusement mis le capitaine au courant des performances que le Firefox était capable d'accomplir, or l'E.T.A. – l'heure estimée d'arrivée – était déjà passée de plusieurs minutes. Et pour un avion comme celui-là, quelques minutes représentaient un temps très long, assez long pour qu'un homme en meure. Il ne saurait si Gant avait réellement volé l'avion que lorsqu'il apparaîtrait – ou n'apparaîtrait pas – sur l'écran à infrarouge du sous-marin. Son seul lien avec le pilote américain, c'était cette tige de métal, aussi blanche que la couche de glace qu'elle traversait, contenant l'émetteur qui communiquait avec le « fil d'Ariane » par un signal complexe, changeant.

Seerbacker maudit l'expert britannique qui

avait conçu ce système pour ne pas y avoir inclus une possibilité de communication dans les deux sens. Gant aurait pu ainsi se faire connaître, donner son identification. Le *Pequod* émettait et le Firefox recevait. Ce n'est que lorsque l'avion serait assez proche que le répondeur automatique du Firefox émettrait un signal d'identification – et à cette distance, il serait de toute façon visible. Comme le disait si bien son second : aurait-on confié à General Dynamics le soin d'incorporer ce système dans l'équipement standard des sous-marins « Sturgeon », il comporterait également un distributeur de Coca-Cola et une machine à laver, tout en diffusant de la musique enregistrée. Les lèvres de Seerbacker esquissèrent un sourire songeur.

Au moment où Gant apparaîtrait sur la banquise, la fréquence du signal qu'il recevrait changerait, et il entendrait une sorte d'écho instantané, comme par sonar. Gant comprendrait alors certainement l'épouvantable tâche qui l'attendait : atterrir sur une banquise et, ajouta Seerbacker avec une ironie méchante, au milieu des nuages, peut-être même d'un brouillard givrant... Cela reviendrait probablement à ramasser le pilote à la petite cuiller, noyer les débris de l'avion et les remorquer pendant des milliers de kilomètres jusqu'au Connecticut. Insupportable perspective.

Gant était en retard. Cette idée tenaillait le capitaine. De quelques minutes, mais en retard. Il ne devait plus lui rester une goutte de carburant à présent, plus une seule. Seerbacker enrageait. Il pensa un moment se rendre au poste de commande, il commença à soulever de la couchette ses longues jambes maigres, puis il y renonça. Il allait se mettre à déployer le drapeau de la défaite au bout de cinq jours parce que le gars avait quelques minutes de retard. Après tout, la région était calme de toute activité aérienne – même si ce manque d'activité incluait Gant.

Quoi qu'il fasse pour se réconforter, ça ne marchait pas. Pas du tout...

Curieusement, c'est Buckholz, le solide, le confiant, le taciturne Buckholz qui craqua le premier. Aubrey avait senti la tension monter dans la pièce toute la matinée, après que Shelley, la dernière tasse de café bue, eut débarrassé les restes du petit déjeuner. Soudain, ce fut comme s'il n'y avait plus rien à faire. La tension devint presque palpable – une sorte d'électricité statique qui faisait se hérisser les cheveux de la nuque. Les cinq occupants de la pièce tombèrent dans un profond silence. On n'entendit plus que le craquement de l'échelle chaque fois que Curtin montait ou descendait, occupé qu'il était à fixer avec des punaises ses photographies prises par satellite, à ajouter des épingles de couleur à la carte de la mer de Barents, ou à modifier leur position.

Buckholz avait cessé de s'intéresser à la carte. Il ne lui avait même pas jeté un coup d'œil depuis une demi-heure. Il semblait écouter une voix intérieure, contempler des images mentales qui n'avaient pas besoin d'être confirmées par des tracés réels et des têtes d'épingles.

Aubrey comprenait pourquoi Buckholz restait ainsi sombre, tendu et silencieux. Il partageait cette anxiété parce que lui aussi se rendait compte que Gant devait être dangereusement à court de carburant. Le dernier rapport du *Pequod* – Citerne-Un – et de Seerbacker ne donnait que des informations météorologiques de routine. Aucune référence en code pour signaler que Gant avait été repéré par infrarouge. Les nouvelles du temps elles-mêmes étaient peu encourageantes. Gant aurait de grandes difficultés à atterrir sur la banquise. Aubrey ne pouvait supporter l'idée que cette opération, son opération, si soigneusement conçue, si méthodiquement exécutée, se termine par l'humiliation d'un écrasement de l'avion au sol, par l'ignominie de voir le Firefox endommagé par l'action corrosive de l'eau de mer, après avoir été remorqué à la traîne du *Pequod.*

Mais c'était à cause du carburant plus que des conditions atmosphériques qu'Aubrey se faisait du souci. Il se disait même qu'aux yeux de Buckholz, cela signifiait que Gant avait déjà perdu la partie. Il jeta un coup d'œil à la pendule, puis à Buckholz. Lui rappeler ce qu'il avait visiblement oublié n'était peut-être pas la chose à faire, mais Aubrey s'adressa tout de même à lui, d'une voix qu'il s'efforça de rendre déférente :

« Est-ce que ce ne serait pas le moment, Buckholz, de lâcher notre leurre dans l'arène, l'autre sous-marin ? »

Buckholz ne répondit pas tout de suite, puis il lança, les lèvres tremblantes :

« Pour quoi faire, bon dieu ? »

Il foudroyait Aubrey du regard comme s'il l'accusait d'avoir interrompu en lui une sorte de rituel terrible et solennel.

Aubrey écarta les bras :

« A la pendule, il est temps, dit-il calmement.

– Pourquoi le gaspiller ? rétorqua Buckholz.

– Quoi ?

– Le sous-marin... un leurre, pour quoi faire, mon vieux ? »

Buckholz se souleva à moitié de son siège comme pour mieux écraser de sa taille le petit Aubrey rondouillard.

« Nous ne sommes pas encore *sûrs* que Gant est perdu..., commença Aubrey.

– Ah ! vraiment. Et qu'est-ce que c'était alors que ces trucs en code que nous avons piqués entre Bilyarsk et le *Riga ?* s'exclama Buckholz. Ils l'ont eu, Aubrey, ils lui ont fait sauter le cul ! »

Aubrey essaya de garder un sourire d'encouragement :

« Pas sûr... ça peut aussi bien vouloir dire qu'ils ne l'ont *pas* eu. »

Le silence retomba. Buckholz se renfonça dans son fauteuil. Anders, debout derrière lui, serrant dans sa grosse main un gobelet en plastique, baissa d'abord les yeux sur la nuque rase de Buckholz, puis regarda Aubrey à l'autre bout de la pièce, d'un air perplexe.

Aubrey lui fit un signe de tête et lâcha ce seul mot : « Leurre. »

Anders alla vers un téléphone, composa un numéro et commença à parler. En entendant sa voix, Buckholz tourna un instant la tête vers lui, sans manifester d'intérêt particulier, puis il regarda Aubrey, hocha la tête, et se replongea, sans vraiment les voir, dans les papiers qu'il avait devant lui.

Anders poursuivit sa communication avec le centre opérationnel du ministère de la Défense. Ce service alerterait le sous-marin-leurre qui, en ce moment, se tenait prêt à l'ouest du Spitzberg, et l'avion-leurre attendant de décoller du Groenland, ou peut-être déjà en vol à l'est de ce territoire glacé.

Une fois la communication terminée, Aubrey remercia Anders d'un signe de tête et contempla de loin la carte apposée sur le mur. L'avion serait repéré en quelques minutes comme se dirigeant vers le cap Nord par les radars russes sur terre ou sur mer. Le sous-marin, lui, entraînerait à sa recherche les bateaux et sous-marins russes, les éloignant du *Pequod* lorsqu'il aurait fait surface et serait en train de ravitailler le Firefox.

Un doute le secoua soudain, causa une sensation de froid au creux de son estomac et une oppression brûlante dans sa poitrine, comme s'il souffrait d'indigestion ou d'un souffle au cœur. Est-ce que le *Pequod* aurait seulement besoin de faire jamais surface ? A regarder Buckholz, il était évident qu'il ne le pensait pas. Aubrey frotta ses joues lisses de chérubin, sans plus savoir où il en était.

A 7000 mètres d'altitude, le Firefox rencontra la formation nuageuse dont Gant avait observé l'approche inexorable. Toujours en vol plané, l'avion glissa sans bruit à travers la frange moutonneuse des nuages gris et silencieux, sans plus de contrôle qu'une pierre qui tombe. Gant n'arrivait pas à évaluer la profondeur de cette masse nuageuse. Peut-être descendait-elle jusqu'à la surface de la mer couleur de plomb. En perdant régulièrement de l'altitude, environ 1100 mètres par minute, et en couvrant à une vitesse de 180 nœuds une distance de près de 5 kilomètres par minute, Gant devrait atteindre son point de contact en quatre minutes. Il serait alors encore à 2500 mètres au-dessus du niveau de la mer. Ce devrait être suffisant. L'écran restait vide. Seul le T.F.R. reflétait le défilé monotone des banquises sous lui, au-dessous des nuages. Rien qui ressemblât de près ou de loin à un bateau dans les limites de la zone de contact. Pas d'avion non plus. Gant n'entendait que le signal monocorde, incessant, émanant d'une source qui le guidait sans qu'il la connaisse.

Dans les nuages, Gant eut froid. Le signal était son seul lien avec la réalité, et pourtant il semblait n'avoir d'autre réalité que celle du son lui-même. Gant n'arrivait pas à croire qu'il provenait d'une source physique réelle. Dans son expérience de pilote, il avait toujours eu affaire à l'électronique, il s'en était toujours remis à des instruments. Les histoires que lui avaient racontées des pilotes plus âgés, les bombardements sur l'Allemagne pendant les derniers jours de la guerre, étaient pour lui pareils à des contes de la Grèce antique – de la mythologie. Aussi ne paniquait-il pas. Il n'avait même pas vraiment peur. Le signal provenait d'une source, même si elle était distante et mystérieuse. Il ne s'agissait pas d'une illusion. Il lui faisait confiance...

Cependant, il commençait à faire froid dans la cabine du Firefox. Un froid subtil, mais certain. Le froid de l'Arctique, au goût de sel marin.

Seerbacker extrayait ses jambes de la couchette quand son second, si excité qu'il était venu en personne, entrouvrit la porte de la cabine et dit, à bout de souffle :

« Contact avec l'avion, capitaine. Il vient vers nous.

– Distance? » demanda Seerbacker dans un sursaut.

Tout en coiffant sa casquette de capitaine, il passa devant le jeune homme pour se diriger rapidement vers le poste de commande.

« Moins de 6 kilomètres, capitaine, dit le second en lui emboîtant le pas. Altitude, environ 3600 mètres. Il vient dans la bonne direction. Nous n'avons pas de contact radar, rien qu'une légère trace infrarouge. Ou bien l'avion vole à sa puissance minimum, ou bien il n'utilise pas du tout ses moteurs. »

Sans se retourner, Seerbacker déclara :

« Alors, c'est bien lui. (Puis il ajouta :) Quelle est la température à la surface de la banquise ?

– Elle continue de baisser, capitaine, mais il s'en faut encore de deux degrés pour atteindre le point de condensation. »

Seerbacker s'arrêta brusquement et se tourna vers son second :

« Deux degrés ? répéta-t-il interrogativement.

– Oui, capitaine.

– Et le vent ?

– Variable. De cinq à dix nœuds.

– Donc, turbulence insuffisante ? dit mystérieusement Seerbacker. (Le jeune homme, le capitaine de frégate Dick Fleischer, inclina la tête, comprenant où il voulait en venir.) Mais *sa* turbulence à lui quand il va toucher le sol, hein ? Qu'est-ce qui va alors se passer ?

– Cela ne devrait pas... commença le jeune homme.

– Vu la chance que nous avons avec ce vieux rafiot, Dick, qu'est-ce que tu crois qui va se passer ? Il va abaisser ses roues, le manche en arrière... et hop !... ça va barder ! »

Il s'efforçait de sourire, mais l'effet n'était pas très convaincant. Fleischer et lui savaient que ce qu'il venait de dire, malgré le ton employé, était terriblement sérieux. Si la température baissait de deux degrés, l'air atteindrait le point de condensation à la surface de la banquise et un brouillard givrant commencerait à se former. Or, l'effet de la turbulence provoquée par l'atterrisage du Firefox pourrait bien amener cette baisse de température.

Seerbacker, comme aiguillonné par l'horreur de ce qu'il prévoyait, lança sa longue silhouette dégingandée à l'assaut de la passerelle menant au poste de commande. Une fois là, il demanda :

« Où est-il ?

– A environ 5 kilomètres. A un peu plus de 3500 mètres d'altitude, capitaine ! dit d'une voix forte le radariste.

– Toujours le même cap ?

– Oui, capitaine.

– Est-ce qu'il peut voir la banquise ?

– Oui, capitaine. La couche de nuages est à plus de 4000 mètres.

– Alors, messieurs, préparons-lui une petite surprise, dit Seerbacker avec un grand sourire. Montrons-lui le bout de notre nez. On remonte à la surface ! »

Là-bas, au-dessous de lui, Gant ne vit réellement qu'une chose : la banquise. Il était sorti des nuages à 4000 mètres, un peu plus de trois minutes le séparant de l'objectif. Et voilà qu'elle s'étalait juste au bout de sa trajectoire, longue peut-être de 3000 mètres et presque aussi large. Sur l'écran radar nulle trace d'avion. L'objectif devait pourtant se trouver à moins de 10 kilomètres de lui. Exactement la distance qui le séparait de la banquise. C'est d'ailleurs son emplacement qui la lui avait fait remarquer.

Il ne pouvait s'agir que d'elle. Depuis un bon moment, Gant se disait que sa destination n'était pas la calotte glaciaire, et que ce ne serait pas un avion qui le ravitaillerait. Les risques encourus auraient été beaucoup trop grands. Restait donc la banquise – comme piste d'atterrissage. Ses yeux fouillèrent l'espace devant lui, mais il ne vit rien. Une seconde, la panique faillit s'emparer de lui. La banquise, gros nénuphar d'un blanc sale porté par l'eau amère de l'Arctique, était entourée d'autres, plus petites. Aucun signe de vie! Il sentit au fond de sa gorge le goût de bile de la peur. Son esprit se refusait à fonctionner, à analyser la situation. Et puis, il se passa quelques chose. Le signal qui devait l'amener à bon port se modifia. Il lança un appel aigu, deux « bip » par seconde. Gant reconnut la ressemblance avec l'écho instantané d'un contact sonar. Le signal se fit de plus en plus insistant, l'appel de plus en plus urgent. Aucun doute, il se rapprochait de l'objectif. Il étudia l'état de la mer et, de nouveau, la vitesse du vent – 5 à 10 nœuds, pas plus. Avant même d'avoir trouvé une réponse à toutes les questions qu'il se posait, avant même de s'être remis de l'émotion provoquée par le changement de signal, il commença à passer en revue ce qu'il lui fallait faire en cas d'atterrissage sur la banquise. Les derniers cristaux qui étoilaient la glace frontale de la cabine se dispersèrent sous l'effet du circuit de dégivrage. Une fois de plus, et plus intensément encore, il scruta la banquise, mais pas seulement pour y découvrir un signe de vie. Il voulait savoir si la surface qui lui servirait de piste était assez plane, assez longue, s'il n'y distinguerait pas de signalisations. Et il évaluait la direction du vent...

Soudain, ce qui arriva fut pour lui un choc physique, comme s'il avait reçu une giclée d'eau froide en pleine figure. Devant lui, à sa gauche, c'est-à-dire à l'extrémité ouest de la banquise, la glace se souleva, puis se craquela. Le kiosque blindé d'un sous-marin nucléaire apparut, puis la masse du bâtiment lui-même. La glace volait en poussière autour de sa coque.

Du kiosque s'éleva un ballon d'une vive couleur orangée. Un filet de fumée orange s'échappa verticalement avant que le vent ne le rabatte sur le sous-marin. Dès qu'il avait vu le kiosque émerger, Gant avait été certain qu'il s'agissait d'un sous-marin américain.

Automatiquement, il consulta le radar. Rien d'anormal. Il réduisit légèrement la poussée et, après un petit bond, le Firefox piqua du nez. Gant actionna les freins et maintint sa vitesse à 260 nœuds. De la fumée passait sous le bout des ailes. Il remarqua, sans y prêter trop d'attention, que le signal si semblable à l'écho instantané d'un sonar, s'était transformé en un son continu. Il ne s'intéressait qu'à l'objectif situé au-dessous de lui : un sous-marin plein de carburant. En moins d'une heure, il pourrait être réapprovisionné et se trouver prêt à décoller. Il fit virer l'avion sur la gauche, s'alignant dans le sens du filet de fumée qui sortait horizontalement du kiosque.

Etant donné la direction du vent, il atterrirait le long de l'axe nord-sud de la banquise, ce qui lui donnait presque 3 kilomètres de glace poudrée de neige pour s'arrêter. Il savait que la neige, à moins d'être complètement gelée, ferait efficacement fonction de frein. Ce serait, pensa-t-il en esquissant un sourire, encore tout à l'excitation d'avoir réussi à trouver le sous-marin, comme atterrir sur un porte-avions — une chose qu'il avait également appris à faire au Viêt-nam.

Il lâcha le train d'atterrissage. Des lumières s'allumèrent, signifiant que les roues étaient « bloquées ». Il ralentit sa vitesse jusqu'à 220 nœuds et amena l'appareil en vol rectiligne horizontal. Sur la banquise, la forme fuselée du sous-marin évoquait un lézard émergeant de sa coquille. Le filet de fumée orangé s'étirait toujours dans la direction suivie par le Firefox.

Gant maintint la position du manche et jeta un coup d'œil à l'altimètre : 350 mètres. Il ralentit encore sa vitesse et la stabilisa à 180 nœuds. Il descendait à présent d'un peu plus de 100 mètres par minute. Les vagues grises semblaient venir à sa rencontre pour l'avaler. Il réduisit la poussée et la vitesse tomba à 175 nœuds. Le scintillement de la glace sur la banquise l'éblouissait presque mais, à travers cet éblouissement, la surface se présentait bien.

Il actionna les manettes des gaz et le Firefox se mit à plonger mollement, paresseusement. Le manche en bonne position, les volets sortis, il paraissait tomber de lui-même, puis il tressauta brutalement quand les roues mordirent la surface enneigée et que le train avant rebondit. La visibilité fut nulle pendant les quelques secondes que mit le dégrivreur à effacer de la glace frontale l'écran formé par la neige tourbillonnant autour du nez de l'avion.

Gant se demanda si la combustion des moteurs n'allait pas souffrir de la neige qui s'engouffrait dans les entrées d'air. Il perdit de nouveau toute visibilité. Il roulait sur une surface de glace et de neige, enveloppé dans les volutes grises d'un épais brouillard.

IX

TENSION

GANT compris ce qui s'était passé : la condensation de la vapeur d'eau atmosphérique avait entraîné la formation presque instantanée de l'épaisse nappe de nuages qui se déroulait autour de lui. La compréhension du phénomène ne suffit pas à desserrer son angoisse, à calmer l'agitation de son sang. La combustion des moteurs n'avait pas souffert, et la neige que le train avant renvoyait sur la cabine n'obscurcissait plus la glace frontale. Pourtant, il n'y voyait rien. Un sentiment d'impuissance l'envahit. La neige qui recouvrait la surface de la banquise ralentissait l'avion comme l'aurait fait la « réverse », le système de réversion de la poussée des réacteurs. Gant n'en glissait pas moins sur une étendue glacée, le long de l'axe nord-sud d'une banquise, vers les eaux grisâtres de la mer de Barents. S'il avait mal calculé ses distances, si...

Le Firefox roulait au pas, d'une manière à présent plus saccadée à cause des bosses croûteuses du sol sous la fine couche de neige. A mesure que diminuait la turbulence causée par le passage de l'avion, le brouillard s'éclaircissait, se diluait en une brume grise et humide. Gant regarda par-dessus son épaule — le premier mouvement depuis une heure qu'il était vissé à son siège. Il ne put voir ni le ballon orange ni le filet de fumée, qui lui auraient donné une indication sur la position du sous-marin. Il fit faire à l'avion un tournant de 180° et revint, rampa, jusqu'à son point d'atterrissage. Ses yeux fouillaient la brume pour tenter de découvrir une silhouette humaine, une lumière, une signalisation, qui pourraient l'aider à se diriger. De nouveau étreint par l'angoisse, il se sentit vidé.

A sa gauche, il crut voir bouger une vague forme. Mais il pouvait s'être trompé car le brouillard semblait de nouveau s'épaissir. Une silhouette peut-être, mais pas de signal lumineux. Il appuya sur un bouton, la verrière de la cabine se souleva. L'air glacé de l'Arctique s'engouffra, remplaçant l'air tiède de la cabine. Ce fut comme si un coup de couteau avait lacéré sa combinaison qui ne le protégea pas plus qu'un léger vêtement de coton. Transi jusqu'aux os, Gant ne pouvait réprimer le claquement de ses dents derrière la visière teintée du casque. Sur les commandes, ses mains tremblaient comme si elles enregistraient les vibrations d'une explosion. Il ôta son casque après en avoir débranché toutes les connexions. Ses cheveux coupés court se hérissèrent de froid. Ses dents claquaient toujours. Il tendit pourtant le cou, regardant et écoutant dans la direction où il avait cru apercevoir une silhouette.

Deux fois, coup sur coup, il lui sembla entendre des voix lointaines sur sa gauche. Peut-être suivait-il une route parallèle à celle des hommes partis à sa recherche. Puis Gant se dit qu'ils se dirigeaient plutôt vers le lieu qu'ils pensaient être celui où il atterrirait. Or cet endroit était déjà derrière lui. Ils n'avaient pas prévu que Gant ferait automatiquement un tournant à 180° et reviendrait sur son trajet.

Il vit alors une pâle lumière éclairant une silhouette informe qui s'avançait pesamment. Une lampe se balançait au bout d'un bras. Il entendit qu'on criait son nom, mais la voix lui parvint étouffée, immatérielle. Il ne répondit pas. De la silhouette vint un nouvel appel. Curieusement, Gant ne pouvait se décider à parler – malgré le froid, malgré le soudain sentiment de solitude qui lui remettait en mémoire son interminable voyage depuis Bilyarsk, depuis Londres même. La voix était celle d'un Américain. Il sourit en dépit de son détachement – oui, c'était bien du détachement qu'il ressentait. Un monde le séparait de l'homme qui approchait ainsi précautionneusement. C'était par trop banal de se trouver devant cette vague silhouette à l'accent new-yorkais. Rien à voir avec lui, avec le Firefox, avec ce qu'il venait d'accomplir.

Il chassa cette impression. Le vent qui soufflait à 12 nœuds peut-être et lui giflait le visage, le fit retomber dans le présent, dans le froid qui physiquement le tenaillait. Il porta la main à la bouche et cria :

« Par ici ! L'avion est ici, mon vieux ! »

Sa propre voix lui parut faible, presque irréelle.

« C'est vous, Gant ? » demanda la silhouette à sa gauche.

Gant se rendit compte qu'il y voyait beaucoup mieux que l'homme venu à sa recherche. Il fit doucement virer le Firefox dans la brume. La silhouette se raidit. L'avion venait de lui apparaître.

« Bon sang ! Je dois avoir besoin de lunettes, c'est pas possible ! » s'écria l'homme.

Gant n'eut pas à utiliser les freins. Ralenti par la neige, le Firefox s'immobilisa. Seuls les gros turboréacteurs firent entendre un murmure d'impatience. En se rapprochant, la silhouette se précisa. L'homme était grand et mince, semblait-il, malgré son parka qui le recouvrait comme une tente. Il criait dans un petit émetteur-radio :

« OK, les gars. Je l'ai trouvé. Arrivez en vitesse ! »

Une main protégée d'une moufle frappa le fuselage et Gant, se penchant hors de la cabine, vit un visage creusé, ascétique. Sous le capuchon fourré du parka, il aperçut également la casquette d'officier de marine, brodée de feuilles d'or. Gant arbora un sourire niais, ne sachant trop quoi dire. La sensation de soulagement qu'il éprouvait était presque nauséeuse. Il s'était mis à trembler d'émotion et non plus de froid.

« Salut, vous ! dit Seerbacker.

– Salut ! » dit Gant d'une voix étranglée.

D'autres silhouettes approchaient dans la brume, et les globes de lampes à la lumière diffuse;

« Dites, patron, vous voulez que nous nous mettions en ligne ? » demanda une voix.

Seerbacker fut distrait de l'examen attentif auquel il se livrait des traits de Gant. Il tourna la tête et cria par-dessus son épaule :

« Ouais. Amenons cet oiseau près de sa maman, il meurt de soif ! »

Puis il revint à Gant et dit, presque à mi-voix :

« Vous ne me donnez pas l'impression d'être quelqu'un de spécial, cher monsieur... mais je suppose que vous devez l'être, hein ?

– A cette minute, vous êtes quelqu'un d'assez spécial vous-même, capitaine ! » dit Gant.

Seerbacker hocha la tête et porta son émetteur à la bouche :

« OK. Ici, votre capitaine. On va faire l'appel. »

Il se concentra pour écouter les hommes crier leur nom. Le silence revenu, il leva la tête vers Gant :

« La moitié de mon équipage se tient sur cette foutue glace. Ils forment deux belles lignes droites jusqu'au bateau. Vous croyez que vous arriverez à rouler au milieu d'eux ?

– Comme sur l'autoroute », dit Gant.

Seerbacker grimpa aux prises qui sur le fuselage formaient échelons jusqu'à la cabine. A mi-hauteur, il demanda :

« Ça vous ennuie si je fais de l'auto-stop ?

– Les règlements sont assez stricts pour les auto-stoppeurs sur cette route.

– Je cours le risque, dit Seerbacker en souriant. OK, on y va. »

Gant lâcha les freins, et le Firefox glissa en avant. Les deux premiers hommes de la double rangée apparurent, leurs lampes enveloppées d'un halo. Puis, toutes les lampes formèrent comme un tunnel dans la brume. Gant aligna le nez de l'appareil juste au milieu de ce tunnel, et les lumières se mirent à défiler lentement de chaque côté, à peine visibles. Il entendit Seerbacker lancer un ordre :

« OK, les gars, rapprochez-vous un peu, bon dieu ! Cet oiseau ne va pas vous mordre. C'est un des nôtres, nom d'une pipe ! »

Les lumières oscillèrent, se rapprochèrent. Leur éclat maintenant aidait davantage Gant.

« Merci, cria-t-il à l'invisible Seerbacker accroché au-dessous de lui.

– Y a pas de quoi, cher monsieur. Ils sont là pour se rendre utiles – même si ça ne leur plaît pas. »

Gant perçut un rien d'énervement dans les derniers mots du capitaine. Il se rendait compte que si sa venue avait apporté un soulagement, il subsistait, sous-jacente, l'amertume, la rogne de ces hommes qui avaient été emprisonnés jour après jour au sein d'une mer ennemie à suivre la dérive d'une banquise.

« Je suis désolé, dit-il involontairement.

— Quoi? » demanda Seerbacker, qui ajouta aussitôt : « Ah! oui. Ce sont les ordres, cher monsieur, ne vous faites pas de bile pour ça. »

A travers la brume, Gant vit se dessiner la forme longue surmontée du kiosque.

« Le voilà », dit Seerbacker.

Ce commentaire était inutile, mais Gant sentit l'orgueil qui l'avait inspiré. L'orgueil d'un capitaine pour son bâtiment.

« Oui, je le vois, dit-il.

— Garez-vous à côté de lui, dit Seerbacker. Vous voulez rester en voiture pour casser la croûte, ou venir à l'intérieur? »

Gant amena le Firefox le long du sous-marin en forme de cigare qui, à moitié enfoncé dans la glace, évoquait un reptile émergeant de sa coquille blanche. Il coupa le contact. Le bruit des moteurs s'évanouit. Dans le silence absolu qui régna un moment, Gant sentit l'affection farouche qu'il éprouvait pour l'avion. Ce n'était pas qu'un objet volé, un colis à livrer à la C.I.A., c'était le compagnon qui l'avait amené ici du cœur de la Russie, qui l'avait aidé à s'échapper, à régler son compte au croiseur, à venir à bout de... Seerbacker interrompit le flot de ce débordement d'amour — froid, mécanique — pour un autre engin que le sien.

« Soyez le bienvenu « Chez Joe ». Le bistrot n'est pas formidable, mais les hamburgers font les délices du voyageur épuisé! Descendez, monsieur Gant, et soyez le bienvenu. »

Gant détacha la multitude de sangles qui l'attachaient au siège. Quand il se mit debout, ses muscles et ses articulations protestèrent. Le vent sembla le prendre pour cible, et le froid glacial du pôle chercher à le mordre sous sa combinaison. Il frissonna.

« Merci, dit-il. Merci bien. »

Il sortit de la cabine sans plus hésiter et mit pied sur la glace.

« Demandez immédiatement à chaque escadron polaire d'interception de transmettre un rapport ! » lança Vladimirov.

Il fallut quatre minutes pour réunir ces rapports, ce qui ne sembla pas du temps perdu au premier secrétaire, où que soit Gant et quoi qu'il soit en train de faire. Vladimirov ne ressentait que mépris pour le jeu politique qui se déroulait et auquel il prenait part du fait de son silence, de la lâcheté qui lui dictait ce silence. Quand le dernier avion eut transmis son rapport sur son secteur respectif, il devint évident que les Américains n'avaient pas prévu de point de ravitaillement sur la glace, qu'aucune piste n'avait été dégagée ou balisée. Vladimirov, sa conviction ébranlée mais non détruite, sentit le doute bourdonner dans sa tête comme un insecte lancinant. Il était sûr de posséder la réponse. Elle était là, quelque part, au fond de son esprit...

Le regard froid du premier secrétaire, le reflet de l'éclairage fluorescent dans les lunettes d'Andropov, le firent enterrer ses réflexions.

« Et maintenant, dit l'homme fort du Kremlin, donnez l'ordre à toutes les unités disponibles de se diriger vers le cap Nord. Toutes ! »

Vladimirov acquiesça de la tête.

« Mission d'interception pour les escadrons « Loups », dans le secteur du cap Nord et jusqu'au secteur d'Arkhangelsk, lança Vladimirov. Opération S.S.A. pour *toutes* les unités ! »

Il ne jeta pas un seul coup d'œil à la carte, et ne demanda pas non plus qu'elle soit remplacée par une autre. Il n'en avait pas besoin car dans son esprit se dessinait le schéma clair et précis de toutes les unités terrestres, navales, sous-marines et aériennes dont on pouvait disposer.

« Donnez l'ordre à l'*Otlitny* et au *Slavny* de changer de cap et de se diriger le plus vite possible vers le cap Nord.

– Bien, mon général !

– Ordre à tous les sous-marins de la mer de Barents de changer de cap et de se diriger le plus vite possible vers le cap Nord.

– Bien, mon général !

– Ordre au *Riga* et à ses sous-marins d'escorte de changer de cap, à ses hélicoptères de décoller immédiatement. Direction : le cap Nord. A la vitesse maximum.

– Bien, mon général. »

Tout cela n'avait aucun sens, il le savait. C'était le beuglement de défi du lâche quand le costaud ne peut plus l'entendre, la fureur simulée de celui qui a été battu. Et pourtant, il se laissait prendre à cette frénésie, à cette inutile dépense d'énergie, ivre du pouvoir qu'il possédait.

Tel cet enfant qu'il avait vu bâtir des châteaux de sable, il y a longtemps, à Odessa, il voulait oublier l'océan de vérités gagnant peu à peu derrière lui, et il continuait d'édifier ses fragiles, ses éphémères structures de sable. Il envoyait dans le ciel n'importe quoi, il modifiait la course de tous les bâtiments marins et sous-marins de la mer de Barents.

Sur la table, la carte montrait à présent le secteur ouest de cette mer. Le projectionniste en avait pris l'initiative en entendant les ordres innombrables qui venaient d'être donnés. Vladimirov sentit que ses jambes soudain faibles ne pouvaient plus le soutenir. Il transpirait. Il se laissa tomber dans un fauteuil et, en levant la tête, il vit que le premier secrétaire le regardait, un sourire satisfait sur les lèvres.

« Eh bien, mon cher Vladimirov, les nouvelles ne sont pas si mauvaises, après tout, vous ne trouvez pas ? »

Il rit et, en réponse, derrière lui, Andropov esquissa un mince sourire. Vladimirov hocha la tête et sourit lui aussi, gauchement, comme un enfant à qui l'on vient de faire un compliment.

« On dirait que vous aimez ça, hein ? Je veux dire le pouvoir... », poursuivit le premier secrétaire en se penchant vers Vladimirov qui ne trouva rien d'autre à faire que de conserver son sourire stupide et de hocher une nouvelle fois la tête.

Une voix vint interrompre cet inepte entretien avec le Numéro Un soviétique : « Tretsov signale que le Mig-31 franchit la côte près d'Indiga, longitude 50 degrés. »

L'annonce résonna comme une pierre jetée dans l'eau plate et silencieuse d'une mare. Pour tous les hommes groupés autour de la table, elle fut comme le rappel de l'incroyable capacité, de l'énorme puissance de l'autre appareil, celui qui avait été volé. Il ne s'était guère passé plus de vingt-cinq minutes depuis le décollage de Tretsov, la côte était à environ 2000 kilomètres de Bilyarsk, et le Mig-31 l'avait déjà atteinte, dépassée. Bientôt il aurait rejoint l'avion-citerne qui l'attendait au-dessus de la mer de Barents.

Vladimirov regarda le premier secrétaire et nota une légère hésitation dans ses yeux.

« Est-ce que je dois donner l'ordre à Tretsov de changer de cap, camarade premier secrétaire ? » demanda-t-il d'un ton las.

L'homme secoua négativement la tête, sans cesser de sourire :

« Pas tout de suite. Laissons d'abord Tretsov aller à son rendez-vous avec l'avion-citerne. Et quand nous saurons précisément vers où le diriger, nous le lancerons comme une flèche contre l'Américain – n'est-ce pas, Vladimirov, comme une flèche ! »

Le premier secrétaire s'esclaffa. Vladimirov ne tira aucun réconfort de ce rire satisfait.

Vingt minutes après l'atterrissage, Gant était de nouveau dehors. En dépit des morsures du froid glacial, en dépit du vent qui faisait sauvagement voler la neige autour de lui et emportait la buée de ses lèvres engourdies. Il se tenait près du Firefox, sur la banquise, surveillant les opérations comme s'il ne pouvait consentir à confier entièrement le ravitaillement de son avion aux soins de l'équipage de Seerbacker. Le givre couvrait déjà la fourrure du parka qu'on lui avait prêté et qui ne semblait pas lui tenir chaud. Les mains enfoncées dans les poches, le dos voûté, il regardait les petites silhouettes s'affairant dans le monde gris et nébuleux de la banquise. Deux tuyaux, chacun d'environ 10 centimètres de diamètre, serpentaient jusqu'à l'avion. Les hommes offraient l'image d'êtres désespérément aux prises avec un incendie de glace. Une pompe, sortie à l'aide d'un treuil d'une trappe située à l'avant du sous-marin, avait été roulée au milieu de la scène. D'une trappe plus petite, une odeur douce-amère de carburant monta soudain aux narines de Gant. Un gros tuyau disparut dans les flancs du *Pequod,* au-dessus de l'avant du poste d'équipage.

Gant savait qu'il faudrait encore une vingtaine

de minutes avant que ses réservoirs soient pleins. La pompe était un vieil engin au souffle court. Rien de comparable avec la pompe puissante dont disposaient au front les bases aériennes, et qui pouvait, elle, transvaser quelque 12000 litres de carburant par minute dans les réservoirs à sec d'un avion.

Dans la cabine de Seerbacker, Gant avait eu le temps de dévorer un plat épicé de boulettes de viande et de haricots rouges. La pompe ne s'était en effet mise en action qu'avec un certain retard : le câble métallique qu'on voulait, du sous-marin, relier au Firefox pour éviter que l'électricité statique du fuselage ne vienne à enflammer les gouttes perdues de carburant, s'était révélé trop court. L'équipage avait dû fabriquer une rallonge avant de fixer l'énorme pince crocodile à la roue avant du Firefox.

Quand les deux civils du *Pequod* – un ingénieur et un expert électronicien – se furent attelés à la tâche, Gant accepta de quitter l'avion et de suivre Seerbacker dans sa cabine.

Une fois assis là, il ne rompit son mutisme que pour murmurer, après avoir regardé sa montre : « Dix minutes. »

Un moment plus tard, on frappa à la porte.

« Oui ? » dit Seerbacker.

Fleischer, son second, passa la tête dans l'embrasure :

« Bulletin météo, capitaine », annonça-t-il.

Gant sursauta comme si on l'avait tiré du sommeil. Il fixa le visage de Fleischer avec une telle intensité que le jeune homme marqua un instant d'hésitation.

« Où en est-on ? demanda Gant.

– Le vent, capitaine. Il souffle avec des pointes de 15 nœuds. (Fleischer s'adressait délibérément à

Seerbacker.) Et on dirait que le brouillard se lève. »

Seerbacker hocha la tête. Gant se sentit rassuré : même soufflant à 15 nœuds, le vent ne menaçait pas le décollage.

« Et l'équipe à terre ? s'informa Seerbacker.

— Ils ont presque fini, capitaine. Peck pense qu'ils en ont encore pour sept ou huit minutes. »

Seerbacker savait que Peck, l'ingénieur en chef du *Pequod,* ne se trompait guère dans ses estimations. Il avait dû pousser les hommes à faire l'effort maximum, mettant de côté ce qu'il pouvait penser de Gant et des risques encourus par le sous-marin.

Fleischer se retira et Gant commençait à s'extraire de son fauteuil quand il fut projeté la tête la première de l'autre côté de la table par une énorme secousse venue d'en dessous. Il eut à peine le temps de jeter un coup d'œil à Seerbacker, catapulté hors de sa couchette, que son épaule gauche heurta violemment la cloison de la cabine. Les lumières s'éteignirent, puis se rallumèrent, aussi vives qu'auparavant. Gant sentit un engourdissement à l'épaule et le long du corps et, sur sa poitrine, le poids de Seerbacker qui s'était écroulé sur lui. Il entendit un choc — probablement Fleischer qui tombait de l'échelle. Il essaya de se dégager, et Seerbacker leva vers lui un visage où se lisaient la stupéfaction et la peur.

« Nom de nom, qu'est-ce... commença-t-il d'une voix tremblante.

— Qu'est-ce que c'était ? » demanda Gant.

Seerbacker se remit gauchement sur ses pieds, meurtri de partout. Il saignait au coin de la bouche car il s'était mordu la langue. Il passa la main sur sa figure et fixa un instant ses doigts rougis de sang. Puis le bruit de pas précipités, à l'extérieur de la cabine, sembla lui redonner le sens de l'action. Il poussa lourdement la porte.

« Qu'est-ce qui se passe, bon dieu ? » cria-t-il à un marin.

Gant était parvenu à se relever. Il se frotta l'épaule. L'engourdissement disparaissait peu à peu. Donc, rien de cassé ou de disloqué.

« Nous ne savons pas, capitaine.

– Quoi ? Alors, qu'est-ce que vous foutez ici au lieu d'essayer de savoir ?

– Bien, capitaine. »

On entendit les pas de l'homme sur les marches de l'échelle.

« Le Firefox ! s'exclama Gant.

– Je me fous du Firefox. Et mon bateau, alors ? » explosa Seerbacker.

Il sortit de la cabine et Gant le suivit. Ils tombèrent sur Fleischer qui, adossé à une cloison, saignait abondamment : une plaie au front. Seerbacker, encore tout hébété, ne s'arrêta même pas. Il allait droit au poste de commande. Gant examina un instant la blessure, donna à Fleischer une tape sur l'épaule, puis suivit le capitaine.

Le poste de commande donnait une impression de chaos. Les meubles étaient renversés, des hommes se remettaient péniblement debout. Gant prit l'échelle d'écoutille pour grimper sur le pont.

« Qu'on me fasse un rapport sur les dégâts, et vite ! » hurla le capitaine.

L'air glacé traversa le parka de Gant et le vent lui coupa d'abord la respiration. Du haut du kiosque, la visibilité étant meilleure, il put constater qu'apparemment le Firefox n'avait pas été endommagé. Les hommes qui travaillaient sur la glace étaient éparpillés autour de l'avion, certains encore à plat ventre, d'autres se penchant sur les blessés.

Gant interpella un marin qui se tenait au-dessous de lui près du sous-marin :

« Qu'est-ce qui s'est passé ? »

L'homme leva les yeux et vit Seerbacker à côté de Gant.

« Je ne sais pas, capitaine. Nous... nous avons entendu un craquement sinistre, et puis j'ai essayé de m'aplatir, la face contre la glace. J'ai cru qu'on nous avait tiré dessus, capitaine !

– Ce n'était pas une torpille. Où est M. Peck ?

– Il est parti par là, capitaine », dit le marin en pointant le doigt vers le nord de la banquise.

Gant fouilla des yeux le lointain, dans la direction indiquée, mais des pans de brume restaient accrochés au ras du sol; on n'y voyait même pas à cent mètres. Une appréhension vague lui serrait l'estomac et, au fil des minutes, le vent qui lui soufflait par rafales en pleine figure lui faisait venir des larmes aux yeux. Gant se mit à avoir peur.

Puis il vit la haute silhouette de Peck émerger de la brume. Cette apparition lui fit penser qu'ils allaient enfin avoir une réponse. Il se précipita vers l'ingénieur en chef :

« Qu'est-ce que c'était ? demanda-t-il à bout de souffle. C'est grave ? »

Peck baissa les yeux sur lui et dit simplement :

« Une crête... la pression.

– Quoi ? dit Gant éberlué. De quelle taille ?

– Un mètre, un mètre vingt peut-être, juste en travers de la banquise, si je ne me trompe pas.

– Où ça, mon vieux ? Venez me montrer ! »

Gant tira Peck par la manche pour qu'il le suive. Ce qu'il fit, un peu troublé par le visage blafard, désespéré, de Gant et surtout par la façon qu'il avait de se retourner à chaque instant dans sa marche impatiente, tel un chien voulant entraîner son maître. Dérouté lui aussi, Seerbacker leur emboîta le pas.

La crête en question était haute d'environ un mètre vingt. Une sorte de muraille soudain dressée au travers de la banquise, aussi loin que Gant pouvait voir de part et d'autre.

« Vous dites qu'elle s'étend tout le long ?

— Tout le long. En tout cas, c'est mon impression après l'avoir suivie un bon bout dans les deux sens. »

Gant regarda Peck comme s'il se refusait à le croire. Mais il savait bien que l'ingénieur était conscient de ce que cette crête signifiait, et qu'il en avait mesuré l'étendue pour la bonne raison.

« Comment... est-ce que ça a pu arriver ? demanda-t-il assez sottement.

— D'une seule façon, dit Peck d'un air sombre. Les rafales de vent nous ont rabattu une banquise plus petite sur le cul... comme le carambolage de deux voitures. Résultat : une crête. »

Gant empoigna des deux mains le parka de l'ingénieur :

« Vous vous rendez compte de ce que ça veut dire ? Il n'y a plus moyen que je foute le camp d'ici. Impossible de m'envoler ! »

Le résultat de ses délibérations intérieures, de son examen de conscience, la certitude à laquelle il arrivait de plus en plus — à savoir qu'il avait raison et que le premier secrétaire était désastreusement dans son tort — tout cela ne s'était traduit, constata Vladimirov avec amertume, que par un moment d'hésitation, un coup d'œil jeté en direction de l'homme le plus puissant d'Union soviétique. Quand ce dernier ponctua d'un hochement de tête l'ordre qu'il venait de donner, Vladimirov détourna les yeux de cette silhouette trapue et se pencha vers la console située devant lui :

« Tretsov. Ici, Vladimirov. »

Il ne s'exprimait pas en code, mais ne pas mentionner le nom de l'avion avec lequel il était en communication préservait un minimum d'anonymat.

A cet instant, Tretsov, le pilote d'essai numéro deux du projet Mikoyan, se trouvait à 15000 mètres d'altitude, la perche de ravitaillement sortant du nez du Mig enfouie sous la mamelle de l'avion-citerne. La rencontre avait eu lieu quelques minutes auparavant.

Le micro de la console fit entendre, au milieu de parasites, le son affaibli d'une voix :

« Ici, Tretsov. A vous.

– Vladimirov à Tretsov. Dès que vous en aurez fini avec le ravitaillement, dirigez-vous vers le cap Nord.

– Le cap Nord. Voulez-vous répéter le message, s'il vous plaît ? »

Vladimirov comprit que le pilote s'étonnait du changement de programme. Sa voix trahit son agacement :

« J'ai dit : cap Nord. Mettez-vous en contact radio avec les unités suivantes : croiseur *Riga,* patrouille au sol de Mourmansk. Vous notez ? »

Il y eut un silence, puis :

« Ici Tretsov. Je note. Direction cap Nord. Contacter le *Riga* et la patrouille au sol de Mourmansk. A vous.

– Bien. Vous recevrez d'autres instructions. Terminé. »

Vladimirov tourna le bouton et s'éloigna de l'émetteur. Aucune importance, se dit-il, si les Américains ont capté cet échange. Cela ne faisait, après tout, qu'un appareil de plus lâché vers une destination absurde, vers ce qu'il soupçonnait n'être qu'une zone-leurre. Il se tourna de nouveau vers le premier secrétaire, mais celui-ci parlait à mi-voix avec Andropov. Il regarda alors Koutouzov dont les yeux chassieux croisèrent les siens, et qui hocha doucement la tête. Vladimirov lui exprima silencieusement sa reconnaissance pour ce geste de sympathie, de compréhension.

Puis les mêmes idées vinrent hanter son esprit. Si seulement il pouvait être *sûr*... Il savait ce qu'il faudrait faire, ce que toutes les unités devraient se donner comme objectif. Mais il avait peur de perdre la confiance qu'on lui témoignait encore, d'ébranler l'avenir de sa carrière pour une pensée aussi folle. Il avala sa salive. Il connaissait la réponse, et il savait que le premier secrétaire ne l'écouterait pas.

Il se méprisa. Ce qu'il faisait revenait à offrir sur un plateau le Mig-31 aux Américains ! Mais que faire d'autre ? Personne ne le croirait.

Peck ne s'était pas trompé : la crête s'étendait sur tout l'axe est-ouest de la banquise, à peu près à la moitié de sa longueur, coupant la piste d'envol. Il n'y avait aucun moyen pour Gant de faire décoller le Firefox sur ce qui restait de distance si la crête n'était pas aplanie.

« On va y arriver, capitaine », dit Peck en se penchant vers Seerbacker, plus mince et plus petit à côté de lui.

Fleischer, dont la formation et l'expérience ne pouvaient servir en la circonstance, se tenait coi. Haynes, l'ingénieur en second de Peck, aidait son chef à calculer le temps et les efforts que supposerait l'opération de déblaiement. Ils étaient donc cinq, avec Gant, à se tenir là, plantés raides dans le vent cru, entourés des lambeaux de brume qui s'accrochaient toujours à la banquise. Malgré quelques rafales de temps en temps, le vent soufflait moins fort, comme satisfait, calmé d'avoir accompli ce qu'il voulait.

« Je veux bien, Jack, mais est-ce qu'on aura assez de bon dieu de pelles et de pioches à bord pour faire le boulot ? » demanda Seerbacker.

Il lança un regard à Gant qui, tout à son examen de la banquise, semblait se désintéresser de la conversation. Ce détachement apparent l'irrita, puis il pensa à autre chose.

« Nous trouverons ce qu'il faut, capitaine – des haches, des barres à mine, de gros tournevis, n'importe quoi ! (Peck semblait prendre les réticences de Seerbacker comme un affront personnel.) Et on pourrait disposer quelques petites charges d'explosif, pourquoi pas ? ajouta-t-il.

– C'est de la folie, Jack !

– Non, capitaine, si on les place là où il faut... de petites charges. On ne va pas abîmer la glace ! »

Seerbacker resta un moment silencieux, puis il s'adressa à Gant :

« Quelle est la largeur du train d'atterrissage, chez votre oiseau ?

– Six mètres soixante-dix, répondit Gant automatiquement.

– Sûr ? »

Gant se contenta de hocher affirmativement la tête sans détacher les yeux de la crête de glace qu'il tenta inutilement d'effriter d'un coup de pied. Un peu de neige s'envola et retomba en flocons sur le bout de sa chaussure, mais aucune marque n'apparut sur la surface glacée.

« De combien avez-vous besoin... ? Quelle longueur de ce mur voulez-vous qu'on abatte ? » demanda Peck.

Gant tourna la tête, sentant une légère provocation dans la voix de l'homme. Il esquissa un sourire sans humour, réfléchit un instant, puis dit :

« Neuf mètres. »

Un silence de plomb pesa sur le groupe. Enfin, Seerbacker s'exclama :

« Ne dites pas de foutaises, Gant. Vous n'allez pas me faire perdre mon temps et bousiller cet oiseau juste pour prouver quelque chose à mon chef ingénieur ! »

Ses yeux allaient d'un homme à l'autre, comprenant à quel jeu ils se livraient depuis le moment où Gant s'était laissé aller à une réaction de panique devant Peck.

« Neuf mètres, répéta Gant, c'est tout ce qu'il me faut.

– Bien, chef, vous aurez vos foutus neuf mètres ! cracha Seerbacker. Dites-nous où vous les voulez, et M. Peck et son équipe se mettront au travail pour vous ! »

Gant s'éloigna, les quatre hommes se traînant presque à contrecœur derrière lui. Seerbacker se reprocha la façon dont il s'était comporté avec Gant. Il l'avait mis dans une situation telle qu'il lui avait fait dire des choses qu'il regretterait sûrement. On ne pouvait cependant déceler aucune trace de doute sur le visage de Gant. Il ne semblait pas considérer que, étant donné la visibilité ambiante, s'il s'était trompé ne serait-ce que d'un mètre de part et d'autre du train d'atterrissage, cela équivaudrait à se trancher la gorge avec une lame bien effilée.

Qu'il aille au diable ! se dit Seerbacker. Il commence à me taper sur les nerfs.

Gant s'arrêta en un point de la banquise et attendit que les autres le rejoignent :

« Ici », dit-il.

Il donna un violent coup de pied au sommet de la crête, à la hauteur de son estomac. De petits bouts s'effritèrent. Peck sortit de la poche de son parka une bombe à aérosol et vaporisa la glace d'un liquide dégivrant à base d'alcool. La partie de la crête déjà ébranlée s'effrita un peu plus. Gant compta 9 mètres à partir de l'endroit où il s'était d'abord arrêté, et attendit que Peck vienne faire une marque sur la glace. Seerbacker calcula qu'ils se trouvaient presque au milieu de la crête, presque au centre de la banquise. Gant avait prévu de décoller le long de l'axe le plus long, l'axe nord-sud.

« Combien de temps ça prendra pour déblayer neuf mètres, monsieur Peck? demanda Seerbacker.

– Une heure, capitaine – la vaporisation comprise. »

Gant aurait voulu dire que c'était trop, mais cela ne servait à rien de protester.

« Une heure? » dit Seerbacker.

Peck acquiesça de la tête. Seerbacker se tut, puis il sortit d'une poche son petit émetteur et appuya sur un bouton :

« Waterson, branche-moi sur la sono, tu veux? (Il attendit que cela soit fait et lança :) Ici, le capitaine. Ecoutez-moi. Il faut une heure pour déblayer la crête, ça veut dire que pendant tout ce temps, nous devons rester en surface. J'exige une vigilance de tous les instants. S'il se passe quelque chose, que ce soit dans le domaine aérien, marin ou sous-marin, et que vous, les gars, vous ne vous en apercevez pas, vous nous tuez tous. J'espère que c'est compris. Vous n'allez pas rester là à faire dans votre culotte en vous reposant sur vos états de service! Et vous maintenez la discrétion acoustique du *Pequod.* On fera assez de bruit ici pour tout le monde, alors vous, vous n'en faites pas. Les gars qui se trouvent autour de l'avion veilleront à le dégivrer et à le tenir prêt à rouler à la minute où on le leur dira. C'est M. Peck qui prend en charge le déblaiement de la crête. Il vous dira lui-même ceux qu'il a désignés comme volontaires pour faire partie de son équipe, et quel équipement il leur faut. Un mot encore... Docteur ? »

Après un court silence on entendit :

« Oui, patron ?

— Comment vont les blessés ?

— Harper a été commotionné — sa bonne tête dure a heurté le blindage du pont. Smith a perdu deux ou trois dents en mordant la glace, et je suis en train de faire quatre points de suture au dos du crâne de Riley. Les autres cas sont moins dramatiques.

— Merci, docteur. Dites à Riley que ça va faire du bien à son cerveau, et à Smith que ça va sûrement améliorer son physique ! OK, je passe la parole à M. Peck. Ecoutez-le bien, les gars. »

Il ferma son poste et le remit en poche. Peck commença à faire l'appel des noms : un répertoire de tout ce que le *Pequod* comptait d'hommes musclés.

Seerbacker s'approcha de Gant et le regarda longuement.

« Vous êtes sûr de ne pas vous tromper ? » dit-il enfin.

Gant hocha affirmativement la tête :

« Ne vous en faites pas. Je peux décoller si j'ai neuf mètres de glace lisse. Je n'ai pas dit ça à cause de Peck.

— Avec une visibilité comme celle-là ?

— Avec une visibilité pire.

— OK, mon vieux... mais ça va être vos funérailles, bon dieu. »

Ils se turent un moment, puis Gant dit :

« Merci, Seerbacker... pour cette heure que vous m'accordez.

— Ouais, ça va bien comme ça... Mais je ne le ferais pas pour tout le monde, ajouta-t-il avec un sourire.

— Je... je vais jeter un coup d'œil à l'avion.

— Bien sûr. Allez-y. »

Gant fit un petit salut de la tête et s'éloigna. Près du *Pequod,* à travers les voiles de brume grise, il pouvait apercevoir des hommes en pleine action, de la buée blanche sortant de leur bouche. Il pensa à Peck sans rancœur. L'homme menait ses troupes en vrai tyran, quand il leur disait de foncer, ils fonçaient, mais Peck savait ce qu'il faisait. Et après tout, ça ne regardait pas Gant.

L'idée était venue de Peck : tailler à grands coups une section de la crête, avec des haches et beaucoup d'énergie, puis polir la surface en projetant à l'aide de tuyaux la vapeur brûlante qu'utilisaient les turbines du sous-marin.

Le Firefox ne s'était pas recouvert de glace. A côté de lui, comme échappé de quelque gigantesque cabane à outils, se dressait un engin de 3 mètres ressemblant tout à fait à un arroseur de jardin. Il était relié par un tuyau à un réservoir situé dans le *Pequod* et, grâce à l'action d'un petit moteur électrique, il vaporisait sur l'avion le liquide dégivrant à base d'alcool que Seerbacker et l'équipage appelaient « la gnôle ». Le fuselage et la voilure de l'avion restaient ainsi libres de toute glace. Quatre hommes manœuvraient l'arroseur, deux hommes le faisaient rouler sur son chariot et deux autres dirigeaient le fin jet vaporisé, chacun tenant sous son bras un petit tuyau. Ils accomplissaient leur travail comme des automates, avec une précision mécanique. Gant pouvait voir tout autour de l'avion les marques que les roues du chariot avaient laissées sur le sol dans leur circuit incessant.

Il resta un long moment sans pouvoir se détacher du Firefox, le buvant des yeux. Jusqu'à présent, il n'avait pas eu le temps, ni l'occasion, de se tenir à *l'extérieur* de l'avion et d'observer à loisir ses lignes, son dessin, son allure implacablement fonctionnelle. La dernière fois, il n'avait ressenti qu'une impression confuse de bruit, de lumière — ce feu à l'autre bout du hangar, et la silhouette de Baranovitch, affaissé sur le ciment dans sa blouse blanche... Maintenant, il contemplait en silence le fin fuselage, les entrées d'air protubérantes, les puissants réacteurs, plus énormes que tous ceux dont Turmansky avait jamais eu l'idée de doter un appareil d'interception et d'attaque, l'incroyable ramassé des ailes avec, au-dessous, les missiles Anab en position. Il vit les marques calcinées des deux engins qu'il avait largués : l'un pour abattre le Badger, l'autre pour inciter le capitaine du *Riga* à une action prématurée. Il se rapprocha encore. Les missiles avaient été remplacés, ce qui rétablissait leur total de quatre.

Il n'en fut pas vraiment surpris. Un Mig-25 avait été dérobé aux Syriens lors d'une attaque qui avait servi de prélude à la présente opération. Sans doute l'avion était-il armé, et on avait confié à Seerbacker la livraison de ces missiles Anab. Décidément, Buckholz pensait à tout, se dit Gant.

Le ravitaillement de l'avion était déjà achevé quand, avec Peck et Seerbacker, Gant discutait le problème de la crête. Les tuyaux et le câble métallique avaient disparu de la roue avant. Leur travail accompli, les hommes avaient dû aller rejoindre l'autre équipe, à la crête.

Gant s'éloigna à regret puis, quand le Firefox ne

fut plus qu'une masse sans substance dans la brume, il allongea le pas.

Il lui fallut presque une demi-heure pour aller de l'avion à l'extrémité sud de la banquise et pour remonter ensuite jusqu'au nord en suivant la route qui lui servirait de piste d'envol. Elle n'avait pas été endommagée, sauf là où s'était formée la crête de glace. Il revenait sur ses pas quand, au fond de sa poche, la petite radio que Fleischer lui avait donnée fit entendre un signal.

« Oui ?

– Gant ? (La voix de Seerbacker était essoufflée, épuisée.) Ecoutez ça, cher monsieur. Nous venons de capter trois contacts sonar au sud de notre position – le long de l'itinéraire que vous avez suivi. »

Gant se tut un instant.

« Oui, dit-il enfin, ça doit être le croiseur et les deux sous-marins d'attaque qui lui font escorte.

– Bon dieu ! On peut dire, Gant, que vous savez nous compliquer la vie. On peut vraiment le dire !

– Ils devraient nous atteindre dans combien de temps ?

– Quarante minutes... peut-être quarante-cinq.

– Alors, on a assez de temps.

– Allez vous faire foutre ! Assez de temps pour que vous vous tiriez d'ici, vous. Et mon sous-marin ? Qu'est-ce que vous faites de son vaillant équipage qui en ce moment même se décarcasse pour vous fabriquer une piste ?

– Je... je suis désolé, Seerbacker. Je ne pensais pas...

– De toute façon, coupa Seerbacker, presque comme s'il marquait un point, ça prendra plus longtemps que prévu. Il semble que M. Peck ait été un peu optimiste dans ses calculs. Il nous faudra au moins autant de temps pour vous faire partir d'ici qu'il en faudra aux Russes pour nous rattraper ! »

Gant garda le silence. Finalement, Seerbacker demanda :

« Vous êtes toujours là, Gant ?

– Euh... oui. Vous êtes sûr qu'ils viennent sur nous ?

– Peut-être que oui, peut-être que non. Aux dernières nouvelles, non.

– Non ?

– Ils allaient vers l'ouest, perpendiculairement à l'axe nord-sud de la banquise. Mais, aussi sûr qu'il fait chaud en enfer, Gant, si nous les avons vus, ils peuvent sacrément bien nous repérer, eux aussi ! »

X

LE DUEL

VLADIMIROV fit face au premier secrétaire. Savoir ce qu'il fallait dire ne modéra en rien la tension qu'il sentait en lui. Il avait l'amère conscience de ne pas être prêt à ruiner sa carrière, de tenir beaucoup à prendre la place de Koutouzov quand le vieux serait mis à la retraite. De là venait son dilemme. Même s'il parvenait à réprimer ses doutes, à laisser les ordres s'accomplir, cela n'empêcherait pas, au cas où Gant réussirait à s'échapper avec le Mig intact, que le blâme pour cet échec soviétique, pour l'impuissance à capturer ou à détruire l'avion, ne retombe sur lui. C'est pourquoi il se décida finalement à demander qu'une action soit prise en réponse au message parvenu une minute plus tôt du *Riga,* annonçant un contact sonar.

« Selon moi, camarade premier secrétaire, dit-il, faisant un grand effort de volonté pour garder un ton égal, neutre, ce contact, bien qu'incertain à cause de la présence de nombreuses banquises, vaut qu'on l'examine sérieusement. »

Ses paroles semblèrent se dissoudre dans le silence qui pesait sur le centre de commandement. Vladimirov sentit que chacun, d'Andropov au moindre radio, comprenait ce qui se passait entre le premier secrétaire et le commandant du Wolfpack. On assistait à une joute où s'affrontaient les puissances respectives de deux hommes. Il eut même l'impression, tendu comme il l'était vers ce qui allait arriver, que tous appréciaient le fait qu'il se soit enfin décidé à faire un geste – son dernier geste.

« Selon vous », dit seulement le premier secrétaire au bout d'un instant.

Il n'avait pas haussé la voix, mais Vladimirov crut y sentir le reproche d'avoir repris la parole. Il hocha la tête :

« Je... je suis maintenant sûr de savoir comment ils ont l'intention de ravitailler le Mig en mer... »

Il employait à dessein un langage hermétique. Il jouait avec le premier secrétaire comme avec un poisson dangereux et récalcitrant – un requin. Mais il s'était déjà beaucoup avancé. Si sa supposition était exacte, et si pourtant elle se soldait par un échec, l'avoir formulée équivalait à un suicide professionnel. L'idée affolante qui avait pris naissance en son esprit, il avait essayé de l'écarter, de s'en débarrasser en même temps que des sombres perspectives qu'elle dessinait pour lui. Elle l'avait cependant complètement gagné, et il ne pouvait plus en différer la communication au premier secrétaire. C'était sa damnation, il le savait, et ses dents grinçaient presque à imaginer les conséquences du conflit qui allait l'opposer au dirigeant soviétique. Mais c'était leur seule chance, leur ultime chance d'éviter que le Mig ne tombe entre les mains des Américains – Gant se chargeant de l'offrande.

Comme une nausée, la haine qu'il ressentait pour Gant lui brûlait le fond de la gorge.

« Voilà : ils se sont servis – ils se servent en ce

moment même – d'une vaste banquise comme piste d'atterrissage et d'envol. Et l'appareil qui ravitaille le Mig est sans aucun doute un sous-marin. De là le contact sonar établi par le *Riga* ! »

Dits de cette manière, précipitamment, les mots semblaient peu convaincants, ridicules même. Vladimirov voyait pourtant si clairement la scène ! Les silhouettes enveloppées dans les parkas, les tuyaux pleins de carburant, l'avion posé sur la glace... Les Américains n'avaient eu qu'à choisir entre des milliers de banquises !

« L'avion aurait donc *atterri,* Vladimirov ? »

Vladimirov sentit qu'il avait perdu. La voix, sèche et calme, lui disait qu'il n'avait pas su convaincre. Il regarda autour de lui. Les visages se détournèrent. Personne ne voulait croiser son regard. Même Koutouzov regardait ailleurs, comme fait celui qui vient d'assister à un accident de la route.

« Oui », dit Vladimirov.

Sa voix était trop haut perchée, il s'en rendait compte. Bon dieu, s'il n'était même plus capable de contrôler sa voix maintenant ! Comment se faisait-il que cet homme puisse ainsi le terroriser, de l'autre côté de la table, de cette carte avec ses petites lumières s'échelonnant jusque vers le cap Nord ? Ils avaient gobé le subterfuge d'Aubrey : cet avion, ce sous-marin n'étaient que des leurres auxquels ils s'étaient laissé prendre. Vladimirov en était certain. Et tout ce que l'Union soviétique possédait de forces aériennes ou navales avait été précipitamment lancé sur le cap Nord. L'homme qu'il avait en face de lui avait le pouvoir de ruiner sa carrière, de l'écraser, de le faire jeter en prison, de le faire déclarer fou. Vladimirov ne voulait pas se retrouver dans un asile, comme Grigorenko.

Il essaya une fois encore :

« Le contact confirme l'itinéraire relevé par le *Riga* et son escorte juste avant qu'ils ne perdent la trace de l'avion. »

Puis Vladimirov se réfugia dans le silence. Il observa presque en simple spectateur l'homme au complet gris, sa stature carrée, son regard fixé sur la carte qu'il semblait à peine voir. Le *Riga* et ses deux sous-marins ne formaient plus que de petites lumières isolées maintenant que toute l'activité aérienne et navale s'était portée plus à l'ouest.

Soudain, le premier secrétaire regarda Vladimirov droit dans les yeux. Et avant qu'il ne rabaisse les paupières, le général, incrédule, eut le temps de voir la peur dans ce visage, rien que la peur. Il n'en saisit vraiment le sens que lorsque le premier secrétaire prit la parole :

« Cela prendrait trop de temps de rappeler les hélicoptères et de leur faire fouiller cette région. Nous allons plutôt – puisque, mon cher général, vous semblez obsédé par les banquises et les sous-marins-citernes... »

Il fit une pause et Andropov, assis à côté de lui, trouva de bon ton d'arborer un léger sourire; pourtant, l'expression de ses yeux, derrière les lunettes cerclées d'or, était sans humour; il savait où le premier secrétaire voulait en venir. Ce dernier poursuivit :

« Comme je le disais, pour que votre esprit soit en paix, mon cher Vladimirov, nous allons envoyer l'*un* des sous-marins d'escorte du *Riga* voir un peu ce que c'est que ce contact sonar douteux capté par le croiseur. »

Son sourire satisfait montrait qu'il reprenait le dessus malgré l'éclair de froide lucidité qu'un bref instant il avait surpris dans les yeux d'Andropov.

« Mais, s'il s'agit de ce que je... » commença Vladimirov.

Le premier secrétaire leva son énorme main :

« J'ai dit *un* sous-marin, Vladimirov. Combien de temps cela prendra-t-il ?

– Quarante minutes, pas plus.

– Bon. Si nous recevons un rapport intéressant, si le contact s'avère authentique, nous donnerons alors l'ordre au deuxième Mig-31 de revenir du cap Nord à toute vitesse. »

L'affaire était réglée. Vladimirov sentit sa tension baisser, le laissant physiquement faible, épuisé. Enfin, il avait tout de même obtenu quelque chose. Il n'en retirait aucun sentiment de victoire. Et il ne pouvait s'empêcher de continuer à se mépriser.

De peur que son expression ne trahisse ses pensées, il se tourna vivement vers la console pour faire transmettre un message codé au capitaine du *Riga*.

Gant avait tellement fixé l'écran vert du sonar et son balayage que les yeux lui faisaient mal. Il perdait courage à suivre la révolution de ce faisceau qui, dans son sillage blanc, cristallisait trois points lumineux. Un lourd silence régnait au poste de commande du *Pequod* où un marin, des écouteurs plaqués aux oreilles, recevait le signal sonore amplifié du contact qui s'était établi. L'état de la situation devint bientôt évident pour chacun. Sur l'écran, l'un des points lumineux – l'un des sous-marins d'escorte – avait dévié de sa course et se dirigeait droit sur le *Pequod.* Les deux autres points continuaient leur progression vers l'ouest.

Jusqu'à présent ces signaux n'apparaissaient que sur l'écran du sonar à longue portée, celui qui couvrait un rayon d'une cinquantaine de kilomètres autour du *Pequod*. Après la détection des trois bâtiments, le secteur balayé par le sonar s'était rétréci, concentré sur eux. Le sous-marin solitaire n'était qu'à une trentaine de kilomètres.

Après de longues minutes, pendant lesquelles on n'entendit dans le silence que le bruit haletant des respirations et le petit bruit caractéristique de la sonde à ultrasons, Seerbacker, qui se tenait juste à côté de Gant, demanda :

« Dans combien de temps est-ce qu'il sera là ? »

L'opérateur dit, sans lever la tête :

« On ne peut pas savoir exactement. Avec ce sonar à longue portée, vous savez ce que c'est. Il y a parfois un indice de distorsion de 20 p. 100. Je ne peux pas vous répondre exactement, capitaine.

– Nom de nom !

– A quelle vitesse vont ces sous-marins russes ? demanda Gant.

– Qu'est-ce que vous voulez que j'en sache, bon sang ? explosa Seerbacker, tournant vers Gant son long visage blême de colère et de peur. Je ne sais même pas de quel type de sous-marin il s'agit ! Tant qu'il n'apparaîtra pas sur l'écran du sonar à courte portée, l'ordinateur ne pourra pas nous en donner l'image tridimensionnelle qui nous permettrait de l'identifier.

– Contact toujours en direction de Trente-Neuf Rouge et se rapprochant », annonça l'opérateur d'une voix forte.

Les réactions émotionnelles de Seerbacker ne semblaient pas l'affecter.

« Qu'est-ce que... vous allez faire ? » demanda Gant.

Seerbacker le regarda un moment, puis répondit :

« J'ai une enveloppe scellée pour vous – votre itinéraire, je suppose; ça, c'est la première chose.

La deuxième, ce sera de sortir notre déguisement de la garde-robe et de l'épousseter un peu. »

Gant l'observait, sans comprendre.

« Contact toujours en direction de Trente-Neuf Rouge, et se rapprochant. »

Seerbacker fixa la nuque de l'homme comme s'il eût souhaité qu'il fût mort, ou tout au moins muet.

« Passez-moi le bigophone. »

Fleischer lui tendit le micro après avoir appuyé sur le bouton d'alerte situé sur le côté, afin d'avertir l'équipage qu'il allait entendre un message du capitaine.

Seerbacker le remercia d'un hochement de tête puis porta le micro à ses lèvres.

« Attention, ici le capitaine. On commence l'opération « Placide ». Au triple galop. On dispose d'environ trente minutes, peut-être moins, plus, j'en doute. Alors magnez-vous les fesses comme ça ne vous est encore jamais arrivé. »

Son coup de gueule à l'équipage l'ayant un peu soulagé, il se tourna vers Gant d'une manière moins agressive. Il lui fit même signe en souriant de le suivre jusqu'à sa cabine. Ils franchirent tous deux la porte étanche du poste de commande.

« Qu'est-ce que c'est que cette opération « Placide » ? demanda Gant par-dessus le claquement de leurs pas descendant l'échelle.

Seerbacker ne répondit pas tout de suite. Quand ils furent seuls dans la cabine bien fermée, il alla vers un coffre-fort mural, tourna le bouton du cadran jusqu'à un certain cran et ouvrit la petite porte. Il sortit un mince paquet entouré de plastique. Avant de le tendre à Gant, il pinça de deux doigts l'enveloppe transparente pour révéler la présence d'une capsule d'acide. Gant montra d'un signe de tête qu'il comprenait qu'elle servirait à l'autodestruction du document confidentiel ainsi protégé.

Il déplia la fine feuille de papier et, tout en commençant à l'étudier, demanda une nouvelle fois :

« L'opération « Placide », qu'est-ce que c'est ? »

Seerbacker sourit :

« Rien qu'un nom donné par plaisanterie à quelque chose... qui pourrait bien nous sauver la vie. Nous remonterons là-haut, tout à l'heure, vous vous rendrez compte par vous-même. »

Gant hocha vaguement la tête comme si la question ne l'intéressait plus. Le document contenait des ordres simples. D'abord, une liste de noms géographiques et d'horaires. Gant devait se rendre au sud de la côte finlandaise, à l'est de la « zone-leurre » du cap Nord, survoler la Finlande et ses lacs jusqu'à Stockholm. Une fois arrivé au débouché du golfe de Botnie dans la Baltique, la consigne était de se placer dans le sillage de l'avion de la British Airways assurant en fin d'après-midi la liaison commerciale entre Stockholm et Londres. En effet, se dit Gant, s'il restait derrière cet avion, et à une moindre altitude, non seulement il ne serait pas repéré par l'équipage, mais tout ce qui apparaîtrait sur un écran à infrarouge serait la source de chaleur dégagée par l'avion civil qui traverserait la mer du Nord à l'heure normale après avoir suivi un itinéraire normal. Quant à la possibilité d'un repérage visuel du Firefox – le seul contre lequel il n'était pas protégé – elle restait très improbable. Aucun bateau Elint patrouillant dans la mer du Nord n'aurait l'idée de le chercher là où il se trouverait. Une fois arrivé à un point bien spécifié au-dessus de la côte anglaise, Gant devait se mettre en contact radio avec la base de la R.A.F., à Scampton, dans le Lincolnshire – et ce, sur la fréquence utilisée pour le trafic aérien général. Il prétendrait piloter un avion commercial effectuant un vol destiné à lui faire obtenir son certificat de navigabilité. Avec un peu de chance, si tout marchait bien, les Russes auraient perdu sa trace – à supposer qu'ils l'aient suivie – au large des côtes orientales de la Suède, quand son image et celle de l'avion de la British Airways se confondraient sur l'écran à infrarouge.

Il relut toutes ces coordonnées pour bien les ancrer dans son esprit; il replaça la feuille d'abord dans sa couverture de cuir, puis dans l'enveloppe de plastique. Seerbacker avait déjà préparé un grand cendrier métallique. Gant y posa l'enveloppe et l'écrasa avec la paume de la main. Presque immédiatement l'acide commença son effet dissolvant, dégageant des vapeurs à la senteur âcre. Bientôt, il ne resta plus de l'enveloppe et de son contenu que quelques scories noires et poisseuses. Gant hocha la tête, comme pour lui-même, et dit :

« OK, capitaine, passons aux choses urgentes. Je voudrais savoir où en est ma piste d'envol. »

A la surprise de Seerbacker, les yeux de Gant pétillèrent quand il ajouta :

« Et je veux voir « Placide ».

Aubrey se dit qu'évidemment il ne pouvait pas être certain, il s'en fallait de beaucoup à l'heure présente, mais il ne parvenait pas à éteindre la petite flamme d'espoir qui lui réchauffait le cœur comme du bon cognac. La chaleur du succès. La réussite de leur manœuvre de diversion vers le cap Nord, la multiplication des messages codés entre les Russes, le signal enfin émis du *Pequod* par Seerbacker – le Firefox s'était posé sain et sauf sur la banquise et avait été ravitaillé en carburant – tout cela lui procurait un sentiment de satisfaction difficile à réprimer.

Il remarqua que Shelley, lui aussi, ne pouvait s'empêcher d'éclairer son visage lisse d'un sourire d'enfant. Les Américains, dont le moral avait longtemps été à la baisse, les doutes de Buckholz les ayant plongés dans l'incertitude, reprenaient maintenant le dessus. Curtin, grimpé à l'échelle, rectifiait la position des avions et des bateaux russes à mesure qu'ils gagnaient la zone vers laquelle on les avait fallacieusement dirigés. Aubrey ne jeta un coup d'œil sur l'immense carte que pour y voir l'emplacement de la banquise et l'épingle de couleur représentant le Firefox.

L'humeur d'Aubrey aurait été moins égale et son contentement de soi moins grand, s'il avait reçu de Seerbacker un autre signal lui annonçant le contact sonar avec un sous-marin soviétique fonçant sur le *Pequod,* ou s'il avait pu deviner l'intuition de Vladimirov à Bilyarsk – et son succès partiel. Mais il était ébloui par son coup d'éclat, et Seerbacker ne l'avait pas encore informé de la présence suspecte du sous-marin d'escorte dans les parages. Pour Aubrey, les choses devaient maintenant se dérouler automatiquement. Pour peu que Gant suive bien les instructions, l'affaire était dans le sac.

Aubrey prétendait que jamais, absolument jamais, il n'avait été homme à vendre la peau de l'ours avant de l'avoir tué. C'était exactement ce qu'il faisait. L'amplitude de ce qu'il avait réalisé, depuis l'idée initiale jusqu'à la planification et l'exécution, le stupéfiait lui-même. Sa vanité s'épanouissait comme une fleur sous un brillant soleil.

« Hum... messieurs, dit-il en s'éclaircissant la voix, je sais que cela peut sembler un peu prématuré... (il sourit avec l'air de s'excuser, mais il savait que tout le monde partageait son optimisme)... mais qu'importe... peut-être pourrions-nous nous permettre une célébration un rien alcoolisée ?

– Voilà une manière tortueuse de dire les choses, Aubrey, mais je crois en effet que nous pourrions déboucher une bouteille, dit Buckholz avec un grand sourire.

– Allons-y. »

Aubrey gagna la table roulante qui était restée dans un coin de la pièce pendant les longues heures de travail et d'inquiétude. L'atmosphère semblait soudain débarrassée de l'odeur rance des cigares refroidis et des vêtements trop longtemps portés. La tension disparut des visages qui ne gardèrent que la trace de la fatigue – juste l'agréable petite fatigue de gens qui ont fait du bon travail, qui viennent d'accomplir quelque chose.

Aubrey décacheta une bouteille de whisky et versa généreusement le liquide d'or pâle dans des verres. Avant de les faire circuler il les plaça cérémonieusement sur un plateau d'argent apporté de chez lui en prévision d'un tel événement.

Il leva son verre et dit en souriant gentiment :

« A la santé du Firefox, messieurs... et, naturellement, à la santé de Gant !

– A Gant !... Au Firefox ! » entonnèrent les quatre autres voix, plus ou moins à l'unisson. Aubrey considéra avec un certain mépris la façon dont Buckholz avait englouti le précieux liquide en une seule gorgée. Vraiment, se dit-il, cet homme n'a aucun *goût,* absolument aucun.

Il savoura, lui, par petits coups le contenu de son verre et plus que jamais la conclusion de l'opération lui parut n'être qu'une question de temps. Dans quelques minutes, le moment serait déjà venu de demander une voiture pour se rendre à la base de la R.A.F. à Scampton – que Gant arrive avant eux ferait très mauvais effet.

Il sourit à cette idée.

Peck se tenait devant Gant et Seerbacker, les dominant de sa haute taille. La sueur s'était transformée en cristaux de glace sur la fourrure de son capuchon et sa moustache était raide de givre.

« Eh bien ? demanda Seerbacker, la main posée sur l'échelle du kiosque du *Pequod*.

– C'est fait, capitaine », dit Peck.

Il tourna ensuite vers Gant son visage blafard aux traits tirés par la fatigue, et sa voix se durcit :

« On a déblayé votre foutue piste, monsieur Gant !

– Peck ! » gronda Seerbacker.

Un moment, Gant eut l'impression que ce colosse d'ingénieur allait le frapper. Il eut un mouvement de recul, puis il dit :

« Peck, je suis désolé. »

Comme abasourdi par cette réplique, Peck scruta le visage de Gant pour voir s'il ne se moquait pas de lui. S'apercevant que ce n'était pas le cas, il se sentit obligé de s'expliquer un peu :

« C'est moi qui suis désolé, commandant... (Gant écarquilla les yeux de surprise. C'était la première fois que quelqu'un mentionnait son ancien grade, et Peck l'avait fait par respect.) Ça m'a échappé. Vous comprenez, les hommes et moi, pendant qu'on travaillait sur cette foutue crête, eh bien, on ne pouvait pas s'empêcher de penser qu'on aurait déjà pu être partis au lieu d'être là à se crever. »

Il se tut et regarda fixement le bout de ses pieds.

« Je comprends, Peck... et merci, dit Gant.

Maintenant, racontez-moi où nous en sommes. Qu'est-ce que vous avez pu faire ? »

Peck reprit immédiatement le ton du technicien :

« Nous avons abaissé la crête sur 9 mètres. En ce moment, nous disposons les tuyaux qui doivent amener la vapeur directement des turbines – il en faut une bonne longueur, commandant... et ça prendra un certain temps. »

Gant hocha la tête et dit :

« Retournez-y, Peck. Plus vite ce sera fait, plus vite vous pourrez repartir. Quand vous aurez fini de lisser la surface – et faites-la aussi lisse que possible parce que je ne voudrais pas rencontrer une bosse en roulant à 150 nœuds – j'aimerais que vous arrosiez de vapeur toute la longueur de la piste, en commençant aussi au nord de la banquise que vous le pourrez et en revenant vers le Firefox. Enfin, si vous en avez le temps...

– Je peux vous demander pourquoi, commandant ? s'enquit Peck, étonné.

– Pour dégager la couche de neige, Peck. Je n'ai pas envie d'être freiné par la résistance du sol...

– Occupez-vous de ça, Peck, dit Seerbacker. Il faut à présent que j'aille surveiller notre petit numéro de transformation, et je reviendrai plus tard voir si vous méritez tous des bons points ! »

Peck sourit et s'éloigna le long du *Pequod* jusqu'à l'ouverture située au-dessus des turbines. Deux mécaniciens étaient en train d'introduire dans le ventre du sous-marin un gros tuyau aux boucles de serpent.

Seerbacker dit à Gant :

« Vous me demandiez en quoi consiste l'opération « Placide ». Venez un peu voir. »

Gant fut forcé d'admettre que cette opération

avait été menée rondement et brillamment. Au début, il lui sembla que l'activité fiévreuse des membres de l'équipage – de tous ceux qui ne travaillaient pas à aplanir la crête – n'obéissait pas à une stratégie d'ensemble. Son but précis lui échappait. Il comprit ensuite la métamorphose qui s'opérait.

On transformait le sous-marin en une innocente station météorologique de l'Arctique. Son émetteur-radio à la main, Seerbacker lançait des ordres : il fallait effacer toute trace du carburant transporté à bord du sous-marin, nettoyer à l'eau de mer la chambre des torpilles et l'avant du poste d'équipage; simuler une avarie de la coque pour expliquer le résidu d'eau de mer dans ces deux emplacements. Sur la banquise, on avait assemblé les éléments d'une cabane et, d'un coup d'œil jeté à l'intérieur par la fenêtre, Gant vit qu'on y avait transporté des meubles de bois frustes, que les murs étaient garnis de cartes et de diagrammes, que les tables croulaient sous un impressionnant éparpillement de papiers et de calepins couverts de calculs. Deux mâts avaient été dressés. L'un, pour la radio, atteignait 9 mètres de haut. Au sommet de l'autre, haut de 6 mètres, tournait un anémomètre et, plus bas, une girouette indiquait la direction du vent dont le premier instrument mesurait la vitesse.

Un coffre blanc – un abri Stephenson – posé au pied du plus petit des deux mâts, contenait thermomètres et hygromètres. Pour compléter cette prétendue station météo, des trous avaient été creusés dans la glace, certains jusqu'au niveau de la mer, et on y avait descendu des thermomètres.

Gant observa Peck et ses hommes occupés à dérouler des tuyaux, à les raccorder l'un à l'autre, puis il vit s'élever dans le ciel un ballon-sonde d'une vive couleur orangée. La brume effilochait ses fumerolles sur la surface de la banquise mais le plafond de nuages ne s'étendait qu'à 4000 mètres. Un autre ballon, au-dessus du *Pequod,* se balançait au bout d'un fil de nylon. Les ballons pourraient expliquer le lancement de celui qui avait servi de signal lors de l'atterrissage du Firefox.

Il ne fallut pas plus d'une quinzaine de minutes pour faire surgir cette station météo américaine chargée de suivre la dérive vers le sud d'une banquise allant d'elle-même à son anéantissement. Le seul point faible, se dit Gant, c'était pour le *Pequod* de se trouver dans la mer des Barents et non à l'est du Groenland.

Seerbacker, qui avait rejoint Gant près de la passerelle du sous-marin, le rassura quelque peu :

« Ils ne peuvent rien prouver, Gant. A supposer naturellement que vous ayez décollé bien avant que ce bâtiment russe ne nous tombe dessus ! »

Gant regarda pensivement la surface de la glace :

« Et la chaleur des gaz d'échappement dans mon sillage ? Ils doivent suspecter qu'il se passe quelque chose sur cette banquise, ils vont continuer leur détection par infrarouge.

– Je me fous de votre sillage, Gant. Tout ce que je vous demande, c'est de nous débarrasser de cet oiseau. Laissez-moi le soin de me faire de la bile pour le reste. »

La rudesse forcée de la réponse fit sourire Gant. Seerbacker avait peur; il savait qu'il marchait sur des lames de rasoir.

« C'est bon, dit Gant, dès que ce sera possible, je vous débarrasserai le plancher.

– OK. »

Seerbacker tira de la poche de son parka l'émetteur-radio :

« Ici, le capitaine. Tu es là, Fleischer ?

– Oui, capitaine. »

Sortant du petit poste de radio, la voix de Fleischer avait quelque chose d'irréel. Elle symbolisa pour Gant l'ensemble de la situation : la banquise, minuscule au milieu de l'âpre déploiement de la mer de Barents, l'approche meurtrière du sous-marin russe.

« Quelles nouvelles de notre ami ? » demanda Seerbacker.

Son second ne répondit pas tout de suite :

« Nous avons demandé à l'ordinateur, capitaine, dit-il enfin, et, compte tenu d'une erreur possible de 7 % dans le contact sonar...

– Abrège. Annonce la mauvaise nouvelle.

– D'après l'E.T.A., le sous-marin devrait être là dans dix-sept minutes.

– Bon dieu !

– Il n'a pas varié son cap ni sa vitesse, capitaine. Il vient droit sur nous. »

Les traits de Seerbacker se figèrent un instant, puis il grimaça un sourire :

« Vous avez entendu, Gant ? (Ce dernier hocha la tête.) OK, Fleischer, je garde le poste ouvert – tu m'appelles toutes les minutes, compris ?

– Oui, capitaine.

– Et quand il apparaîtra sur l'écran du sonar à courte portée, tu me donneras la vitesse et la distance exactes toutes les trente secondes.

– Bien, capitaine. »

Seerbacker accrocha sa radio à la poche extérieure de son parka, s'assura qu'elle tenait bien, puis fit signe à Gant de le suivre. Il s'éloigna du sous-marin, les interminables serpents noirs qui se perdaient dans la brume. Gant marchait sur les pas du capitaine. L'endroit où s'élevait la crête n'était pas encore visible, le sifflement de la vapeur à peine audible. Une fois de plus, Gant fut envahi par le sentiment de ce qu'il y avait de précaire dans sa situation. Seerbacker avançait gauchement, penché en avant, et sa silhouette paraissait si légère, incapable de supporter le poids de tout ce qu'exigeait l'envol libérateur du Firefox. Le regard que Gant jeta en se retournant sur l'appareil, la fermeté de la glace sous ses pieds, rien de tout cela ne lui apporta de réconfort. Le sous-marin russe venait droit sur la banquise, sur le *Pequod.* Il ne leur restait plus que seize minutes, peut-être un petit peu plus, peut-être un petit peu moins.

Les tuyaux allaient jusqu'à la brèche creusée dans la crête. Deux hommes, l'un à chaque extrémité, dirigeaient sur la surface aussi informe qu'un plâtre inachevé, un jet de vapeur brûlante. Gant avait demandé une brèche de neuf mètres. Il la mesura mentalement car elle lui paraissait étroite, trop étroite. La vapeur jouait sur les aspérités de la glace, égalisant les angles rugueux là où elle avait été taillée à grands coups. En quelques minutes apparut un sol lisse, étincelant.

Une fois, Peck avait tourné la tête, constaté la présence de Gant et du capitaine, puis il s'était désintéressé d'eux. Quand il fut satisfait de l'apparence de la brèche, il hurla à son équipe :

« OK, les gars, occupez-vous maintenant de la piste, et polissez-la bien.

– Pour quoi faire, chef ?

– Parce que je vous le dis. Tu verras, ça va t'amuser, Clemens ! »

Les tuyaux se perdirent de nouveau dans la brume, suivant comme avec réticence les hommes qui les tiraient. Ils serpentèrent auprès de Gant, lentement, trop lentement. Il regardait sa montre quand la voix de Fleischer grésilla dans la radio de Seerbacker :

« Le sous-marin vient d'apparaître sur l'écran sonar à courte portée. »

Seerbacker pencha la tête comme un oiseau prêt à ébouriffer ses plumes :

« Dis-moi le pire.

– Identification par l'ordinateur : sous-marin russe d'attaque – distance : six kilomètres cinq cents – E.T.A. : neuf minutes...

– Quoi ? beugla Seerbacker.

– Désolé, capitaine. L'erreur du sonar a dû être plus importante que nous ne le pensions...

– C'est bien le moment de me le dire ! (Seerbacker se tut un instant, puis lança :) Terminé ! (Il se tourna et appela :) Peck !

– Capitaine ?

– Vous avez entendu, chef ?

– Oui, capitaine... on ne pourra jamais nettoyer cette piste, pas sur neuf mètres de largeur et sur toute la longueur de la banquise. »

Seerbacker regarda Gant :

« Alors, qu'est-ce que vous voulez ?

– Je... une centaine de mètres de ce côté, répondit Gant en pointant le doigt vers le nord, au-delà de la brèche. C'est tout ce que je demande – cent mètres d'une bonne piste de ce côté de la banquise. »

Dans la direction de son doigt : le Firefox.

Seerbacker répéta ces instructions. Peck émit des doutes sur la possibilité d'accomplir le travail en si peu de temps, mais il promit d'essayer.

Dans la brume, Gant vit le groupe des hommes qui revenaient sur leurs pas, courbés par l'effort, traînant péniblement les tuyaux. Puis ce fut la répétition des mêmes gestes pour lancer le jet de vapeur, polir la surface de la piste, faire s'envoler la couche poudreuse de neige. Si l'avion devait prendre assez de vitesse pour le décollage, il *fallait* que ce soit fait. Et il lui fallait, lui, attendre jusqu'à ce que ce soit fait.

La voix de Seerbacker résonna :

« Dites-moi où en est l'opération « Placide » – et à partir de maintenant, toutes les communications ne devront avoir trait qu'aux conditions atmosphériques, c'est compris ? »

Dans l'attente de la réponse, il tendait l'oreille si intensément qu'il se souleva presque sur la pointe des pieds. Quand la voix eut fini son rapport, il hocha la tête, apparemment satisfait. Il se tourna vers Gant :

« Tout va bien. Nous sommes parés – à condition naturellement de vous avoir d'abord expédié dans les airs.

– E.T.A. sept minutes. »

La voix de Fleischer était dangereusement affectée par ce qui semblait bien être de la panique.

« Quand il nous contactera, tu lui racontes la petite histoire prévue au scénario. OK, Dick ? »

Le ton de Seerbacker se voulait apaisant.

« Oui, capitaine. »

Gant contemplait le jet de vapeur glissant sur la neige, soulevant des nuages de poudre blanche dans l'air brumeux. Il vit passer d'autres silhouettes anonymes : les hommes que Peck avait appelés en renfort pour aider ceux qui traînaient les tuyaux. Les serpents noirs déroulaient leurs anneaux de plus en plus près de lui. Autour des hommes, le blizzard artificiel faisait rage, et Gant fut bientôt lui-même enveloppé, aveuglé, par ce tourbillon blanc.

Il entendit cependant la voix perçante de Fleischer :

« E.T.A. six minutes... pas encore de contact radio, capitaine. »

Gant vit se profiler la mince silhouette de Seerbacker, tandis que les tuyaux se rapprochaient de l'avion. Il essuya du dos de sa moufle la neige qui s'accrochait à son visage mal rasé.

Seerbacker tournait le dos à Gant. Silencieux, il observait les hommes de Peck au travail sur la piste. Ils lui semblaient aller bien trop lentement. Incapable de supporter plus longtemps ce silence, cette tension, il fit face à Gant et lui demanda :

« Vous croyez qu'ils vont y arriver ? »

Gant acquiesça de la tête :

« Ça ne va demander qu'une minute.

– Il ne vous faudra pas plus que ça pour quitter les lieux ?

– Et partir si loin que vous ne le croiriez pas ! dit Gant avec un sourire.

– Espérons que vous avez raison, cher monsieur – ça vaudrait mieux pour tout le monde ! »

« Le contact est confirmé, camarade premier secrétaire ! » dit Vladimirov.

Il frappa si fort la table de sa main que les petites lumières de la carte tressautèrent et se brouillèrent un instant.

Son interlocuteur ne sembla pas s'émouvoir, mais considérer plutôt avec un certain dédain l'excitation de ce militaire. Vladimirov savait qu'il risquait le tout pour le tout, que le moment n'était plus aux subtilités politiques, au souci de sa propre carrière. Il avait vu juste. Il s'agissait bien d'un sous-marin américain, amené là dans le but qu'il avait soupçonné. Son silence l'avait marqué. Il était pâle, épuisé, la sueur perlait à son front. Il sentait que dans cette pièce un seul homme, Koutouzov, était de son côté. Et même lui se taisait.

« Vladimirov, du calme, voyons! grommela le premier secrétaire.

– Que je me calme! » dit Vladimirov d'une voix haut perchée qu'il ne parvenait pas à contrôler.

Il avait fait le saut. Il ne pouvait plus se tenir prudemment à l'écart comme il s'était donné pour règle de le faire toute la matinée, essayant de trouver un odieux équilibre entre les mouvements contraires de son devoir et de son intérêt personnel. Il avait été incapable de déjeuner tant son estomac était noué – le nœud de la peur. C'était peut-être, se dit-il, l'affreuse révélation d'être un lâche qui l'avait fait basculer dans la voie du devoir.

« Oui, calmez-vous!

– Comment est-ce que je pourrais être calme quand, à cause de votre stupidité, oui, de votre *stupidité,* nous allons perdre cet avion au profit des Américains? Vous avez vu le dossier – vous savez quel homme est ce Gant. Il est capable d'atterrir sur une banquise et de décoller ensuite. Ecoutez-moi... avant qu'il ne soit trop tard! »

Comme un lièvre traqué, Vladimirov surveillait l'expression du premier secrétaire, la succession d'émotions qu'elle traduisait. D'abord, la violente rage au reçu de l'affront, vite contrôlée. Puis, le froid mépris, comme d'habitude, avec une pointe de plaisir sadique, lui sembla-t-il. Enfin, Vladimirov vit transparaître l'émotion qu'il attendait : celle du doute.

Vladimirov savait que son adversaire avait peur maintenant de continuer à prétendre l'ignorer. Et même s'il allait à sa ruine, il ne pouvait plus reculer. Incapable de soutenir le regard de Vladimirov, le premier secrétaire jeta par-dessus son épaule un coup d'œil à Andropov. Le visage du président était impénétrable.

« Il *faut* que vous agissiez, camarade premier secrétaire, dit Vladimirov. Il n'est plus temps de faire de la politique. »

L'homme sembla prêt à bondir sur le commandant du Wolfpack, mais il ramena vite un sourire sur son visage et un ton léger dans sa voix :

« Très bien, Vladimirov, si vous y tenez tellement... (La voix se durcit.) Si vous êtes vraiment prêt à... à gâcher tout par votre comportement... je ne peux faire rien moins que vous donner satisfaction. (Il fit de la main un geste de générosité.) Qu'est-ce que vous avez à me demander ?

– Le rappel immédiat du deuxième Mig. Qu'il quitte la zone du cap Nord », dit Vladimirov d'une voix étranglée.

Son énergie commençait à l'abandonner. Il ne lui restait que la peur à la pensée des honneurs perdus, du pouvoir enfui. Le premier secrétaire approuva d'un seul mouvement de tête. Vladimirov ne se soucia pas des autres forces dirigées massivement, et à tort, vers le cap Nord. Pas maintenant. Seuls le deuxième Mig et Tretsov pouvaient à ce stade changer le cours des choses. Et, comme s'il avait voulu trouver une compensation au sacrifice de sa carrière, il souhaita la mort de Gant. Il souhaita que Tretsov en finisse avec lui.

En s'avançant vers la console pour transmettre ses ordres à Tretsov, il jeta un coup d'œil en direction de Koutouzov. Il crut lire dans les yeux humides du vieillard de la bonté, de l'admiration même, mêlée à une profonde compassion. L'instant d'après, il n'y vit qu'une sorte de détachement, de méconnaissance de ce qui se passait. Vladimirov se sentit très seul, ne sachant laquelle de ses impressions était la bonne.

Il lança ses ordres – les derniers peut-être en tant que commandant des « Loups », se dit-il sombrement – d'une voix calme et égale, conscient des regards dans son dos. La tension paralysait tout le monde au centre de commandement.

Tretsov reçut les instructions, et le deuxième Mig dévia de sa course pour se diriger, avec sa capacité de vitesse de plus de 6500 kilomètres à l'heure, vers la banquise. Vladimirov s'accrocha à l'ultime espoir que Tretsov réussirait à tuer Gant.

« Ils appellent, capitaine. Ils demandent une identification immédiate, capitaine. »

La voix de Fleischer sortait de la radio toujours fixée à la poche de poitrine de Seerbacker.

« Je n'en ai rien à foutre. Tu sais quoi leur répondre, tout est écrit noir sur blanc.

– Mais le Russe veut vous parler personnellement, capitaine.

– Dis-lui que j'arrive. Dis-lui que je suis en train de faire des expériences à l'autre bout de la banquise, mais que j'arrive.

– Capitaine, E.T.A. trois minutes et quatorze secondes. »

Cette conversation, qui se déroulait à deux pas de lui, Gant ne l'écoutait pas plus que s'il s'était trouvé à une grande distance. Il se sentait de même à cent lieues de Seerbacker auprès de qui il se tenait à côté de l'avion, observant le cheminement d'escargot des hommes et de leurs tuyaux. Il savait, à une seconde près, de combien de temps ils disposaient encore : exactement une minute.

Seerbacker avait visiblement les nerfs à vif. Comme une marionnette dont on tire les fils, sa silhouette dégingandée était secouée par la voix de Fleischer. Plus le sous-marin russe se rapprochait du *Pequod,* moins le capitaine arrivait à se persuader que la cabane grossière, les diagrammes bidons, les mâts, les thermomètres allaient les sauver.

Gant, quant à lui, se comportait comme un passager dont le train vient d'entrer en gare et qui, avant le départ, rassemble ses bagages – chez lui : ses pensées... Il ne répondait plus à l'image d'un homme sans passé en route vers un indiscernable avenir. Il était en transit, et les êtres qui peuplaient ce paysage de glace et de brume n'avaient rien ou presque rien à voir avec lui.

« Nom de nom... ils n'y arriveront jamais! s'écria Seerbacker, incapable de supporter la tension qui régnait.

– Mais si, murmura Gant d'une voix si calme, si unie, que Seerbacker le considéra curieusement.

– Ça alors, on peut dire que vous prenez les choses froidement... »

Gant sourit :

« Un jour, quelqu'un m'a dit que j'étais déjà mort... ils m'appelaient le cadavre volant, au Viêtnam.

– Ça vous embêtait ?

– Non, dit Gant en secouant légèrement la tête. La plupart de ceux qui m'avaient donné ce nom sont morts avant la fin de la guerre... les missiles, la D.C.A., les avions ennemis.

– Oui, dit doucement Seerbacker, c'était une foutue guerre... »

Peck, pâle, en sueur, à la fois épuisé et furieux, venait vers eux. Il ne restait plus qu'une centaine de mètres de piste à nettoyer.

« On n'y arrivera pas, monsieur, dit Peck en se penchant vers Gant. Et si vous ne faites pas s'envoler cet oiseau avant que les Rouges arrivent, on est tous bons pour la Loubianka !

– Vous avez encore une minute, chef », dit Gant.

Peck le regarda, ouvrant et fermant la bouche, ses yeux exprimant la stupéfaction. Puis, lentement, la conviction de Gant sembla le gagner :

« Si vous le dites », marmonna-t-il, et il se retourna vers les tuyaux, exhortant ses hommes de la manière la plus blasphématoire.

Seerbacker s'adressa à Gant, avec un léger sourire :

« C'est sûr que vous en mettez plein la vue au chef ingénieur. J'espère seulement que vous n'aurez pas à faire la même chose avec les Russes.

– E.T.A. deux minutes et trente secondes, annonçait la voix de Fleischer. Le Russe continue à vous réclamer, capitaine. Il veut être convaincu... et je ne crois pas que je me suis très bien débrouillé.

– On n'en a rien à foutre, Dick. Continue à le faire patienter. Est-ce qu'il donne l'impression que son sous-marin va faire surface? Est-ce qu'il a posé des questions bizarres?

– Non, capitaine. Il ne se montre pas plus soupçonneux qu'il n'est normal... on ne dirait pas qu'il recherche quelque chose de spécial. »

Gant reçut de la neige en pleine figure. Un moment, distrait par les voix, il crut qu'elle venait du ciel et regarda le plafond de nuages apparaissant à travers la brume. Il comprit ensuite qu'il ne s'agissait que du blizzard provoqué par Peck. Les hommes et les tuyaux avançaient à un rythme satisfaisant. Ils n'étaient plus qu'à une quarantaine de mètres du Firefox. Gant sourit en lui-même et ôta son parka. En passant lourdement près de lui, certains des hommes de l'équipe lui jetèrent un regard interrogateur. Le signe de tête qu'il leur fit sembla grandement les soulager.

Bientôt l'arroseur géant serait tiré jusqu'au *Pequod* pour être dissimulé dans ses flancs avant l'arrivée des Russes.

Gant attendait, tel un invité impatient de se retirer, que le capitaine termine sa conversation avec son second.

Quand Seerbacker vit que Gant ne portait déjà plus que sa combinaison de pilote, il eut une expression de surprise, puis il sourit gauchement :

« Hum... bien sûr... dit-il.

– Au revoir, Seerbacker – et merci.

– Fichez-moi le camp d'ici, bon à rien ! » dit le capitaine jouant les bourrus.

Gant hocha la tête et posa le pied sur le premier degré de l'échelle intégrée au fuselage. Il continua de grimper et pénétra, les jambes en premier, dans la cabine de pilotage. Il enfonça son casque, brancha l'oxygène, le système de contrôle des armes et l'équipement destiné aux radio-communications. Il lui fallait tout d'abord rouler doucement jusqu'à l'extrémité sud de la banquise – où la neige n'avait pas été déblayée et, il s'y attendait, le freinerait. L'important était de prendre le plus de distance possible par rapport à la crête. Il procéda vivement à toutes les vérifications préalables au démarrage. Il raccorda machinalement le dispositif anti-G de sa combinaison, tout en consultant les indications que lui donnaient cadrans et jaugeurs sur les volets, les freins, le carburant. Il constata avec plaisir que ses réservoirs étaient bien pleins. Il lui sembla que depuis une éternité il n'y avait pas eu autant de carburant dans son univers. Il appuya sur le bouton qui faisait se rabattre automatiquement la verrière et assurait son verrouillage électronique, puis s'assura manuellement qu'elle était bien fermée. Il avait conservé dans la poche de poitrine de sa combinaison la petite radio donnée par Seerbacker. Il entendit, lointaine, la voix de Fleischer disant :

« E.T.A., une minute et trente secondes.

– Vous entendez ça, Gant ? disait maintenant la voix de Seerbacker qui, sans attendre de réponse, enchaîna : Bonne chance, mon vieux. Je dois me dépêcher de faire disparaître les tuyaux suspects de mon ingénieur en chef. Alors, filez ! »

Gant enclencha les contacteurs d'allumage, mit en route les microturbos de démarrage, tourna la valve de régulation de pression et appuya sur le démarreur. Avec soulagement, il entendit alors une double explosion et, comme déjà dans le hangar de Bilyarsk, le ronflement des moteurs allant s'intensifiant. Cette fois, il n'oublia pas la pompe de surpression et ouvrit les gaz jusqu'à ce que le tachymètre se stabilise à 27 p.100. Il attendit une seconde, puis poussa de nouveau sur les manettes des gaz pour arriver à 55 p.100. Il lâcha les freins.

Le Firefox ne bougea pas.

Il tira en arrière les manettes des gaz et freina. Il avait immédiatement compris ce qui se passait, et il connaissait le moyen d'y parer. Néanmoins, pour n'avoir pas su le prévoir, il se sentit faible et couvert de sueur glacée.

Il ouvrit la verrière, souleva la visière de son casque et cria dans sa radio :

« Vite, Seerbacker, les tuyaux !

– Qu'est-ce qui se passe encore, bon dieu, Gant ? Vous ne pouvez pas nous laisser...

– Vite ! Les roues sont gelées !

– A quoi servent vos moteurs, alors, mon vieux ? »

Peck n'attendit pas que Seerbacker poursuive sa prétendue algarade. Lui et ses hommes tirèrent les tuyaux vers l'avion.

« Si j'essaie de me dégager, je me retrouverai sur le ventre ! » criait Gant.

En se penchant hors de la cabine, il vit au sourire de Seerbacker qu'il n'avait fait que plaisanter. Autour du Firefox, la neige se mit à voleter. Un jet de vapeur brûlante était dirigé avec précision sur les roues enchâssées. Gant n'avait pas besoin de mettre Peck en garde contre le fait que trop de cette vapeur, et à une trop forte pression, risquait de faire littéralement fondre les pneus.

Peck en avait tenu compte. Il émergea de sous le fuselage, leva la tête vers Gant et cria dans sa radio :

« OK, commandant Gant. Et maintenant, pour l'amour du Ciel, foutez le camp ! »

Gant leva le pouce, signe que tout allait bien. La verrière fut de nouveau refermée, le tableau de bord consulté, les manettes des gaz poussées jusqu'à ce que le tachymètre indique 55 p. 100. Gant lâcha les freins; l'avion fit un petit bond en sortant de l'ornière que la vapeur avait creusée autour de ses roues, puis se mit à rouler.

Peck, Seerbacker et tous les autres s'activèrent, tirant les lourds tuyaux ondulants. Déjà sortaient du *Pequod* des hommes vêtus de parkas civils : les pseudo-scientifiques et techniciens que, grâce au subterfuge de Seerbacker, les Russes trouveraient en débarquant sur la banquise.

Gant fit virer le Firefox et l'engagea sur la piste prévue, tâchant de lui faire suivre une route parfaitement rectiligne car ses traces lui serviraient pour revenir en sens inverse.

Devant lui s'étendait la mer grise. Aucun signe du sous-marin russe dont le capitaine avait sans doute décidé de ne pas faire surface avant d'avoir atteint l'emplacement du *Pequod.* Il arrêterait alors ses moteurs et espérait provoquer un effet psychologique de surprise. Quoi qu'il en soit, Gant éprouva de la reconnaissance pour Seerbacker et son équipage. Grâce à eux, personne n'aurait repéré visuellement le Firefox.

Il fit faire demi-tour à l'avion, le remit dans ses anciennes traces et ouvrit les gaz. Presque immédiatement, il sentit la résistance de la surface neigeuse, l'impossibilité pour l'appareil de prendre assez d'accélération avec la puissance normalement nécessaire au décollage. Or, s'il augmentait trop la poussée, cela n'aurait pour résultat que de perturber les efforts aérodynamiques exercés sur la structure de l'avion et de le faire piquer du nez. En fait, il obtiendrait un ralentissement. Ce n'est qu'après avoir regagné son point de départ et s'être de nouveau engagé sur la piste rendue bien lisse par Peck et ses hommes que Gant ressentit une impression de vitesse. Devant lui, la crête n'était plus qu'une légère ondulation. La visibilité restant mauvaise, il ne pouvait pas voir la brèche qui y avait été creusée. Le train s'arracha à l'emprise de la neige. L'avion fit une embardée comme s'il se libérait après avoir été englué. Gant pouvait à présent ouvrir à fond les gaz, augmenter la poussée et prendre vraiment de la vitesse. La sensation d'accélération, il ne la ressentait physiquement que lorsqu'il passait sur les plis et les craquelures de cette piste improvisée. Il lui fallait se maintenir dans l'axe, mais sans se servir de ses freins. Pour diriger l'appareil sur la glace, ils n'auraient servi à rien. Quant au palonnier, son action serait inefficace tant que la vitesse n'atteindrait pas 90 nœuds. Or, elle était à peine supérieure à 50.

Tandis que ses yeux s'épuisaient à percer les lambeaux de brume, il entendit, venant de sa radio, la voix lointaine mais claire de Seerbacker :

« Bonne chance, mon vieux, disait-elle. Je ne peux pas bavarder plus longtemps, nous avons de la visite ! »

Gant avait froid, et pourtant il transpirait. La seconde qui s'écoula avant que la vitesse de l'avion soit suffisante pour qu'il reprenne le contrôle de la direction lui parut interminable. Enfin, il atteignit 90 nœuds. Il garda savamment le Firefox au milieu de la piste et poussa les manettes des gaz. L'aiguille du tachymètre fit un saut sur le cadran. Gant vit la brèche venir rapidement à sa rencontre, et maintenant que ses yeux avaient un point sur lequel se concentrer dans la blancheur diffuse de la banquise, son sentiment de vitesse s'accorda soudain avec ce qu'il pouvait lire sur ses instruments. Il se récita à lui-même une leçon qu'il savait bien : quand l'atmosphère est froide, on a besoin de moins de distance pour décoller. Mais il n'y croyait pas. Il ne se rassura pas à cette idée, même une fraction de seconde.

Les puissants réacteurs avalèrent en un rien de temps la distance jusqu'à la brèche, et la franchirent à une vitesse de 150 nœuds. Il fallait être à 170 pour décoller. Gant poussa à fond les manettes des gaz pour amener la réchauffe des moteurs, et tira le manche à lui. Il ne pouvait se permettre de laisser rouler l'avion sur la molle surface de neige, là où les hommes de Peck n'avaient pas eu le temps de déblayer la piste.

Il aurait juré voir où commençait la neige, déceler l'endroit précis où finissait la surface lisse et glacée de la piste. C'était impossible. Il franchit ce passage tandis qu'il déplaçait le manche vers l'arrière. Et, tout en sachant que le train d'atterrissage ne touchait plus la banquise, il n'eut pas vraiment l'impression de s'élever.

Dans son rétroviseur, Gant vit se gonfler derrière lui le nuage de neige provoqué par la soudaine poussée des réacteurs. Un instant, le nez dressé, le Firefox sembla rassembler ses forces pour se libérer d'une boue gluante qui l'aurait retenu de prendre son élan, et il s'éleva au-dessus de la banquise. Gant rentra les volets, puis le train d'atterrissage. L'aiguille du badin oscilla, et quand les manettes des gaz furent poussées vers l'avant, ce fut comme si l'avion donnait à Gant une bourrade dans le dos. Il sentit sa combinaison réagir à l'accélération subite. Il vérifia l'arrivée du carburant, s'assura que toutes les aiguilles étaient dans la zone verte, et lança l'avion en montée verticale.

Il ne lui fallut que quelques secondes pour atteindre la couche de nuages et s'y enfoncer. Au machmètre apparut le chiffre 1... puis 1,1... 1,2... 1,3... 1,4...

A 6700 mètres d'altitude, le Firefox jaillit des nuages et trouva un ciel bleu, éclatant de soleil.

Il avait décollé directement face au nord. Il était temps de confier aux centrales de l'appareil les coordonnées de son vol jusqu'à la côte finlandaise. Le Firefox s'inclina sur l'aile et amorça un virage à 210°, tout en continuant son ascension. On le disait capable de monter au-delà de 36000 mètres. Gant était bien décidé à utiliser cette capacité, à prendre autant d'altitude que possible. Cela n'empêcherait pas, il le savait, une détection par infra-rouge mais, sur la vaste étendue de la mer de Barents, et vu la vitesse à laquelle l'avion était capable de voler, aucune interception n'était possible. Un peu avant d'atteindre la côte, il redescendrait au niveau de la mer et commencerait sa traversée en flèche de la

Finlande jusqu'au golfe de Botnie, jusqu'à Stockholm.

Il n'existait pas d'avion capable de le rattraper, aucun missile ne pouvait le toucher à cette altitude, à cette vitesse. Il sourit en lui-même en voyant l'altimètre indiquer 15000 mètres et son aiguille continuer à tourner. Enfin, pensa-t-il, il pouvait permettre au Firefox de donner sa mesure, il pilotait *vraiment* cet extraordinaire appareil...

Une joie froide, féroce, le saisit — la seule extase qu'il puisse connaître. Une émotion à laquelle il était certain que rien ne pouvait être comparé.

Il avait lu le rapport du psychiatre de l'armée, à Saigon. Une nuit, il s'était introduit dans son bureau et avait fouillé ses dossiers. Ce qu'il disait de lui, c'est qu'il était émotionnellement un infirme. Oui, c'est comme ça qu'il l'avait catalogué. Peut-être pas en ces termes. Un infirme, marqué pour la vie par ses premières expériences. Les conneries qu'il avait racontées au toubib à propos de Clarkville, c'est sur elles qu'il avait fondé son jugement — son jugement sur un homme qui avait participé à plus de cinquante missions de combat, qui était le meilleur. Le jugement d'un gros imbécile planqué à des centaines de kilomètres du premier soldat viet-cong ou du lance-missiles le plus proche.

Gant essaya d'endiguer l'afflux d'adrénaline dans son organisme. Ce qu'il était en train de faire ne rimait à rien, absolument à rien. Il était le meilleur. Buckholz le savait, c'est pour ça qu'il l'avait choisi. Le Firefox atteignit 20000 mètres d'altitude.

Gant n'eut pas une seule pensée pour Oupenskoï, Baranovitch, Kréchine, Sémélovsky et tous les autres. Depuis qu'il avait quitté Bilyarsk, ils étaient sortis de son esprit, plus effacés que ces images fanées qui trônent sur les murs ou sur les dessus de cheminée, ces photographies sépia des êtres qui sont morts.

Tretsov le vit qui s'élevait à 20000 mètres. La traînée de vapeur se détachait nettement, devant et plus bas que lui, sur un fond de mer grise, dans une trouée de nuages. C'était bien Gant. L'infrarouge révélait sa trace mais aucune image n'apparaissait sur l'écran radar. Il ne pouvait donc s'agir que du Mig volé.

L'esprit de Tretsov procéda avec la précision d'un instrument chirurgical. Il savait ce qu'il avait à faire. Il connaissait le dossier de Gant, ses expériences au combat. Sa propre expérience dans ce domaine, sur le vieux Mig-21, s'était limitée à un engagement avec des Phantoms israéliens, au Proche-Orient. Très jeune alors, il faisait partie des quelques pilotes sélectionnés pour venir appuyer les pilotes égyptiens encore insuffisamment entraînés par l'Aviation Rouge. Gant était meilleur que lui...

Sur le papier.

Gant ne pilotait le Mig-31 que depuis moins de cinq heures. Tretsov comptait plus de deux cents heures de vol sur l'avion. Gant voulait accomplir sa mission. Tretsov voulait venger Voskov. Et il y avait la peur, toujours la peur. Il tuerait Gant. Il le fallait.

Il se placerait dans le sillage de l'autre Mig; il aurait ainsi la meilleure chance de diriger ses missiles vers la source de chaleur dégagée par les énormes réacteurs. De plus, Gant ne le détecterait par infrarouge que lorsqu'il serait trop tard pour faire quoi que ce soit. A observer le Mig dans son ascension régulière, Tretsov fut certain que Gant ne l'avait pas repéré. Après avoir recoupé sa trajectoire, il se trouvait à sa droite dans l'angle mort de la détection par infrarouge, donc momentanément caché. Il devait maintenant se placer juste derrière l'Américain, et alors...

Il naviguait à son altitude de croisière de 20000 mètres, mais le Mig de Gant se trouvait plus haut que lui, et continuait de grimper. Tretsov suivait des yeux la traînée de condensation, et son écran confirmait cette localisation visuelle. Il changea de cap et plaça le PP Deux derrière le Mig de l'Américain, jusqu'à ce que le point lumineux de son écran soit juste sur la ligne de repère centrale. Le système d'armes psychoguidé largua deux missiles Anab. Tretsov suivit leur trace des yeux tandis qu'ils se dirigeaient vers le point plus brillant signalant sur l'écran la source de chaleur du PPVn.

L'équipement C.M.E. transmit aux écouteurs de Gant un signal terriblement strident qui le tira de l'évocation de ses souvenirs. Sur son écran, il vit les deux missiles fonçant sur lui. Incroyable, mais vrai... Son esprit refusait de l'admettre, se posait mille questions, ne comprenait pas d'où pouvaient provenir ces deux engins attirés par une source de chaleur. Mais le corps réagit, se saisit des moyens électroniques de survie, retrouva les gestes familiers d'une technique familière.

Il existait un moyen d'échapper aux missiles à infrarouge – un seul. Les Israéliens l'avaient employé pendant la guerre des Six Jours, et les Américains au Viêt-nam. S'il arrivait à changer assez soudainement de direction, les têtes chercheuses des missiles perdraient la trace de chaleur de ses moteurs et ne seraient pas à même de maintenir ou de regagner le contact avec le Firefox.

Il agit vigoureusement sur les manettes des gaz, tira vers lui le manche et monta en chandelle, faisant dévier son cap d'un angle tel que les missiles ne pourraient que s'égarer. En même temps, il balança l'appareil sur la droite, le nez plongeant en avant, et il décrivit une courbe qui l'amena au-dessus de leur trajectoire. Sous l'effet de la variation de pesanteur, son champ de vision se rétrécit. Le G-mètre indiquait : plus 8 G. Si la perte de vision périphérique s'aggravait, ce serait le signe précurseur du voile noir. A plus 10 G, ce serait inéluctablement le voile noir, et l'impossibilité de continuer à contrôler l'avion. Il ne regardait que ce G-mètre fatidique et ne ressentait qu'une vague sensation de la combinaison qui pesait sur ses jambes et son estomac. Il se maudit d'être peu tolérant aux effets de l'accélération de la pesanteur, à un moment aussi critique.

Sur l'écran, la position des missiles se modifia brusquement. Continuant sur leur lancée, ils avaient manqué le point et l'instant où ils auraient dû toucher l'avion. Une fois la piste perdue, ils allaient vainement poursuivre leur course jusqu'à épuisement de leur carburant, et tomber dans la mer.

Gant « rendit la main » au manche. Quand son champ de vision s'élargit, ce fut comme s'il avait ouvert les volets dans une pièce obscure. La vitesse diminua. Il s'aperçut qu'il transpirait désespérément. Comme un gosse, il s'était presque fait prendre. Rien n'apparaissait sur son écran. Gant ne pouvait pas savoir que Tretsov était toujours derrière lui, dans l'angle mort de la détection par infrarouge. La panique le submergea. Il ne lui restait aucune autre possibilité que celle de localiser visuellement son ennemi. Or il se sentait aveugle – un aveugle qu'on aurait mis dans la chambre d'un psychopathe. La peur faisait ruisseler une sueur froide à l'intérieur de sa combinaison. Il soupçonnait bien la nature de son ennemi, mais il ne voulait pas encore l'admettre.

Le pilote de l'autre avion – car il ne pouvait s'agir que d'un avion – l'avait sûrement suivi dans sa montée en flèche, furieux de ne pas l'avoir eu par surprise, de ne pas l'avoir achevé d'un seul coup.

Dans son rétroviseur, Gant aperçut un éclair de soleil reflété par une surface métallique. Toujours rien sur l'écran radar. Il n'eut plus de doute : l'incendie provoqué par Baranovitch, Kréchine et Sémélovsky n'avait pas mis hors d'usage le deuxième Firefox. Quels qu'aient pu être les dégâts, ils avaient été réparés et l'avion s'était lancé à sa poursuite.

Il eut soudain vraiment froid. Les ruisselets de sueur coulaient glacés de ses aisselles le long de son corps, jusqu'à la taille. Sous sa combinaison, il sentait la froideur moite de son gilet. L'autre avion était son égal, son double... et l'expérience qu'en avait le pilote était bien plus longue que la sienne.

Son esprit ne pouvait empêcher le travail destructeur de son imagination, mais son corps continuait de réagir méthodiquement. C'est lui qui le prévint que si les deux avions continuaient leur mouvement tournant et ascendant, le Russe arriverait à l'intercepter. Le rétroviseur renvoya de nouveau un éclair de lumière. Gant poussa sauvagement sur les manettes des gaz. Il fut projeté contre le dossier du siège mais se sentit physiquement soulagé par le sursaut d'énergie des moteurs.

Son corps seul mit fin à la montée et ramena l'avion davantage sur la gauche. Le Russe ne lâcha pas prise, dévia lui aussi sur sa gauche et se rapprocha de plus en plus. Gant accentua encore son virage puis cabra l'appareil avec une telle brusquerie que, par inertie, son casque heurta la cloison de la cabine. Il enclencha un levier et le siège fut mis en « position de combat », c'est-à-dire que le corps de Gant se trouva en position presque horizontale.

Dans le rétroviseur, l'autre avion était toujours là. Tout ce que Gant pouvait faire, c'était ne pas lui offrir un angle optimum de tir – ce que le Russe recherchait certainement à présent qu'il avait gaspillé deux de ses quatre missiles. Il allait peut-être même essayer de se placer encore plus près et faire feu de ses canons pour blesser sa proie et la faire ralentir.

L'esprit de Gant, bouillonnant de sa propre fièvre, dut admettre la valeur de l'adversaire au moment même où il s'avérait incapable de se libérer du passé, du futur, des moments vécus, des moments à venir. Il s'était laissé prendre et, quoi qu'il fasse, le pilote russe ne le lâcherait pas : il se tenait là, derrière lui, de plus en plus proche.

Ce fut le corps de Gant qui nota l'apparition du deuxième Mig sous la forme d'une tache orangée sur l'écran. Mais cette information ne lui apprit rien. Il savait déjà quel était l'avion qui lui collait aux talons.

Il essaya alors un autre stratagème. Voyant que l'avion du Russe venait « dans le soleil », il fit virer le Firefox sur la gauche et exécuta un tonneau barriqué. Il vit alors dans le rétroviseur une série de petits nuages de fumée provenant des ailes de l'avion ennemi : ses canons avaient tiré. De petits globes orangés volaient, lentement aurait-on dit, vers lui – comme s'ils avaient à traverser une profonde masse d'eau avant de l'atteindre. Tretsov s'était laissé aller à faire feu parce que lui aussi avait les nerfs à vif. Il avait hâte de mettre fin au drame de ce combat, de donner enfin le coup de grâce. Trop confiant dans la puissance de son avion, il agissait précipitamment.

Maintenant que Gant avait entrepris son tonneau barriqué et évité le tir des canons, le Russe pensa qu'il se mettrait dans la ligne du soleil. Au contraire, Gant poursuivit encore son tonneau de 90° et tira avec force sur le manche. Le Firefox tressauta de toute sa longueur. Gant sentit les muscles de son estomac se crisper et la vision périphérique lui manqua à nouveau, le replongeant dans un tunnel. Il hurla derrière la visière de son casque pour atténuer les effets grandissants des forces G. Il fut tout de même capable de lire que son accélération était de plus 9 G.

Après le tonneau, Gant vit que le Russe était devant lui, et non plus derrière. Il cria mentalement de soulagement. Il y voyait mieux et plus l'angle de sa vision s'élargissait, plus l'avion russe devenait une cible offerte dans les meilleures conditions. C'était Gant maintenant qui se tenait dans le sillage de l'adversaire, à environ 600 mètres de lui. Cette seule pensée déclencha le lancement de deux missiles Anab du Firefox. L'avion sursauta, reprit son équilibre, et Gant suivit l'envol des engins vers leur objectif. Il avait utilisé le système de visée situé devant la glace frontale car, pour lui comme pour le Russe, le psycho-guidage fonctionnait en connexion avec le radar, et non l'infrarouge.

Tretsov n'avait pas été capable de diriger sans image radar ses propres missiles. Gant constata avec un terrible sentiment de défaite qu'il n'en était pas capable non plus. Il observa le Russe imiter sa tactique : actionner vigoureusement les manettes des gaz, faire s'élever l'appareil en l'inclinant sur la droite. Les missiles du Firefox passèrent, inoffensifs, à côté de lui, à la recherche d'une source de chaleur que le Russe leur avait escamotée.

Gant sentit que son esprit avait infecté son corps. Comme les derniers jours, au Viêt-nam, avant l'hôpital. Ses échecs passés et sa médiocrité présente l'accablèrent un moment. Il pilotait mal, sur les nerfs, avec une énergie mentale diminuée – comme il l'avait fait là-bas. De nouveau, il eut peur. Il pouvait mourir de cette faiblesse. Déjà, peut-être, toutes les circonstances qui rendraient sa mort inévitable étaient-elles réunies. Peut-être était-il trop tard pour entreprendre l'action qui aurait pu le sauver.

Son corps, avec à peine une fraction de retard, fit violemment virer l'avion sur la droite. La variation de pesanteur paralysa Gant, corps et esprit. Sa vision se rétrécit. Il suivait le Russe. Il avait perdu ses missiles pour avoir agi trop rapidement, pour avoir laissé son esprit fonctionner comme un déclic.

Trop tard pour retrouver le calme. Il s'était déjà trop avancé, tel un joueur d'échecs qui après avoir choisi de bouger une pièce veut retirer sa main. Impossible de revenir en arrière, de reconsidérer les choses. Il lui fallait piloter dans l'état où il était, son organisme ébranlé par le flot des émotions, des images projetant devant lui, comme sur un écran, leurs reflets enflammés.

Il relâcha sa pression sur les commandes. Ses

yeux balayèrent l'espace et la vision de l'océan Arctique traversa lentement son esprit. Sa recherche était d'autant plus incohérente qu'il avait encore perdu de vue l'ennemi. La mer grise disparut derrière son épaule. Enfin, son rétroviseur capta une lumière. Le Russe était retrouvé. Après s'être lancé, comme Gant l'avait fait, dans un tonneau barriqué, il avait repris sa place derrière le Firefox, se rapprochant rapidement, prêt pour la mise à mort. Il s'assurerait cette fois que Gant ne disposerait ni d'assez de temps ni d'assez de distance pour lui filer entre les doigts. Le pêcheur affamé ne laisserait pas s'échapper ce petit poisson.

Chez Gant, c'est le corps qui apprécia la valeur du pilote russe. Son esprit lui chuchotait confusément qu'il était déjà mort. Il appuya sur la pédale gauche du palonnier tout en agissant violemment sur le manche pour virer à gauche. Il vit alors un missile — une sorte d'orange brillante, magnétique — se détacher de l'avion russe. Il ramena avec force le manche en arrière. Les forces G le firent se tasser sur son siège et, un instant, il sentit une affreuse pression sur les jambes et l'estomac. La visière de son casque tirait la peau de son visage. Sa tête s'abaissa sur sa poitrine...

L'esprit recula devant cette douleur soudaine, laissant au corps la lucidité dont il avait besoin. L'avion s'ébroua en réponse à la poussée de la main sur le manche; une vibration le parcourut tout entier.

Gant s'était lancé dans une vrille à plat, le nez de l'appareil s'élevant et s'abaissant de plus de 15° au-dessus et au-dessous de la ligne d'horizon. Il connut un moment de soulagement en voyant, très haut, le missile Anab perdre la trace de son objectif. Mais bientôt il s'alarma : le G-mètre indiquait plus 8 1/2... allait vers plus 9 G... La vitesse relative de l'avion était tombée à environ 100 nœuds.

Les écouteurs de Gant lui transmirent un cliquetis : les contacteurs d'allumage s'étaient enclenchés automatiquement pour éviter une extinction de la combustion des moteurs. L'effet aérodynamique perturbant de la vrille agissait sur les turbines comme si un liquide les aspergeait, et elles avaient besoin d'être rallumées toutes les demi-secondes. Gant consulta le tachymètre et vit qu'il oscillait autour de 60 p.100. Sans même s'en rendre compte, il avait fait une chute de 2500 mètres, et les chiffres défilaient follement sur l'altimètre.

Une fois de plus, il avait perdu de vue le deuxième Mig. Mais Tretsov, lui, l'observait et il amorça un piqué. L'Américain offrait une cible facile.

Gant procéda à toutes les manœuvres propres à une vrille à plat. Aucune réponse du Firefox. A cet instant, il importait peu à Gant que le Russe soit au-dessus de lui, le suivant dans sa descente. C'était contre son propre avion qu'il luttait, cet avion qui plongeait éperdument vers la mer. Il fit faire au manche un mouvement de va-et-vient, il « branla » le levier de commande des gaz pour faire piquer l'avion du nez et améliorer l'angle d'attaque du gouvernail de profondeur. Dans cette position, il pourrait prendre de la vitesse et regagner le contrôle de l'appareil.

Pendant deux secondes peut-être, il ne se passa rien si ce n'est le cliquetis continuel des contacteurs d'allumage et le déroulement des chiffres sur l'altimètre. Le Firefox n'était déjà plus qu'à 9000 mètres d'altitude, et continuait de tomber comme une feuille de plomb. Dans un geste désespéré, Gant tendit la main vers ses commandes et sortit le train d'atterrissage pour provoquer une résistance qui freinerait l'avion – une manœuvre que le corps se souvenait avoir entendu expliquer lors d'une conversation, il y avait bien longtemps. La queue se releva d'un coup sec, le nez piqua vers le bas et la vrille s'accentua. Gant était à 6000 mètres et continuait sa descente, mais il avait repris le contrôle de l'appareil. Il parvint à lui redonner son assiette horizontale et, après avoir rentré le train d'atterrissage, il exerça une pression sur le manche, le tirant régulièrement vers lui tout en ouvrant davantage les gaz. L'avion se stabilisa peu à peu. Le corps respira profondément – la première respiration depuis le début de la vrille.

Soudain, ce fut comme un choc glacé : le Russe apparut sur l'écran – une brillante tache lumineuse. Il l'avait donc suivi dans sa descente et recommençait à s'acharner sur Gant qui se remettait à peine de la vrille qu'il venait d'exécuter. Il calcula que le Russe s'approchait à une vitesse de plus de Mach 1,6 et que, sûr de pouvoir se placer assez près pour en finir avec lui, pour le tuer, il ne se permettrait aucune marge d'erreur, aucune faille par laquelle pourrait se glisser un coup de chance ou un coup de génie de l'adversaire.

Gant le vit dans son rétroviseur. Une image bondissant vers lui. Son esprit s'affola, bredouilla à l'approche de la mort. Les boules orange qui avaient jailli de petits nuages de fumée, au bout des ailes de l'avion russe, s'élançaient à sa poursuite, plus rapides que lui. Il fit faire au Firefox un bond de côté, comme pour se protéger contre la charge d'un animal. Le miroir lui renvoya l'image du Russe modifiant sa trajectoire pour rester dans le cône de sa traînée de condensation, manœuvrant pour s'assurer la meilleure position possible d'où lancer son dernier missile.

D'avoir échappé au tir des canons provoqua chez Gant un soulagement dont, alors même qu'il l'éprouvait, il sentit le caractère dérisoire. Tout ce qu'il avait gagné, c'était un sursis de quelques secondes.

Le corps lutta pour faire taire les cris de l'esprit, pour reprendre le dessus. La main ouvrit les gaz, ramena le manche en arrière et vers la droite. L'esprit se torturait pour trouver un moyen de faire feu contre l'ennemi, contre le Russe à ses trousses.

Et finalement, l'esprit l'emporta sur le corps. L'ordre qu'il donna, le corps aurait été incapable de l'imaginer. Il hurla au système psycho-guidé de faire agir la nacelle arrière de défense électronique. Le rétroviseur refléta une lumière aveuglante tandis qu'une boule incandescente, la dernière disponible, était larguée. Elle sembla rester un instant suspendue dans les airs. Puis apparut sur le miroir une lumière encore plus vive que celle qui avait accompagné le lancement de la boule de feu. Le corps, comme figé dans son apparente inactivité, ressentit une onde de choc.

Le Firefox continua son virage. Autour du cercle qu'il décrivait, l'espace était vide. Seule s'élevait une fumée noire et grasse éclairée de l'intérieur par une flamme d'un orange blême. Quelques fragments de métal étincelants se détachèrent du panache de fumée – feuilles argentées tourbillonnant dans le soleil.

Gant comprit ce qui s'était passé et son esprit éclata de soulagement à l'idée de son invraisemblable victoire. La boule incandescente larguée par le dispositif antimissile de queue du Firefox avait été goulûment avalée par l'une des grosses entrées d'air du Mig russe. L'explosion avait été instantanée.

Gant eut envie de vomir. Il refoula ce flux de nausée pour ne pas suffoquer derrière la visière de son casque. L'esprit envahit le corps. Gant sentit qu'il tremblait de la tête aux pieds.

Pendant qu'il était encore capable d'un effort, il brancha le pilote automatique et, hésitant, faisant appel à toute sa mémoire, il lui fournit les coordonnées de son itinéraire. Le Firefox vira sur l'aile, puis se redressa et prit la direction de la Finlande. Gant se renversa sur son siège, faible, vidé, frissonnant.

Il savait que finalement il reviendrait à lui. Il reprendrait alors le contrôle manuel de l'avion. Mais pas tout de suite, pas tout de suite...

Le Mig-31, l'unique, l'inestimable prototype baptisé Firefox par l'O.T.A.N., volait à 24000 mètres d'altitude, à une vitesse de Mach 3,7, vers les côtes encore invisibles de la Finlande.

TABLE

PREMIÈRE PARTIE
LE RENDEZ-VOUS DE BILYARSK

DEUXIÈME PARTIE
« ... CE TUMULTE DANS LES NUAGES »

« Composition réalisée en ordinateur par IOTA »

IMPRIMÉ EN FRANCE PAR BRODARD ET TAUPIN
7, bd Romain-Rolland - Montrouge - Usine de La Flèche.
LIBRAIRIE GÉNÉRALE FRANÇAISE -

ISBN : 2 - 253 - 02894 - 0

30/7455/6